IM FLACHGAU WARTET DER TOD

Geschichten zu erzählen hat für Natascha Keferböck, Jahrgang 1969, schon als Kind eine wichtige Rolle gespielt. Mit dem Aufschreiben hat sie allerdings erst später begonnen. Die Autorin ist seit vielen Jahren beruflich in der Technik- und Finanzwelt zu Hause. Schon in ihrem Debütroman hat die leidenschaftliche Menschenbeobachterin ihrer Liebe zum Salzburger Land und seinen Menschen humorvoll Tribut gezollt. »Im Flachgau wartet der Tod« ist ihr zweiter Krimi.

 Im Anhang befindet sich ein Glossar.

NATASCHA KEFERBÖCK

IM FLACHGAU WARTET DER TOD

Kriminalroman

emons:

Bibliografische Information der Deutschen Nationalbibliothek
Die Deutsche Nationalbibliothek verzeichnet diese Publikation in der Deutschen Nationalbibliografie; detaillierte bibliografische Daten sind im Internet über http://dnb.d-nb.de abrufbar.

MIX
Papier aus verantwortungsvollen Quellen
FSC® C083411
FSC
www.fsc.org

Umschlagmotiv: lookphotos/Arnt Haug
Umschlaggestaltung: Nina Schäfer, nach einem Konzept von Leonardo Magrelli und Nina Schäfer
Umsetzung: Tobias Doetsch
Gestaltung Innenteil: DÜDE Satz und Grafik, Odenthal
Lektorat: Susanne Bartel
Druck und Bindung: CPI – Clausen & Bosse, Leck
Printed in Germany 2021
ISBN 978-3-7408-1325-3
Originalausgabe

Für David

Sonntag, Stefanitag

Am zweiten Weihnachtsfeiertag sitzen der Sepp und die Hanni wie immer bei ihren Besuchen stocksteif auf meiner Wohnzimmercouch und warten auf Kaffee und Kekse, die meine Schwester Gabi oben in ihrer Wohnung anrichtet. Das Klappern der Blechbüchsen und der Tassen auf den Untertassen ist bis zu uns zu hören.

Mein Sohn Felix ist komplett überdreht, weil er gerade einige der Geschenke der beiden ausgepackt hat. Seine Großeltern lassen sich nie lumpen. Allerdings können sie sich nur zweimal im Jahr überwinden, bei uns vorbeizuschauen. Die beiden sprechen es nicht aus, aber sie geben mir die Schuld an dem Unfalltod meiner Frau Sabine, ihrer Tochter, vor über fünf Jahren. Daran hat sich auch mit der Zeit nichts geändert. Und ich kann es ihnen nicht verübeln, habe ich es mir doch selbst bis heute nicht verziehen, meine Frau nicht zum Klassentreffen gefahren und abgeholt zu haben. Dann wäre sie heute noch am Leben.

Seither reden meine Schwiegereltern, die Marolds, nur mehr das Allernötigste mit mir.

Die Gabi, meine Schwester, ist gar nicht gut auf die beiden zu sprechen. Ihrer Meinung nach haben sie nach Sabines Tod nicht nur mich, sondern auch den kleinen Felix im Stich gelassen. Ich denke mir, sie können den Verlust halt selber nicht verwinden und brauchen einen Sündenbock. Und eigentlich bin ich froh, dass ich ihnen zumindest diesen Gefallen tun kann.

Meine Schwester hat uns jedenfalls nicht im Stich gelassen. Nachdem ich als Kriminalpolizist und alleinerziehender Vater eines Babys völlig überfordert war, hat sie alle Hebel in Bewegung gesetzt, um uns beide aus Salzburg zurück ins Elternhaus nach Koppelried und damit in ihren Einflussbereich zu holen. Deshalb bewohne ich die kleine Zwei-Zimmer-Wohnung im

Erdgeschoss unseres schon sehr in die Jahre gekommenen Zwei-Familien-Hauses und bin zum Inspektionskommandanten der hiesigen Polizei mutiert.

Felix leidet nicht wirklich unter der Abwesenheit seiner Großeltern. Die beiden sind zwar nach dem Tod ihrer Tochter von Koppelried nach Schladming gezogen, laden ihren Enkelsohn aber übers Wochenende zu sich ein, sooft es geht.

»Papa, schau, ein Handy. Juchhu, endlich hab ich auch eins! Du wolltest mir ja keins kaufen! Danke, Opa, danke, Oma!« Mein Sohn rastet regelrecht aus und hüpft mit dem funkelnagelneuen iPhone in der Hand vor Freude durch unser kleines Wohnzimmer.

»Wir haben schon oan Vertrag abg'schlossen, und die Rechnungen übernehmen selbstverständlich wir.« Der Sepp wagt nur einen kurzen Blick auf mich, bevor er sich gleich wieder freundlich lächelnd seinem Enkel widmet. »Kimm her, Felix, i zoag dir, wia das Ding funktioniert. Der Verkäufer im Gschäft hat es mir ganz genau erklärt.«

Der Bub springt übermütig auf den Schoß seines Opas. Auch die Hanni beugt sich übers Handy, ganz offensichtlich will sie sich nicht mit mir unterhalten.

Also speichere ich die neue Nummer meines Sohnes, die er mir diktiert, in mein Telefon ein und checke bei der Gelegenheit meine WhatsApp-Nachrichten. Ich weiß nicht, womit ich mich sonst beschäftigen soll, bis meine Schwester zurück ist. Dabei stolpere ich über eine schon gut eine Woche alte Nachricht von der Moni, die ich bis jetzt übersehen haben muss. Die brünette und immer gut gelaunte Krankenschwester hab ich im letzten Sommer kennengelernt. Nach ein paar Treffen haben wir uns aus den Augen verloren, aber vor etwa zwei Wochen zufällig in der Jakobi Stubm wiedergetroffen, meinem Stammlokal in Salzburg. Und was soll ich sagen, wie es halt so kommt, hab ich bei ihr übernachtet. Da sich das Kinderzimmer meines Sohnes in Gabis Wohnung im Obergeschoss befindet, sind aufgrund einer stillschweigenden Übereinkunft mit meiner Schwester spontane Auswärtsnächtigungen ab und an kein Problem, solange diese nicht überhandnehmen.

Danach haben die Moni und ich nichts mehr voneinander gehört; bis eben auf ihre WhatsApp-Nachricht. Ich überlege kurz. »*Wir können uns gerne mal wieder treffen*«, schreib ich und drücke auf »Senden«.

»*OH DEAR!*«

Nicht nur ich, auch meine Schwiegereltern fahren erschrocken hoch, und der Felix lässt vor Schreck sein Handy in Opas Schoß fallen. Im Türrahmen meines Wohnzimmers lehnt lässig eine sehr kräftige Frau mittlerer Größe und undefinierbaren Alters. Niemand hat ein Läuten an der Haustür vernommen, aber das ist auch nicht weiter verwunderlich, denn unser Haus ist so gut wie nie abgesperrt.

Die dicken Beine der Frau stecken in einer rosafarbenen, hautengen Hose, dazu trägt sie rote Stiefel und eine weiße Felljacke, hoffentlich aus Kunstpelz. Das Haar, tiefschwarz, ist kurz und gelockt wie meins. Ich habe diese Frau ganz bestimmt noch nie gesehen, aber irgendwie kommt sie mir trotzdem bekannt vor.

»*OH MY GOD, ABSOLUTELY NOTHING HAS CHANGED IN THIS ROOM – NO-THING!*«

Die Frau hat ein äußerst lautes Organ. Verblüffend ähnlich dem meiner Schwester Gabi, stelle ich etwas unangenehm berührt fest.

»*Unbelievable! Get up, my dear!*« Sie geht direkt auf mich zu und bedeutet mir aufzustehen.

Etwas perplex erhebe ich mich tatsächlich von meinem Stuhl.

»Na, des gibt's net«, sagt die Hanni beeindruckt, und ihr Mund geht vor Staunen gar nicht mehr zu.

»I glaub, i spinn.« Der Sepp kratzt sich verlegen seine Glatze.

»*You're looking great, honey. Such a handsome guy.*«

Sie taxiert mich von oben bis unten, dreht eine kurze Runde um mich, mustert mich noch mal von Kopf bis Fuß und tätschelt dann mit ihrer Hand ausgiebig meine Wange. An ihren wurstigen Fingern hängt gut und gern ein halbes Kilo Schmuck, das jetzt gegen meine Backe donnert. Ich kapiere überhaupt nichts mehr, vergesse sogar, mich zu wehren, und stehe nur da wie ein Vollidiot.

»*Darling, please show some restraint*«, meint plötzlich eine männliche Stimme hinter ihr. Dass sie in Begleitung gekommen ist, fällt mir erst jetzt auf. Der Mann ist klein und schmächtig, hat ledrig gegerbte, runzelige Haut und das lange weiße Haar zu einem Zopf geflochten. Mit seiner engen Lederhose wirkt er wie ein Rock-Opa. Außerdem hat er eines dieser Ohr-Piercings, die ein Riesenloch in das Ohrläppchen dehnen. Bei einem Mann in seinem Alter sieht das nun wirklich so lächerlich aus, dass ich mein Grinsen nicht unterdrücken kann.

»Kannst jetzt nimmer Deutsch wegen deinem Scheißamerika?« Laut scheppernd lädt die Gabi das Tablett mit Kaffeekanne, -tassen und Keksen am Tisch ab, sodass der Kaffee überschwappt. Meine Schwester fixiert die Frau mit einem so grimmigen Gesichtsausdruck, wie ich ihn noch nie an ihr gesehen habe. Selbst der Felix drängt sich bei dem Anblick erschrocken an die Brust seines Opas.

»Und jetzt schleich dich da raus! Aber flott! Wir müssen uns erst überlegen, ob wir dich überhaupt zu uns hereinlassen oder nicht! Hast mich, Mutter?« Sie kocht vor Wut.

Die Frau zuckt nur mit den Schultern, tätschelt der beinahe explodierenden Gabi unbeeindruckt die Wange und dreht sich dann ohne ein weiteres Wort um, um unser Haus wieder zu verlassen. Das kleine Männlein trabt brav hinter ihr her. Meine Schwiegereltern werden unmittelbar darauf von Gabi im Befehlston zu einem Spaziergang mit dem Felix verdonnert, obwohl es draußen wie schon in den letzten Tagen in Strömen regnet. Doch niemand wagt es, ihr zu widersprechen, nicht mal mein Bub.

Am Küchentisch in der Wohnung meiner Schwester im Obergeschoss unseres Elternhauses kippe ich mit ihr erst mal einen

Schnaps. Diese Frau ist tatsächlich meine Mutter. Das heißt, sie ist natürlich auch Gabis Mutter. Die Frau, die uns beide und unseren Vater vor unzähligen Jahren verlassen hat und über die mir meine Familie offensichtlich bisher nur die kindgerechte Light-Version offenbart hat. Darum will ich jetzt mehr wissen.

»Raphi, du kannst dich halt an nichts mehr erinnern. Du warst so ein armes Hascherl damals, ganz ohne Mama, grad so wie der Felix jetzt.«

»Jetzt übertreibst du aber gewaltig, Gabi. Mein Bub ist alles andere als ein armes Hascherl«, widerspreche ich ihr.

»Aber geh, du weißt doch, wie ich das mein. Eh wurscht«, wehrt die Gabi ab. »Jedenfalls hat es sich irgendwie nie ergeben, dass der Papa oder ich dir alles erzählt haben, frag mich nicht, warum. Aber du wolltest nie etwas über sie wissen, hast dich nicht ein einziges Mal nach ihr erkundigt.«

Vorsichtshalber wirft mir meine Schwester einen vorwurfsvollen Blick zu. Stimmt, ich hab mich wirklich nie für meine Mutter oder die Umstände, warum sie uns verlassen hat, interessiert. Komisch, aber für mich war Familie immer nur der Vater und die Gabi, denke ich mir.

»Der Papa hatte nur Probleme mit ihr. Sie war beileibe keine treue Ehefrau, das hab ich schon als kleines Mädel mitgekriegt. Trotzdem hat er ihr immer wieder verziehen. Mein Gott, der Mann hat sie unheimlich gerngehabt. Viel zu gern, wenn du mich fragst. Irgendwann hat sie dann in Salzburg diesen Ami kennengelernt und sich ständig mit dem getroffen. Aus Angst, sie endgültig zu verlieren, hat der Papa einfach die Augen vor allem verschlossen.« Meine Schwester fixiert kurz den Küchentisch und dreht versonnen ihre Handflächen hin und her. »Immer öfter war sie auch über Nacht weg, aber der Papa hat ihr nie Vorwürfe gemacht. Er wollte, dass sie bei ihm bleibt, koste es, was es wolle. Ich an seiner Stelle hätt die Frau längst hochkant rausgeschmissen. Ein Depp war der Vater halt, ein verliebter Depp.« Die Gabi schüttelt verbittert den Kopf. »Eines Tages, ich war mit dir allein, ist sie mit diesem Scheißami nach Haus gekommen. Der Kerl hat sich auf unsere Couch fallen lassen,

Vaters Zigaretten geraucht und mich dabei blöd angegrinst. In der Zwischenzeit hat sie oben rasch ihre Habseligkeiten in einen Koffer gepackt. Ich hab geweint, Raphi, und du hast wie am Spieß gebrüllt, warst ja schon immer ein Schreihals.« Ein Lächeln huscht über ihr Gesicht, doch gleich darauf runzelt sie die Stirn. »Aber das hat sie nicht im Geringsten berührt. Sie hat mir nur die Wange getätschelt – grad so wie vorhin – und gemeint, das könne ich erst verstehen, wenn ich älter bin. Zum Abschied hat sie uns beiden einen raschen Kuss gegeben und mir einen Brief für den Papa in die Hand gedrückt. Ich hab sie nie wiedergesehen, bis heute.« Die Gabi hält inne, atmet tief durch und trinkt ihr Stamperl leer.

Meine Schwester ist nun wirklich keine Zimperliese, aber unsere Eltern haben ihr, einem Kind von acht Jahren, da in der Vergangenheit eindeutig zu viel zugemutet. Daher nehme ich sie mitfühlend in den Arm. Sie lässt es kurz mit sich geschehen, bevor sie sich wieder aus der Umarmung befreit.

»Aber geh, Raphi, ich bin doch kein Mimoserl, und zum Glück ist alles schon recht lange her. Aber mich ärgert, dass die da jetzt so mir nix, dir nix hereinspaziert, wo sie sich in den letzten achtunddreißig Jahren einen Dreck um uns geschert hat. Der Papa wird vor Schreck tot umfallen, wenn er erfährt, dass diese Kanaille zurück ist. Was will die bloß von uns?« Die Gabi wirft einen besorgten Blick auf ihre Armbanduhr. »Wo bleiben eigentlich deine depperten Schwiegereltern? Die sind schon über eine Stunde mit dem Buben im Regen draußen, und dunkel ist es auch längst.« Jetzt ist sie wieder ganz die Alte.

Wie bestellt leuchtet plötzlich die neue Telefonnummer meines Sohnes auf meinem Handy auf.

»Papa!«, schreit der Felix mir von fern ins Ohr. »Der Opa hat gesagt, ich soll dich anrufen. Uns hat es zu viel geregnet, deshalb sind wir zur Marie ins Wirtshaus. Und stell dir vor, die dicke Frau von vorhin ist auch da und sitzt jetzt bei Oma und Opa im Extrastüberl. Ich darf an der Bar bleiben, das hat die Marie erlaubt. Sie baut grad ein Haus aus Bierdeckeln für mich. Das ist schon ganz hoch und noch gar nicht umgefallen.«

Bevor ich ein Wort sagen kann, reißt mir die Gabi das Handy aus der Hand. »Bleibt dort, wo ihr seid, Felix. Der Papa und ich, wir kommen sofort.« Damit legt sie einfach auf, springt behände vom Stuhl, holt sich hohe blaue Stiefel von der Garderobe und quetscht ihre strammen Waden hinein.

»Wir fahren jetzt beide ins Rieglerbräu. Marie hin oder her, Raphi, das ist mir grad so was von wurscht. Da musst du jetzt einfach durch.«

Also bleibt mir nichts anderes übrig, als nach unten in meine Wohnung zu gehen, die dicke Daunenjacke überzuziehen und in meine Schuhe zu schlüpfen. Wegen des immer noch andauernden Regens nehmen wir Gabis alten Fiesta, obwohl man zu Fuß nicht mal eine Viertelstunde zur Wirtschaft braucht.

Die Marie ist neuerdings Wirtin vom Rieglerbräu. Nach einer rekordverdächtig kurzen Ehe mit dem Brauwirt, die mit dessen gewaltsamem Tod endete, hat sie das Brauwirtshaus und alles, was dazugehört, geerbt. Damals, im letzten Sommer, bin ich wohl etwas auf die Marie gestanden, muss ich zugeben. Aber dann wurde mein Bub in die Geschichte hineingezogen und war in Gefahr, damit war die Sache für mich erledigt. Im Rieglerbräu war ich daher schon lange nicht mehr, was mir nicht zuletzt auch wegen des ausgezeichneten Biers, das es dort gibt, wirklich schwergefallen ist.

»Komm, sitz halt nicht wie angewurzelt herum, lass uns endlich reingehen«, kommandiert die Gabi, weil ich nicht in Sekundenschnelle aus dem Wagen hüpfe. Am Parkplatz springt mir sofort ein neuer BMW X3 mit Wiener Kennzeichen ins Auge. Kunststück, am zweiten Weihnachtsfeiertag stehen da inklusive unserem nur drei Autos rum.

Die Gabi tritt vor lauter Elan beinahe die schwere Holztür vom Rieglerbräu ein. Sogar mir fällt sofort die Veränderung auf. Hier wurde offensichtlich kräftig modernisiert. Da, wo früher nur ein Windfang war, ist jetzt an der Wand eine Garderobe aus dunklem Holz angebracht. Danach führt eine moderne Glastür in die Schankstube. Die Wirtshausbänke aus hellem Buchenholz wurden mit modernen Tischen und Stühlen aus dunklem Holz kombiniert, was irgendwie gediegener wirkt.

Ich muss zugeben, ich bin schon etwas angespannt. Wohl weil ich meine Mutter bis auf die paar Minuten vorhin noch nie bewusst wahrgenommen habe, aber auch, weil ich gleich zum ersten Mal nach einem halben Jahr der Marie wieder in die Augen sehen werde. Natürlich konnte ich ihr die letzten sechs Monate in unserem kleinen Koppelried nicht zur Gänze aus dem Weg gehen, aber außer dem einen oder anderen Zunicken von Weitem hab ich den Kontakt zu ihr vermieden.

Da entdecke ich sie auch schon, genauer gesagt ihre blonden Naturlocken, die ihr beinahe bis zum sehr ansehnlichen Hinterteil reichen. Ebendieses Hinterteil, das in einer schmalen schwarzen Hose steckt, zieht meinen Blick auf sich. Ich kann gar nichts dagegen tun, weil die Marie auf einem Barhocker meinem Sohn gegenüberhockt. Beide unterhalten sich angeregt und versuchen vorsichtig, zwei weitere Bierdeckel auf einen bereits sehr hohen Bierdeckelturm zu stellen.

Mein Sohn ist ganz vernarrt in die Marie, hab ich das schon erwähnt? Im vergangenen halben Jahr hat er mir kein einziges seiner Erlebnisse im Rieglerbräu, speziell mit der Marie, vorenthalten. Auch meine Schwester berichtet mir beinahe täglich von der neuen Wirtin im Ort. Sie würde uns beide nämlich liebend gern als Paar sehen. Nur: Daraus wird nix. An festen Beziehungen hab ich seit dem Tod meiner Frau kein Interesse mehr.

»Papa. Tante Gabi«, haucht der Felix ganz leise, ohne uns dabei auch nur anzusehen, damit er die Stabilität des Bierdeckelturms nicht gefährdet. Die Marie dreht sich vorsichtig um und lächelt uns zu. Sie sieht viel besser aus als vor einem halben Jahr. Kunststück, damals war sie schließlich nervlich ziemlich am Ende und stand noch dazu unter Mordverdacht. »Grüß dich, Gabi. Raphi, lang nicht mehr gesehen.« Sie hält mir ihre schmale, elegante Hand zum Gruß hin.

»Servus, Frau Wirtin«, lächle ich und schüttle sie ihr kurz.

»Nicht stören, Papa. Der Opa, die Oma und die dicke Frau sitzen hinten im Extrastüberl«, wittert mein Sohn sofort seine Konkurrenz, wenn es um die Marie geht.

»Sie und ihr Begleiter haben sich schon vor ein paar Tagen in zwei unserer nagelneuen Gästezimmer einquartiert. Also, ich wollte nur sagen: Ich weiß, wer sie ist. Die Erni hat mich quasi aufgeklärt, dass es sich um eure, äh, Mutter handelt.« Die Marie gleitet vom Hocker und blickt verlegen von mir zur Gabi. Logisch, dass die Erni meine Mutter erkannt hat. Die alte Wirtin vom Rieglerbräu kennt schließlich alle Hiesigen, auch wenn diese schon längst nicht mehr im Ort wohnen.

»Dank dir auch recht schön, dass ihr uns nicht informiert habt.« Die Stimme meiner Schwester klingt vorwurfsvoll. »Zumindest ein Anruf wär angebracht gewesen, damit wir gewarnt sind. Frechheit.« Die Gabi schnaubt beleidigt durch die Nase und verschwindet wutentbrannt in Richtung Extrastüberl.

»Ich wollte euch nicht verärgern, die Erni und ich, wir konnten ja nicht ahnen …« Die Marie blickt betroffen hinter der Gabi her.

Der Felix zieht an meinem Hosenbein und schaut mich irritiert an. »Papa, das soll deine Mama sein? Aber wieso kennst du die dann nicht? Und wieso kenn ich sie nicht?«

»Tja, das ist eine arg komplizierte Geschichte, von der ich auch noch nicht alle Details kenne.« Ich will ihm kurz über den Kopf streicheln, aber das kann er gar nicht leiden.

Mein Bub zuckt zurück und schmeißt dabei den Bierdeckelturm um. »Papa! Jetzt ist alles umgefallen, nur wegen dir!« Er verschränkt seine kleinen Arme und schiebt trotzig seine Unterlippe vor.

»Aber, Felix, das ist doch kein Problem«, besänftigt ihn die Marie. »Den bauen wir ruckzuck wieder auf, noch höher als vorhin. Ich hole gleich noch einen weiteren Packen Bierdeckel. Wirst sehen, die werden nahezu magisch gut halten, fast wie mit Superkleber.« Sie zwinkert ihm zu. Während sie die Bierdeckel hinter der Bar hervorkramt, erhasche ich noch mal einen Blick auf ihr hübsches Hinterteil.

»Franziska, bringst du bitte der Gabi und dem Raphi eine Halbe von Gerhards Spezial-Weihnachtsbock ins Extrastüberl?«

Jetzt erst fällt mir die dünne Kellnerin auf, die schon seit ewigen Zeiten im Rieglerbräu arbeitet und auch heute hinter der Schank steht, um Gläser in den Spüler zu räumen.

Die Marie kommt wieder an die Bar vor und reicht meinem Buben zwei mit Gummiringen umspannte Packen Bierdeckel. »Unsere neue Biersorte wird dir schmecken, Raphi.« Sie kräuselt leicht die Lippen, um gleich wieder eine ernste Miene aufzusetzen. »Ich hatte mir schon gedacht, dass da etwas nicht stimmt, als Frau Bishop bei uns zur Tür hereingekommen ist.«

»Wann genau war das eigentlich?« Jetzt bin ich doch neugierig.

Die Marie überlegt kurz. »Am Mittwoch, also vor vier Tagen. Sie hat gleich bis Ende Jänner bezahlt. Die Erni wollte übrigens wirklich schon bei euch anrufen, aber dann waren die beiden Gäste über Weihnachten zwei Tage weg, und wir haben angenommen, dass sie bei euch sind und der Anruf unnötig ist.« Während die Marie noch spricht, drückt mir die Franziska mit einem leisen Gruß eine Halbe in die Hand und verschwindet mit der zweiten in Richtung Stüberl.

»Nun, du schaust ihr übrigens sehr ähnlich, dieser Frau Bishop … deiner Mutter, meine ich.« Da ich nicht antworte, klettert die Marie etwas verlegen auf den Barhocker zurück und widmet sich wieder meinem Sohn, der schon konzentriert an einem neuen Bierdeckelturm baut.

Ich hingegen mache mich wortlos auf in Richtung Extrastüberl, vorbei an einem mächtigen Christbaum im Schankraum und dann durch eine moderne Glasschiebetür, die sich wie von Zauberhand vor mir öffnet. Auch in diesem Bereich wurde umfassend modernisiert, das frühere Fichtenholzstüberl ist als solches nicht mehr wiederzuerkennen. Genauso wie in der Schankstube sind die neuen Tische aus dunklem massiven Holz, und die ehemalige einfache Tür zum großen

Saal wurde durch eine breite Schiebetür ersetzt, die momentan geschlossen ist.

Meine Schwiegereltern stehen sofort von ihren Stühlen auf, als sie mich erblicken. Vermutlich wollen sie die Flucht ergreifen, denke ich mir.

»Also, wir machen uns jetzt auf den Weg hoam, ist a lange Fahrt.« Der Sepp kratzt sich wie so häufig verlegen die Glatze. »Außerdem wollen wir net stören, habts bestimmt so einiges zu bereden. Pfiat enk, alle miteinand.« Während die Hanni nach einem knappen Gruß durch die Glastür verschwindet, reicht er mir die Hand und blickt mir zum ersten Mal seit Jahren wieder pfeilgrad in die Augen. »Kannst den Felix gerne über die nächsten Tage und Silvester zu uns bringen. Wir täten uns recht narrisch freuen, wenn der Bub mal länger bei uns ist.«

Ich wiederum freue mich über seine versöhnliche Art. Nachdem auch er durch die Glastür verschwunden ist, nehme ich solidarisch neben meiner Schwester Platz. Zurückgelehnt im Stuhl und mit verschränkten Armen sitzt die Gabi der dicken Frau gegenüber, fixiert sie grimmig und schimpft in einem unglaublichen Tempo vor sich hin. Ich überlasse die Bühne vorerst ihr und nutze die Zeit, um die Frau eingehend zu betrachten, die ganz offensichtlich meine Mutter ist. Sie sieht mir tatsächlich ähnlich, denke ich mir. Oder ich ihr, wie man es halt nimmt. Kurze schwarze Locken umrahmen ihr kantiges, stark geschminktes Gesicht mit hohen Backenknochen, ihre Nase ist lang und schmal wie meine. Nur meine weit weniger fleischigen Lippen hab ich Gott sei Dank vom Vater geerbt. Im Gegensatz zu mir ist die Frau mächtig dick, weit dicker noch als die Gabi. Dafür hat sie keine einzige Falte im Gesicht. Ich rechne kurz nach; sie hat meine Schwester sehr jung zur Welt gebracht, also sollte sie erst knapp über sechzig sein. Aber noch nicht mal danach sieht sie aus.

»Liza, how are you, darling?« Der kleine, dünne Mann steckt vorsichtig seinen Kopf ins Stüberl herein. Meine Mutter hieß früher Elisabeth Aigner, erinnere ich mich. Mein Vater nennt sie, wenn er von ihr spricht, heute noch »Liesl«.

Die dicke Liza scheucht ihn wortlos mit den Händen weg, und der Mann verschwindet folgsam. *»My kids, I never thought I'd have the chance –«*

»Wennst jetzt net gleich Deutsch mit uns redest, dann wirst du mich kennenlernen, das schwöre ich dir.« Die Lippen meiner Schwester beben vor Wut.

»Gabi, wie sie laibd und lebd. Maine wunderschone Tochter.« Ihr Akzent ist grauenhaft.

»Ich bin net deine Gabi. Und jetzt sag, was du plötzlich von uns willst. Wir sind die letzten Jahrzehnte ganz gut ohne dich zurechtgekommen.«

»Und du, main süßer Raphael! Was hab ich dir vermisst in all die Jahre! Euch baide.« Die Frau ignoriert Gabis Worte und quetscht sich theatralisch eine Träne aus dem linken Auge.

»Na ja, so schlimm kann's nicht gewesen sein. Sonst hätte ich nicht neununddreißig Jahre alt werden müssen, um mal wieder die Stimme meiner Mutter zu hören. Gell, Liesl?« Das hab ich mir jetzt nicht verkneifen können.

Die viel zu grell geschminkte Frau wirkt nun doch ein wenig irritiert. »Glaub mir, Raphael, wenn euer Vater ein bissel *cooperative* gewesen wäre, dann hätte ich mich bei euch gemeldet.« Sie legt ihre fleischige Hand auf meinen Arm. »Immer wieder *over the past years* hab ich an mainen süßen klainen Jungen gedacht.«

Ich fühle mich im wahrsten Sinne des Wortes unangenehm berührt.

»Pah, dass ich nicht lach.« Meine Schwester kriegt vor Empörung kaum Luft. »Unser Vater soll nicht erlaubt haben, dass du Kontakt zu uns hast, oder wie? So einen Schmarrn hab ich ja noch nie gehört! Der Papa hat dir doch alles verziehen, obwohl du ihn nach Strich und Faden betrogen hast. Ich war zwar noch klein, aber ich kann mich an alles ganz genau erinnern. Unser armer Vater hat sich noch Jahre später wegen dir die Augen ausgeweint.«

Die Liesl nimmt ruckartig die Hand von meinem Arm. »Ich muss euch baiden so viel erklären. *That's why I'm here.* Main

Leben lang habe ich euch vermisst, und jetzt möchte ich mit maine *kids* Frieden schließen.«

»Wer's glaubt. Von mir aus kannst du das deiner Großmutter erzählen. Langsam wird mir die Luft zu knapp hier. Warum rückst du nicht einfach mit der Wahrheit raus?« Die Gabi holt tatsächlich tief Luft und springt auf. »Tut mir leid, Raphi, aber ich pack die Lügerei keine Minute länger. Ich fahr mit dem Felix heim.« Dann dreht sie sich zur Liesl und hält ihr drohend den Zeigefinger vor die Nase. »Und du, lass dir eine bessere Gschicht einfallen, wenn du jemals wieder mit mir reden willst.« Und weg ist sie.

Die fette Liesl schaut ihr mit offenem Mund nach. »So habe ich sie mir vorgestellt, ganz genau so«, sagt sie dann, und es schwingt sogar etwas Stolz in ihrer Stimme mit. Aber gleich darauf setzt sie erneut einen leidenden Blick auf, der so gar nicht zu ihr passen will. »Raphael, gib wenigstens du mir eine Chance.«

Ich bin etwas durch den Wind; ich weiß eigentlich nur das wenige über sie, das mir meine Schwester vor gut einer Stunde erzählt hat. Die ganze Situation kommt mir reichlich grotesk vor. »Von mir aus, dann höre ich mir halt deine Geschichte an. Garantieren kann ich dir allerdings nichts, Liesl.« Ich nenne sie absichtlich so, das Wort »Mutter« kommt mir garantiert nicht über die Lippen. Allerdings muss ich ja nicht gleich so hysterisch tun wie die Gabi und proste ihr mit einem breiten Grinsen auf dem Gesicht zu.

Die Frau nimmt einen kräftigen Schluck vom Bier, ein weiteres Anzeichen dafür, dass sie mit mir verwandt sein muss. Dann wirft sie einen Blick auf ihr blinkendes Handy, das am Tisch vor ihr liegt, wischt kurz übers Display und lässt es anschließend rasch in der Tasche ihrer Weste verschwinden.

»*To be honest, son, I'm completely exhausted this evening. Actually, I really need* eine klaine Pause. Außerdem muss ich dringend telefonieren. Komm doch morgen Nachmittag hier vorbai, dann reden wir. Dann wirst du auch verstehen, dass deine *Mom* bald eine ganz große Nummer in *this shitty* Koppelried sain wird.« Sie steht auf, trinkt den Rest des wirklich ausgezeichneten Biers in einem Zug aus und tätschelt mir zum Abschied schon wieder wie einem kleinen Kind die Wange. »*You're a good guy, just like Simon, your little brother.*«

Damit quetscht sie ungerührt ihren massiven Körper aus der Bank und lässt mich total durcheinander alleine zurück. Was war denn das jetzt, bitte schön? Wollte die mir nicht grad vorhin noch alles erklären? Also? Und wer soll dieser Simon sein? Mein kleiner Bruder? Ich glaub, ich spinn.

Ein paar grüblerische Minuten später lasse ich das noch halb volle Bierglas stehen und verlasse ebenfalls das Stüberl. Der Schankraum ist um einiges voller geworden, zahlreiche Gäste wollen im Rieglerbräu am zweiten Feiertag nach Weihnachten zu Abend essen. Auf jedem Tisch verbreiten Kerzen heimelige Stimmung, der Christbaum tut sein Übriges. Außerdem steht die Erni in der Küche, die alte Wirtin vom Rieglerbräu. Ihre Salzburger Gerichte, vor allem ihre in Butterschmalz herausgebackenen Schnitzel, sind mittlerweile weit über die Grenze zu Deutschland bekannt und locken seit Kurzem sogar schon manchen Bayern in unser kleines Koppelried. Apropos Bayern, ganz hinten beim Ausgang zum Gastgarten entdecke ich einen für sein Alter gar nicht schlecht aussehenden Endfünfziger. Ich kenne den Mann noch von meinen Ermittlungen im Sommer, als ich nach Maries Verhaftung auf eigene Faust nach dem Mörder von Max Riegler gesucht hatte. Es ist Paul Deinhard, seines Zeichens Münchner und der frühere Lebensgefährte von Marie. Die neben ihm sitzt. Vor ihnen zwei langstielige, gut gefüllte Rotweingläser, in der Mitte des Tisches eine schmale, flackernde Kerze. Schaut ganz danach aus, dass der Kerl immer noch an ihr interessiert ist. Keine Ahnung, warum, aber ich beschließe spontan, doch noch ein Bier an der Bar zu trinken.

Erfreut stelle ich fest, dass sich der neue Barhocker so in Position drehen lässt, dass ich die Marie im Blick behalten kann. Ich hatte ganz vergessen, wie hübsch diese Frau ist.

»Oha, der Aigner. Lang haben wir dich da nimmer g'sehen.

Ihr Aigners habts a Glück, dass wir heut offen haben. Weihnachtsromantikdinner, a Idee von der Marie. Ist ausgebucht.« Die Erni ist hinter der Bar aufgetaucht.

Gut schaut sie aus, denke ich mir. Zwar trägt sie immer noch das schwarze Dirndl und den grauen Dutt am Kopf, kommt aber frisch und schwungvoll daher. Obwohl die kleine Frau so dünn ist, sind die vielen Sorgenfalten der letzten Monate beinahe vollständig aus ihrem Gesicht verschwunden. Sie sieht um Jahre jünger aus. Es scheint, als täte die Marie ihr gut.

»Viel zu lang, wiest sehen kannst.« Vorwurfsvoll nickt sie Richtung Marie. »Der oide Latsch da will unserer Wirtin den Kopf verdrehen. Aber der passt gleich gar net da her zu uns. Nicht nur a Bayer! Noch schlimmer, a Münchner! I kann den eitlen Geck net leiden. Der will sie nur wegholen von uns, und da sei mir der Herrgott davor und alle seine Heiligen.«

Wer hätte noch vor einem halben Jahr gedacht, dass die Erni, Tante des ermordeten Brauwirts, jemals so über die Marie sprechen würde. Ich nicht.

»Was magst trinken, Aigner? A Riegler Helles?« Ohne meine Antwort abzuwarten, zapft sie mir eins und schenkt sich selbst ihren obligatorischen Schnaps ein. Die Erni war schon immer eine kleine Schnapsdrossel, übertreibt es aber nie. Oder sie verträgt einfach nur unheimlich viel, denke ich mir.

»Geht aufs Haus. Sag, willst net wieder öfter mal bei uns vorbeischauen? Das kann ja net sein, dass du als Oanziger im Ort immer noch bös auf die Marie bist, oder?« Die Erni runzelt die Stirn und fixiert mich listig mit ihren kleinen Schweinsaugen.

Aber böse bin ich ihr nicht mehr. Oder doch? Ich weiß es nicht, darüber hab ich nie nachgedacht. Was ich hingegen weiß, ist, dass mir der Geck dort drüben nicht gefällt.

Erst als ich sie schon minutenlang frech angestarrt habe, bemerkt mich die Marie endlich und nickt mir zu. Der Deinhard legt sofort besitzergreifend seine Pranke um sie, von der sie sich aber gleich wieder befreit. Nachdem sie kurz etwas zu ihm gesagt hat, kommt sie tatsächlich zu mir an die Schank. »Und, Raphi, konntest du mit der Frau reden?«

Die Erni begibt sich dezent wieder zu den Gläsern hinter dem Tresen und tut geschäftig.

»Wie man's nimmt, reden ist wohl nicht das richtige Wort dafür. Aber sag, wie geht's dir eigentlich so, Marie?« Ihr Lächeln lässt mich ganz unvermutet an unsere gemeinsame Nacht auf ihrem weißen Sofa denken, obwohl die schon Monate zurückliegt. Schnell schieb ich die Erinnerung wieder weg.

»Wie soll es mir schon gehen? Du musst dich nur umschauen, Raphi. Das Schicksal hat es wirklich gut mit mir gemeint. Neben meinem Onkel kümmert sich nun auch die Erni um mich. Mit ihrer sehr bestimmten, aber lieben Art.« Sie schmunzelt, als ihr Blick die ältere Frau hinter der Bar streift.

Die Erni wiederum grinst bis über beide Ohren, bevor sie in die Küche abrauscht. Die beiden Frauen scheinen wirklich ein gutes Verhältnis zueinander zu haben, denke ich mir.

»Meinen Onkel hab ich heute Morgen nach Bad Vigaun gebracht, er macht dort eine Kur wegen seiner Herzprobleme«, fährt die Marie fort. »Ehrlich gesagt bin ich erleichtert, dass die beiden Streithanseln so wenigstens mal für ein paar Wochen getrennt sind. Die Erni und er liegen sich ständig in den Haaren, wenn es um mich geht. Aber ich verstehe mich wirklich prächtig mit ihr. Und auch mit unserer Belegschaft. Das Geschäft floriert, vor allem die Brauerei, die Koppelrieder haben mich voll und ganz akzeptiert, und das, obwohl ich hier so etwas wie eine Persona non grata war.« Sie sieht richtig glücklich aus.

»Und ganz offensichtlich hast du auch einige hartnäckige Verehrer«, ergänze ich und proste ihr augenzwinkernd zu.

»Stimmt, Raphi. Sehr ernsthaft interessierte sogar.« Sie lächelt geheimnisvoll.

»Wenn du noch kurz Zeit hast, setz dich doch her zu mir, Marie. Ich glaub, mir war gar nicht bewusst, wie sehr mir das Rieglerbräu gefehlt hat.«

Sie blickt mich erstaunt an, nimmt aber am freien Barhocker neben mir Platz. »Aha, das Rieglerbräu hat dir also gefehlt.«

»Tja, wer hätte das gedacht, das Rieglerbräu«, bestätige ich schmunzelnd. »Ich hoffe, es stört dich nicht, wenn ich jetzt wieder öfter hier auftauche. Im Moment hat sich ja auch sozusagen ein Teil meiner Familie bei euch einquartiert.« Die dicke Frau schiebt sich wieder vor mein geistiges Auge. »Marie, ich sag dir, nie hätte ich mir gedacht, noch einmal die Stimme meiner Mutter zu hören. Das haut mich schon ziemlich um.«

Mitfühlend legt sie ihre Hand auf meine, zieht sie aber gleich wieder weg. Erstaunlicherweise hat mich die kurze Berührung bis in die Haarspitzen elektrisiert. »Ich kann mir gut vorstellen, wie es dir und der Gabi jetzt geht.«

»Na ja, bei mir überwiegt vorerst die Überraschung. Stell dir vor, ich habe offenbar noch einen Bruder.« Ich erzähle ihr alles, von dem Überfall der Frau bei uns heute Nachmittag bis hin zu dem kurzen Gespräch vorhin. Eigenartigerweise tut es gut, sich mit ihr darüber zu unterhalten, die Marie ist eine gute Zuhörerin. So ins Gespräch vertieft, bemerken wir gar nicht, dass der Deinhard auf einmal neben uns steht. Dann vernehmen wir ein Räuspern und sehen seinen säuerlichen Gesichtsausdruck.

»Ich muss jetzt wirklich zurück nach München, Marie. Schade, dass du gar keine Zeit mehr für mich erübrigen konntest und ich alleine dinieren musste. Zu zweit hätte es mir mehr Freude bereitet.«

Dem sein Abend ist wohl gelaufen, denke ich mir schadenfroh.

Etwas zerknirscht rutscht die Marie vom Stuhl und verabschiedet sich unter Entschuldigungen von ihm.

Der Münchner küsst sie demonstrativ auf die rechte und die linke Wange. Mich bedenkt er anschließend mit einem ziemlich unfreundlichen Blick. »Der Herr Polizist, falls ich mich recht erinnere; es ist ja schon ein Weilchen her. Auf Wiedersehen.« Mit leicht hängenden Schultern verlässt er das nun schon beinahe leere Lokal. Ganz in unsere Unterhaltung versunken, haben wir offenbar völlig die Zeit übersehen, stelle ich erstaunt fest.

Die Erni schwirrt zufrieden an uns vorbei und zwinkert

mir verschwörerisch zu, nachdem sie auch die letzten beiden Gäste abkassiert hat.

Ich finde, ich sollte besser auch von hier verschwinden, und rutsche vom Barhocker. Doch so schnell kann ich gar nicht schauen, da schiebt mich die alte Wirtin wieder zurück.

»Aber geh, ihr jungen Leut könnts ruhig noch dableiben. Wozu haben wir denn so a gmiatliches Wirtshaus. I sperr derweil schon mal zua, aber unterhaltets euch ruhig weiter, ihr zwoa.«

Weil ich austreten muss, steh ich trotzdem kurz auf, und als ich wieder zurückkomme, ist die Schankstube leer bis auf die Marie, die am Barhocker sitzt und nachdenklich ihr Weinglas zwischen den Fingern dreht. Die Hängelampen sind aus, nur mehr die Bar ist dezent und stimmungsvoll beleuchtet. Dafür hat sicher die Erni gesorgt, bin ich überzeugt. Als sich die Marie auch noch die langen Locken aus der Stirn streicht und lächelt, werfe ich alle meine Bedenken über Bord. Was soll's, ein kleiner Flirt wird ja noch erlaubt sein. Also greife ich nach dem für mich bereits gefüllten Rotweinglas und komme ihr beim Zuprosten sehr nahe.

Da stürmt auf einmal der dünne alte Mann mit geflochtenem Zopf im hellgrünen Flanellpyjama die Treppe herunter in den Schankraum. *»Please help! It's a matter of life and death! My wife fell out of bed. Please, come with me! Hurry up!«*

Die Marie und ich schauen uns kurz erstaunt an, stellen dann aber unsere Gläser ab und laufen mit dem Mann hoch zu den Gästezimmern. Dort, wo früher die beiden riesigen Wohnungen vom Riegler und seinen Eltern waren, sind zwei Gästezimmertrakte entstanden. »Zimmer 1–4«, steht über der Tür zum rechten Trakt, »Zimmer 5–10« über der zum linken. Am Ende der Treppe angekommen folgen wir dem kleinen Mann durch die schon offen stehende Tür nach rechts und dann bis zum Zimmer Nummer zwei, dessen Tür ebenfalls sperrangelweit geöffnet ist.

»Wir haben zwei Zimmer an die beiden vermietet, sie sind unsere einzigen Gäste. Es ist alles noch ganz neu«, erklärt die Marie rasch, bevor ich nach ihr das Zimmer betrete.

Ein unübersehbarer Fleischberg in rotem Satinnachthemd hebt und senkt sich schwer atmend links neben dem Bett. Das Hemd ist der Frau fast bis über den unförmigen linken Busen gerutscht und beschert uns einen unappetitlichen Anblick. Vor allem mir, ihrem potenziellen Sohn, denke ich mir, und will eigentlich nicht näher rangehen.

Die Marie erkennt sofort die Lage und zieht der Liesl flink das Hemd nach unten. Also bewege ich mich doch vor zum Bett und beuge mich über die am Boden liegende Frau, die meine Mutter ist. Zur Belohnung weht mir eine Alkoholfahne entgegen, die mich kurz nach Luft schnappen lässt. Ich tippe auf Schnaps, da eine zur Hälfte geleerte Flasche am mit Krimskrams vollgeräumten Nachttisch steht.

Auch die Marie weicht zurück, um die Tür zum Balkon zu öffnen. Danach hieven wir beide die dicke Frau hinauf aufs Bett. Die arme Marie muss sich dabei gehörig anstrengen.

Dann klatsche ich der Liesl ein paarmal mit der Hand ins Gesicht, und sie öffnet die Augen.

»Fine, honey. Like it, lllike youuu«, lallt sie, und gleich darauf setzt ein geräuschvolles, schmatzendes Schnarchen ein.

Die Marie hat inzwischen im Bad ein Handtuch angefeuchtet und legt es ihr auf die Stirn.

Die Liesl schnarcht indessen ungerührt weiter wie ein Holzfäller.

Mehr können wir nicht tun.

Immerhin ist der kleine Mann im Flanellpyjama, der die ganze Zeit über unbeholfen vor dem Bett auf und ab gegangen ist, nun sichtlich beruhigter und bedankt sich überschwänglich. Kurz kramt er in Liesls Handtasche und will der Marie ein paar Geldscheine zustecken, aber die lehnt entrüstet ab.

Wir sehen zu, dass wir so rasch wie möglich aus dem streng riechenden Zimmer hinauskommen, und lehnen uns, nachdem ich die Tür leise hinter uns geschlossen habe, einander gegenüber mit dem Rücken an die Flurwand. Als wir gleichzeitig loslachen, blicke ich in Maries schönes Gesicht, und es überkommt mich einfach. Ich gehe auf sie zu, drücke sie sanft gegen die Wand, und mein Mund ist ihrem so nahe, dass ich sie eigentlich küssen müsste.

Halt, Aigner, denke ich mir plötzlich. Halt, halt, halt. Was tust du Irrer denn da schon wieder!

Rasch lasse ich sie los und trete einen Schritt zurück. »Marie«, ich muss mich räuspern, »ich glaube, ich gehe jetzt doch besser heim.« Weil ich schließlich weiß, wohin das sonst führt. Und das geht auf keinen Fall. Schon gar nicht vor dem Zimmer meiner schnarchenden Mutter.

Die Marie atmet tief ein und aus und stimmt mir schließlich zu. »Du hast vollkommen recht, Raphi. Der Wein ist uns zu Kopf gestiegen.« Verlegen zupft sie an ihrem Pulli, begleitet mich noch bis zur schweren hölzernen Eingangstür vom Rieglerbräu, aber verabschiedet sich nicht. Als ich draußen bin, schließt sie einfach wortlos die Tür hinter mir.

Vorm Wirtshaus bleibe ich wie angewurzelt stehen. Na super, ich werde doch auf meine alten Tage kein Weichei. Sonst hab ich doch auch keinerlei Hemmungen bei den Frauen. Das Auftauchen der Liesl wie aus dem Nichts hat mich wohl komplett durcheinandergebracht. Ich atme tief durch, ziehe mir die Kapuze meiner Jacke über den Kopf und mache mich im Salzburger Schnürlregen zu Fuß auf den Weg nach Hause. Gut so, denke ich mir schließlich. Noch mal eine Bettgeschichte mit der Marie, und meine Familie und der halbe Ort würden mich steinigen. Warum nur bringt diese Frau mich immer wieder in solche Situationen, sobald ich allein mit ihr bin?, überleg ich. Ich will doch nichts von der Marie, wiederhole ich dabei wie ein Mantra mehrmals. Ich will doch wirklich überhaupt nichts von ihr.

Zu Hause krame ich in meiner Hosentasche nach dem Haustürschlüssel, denn wenn meine Schwester abends alleine daheim ist, sperrt sie ausnahmsweise ab. Im selben Moment vibriert mein Handy in der Jackentasche, und ich ziehe es heraus.

»Schau an, der Raphi lebt noch. Bist noch munter?« Es ist Monis Antwort auf meine WhatsApp-Nachricht von heute

Nachmittag. Das Handy vibriert noch mal, diesmal in meiner Hand. *»Fahr grad vom Dienst heim. Magst mich besuchen?«*

Natürlich weiß ich, wo die Moni wohnt, ich war ja vor zwei Wochen bei ihr.

Ich hab den Schlüssel schon ins Schloss gesteckt, aber noch nicht umgedreht, da vibriert das Handy wieder. *»Wenn nicht, geh ich halt in den Club.«*

Aigner, das kannst du nicht machen, denke ich mir, noch während ich tippe: *»Bin in 25 Minuten bei dir.«*

»Freu mich ganz doll. Kuss, Moni«, kommt es flugs zurück.

Montag

»*And it burns, burns, burns – the ring of fire*«, singt Johnny Cash zum wiederholten Mal mit penetrant lauter und tiefer Stimme. Das ist der Klingelton für meine Schwester. Ich taste langsam mit der linken Hand unters quietschende Metallbett, während die Moni schwer auf meinem rechten Arm liegt und mir auf die Schulter sabbert. Obwohl, schwer ist sie nun wirklich nicht, eher das komplette Gegenteil. Ich ziehe meinen Arm vorsichtig unter ihr heraus, aber sie schläft unbeeindruckt weiter.

»Jaaa?«, krächze ich mit belegter Stimme ins Handy.

»Wo bist du?« Meine Schwester ist auf hundertachtzig oder noch mehr. »Oder besser: Wo ist mein Auto?«

Ach, stimmt ja, ich hab mir gestern Nacht ihre Rostlaube quasi ausgeliehen. »Ich hab dir doch eine Nachricht geschickt, dass ich es mir kurz ausborge.«

»Mag sein, aber du hast mir nicht mehr meine Frage beantwortet, nämlich wann der Herr Aigner gedenkt, es mir wieder zurückzubringen und seinen Hintern nach Hause zu bewegen. Wir haben schließlich so einiges zu besprechen. Kommt nicht alle Tage vor, dass die verschollene Mutter aus dem Nichts auftaucht.«

Sie legt auf, und ich krieche etwas schuldbewusst aus dem Bett. Ein Blick auf die Uhr zeigt mir, dass es schon kurz vor elf ist, ich sollte mich also schleunigst fertig machen. Zu allem Überfluss hab ich heut auch noch Nachmittagsdienst. Also nehme ich eine Fünf-Minuten-Blitzdusche, verlasse die Wohnung und laufe die drei Stockwerke zu Fuß hinunter, um wach zu werden.

Mein Auto, oder eigentlich der alte Fiesta meiner Schwester, steht nicht mehr vor dem Haus. Genauer gesagt steht er nicht mehr im Halte- und Parkverbot vor dem kleinen Supermarkt, obwohl ich mir sicher bin, dass ich ihn gestern Nacht dort abgestellt habe. Während ich mich noch wundere, bleibt eine alte Frau in braunem Mantel mit Stock und Hut samt Fasanenfeder am Hutband direkt vor mir stehen.

»I kenn solchane Burschen wia Eana, immer wieder sag i's euch, immer wieder. Genau da lassen s' die Autos alle abschleppen. Dann ziagt euch der Staat das Geld aus den Taschen, und recht hat er.« Während sie schimpft, klopft sie unablässig mit ihrem Stock gegen mein Schienbein. Ich greife nach dem Stock, weil sie mir wehtut.

»Aber ihr Jungen wollts nia drauf hören, was unsereiner zu sagen hat, gell. Schon deppert, aber des haben S' jetzt davon. Das g'schiacht Eana schon recht.« Sie lacht mich schadenfroh aus.

Und ich stehe wie ein Depp neben ihr und starre auf die Stelle mit dem nicht mehr geparkten Wagen.

Die Moni hat einen gesegneten Schlaf, die weckt so schnell nichts und niemand, daran kann ich mich leider jetzt auch wieder erinnern. Nachdem ich etwa zehn Minuten an der Eingangstür Sturm geläutet, damit sämtliche Nachbarn verärgert und sie viermal vergeblich am Handy angerufen habe, öffnet sie mir schließlich doch noch just in dem Moment verschlafen die Tür, in dem ich beschlossen hab, sie brachial einzutreten. Dabei falle ich der jungen Frau fast in die Arme.

»Oha, so stürmisch, Aigner. Hast schon wieder Sehnsucht nach meinem Körper, gell?« Die Moni grinst, ihre kurzen Haare stehen strubblig in alle Richtungen ab. Bekleidet ist sie nur mit einer Unterhose, was den Nachbarn, der neugierig den Kopf durch die Wohnungstür gegenüber steckt, äußerst nervös zu machen scheint. Obwohl die Moni, nicht nur von Weitem betrachtet, mit ihrer neuen Stachelfrisur beinahe schon als Bursche durchgeht. Einen Busen hat sie auch kaum. Als ich das Mädel vor ein paar Monaten kennengelernt habe, war sie noch eine sehr attraktive Brünette mit flottem kinnlangen Haar.

»Also, ich würde mir mal was anziehen, zumindest ein

T-Shirt.« Unsanft schiebe ich sie in die Wohnung zurück, wo ich ihr mein Dilemma erkläre.

»Ja mei, dann bring i dich halt nach Koppelried. Schlafen kann i nachher auch noch.«

Während die Moni ausgiebig duscht, läutet mein Handy. Diesmal ist es dienstlich.

»Chef, die Erni vom Rieglerbräu hat grad ang'rufen.« Es ist die Gerti, Verwaltungsangestellte und gute Seele meiner Inspektion. »Dein Vater, der schreit in ihrer Schankstuben rum. Du musst unbedingt sofort dorthin. Die Erni hat g'sagt, der Bus mit den Gästen für das Brauseminar käme gleich, und wenn der net zum Schreien aufhört, dann kann sie für gar nix mehr garantieren. Die ist fuchsteufelswild. Ich wollt niemand anders hinschicken, weil es ja dein Vater ist.«

Ich beruhige die Gerti und versichere ihr, mich sofort auf den Weg zu machen. Dann drehe ich der Moni unsanft den Duschhahn zu, obwohl sie protestiert.

Munter vor sich hin schimpfend schlüpft sie flott in Jeans und Pulli, rubbelt sich mit einem Handtuch die streichholzkurzen Haare in Rekordzeit trocken, und endlich sind wir unterwegs.

»So, da simma schon. Aber ohne Busserl kimmst mir net aus, wenn i dich da schon herbringen hab müssen.« Die Moni grinst frech, und ich beuge mich seufzend zu ihr rüber, obwohl es grad wirklich pressiert.

Da klopft es auch schon wie wild gegen die Scheibe vom kleinen Opel Corsa. Die Moni lässt lässig meine Seitenscheibe per Knopfdruck herunter, und ich sehe in einen sehr attraktiven Ausschnitt eines blauen Salzburger Dirndls mit Froschgoscherl. In dem Ausschnitt ist nicht zu viel und nicht zu wenig, ich kenne ihn.

»Könnt ihr euch bitte anderswo abschmusen, der Lois muss da parken. Das ist nämlich der Busparkplatz«, schnauzt mich die Marie an und deutet nach hinten.

Als ich mich umdrehe, seh ich dort tatsächlich einen Bus,

der uns anblinkt. Ich wünsche mir, eben mal kurz im Boden versinken zu können, aber leider wird mir der Wunsch nicht erfüllt. Was für eine Schnapsidee, ausgerechnet hier mit der Moni aufzutauchen.

Die beugt sich neugierig über mich zum Fenster hin. »Wir san grad fertig worden, Frau Wirtin. Sie kriagn ihn schon wieder, koa Sorge. Den Parkplatz, moan i«, fügt die Moni noch immer frech grinsend im breitesten Bayrisch hinzu. Ich bereue es ehrlich, dass ich dem Mädel gestern in einem schwachen Moment von meiner verkorksten Beziehung zur Marie erzählt hab.

Die Marie ignoriert die Moni und blafft mich wütend an. »Du solltest besser sofort deinen Hintern in Bewegung setzen und deinen Vater einsammeln. Mit seinem Geschrei vergrault der mir noch alle Gäste.« Mit verschränkten Armen stellt sie sich wütend neben das Auto.

Ich steige wortlos aus. Mir fällt überhaupt nichts ein, was ich spontan zu meiner Verteidigung sagen könnte. »Also, es tut mir leid … äh … Marie«, stammle ich wie ein Schulbub.

Ihr verächtlicher Blick sagt alles. Derweil reversiert die Moni mit ihren Strubbelhaaren lässig ihren Kleinwagen, wirft mir eine Kusshand zu und braust als klare Siegerin der Situation davon.

Die Marie hingegen atmet hörbar durch, bevor sie mich anschreit: »Hol endlich deinen Vater und dann verschwinde von hier! Aber flott!« Mit eisigem Blick lässt sie mich stehen und winkt den Busfahrer herbei, dem sie ein übertrieben aufreizendes Lächeln schenkt.

Ich mache mich nun doch lieber aus dem Staub und betrete die Gaststube, wo mein Vater tatsächlich laut herumschreit.

»Kimm runter da! Red mit mir, Liesl, das bist mir schuldig!« Er steht vor der breiten Treppe, die nach oben zu den Gästezimmern führt, und hält sich so verkrampft mit der linken Hand am Treppengeländer fest, dass seine Knöchel an der Hand weiß hervortreten. Mit dem Zeigefinger der rechten droht er in Richtung erster Stock. Diese Geste ist mir wohlbekannt von seinen zahlreichen Amateur-Predigten, die er mir in meiner Kindheit und vor allem Jugend gehalten hat.

Er weiß also auch schon, dass uns seine Liesl mit ihrer Anwesenheit beehrt, denke ich mir und seufze laut auf.

Im Schankraum sitzt trotz Mittagszeit nur ein älteres Paar an einem Tisch und verfolgt, genauso wie die beiden Kellnerinnen hinter der Schank, neugierig die peinliche Vorstellung meines Vaters.

Also mache ich die paar Schritte auf ihn zu und versuche, ihn zu beruhigen. »Komm, Vater, lass es gut sein. Ich bringe dich jetzt nach Hause.« Meine Worte klingen eine Spur schärfer als gewollt, wie meistens, wenn ich mich mit ihm unterhalte. Ich greife nach seiner rechten Hand, aber er entreißt sie mir wie ein trotziges Kind. Erst jetzt bemerke ich, dass ihm die Tränen nur so die Wangen hinunterlaufen, und auf einmal tut er mir leid. Ich habe den Mann noch nie weinen gesehen und weiß nicht so recht, wie ich damit umgehen soll. Er atmet schwer und starrt nach oben auf die schmale Galerie, die zu den beiden Trakten mit den Gästezimmern führt, als säße dort der leibhaftige Teufel.

»›Der Huren Mund ist eine tiefe Grube; wem der Herr ungnädig ist, der fällt hinein.‹« Mein Vater und seine Bibelverse; ich glaube, ich kenne sie alle auswendig. Leider. Seine Stimme überschlägt sich nahezu vor Bitterkeit. »Kimm da runter, Liesl, sonst kimm i rauf! I lass mir das net von dir bieten! Du muasst mit mir reden!«

»Lass es, Vater. Das hat doch keinen Sinn.« Als ich ihn sanft, aber doch bestimmt in Richtung Tür ziehen will, geht er kraftlos in die Knie und hockt plötzlich mit schmerzverzerrtem Gesicht am Boden.

»Junger Mann, jetzt seien Sie doch nicht so brutal«, ergreift die ältere Dame am Tisch neben dem großen Christbaum beherzt das Wort.

»Franzl.« Die dicke Liesl kommt endlich durch die Tür zum rechten Trakt und bleibt oben am Treppenansatz kurz stehen, um die Situation zu erfassen. Dann wälzt sie sich schnaufend und bedächtig, die dicke Hand zur Sicherheit immer am Geländer, zu uns herunter. Dabei klackern ihre zahllosen Ringe an den Fingern.

Mein Vater sitzt einem Häufchen Elend gleich am Boden und beobachtet wie hypnotisiert seine geschiedene Frau, die meine Mutter ist. »Liesl«, stammelt er. »Liesl, meine Liesl.«

Als sie endlich unten angekommen ist, schiebt sie mich ungerührt zur Seite, greift nach den Händen meines Vaters und stellt ihn wie einen Spielzeugsoldaten wieder auf die Beine. »Geh, Franzl, lass es guat sein.« Sie spricht unseren Dialekt, als wäre sie nie in Amerika gewesen.

Meinem Vater laufen immer noch unaufhörlich die Tränen über seine eingefallenen Wangen.

»Komm, gemma raus«, schlägt sie vor, und mein großer Vater lässt sich widerstandslos von ihr an der Hand aus dem Wirtshaus führen. Wie ein kleiner Bub, denke ich mir.

Keine Minute zu spät, denn gleich darauf lotst die Marie im blauen Dirndl eine Gruppe von etwa dreißig Leuten in die Schank, und der Gerhard, der Münchner Braumeister vom Rieglerbräu, öffnet die neue Doppeltür zum Braukeller. Auch hier ist umgebaut worden, bemerk ich jetzt. Die Tür ist nicht mehr hinter der Bar, sondern links davon, frei zugänglich. Der Gerhard geht der Gruppe mit offenen Armen entgegen, in Lederhose, kariertem Hemd und Janker. Er und die Marie im Dirndl kommen mir vor wie das berühmte Trachtenpärchen auf dem Etikett einer bekannten Getränkemarke.

»Schleich dich endlich, Aigner«, zischt der Braumeister mir im Vorbeigehen zu, bevor er sehr freundlich und im breitesten Bayrisch die Gäste begrüßt. »Liabe Leut, herzlich willkommen zur allerersten Weihnachtsführung im Rieglerbräu.« Er macht eine künstlerische Pause. »Erlebts mit mir in der nächsten hoiben Stund die reinste Bierseligkeit, mit ana warmen Brezen und am süffigen Rieglerbier. Danach werden euch unsere Wirtin und ihr Eins-a-Team ein Biermenü servieren, das ihr so schnell nimmer vergessen werdets.« Und schon führt er die Besucher in den großen Braukeller.

Die Marie wartet lächelnd, bis alle verschwunden sind, dann schickt sie die beiden Kellnerinnen mit den Tabletts voller Begrüßungspfiff hinterher. Schließlich folgt auch sie der illustren Truppe und schließt die Tür von innen.

Sie hat mich keines einzigen Blickes mehr gewürdigt, aber das hätte ich auch nicht verdient gehabt, denke ich mir zerknirscht.

Um mein Unglück endgültig zu vervollständigen, taucht auch noch Ernis Gesicht vor mir auf. »Schleich dich, Aigner! Du Falott, kimmst da oafoch mit deinem Krispindl zu uns her. Wenn i das Madl noch amoi da seh, dann schmeiß i euch zwoa hochkant raus. So was wia dich brauchen wir da net«, keift sie mir nach, während ich schon fluchtartig das Lokal verlasse und mich zu Fuß auf den Weg zur Inspektion am nördlichen Ortsrand machen muss.

Es ist kalt, aber wenigstens regnet es nicht. Der Himmel ist grau verhangen und passt damit blendend zu meiner Stimmung. Immer wenn die Marie im Spiel ist, verhalte ich mich wie das letzte Arschloch. Ich kann mich beim besten Willen selber nicht verstehen.

»Du denkst nur an dich, Raphael.« Am Abend marschiert meine Schwester wie ein Soldat vor mir auf und ab.

Ich habe gerade noch den Felix zu Bett gebracht und ihm eine Geschichte vorgelesen. Er hat sein eigenes Zimmer oben in Gabis Wohnung, weil in meiner kleinen Zwei-Zimmer-Wohnung im Erdgeschoss dafür leider kein Platz ist.

Die Gardinenpredigt meiner Schwester behagt mir gar nicht, denn eigentlich hatte ich vor, den Andi zu einem gemütlichen Männerabend einzuladen und mit ihm die Sache mit der Liesl zu besprechen. Der Baumgartner Andi ist seit Kindertagen mein bester Freund und wohnt sozusagen ums Eck. Zwar immer noch wie sein Bruder Schorsch als eingefleischter Junggeselle mit knapp zweiundvierzig bei der Mutter, aber man kann nicht alles haben.

»Du kannst dich an nix halten, an rein gar nix, was wir ausmachen. Die zweihundert Euro fürs Abschleppen bezahlst du, Raphael Aigner, dass das klar ist. Und den Zweitschlüssel für meinen Wagen, den gibst mir auch zurück. Her damit.« Sie streckt mir fordernd ihre rechte Hand entgegen.

»Aber Gabi, wir haben doch ausgemacht, dass wir beide das Auto benützen können«, protestiere ich.

»Ich glaube eher, wir haben ausgemacht, dass du mein Auto fahren darfst, wenn du mich vorher fragst.« Sie nimmt mir gerade unbarmherzig den Schlüssel ab, als der Andi den Kopf in ihre Küche steckt.

»Dicke Luft, Andi. Am besten wartest du unten und nimmst dir schon mal ein Bier aus meinem Kühlschrank«, rate ich ihm und verdrehe übertrieben grinsend die Augen.

»Ähm, danke. Aber eigentlich will ich zur Gabi, net zu dir, Raphi.«

Fassungslos schüttle ich den Kopf. Neuerdings scharwenzelt mir mein Freund etwas zu oft um meine Schwester herum.

Als der Andi meine Reaktion sieht, lacht er laut und herzlich und schlägt mir mit der rechten Hand mit voller Wucht auf die Schulter, sodass es mich fast aus dem Sessel hebt. »Geh, Raphi, jetzt schau net so beleidigt drein. Deine Schwester ist doch weit schöner als du, da fällt mir die Entscheidung zwischen euch zwei net wirklich schwer.«

Die Gabi lächelt geschmeichelt und holt für ihn ein Bier aus ihrem Kühlschrank. Für mich nicht.

Mein bester Freund nimmt mir gegenüber am Tisch Platz und macht es sich gemütlich. »Sag, was hast denn schon wieder ang'stellt? Ich hab eben von meiner Mutter erfahren, dass du zuerst mit einem Mädel, das fast noch unter Jugendschutz steht, bei der Marie aufgekreuzt bist und danach im Wirtshaus deinen Vater niedergeschlagen hast. Also, Raphi, das muss jetzt wirklich net sein.«

Der Nachrichtendienst in Koppelried hat wie immer beeindruckend rasch funktioniert, denke ich mir, wenn dabei auch faktenmäßig etwas durcheinandergeschmissen wurde.

Mein Freund zwinkert mir vergnügt zu und haucht meiner

Schwester dann ein Luftbusserl zu. Die beiden werden mir schön langsam unheimlich. Kennen sich seit ihrer Geburt und tun seit Kurzem so, als hätten sie sich eben erst kennengelernt.

»Weißt, ich hör schon gar nicht mehr hin, wenn die Leut über ihn reden«, seufzt die Gabi und quetscht sich nahe an den Andi ran. »Und wegen seiner Weibergschichten reg ich mich auch nicht mehr auf; wenigstens verschont er mir den Buben damit.« Sie dreht sich kurz in meine Richtung und funkelt mich böse an. »Die Marie hat der da sowieso nicht verdient, die ist viel zu gut für den.«

Hat die Marie etwa gepetzt? Obwohl ich mir meiner Schuld bewusst bin, setze ich meinen treuherzigsten Blick auf. Es nützt nichts. Meine Schwester ignoriert mich und prostet dem Andi zu. Dass sich die beiden bei der Gelegenheit viel zu lange in die Augen schauen, fällt selbst mir auf.

»Du bist schon ein Depp, Raphi. Such dir endlich mal eine feste Freundin, der Felix wird es schon verkraften«, fällt mir der Andi in den Rücken.

»Den Felix lasst mir dabei aus dem Spiel«, hebt die Gabi drohend ihren Zeigefinger.

»Ehrensache. Aber ich glaub, der Raphi sollte endlich mal seine Beziehungsunfähigkeit überwinden«, faselt mein Freund neunmalklug daher.

Über so einen Vorschlag kann ich nur lachen, da redet nämlich genau der Richtige. Der Andi hatte, seit ich ihn kenne, noch nie länger als vier Wochen ein und dieselbe Freundin. Und ich kenne ihn schon ewig.

»Das ist mir mittlerweile eh wurscht, aber was mich wirklich ärgert, ist die Selbstverständlichkeit, mit der er annimmt, ich wär nur für ihn da. ›Die Gabi kocht, die Gabi wäscht und bügelt, die Gabi putzt‹«, äfft mich meine Schwester völlig talentfrei nach.

»Einspruch«, werfe ich zaghaft ein, »meine Wohnung putze ich immer selber.«

Sie würdigt mich keines Blickes. »Er nimmt sich sogar sein Essen aus meinem Kühlschrank.«

»Gabi, ich bezahle alle unsere Einkäufe, auch deine, falls du das vergessen hast.«

Wieder wird meinem Einwand keine Beachtung geschenkt, meine Schwester ist schon zu sehr in Fahrt. »Und auf einen Dank dafür, dass ich den Felix quasi alleine großziehe, kann ich ewig warten. Dabei hab ich doch auch ein eigenes Leben.«

Jetzt ist sie ungerecht; ich verbringe beinahe jede freie Minute mit meinem Buben. Aber ich kann die unbeliebten Dienstzeiten nicht immer meinen Leuten aufs Auge drücken, da muss ich auch mal selber ran. Vor allem jetzt, nachdem unsere Mannschaft wegen Sparmaßnahmen der Landespolizeidirektion um ganze zwei Leute reduziert worden ist. »Das ist nicht fair, Gabi, und das weißt du auch.«

»Gabi, der Raphi ist wirklich ein guter Vater«, springt der Andi dann doch noch für mich in die Bresche. »In dem Punkt kann man nichts gegen ihn sagen.« Er legt seine Hand um ihre Schulter und zieht sie etwas zu vertraulich an sich ran.

Meine Schwester lässt sich das nicht nur gefallen, sondern presst sich geradezu an ihn. »Aber egoistisch ist er trotzdem. Er nimmt sich einfach mein Auto, wann immer es ihm passt, und schert sich einen Dreck darum, ob er es im Parkverbot abstellt oder nicht. Dabei ist der Kerl doch Polizist.« Sie stößt einen kläglichen Ton aus. »Und alles das gerade jetzt, wo unser Leben wegen dieser furchtbaren Frau kopfsteht.«

»Hallo? Ich bin noch da und höre alles, was du sagst. Und wegen des blöden Autos brauchst du nicht sauer zu sein, ich zahl das Abschleppen, und das Service lass ich auch gleich machen.«

»Ich hab auch mein eigenes Leben«, wiederholt die Gabi überflüssigerweise, rückt zwar etwas vom Andi ab, aber ignoriert mich immer noch. »Nachdem die Sabine verunglückt ist, haben wir ihn nur mit Müh und Not aus seiner Trauer rausziehen können. Und jetzt? Jetzt glaubt er, er sei Giacomo Casanova höchstpersönlich, und da bist du nicht ganz unschuldig dran, Andi.« Sie zwickt meinen Freund etwas verstimmt in die Seite, der daraufhin seinen Arm von ihrer Schulter nimmt, den Kopf einzieht und bedauernd die Hände hebt.

»Also, mir reicht es echt. Entweder redet ihr beide jetzt sofort mit mir und hört auf, so zu tun, als wäre ich Luft, oder ich zisch ab. Das muss ich mir wirklich nicht geben.« Ich versuche aufzustehen, aber die Gabi klopft drohend mit ihren langen rot lackierten Fingernägeln auf den Tisch.

»Wage es ja nicht. Du bleibst schön hier sitzen, Raphael Aigner, bis ich mit dir fertig bin.«

Der Andi scheint sich mittlerweile doch etwas unwohl in seiner Haut zu fühlen und wetzt unruhig am Stuhl hin und her. »Also, Raphi«, er räuspert sich, »tja, weil wir grad so nett beieinandersitzen ... Nun, wir wollten dir eh schon lange was sagen ...« Unschlüssig schaut er meine Schwester an, die ihm ermutigend zunickt.

»Wir?« Jetzt verstehe ich gar nichts mehr.

»Tja, weißt, also, äh ...« Entgegen seiner sonst so selbstbewussten Art stammelt mein Freund nur mehr unsinnig herum.

Schließlich macht die Gabi dem ein Ende, nimmt besitzergreifend seine Hand in die ihre und hält mir beide demonstrativ entgegen. »Wir sind zsamm, Raphi, schon eine ganze Weile. Nur damit du es weißt. Und damit basta.«

»Wie bitte?« Spinnen die zwei jetzt komplett? »Was soll denn das heißen, ihr seid zsamm?« Mir wird ganz schlecht.

Der Andi küsst die Gabi sichtbar erleichtert mitten auf den Mund. Mir graust. Ich glaube es nicht, mein bester Freund betrügt mich hinter meinem Rücken mit meiner Schwester. Ich stehe auf, nehme mir einen Schnaps aus Gabis Küchenregal, lasse mich völlig erschlagen wieder auf meinen Stuhl zurückfallen und betrachte die beiden boshaft. »Wie war das noch, Baumgartner? Am liebsten fünfundzwanzig und mit maximal doppelt so vielen Kilos?« Hämisch grinsend trinke ich mein Stamperl leer und verschlucke mich fast dabei. Der Andi hat mir nämlich äußerst unsanft gegen mein Schienbein getreten.

»Halt die Goschen, Aigner. Manche Leut werden eben gscheiter und andere immer nur depperter. Die Gabi weiß über alles Bescheid.« Er hört sich wirklich sauer an.

Ist mir aber wurscht, ich bin noch viel saurer auf ihn. Was

hat er sich eigentlich dabei gedacht, sich hinterrücks an meine Schwester ranzumachen?

Plötzlich springt die Gabi mit Schwung vom Stuhl auf, sodass es nun am Andi ist, sich an seinem Bier zu verschlucken. »Schau mich an, Raphael Aigner. Schau mich genau an.«

Ja, meinetwegen, dann schau ich sie halt an. »Und?«

Sie dreht sich zum Andi, und ihre Stimme klingt bitter, als sie sagt: »Der hat noch nicht einmal gemerkt, dass ich im letzten halben Jahr fünfzehn Kilo abgenommen hab.«

»Obwohl ich jedes einzelne Gramm davon an dir geliebt habe, Schatzl«, säuselt der Andi abgedroschen, stellt sein Bier auf den Tisch und zieht meine Schwester zu sich auf den Schoß.

Ich glaub, ich muss gleich speiben, wenn ich diesen beiden Irren noch länger zuschaue.

»Darum geht es doch gar net, Andi.« Die Gabi rutscht von seinem Schoß herunter, setzt sich neben mich und streicht mir in einer kurzen rührseligen Anwandlung über den Kopf. »Schau, Raphi, du bist doch eigentlich ein netter Kerl. Alle mögen dich. Und trotz deiner dummen Weibergschichten bin ich immer noch richtig stolz auf dich, meinen Bruder. Deshalb will ich auch nicht, dass du irgendwann mal so wirst wie sie.«

Mit »sie« meint sie offensichtlich die Liesl. Also das braucht sie mir wirklich nicht zu sagen. Mir reicht es endgültig, ich steh auf und will das Haus verlassen. Ich hab doch nicht mal annähernd so einen Charakter wie diese alte Saufnase. Auf der Treppe fällt mir ein, dass ich blöderweise gar nicht weiß, wohin ich gehen soll. Zum Andi ja wohl eher nicht, und den Buchinger, meinen Freund und Exkollegen aus Salzburg, würde ich über die Feiertage mit seiner ganzen Mischpoche auch nur stören. Also knöpfe ich mir eben diese fette Wachtel vor, irgendwo muss ich jetzt einfach Dampf ablassen. Und das Riesentheater, welches die Liesl uns allen vorspielen mag, durchschaue ich in meiner Stimmung heute in null Komma nix.

Ich schlüpfe in meine warmen Lederboots und ziehe die dicke Daunenjacke über. Es ist immer noch trocken draußen, aber die dunklen Wolken türmen sich schon wieder bedrohlich am mondhellen Himmel.

Im Rieglerbräu ist nicht viel los. Die Gäste der Braukellerführung sind wieder weg, und ein Romantikdinner scheint heute Abend auch nicht stattzufinden. Im Schankraum entdecke ich nur noch den Schorsch, Andis Bruder und mein Kollege, wie ich privat und in Zivil. Gruppeninspektor Baumgartner sitzt schweigend und alleine am kleinen Tisch neben dem großen Christbaum. Ich winke ihm kurz zu, er erwidert den Gruß nur mit einem Nicken und fährt dann fort, in seinen Bierkrug zu starren. Mit dem Reden hat er es nicht so, der Schorsch.

Sonst ist nur noch die Marie im Raum. An einem Tisch ganz hinten, neben der im Winter geschlossenen Flügeltür zum Gastgarten, tippt sie mit einer schwarzen Brille auf der Nase wie wild auf die Tastatur eines Notebooks. Kurz blickt sie auf, grüßt mich aber nicht. Die scheint noch immer böse auf mich zu sein, denke ich mir und kann es ihr nicht verübeln.

Also stell ich mich einfach an die Bar, wie eben die Erni aus der Küche dackelt. »Griaß di. Hast Glück, Bub, wir haben grad vorhin wieder aufg'sperrt. A Bier?« Sie wartet keine Antwort ab, sondern macht sich gleich am Zapfhahn zu schaffen. »Hast Sehnsucht nach uns, gell? Erst lasst dich da a halbes Jahr net blicken, und jetzt kimmst gleich mehrmals jeden Tag, was? Na, i hätt ja viel drauf g'wettet, dass du dich nach deinem Auftritt heute Morgen net so schnell wieder zu uns hertraust. Woaßt eh, wia da bei uns gleich g'redt wird.« Sie lässt den Zapfhahn los und mustert mich mit prüfendem Blick. »I woaß gar net, warum, aber i mag dich trotzdem.« Nachdem sie ein Helles vor mich auf den Tresen gestellt hat, klopft sie mir mit ihren knochigen Fingern versöhnlich auf die Schulter und wackelt dann seufzend mit ihrem Kopf. »Man darf die Hoffnung nia aufgeben, vielleicht wirst doch mal a wengerl gscheiter, alt genug wärst ja.«

»Das alles tut mir sehr leid, Erni«, antworte ich aufrichtig. »Keine Ahnung, warum mich immer wieder der Teufel reitet.

Manchmal bin ich schon ein fester Depp.« Ich grinse sie zaghaft an.

Aber sie deutet nur mit dem Kopf in Richtung Marie, die sich immer noch über ihr Notebook beugt. »Das musst schon ihr sagen, Bub, net mir.«

»Werde ich, Erni, keine Sorge. Aber zuvor muss ich dich was anderes fragen. Sag, hast du heute noch mal meinen Vater gesehen mit der –« Ich stocke, weil ich jetzt gar nicht weiß, wie ich sie nennen soll.

»Mit der Liesl?«, hilft mir die Erni bereitwillig aus. »Ja, die ist schon arg fett g'worden, gell? Und das Manderl da mit ihr, oafach lächerlich. Hast das g'sehen? Der Mann hat a Loch im Ohrwaschel mit an schwarzen Ring innen drin. Dabei ist dein Vater so a sauberes Mannsbild, an schlechten Tausch hat die Liesl da g'macht.« Die Erni greift sich ihr obligatorisches Schnapsglas. »Da drinnen hocken s', die zwoa. Die fette Matrone und ihr dürres Manderl.« Sie deutet hinüber zum Stüberl. »Zwoa Suppen und oa Riesenbratl hat sie schon verdrückt. Tät mi net wundern, wenn s' ihm seine Portion auch noch wegg'fressen hätt. Und jetzt schaufelt s' grad a ganze Rein Kaiserschmarrn in sich hinein. Früher war die nia so fett. Die war so a fesche Resche, die Liesl, grad so wia deine Schwester. Obwohl die arme Gabi in letzter Zeit immer dünner wird … I sag dir was, Aigner, die Welt steht nimmer lang.« Sie kippt ihr Stamperl in einem Zug runter. »Eine Dorfschönheit war s', deine Muatter«, fährt sie dann verächtlich fort und spuckt mir beim Reden unabsichtlich auf den Pullover. »Und das hat s' weidlich ausg'nutzt, die ausg'schamte Person, die. Dein Vater hätt froh sein sollen, dass er die los war. Aber was hat der Depp g'macht? Hat sich die Augen ausg'woant wegen der. Dabei haben sich so viele Weiberleut den Kopf nach dem Franzl verdreht. A jede hätt der haben können.«

»Ist mein Vater nach seinem Auftritt heute früh noch mal zurückgekommen?«, erkundige ich mich.

»Na, sicher net.« Die Erni schüttelt bestimmt den Kopf. »Zum Glück, sonst hätt i ihn rausschmeißen müssen.«

»Sag, hat dir die Liesl den Grund verraten, warum sie nach Koppelried zurückgekommen ist?« Ich nehme einen Schluck von meinem Bier und schiele neugierig zur Marie hinüber. Sie hat die Haare seitlich zu einem dicken Zopf geflochten, die Brille ist ihr auf die Nasenspitze gerutscht, und sie scheint sich auf das Display vor ihr zu konzentrieren. Schaut wieder mal sauber gut aus, die Frau Wirtin, denke ich mir.

»Mir net, aber i trau der net über den Weg. So oane wia die, die will immer was, das kannst mir glauben, Aigner.« Die Erni beugt sich zu mir und versucht, ihre kräftige Stimme etwas herunterzufahren. »Die Funsn hat versucht, mich auszufragen. Zu dem Maarbach.«

»Maarbach? Welchem Maarbach?« Ich kenne keinen Maarbach bei uns in Koppelried.

»Mei, Bub, von dem großen Gutshof am Rettenbach in der Gemeinde Ebenau. Den kennt doch a jeder. Koane zehn Minuten mit dem Auto von da entfernt, der Gutshof vom oiden Maarbach halt. Der, wo die Rindviecher, die Pferd und was woaß i noch alles g'habt hat. Gscheit reich war der.«

Ich nicke. Stimmt, den großen Gutshof kenne ich tatsächlich.

»Früher haben dort die Maarbachs gelebt, jetzt ist der blasse Bub vom Aufwieser der Verwalter. Die Herrschaften Maarbach waren sich allerweil zu fein für unser Wirtshaus und unser Koppelried.« Die Erni verzieht verächtlich die Mundwinkel. »Und der letzte Maarbach ist vor a paar Monat g'storben. Der war noch gar net so oid, aber ihr Mannsbilder bankelts ja immer früher ab. Aushalten tuts ihr gar nix mehr.«

»Und was wollte sie genau von dir wissen, die Liesl?«

»Alles über den Erben vom Gutshof.«

»Und wer ist der Erbe?« Ich stöhne möglichst leise auf. Die Erni lässt sich heute aber auch alles aus der Nase ziehen.

»Die Pfaffen, Aigner. Der Pepperl hat sich alles untern Nagel g'rissen.«

Überrascht horche ich auf. Unser Pfarrer? Gabis Chef? Meine Schwester arbeitet nämlich seit Menschengedenken als Pfarramtssekretärin im Ort und schupft in Wahrheit den ganzen katholischen Verein bei uns.

»Schau net so deppert, Bub. Der Kirche g'hört alles, weil es koane Nachkommen gibt. Als wie wenn die Kirch net eh schon genug Geld g'scheffelt hätt. Der Herrgott ist koa armer Mann net, das sag i dir.« Die Erni hat sich noch mal Schnaps nachgeschenkt und prostet mir zu.

Manchmal hab ich den Verdacht, sie hat nur Wasser in ihrer Flasche, schlau genug wäre sie.

Wieder beugt sie sich zu mir. »So, und jetzt gehst rüber zur Wirtin. Entschuldige dich und red mit ihr. Was willst denn von dem Madel mit dem Radikopf, wennst oane wie unsere Marie haben kannst, Aigner?« Sie schüttelt verständnislos den Kopf.

Ich fackle nicht lange, gehe schnurstracks zur Marie und schnappe mir den Stuhl ihr gegenüber.

Sie ignoriert mich weiter und tippt etwas in ihr Notebook.

»Marie?«, versuche ich es zaghaft. »Ich muss mich wohl ernsthaft bei dir entschuldigen.«

»Lass mich in Ruhe, Raphi«, faucht sie mich an, ohne dabei ihren Blick zu heben.

Aber ich lasse nicht locker. »Marie, ich kann es mir ja selber nicht erklären, warum ich gestern einfach gegangen bin, und –«

»Du kannst es dir nicht erklären?«, unterbricht sie mich und wird ein klein wenig lauter. »Du kannst es dir nicht erklären, warum du dich ein halbes Jahr nicht bei mir blicken lässt, dann plötzlich hier auftauchst und wie wild mit mir flirtest, um gleich am nächsten Morgen mit einer anderen vor meiner Tür zu stehen?«

»Aber Marie, so war es nicht. Ich respektiere dich doch viel zu sehr –« Ich stocke, weil selbst mir auffällt, dass das wohl etwas zu dick aufgetragen ist.

»Du respektierst mich viel zu sehr?« Sie spuckt mir die Wörter förmlich entgegen. »Verschwinde, Aigner, und lass mich für das nächste halbe Jahr wieder komplett in Ruhe. So funktioniert das am besten mit uns zweien.« Damit klappt sie lautstark das Notebook zu und verlässt energischen Schrittes das Wirtshaus durch die Tür mit der Aufschrift »Nur für Personal«, die in den Innenhof und zu ihrer Wohnung führt.

Die Erni an der Schank greift sich resigniert an die Stirn, um mir gleich darauf aus der Ferne einen Vogel zu zeigen.

Dafür hat sie zwar gute Gründe, aber im Moment kann ich nichts mehr tun. Also begebe ich mich endlich in Richtung Extrastüberl, damit mir wenigstens die Liesl heute nicht entkommt. Die automatische Glastür steht offen, sodass ich sehen kann, wie sie sich im Rekordtempo eine Gabel Kaiserschmarrn nach der anderen in den Mund schiebt. Die Erni hat recht, wie eine dicke Matrone thront meine Mutter neben dem schmächtigen Amerikaner, unterhält sich lautstark mit ihm und fuchtelt dabei wütend mit der Gabel durch die Luft. Mein Magen knurrt wie auf Kommando, und mir fällt auf, dass ich heute noch gar nichts gegessen habe. Also bitte ich die Erni noch um ein Bratl, bevor ich endlich das Extrastüberl betrete. Als die Liesl mich entdeckt, hört sie augenblicklich auf zu reden. Es ist offensichtlich, dass ich störe. Aber das ist mir egal, ungeniert nehme ich neben den beiden Platz.

Der dürre Alte mit dem Indianerzopf legt seine Gabel beiseite und begrüßt mich freundlich mit einem erstaunlich festen Händedruck.

Die Liesl schaufelt indessen ungerührt das Essen weiter in sich rein und presst zwischen Schmatzgeräuschen eine Ami-Begrüßung hervor. *»Hello, my darling. How are you?«*

»Lass das Theater, Liesl. Es war bei der heutigen Vorstellung mit dem Vater nicht zu überhören, dass du dich äußerst gut an deine Muttersprache erinnern kannst.« Die kann mir so was von gestohlen bleiben mit ihrem amerikanischen Slang.

Meine Erzeugerin hebt kurz die rechte Augenbraue, schiebt sich die letzte Gabel Kaiserschmarrn in den Mund und greift dann ohne Vorwarnung nach dem Pfandl von ihrem Ami. »Das Oanzige, was i vermisst hab von dahoam, war das Essen. Bei die Amis gibt's nur lauter greisliches Tschankfud, so was kannst dir net vorstellen«, wechselt sie mühelos in unseren Dialekt.

Der Ami flüstert meiner vor sich hin schmatzenden Erzeugerin irgendetwas ins Ohr, bevor er sich mit einem weiteren festen Händedruck von mir verabschiedet.

»Also«, die dicke Liesl grinst mich verschmitzt an, »was hast auf dem Herzen, Bub?«

»Hast du die Sache mit dem Vater geklärt?«

»Vergiss es. Der Franzl ist net ganz so oafach, aber das woaßt du bestimmt selber. I hab ihn in sein Altersheim bracht. Altersheim«, wiederholt sie verächtlich. »Grad in dem Vergleich sieht man, wie gut ich mich g'halten hab.«

»Du bist um einiges jünger als er, falls ich richtig rechnen kann.« Ich lasse auch oft kein gutes Haar an meinem Vater, aber dass gerade sie so über ihn spricht, passt mir gar nicht.

»Von mir aus, wennst moanst. Jedenfalls hab i ihn eine Weile reden lassen, dann in mein Auto g'setzt und hoambracht.«

Wir werden von der Erni unterbrochen, die mir meinen Schweinsbraten serviert, mit dampfenden Riesenerdäpfelknödeln und Speckkraut dazu. Während sie den Teller vor mich hinstellt, fixiert sie die Liesl grantig mit ihren kleinen Augen. »Soll i dir noch a Rein Schmarrn bringen? Schaust so aus, als würdest noch ane wollen.« Die Erni kann das recht gut, das mit dem Gehässigsein.

»Es kann halt net jeder so rank und schlank sein wie eine Riegler Erni, gell?«, entgegnet die Liesl süffisant und lässt sich nicht aus der Ruhe bringen. »Danke nein, aber bring mir noch eine Halbe und meinem Buben da auch.«

»Deinem Buben?«, zischt die Erni verächtlich, noch bevor ich irgendwas sagen kann. »Dass i net lach. Der Raphi ist allerweil nu a waschechter Aigner, durch und durch. Net so a windige Asanger-Brut, wie du ane bist.«

»Net frech werden, gell? I bin immerhin dein Gast hier. Und bring uns an Schnaps dazu, aber koan billigen Fusel. Woaßt was, bring am besten gleich die ganze Flaschen.«

»Meine Gäst kann i mir immer noch selber aussuchen, damit du es nur woaßt, Asangerin.« Schnippisch keifend räumt die Erni endlich das Feld.

»Die hat sich überhaupt gar net verändert. Die war schon immer eine alte Schachtel, auch wie s' noch jung war. Haha.« Der voluminöse Bauch meiner Erzeugerin hüpft auf und ab, und ich muss unwillkürlich mitlachen. Denn auch ich kann mir die Erni beim besten Willen nicht als junge Frau vorstellen.

»Was hast du denn mit dem Vater besprochen?«, bohre ich nach.

»I hab ihm g'sagt, dass es mir loadtuat. Aber in Wahrheit ist er schon selbst schuld. I hab ihm das schließlich net ang'schafft, dass der aloane bleibt.«

Das passt mir jetzt aber gar nicht, was die da sagt. »Mit vollen Hosen ist gut stinken, was?«, reg ich mich auf. »Im Gegensatz zu dir hatte er zwei kleine Kinder zu versorgen, die du mir nix, dir nix im Stich gelassen hast.« So leicht entlasse ich sie nicht aus ihrer Verantwortung.

»Aber geh, Raphi, sei halt net so ein Spießer. Irgendeine andere hätt den doch gern g'nommen. Schiach war der nie, euer Vater.« Sie verdreht die Augen. »Also, mein Sohn –«

»Mir wäre es lieber, wenn du mich Raphael nennen würdest«, unterbreche ich die Frau.

Sie akzeptiert das sofort ohne irgendwelche Einwände. »Von mir aus, Raphael. Also, horch guat zua.«

Während ich esse und schweigend zuhöre, erzählt sie mir ihr Leben in der Kurzfassung. Nachdem sie uns verlassen hatte, hat sie sich so rasch wie möglich vom Vater scheiden lassen und einen Ami geheiratet, um das Visum für die USA zu bekommen. »Eigentlich wollt i nimmer heiraten, aber das war halt notwendig, damit i dort bleiben hab können. Kinder hab i auch koane mehr wollen, und euch konnt i ja net bei mir haben.« Sie schielt scheinheilig über den Bierkrug zu mir rüber.

Ja, genau, denke ich mir, wer's glaubt.

»Jedenfalls wollte der Tschortsch dann aber unbedingt einen Gschrappn und hat mich irgendwie ausgetrickst. Jedenfalls kam net lange nach dir der Simon auf d' Welt, der ist jetzt …« Sie zieht die Augenbrauen zusammen, als würde sie angestrengt nachdenken. »Ja mei, i woaß net, so sechsunddreißig oder siebenunddreißig? Wia schnell doch die Zeit vergeht. Die Beziehung mit dem Tschortsch war wirklich anstrengend, und dann noch dieser Bub, ein Schreibaby vom Feinsten, sag i dir. Irgendwann ging es halt oafach nimmer. I bin weg und hab dem Tschortsch den Buben lassen. Dann bin i endlich nach Kalifornien, da wollt i eh von Anfang an hin. Jeden Tag Sonne, Bub, äh, Raphael, das musst dir mal vorstellen. Oafach herrlich.«

Die Erni stellt uns mit finsterer Miene zwei große Bier und eine Flasche sehr exklusiven Schnaps auf den Tisch, bevor sie wortlos das Extrastüberl wieder verlässt. Die Liesl bedient sich zunächst großzügig am Schnaps, nimmt dann den Bierkrug und prostet mir zu. Als sie ihn absetzt, ist er zur Hälfte leer.

»*Actually* hab i dort eine Menge einflussreicher Leut kennengelernt und bin guat z'rechtkommen. Aber was hoaßt z'rechtkommen, i hab mir die Rezepte von meiner *Mom* schicken lassen und damit ein Restaurant eröffnet. Die haben mir nur so die Tür eing'rennt, die Amis.« Sie kichert bei der Erinnerung und kriegt sich kaum wieder ein. Um ihre Nase treten dabei zahlreiche rote Äderchen hervor, sodass der Anblick dem einer Schnapsnase schon sehr nahekommt.

Meine Großmutter mütterlicherseits hab ich das letzte Mal als kleiner Bub gesehen. Nachdem meine Mutter uns verlassen hat, war sie nicht mehr oft bei uns, und der Kontakt ist einfach eingeschlafen. Ich weiß nicht mal, ob sie überhaupt noch lebt. Aber bevor ich nach ihr fragen kann, spricht die Liesl auch schon weiter. »Bub – ah – Raphael, also, die Amis haben ja koa Ahnung, ob die Küche Bayrisch, Österreichisch oder Französisch ist. Hauptsache, *good old Europe*, sag i dir. Na ja, ›Planet Hollywood‹ war's dann doch koans, aber guates Geld hat mir die Bude einbracht.« Sie reibt den Daumen an Zeige- und Mittelfingerspitzen, als würde sie Geld zählen. »Es war wie im Schlaraffenland: Sonne, Meer, Geld. Von Letzterem konnt i mir sogar ein Häuserl in Malibu gönnen.« Mit verzückter Miene leert sie ihr Krügel ganz.

Und der Vater hat kaum gewusst, wie er als Alleinerzieher

Beruf und seine zwei Kinder unter einen Hut bringen soll, denke ich nun doch etwas verbittert.

»Und Männer, Bub, äh, Raphael, Männer gab's da, sag i dir. Früher war i eine richtige Schönheit, viel schöner noch als die Gabi heute. Obwohl die mir auch gut gelungen ist, so wie alle meine Kinder. Du auch und der Simon auch. Der Simon ist überhaupt das beste Exemplar von euch allen.«

Da sie mir beim Sprechen bereits zum zweiten Mal in den Krautsalat gespuckt hat, graust es mir, und ich schiebe den Teller weit weg von mir.

Wohl schon etwas vom Alkohol beflügelt, schlägt sie sich ausgelassen mit der flachen Hand auf den fetten Oberschenkel und schenkt sich noch einen weiteren Schnaps ein.

Ich befürchte, die Flasche wird bald leer sein.

»Erni, noch zwoa Halbe!«, schreit sie dann mit kräftiger Stimme, was die Erni durch die geöffnete Tür in der Schank kaum überhören kann, anschließend monologisiert sie weiter und spuckt dabei immer wieder ungeniert auf den Tisch. Die Frau hat wirklich eine ordentlich feuchte Aussprache.

Ich verzichte nun auch auf den Rest meines Schweinsbratens, weil mir der Appetit vergangen ist.

»Aber dann hat mich irgendjemand leider bei der Finanz ang'schwärzt, und – schwups! – musste i das Gschäft schließen. Schad drum, das war schon eine kloane Goldgrube. Jedenfalls hab i kurz pausiert und nach all der harten Arbeit mein Leben mal ein bisserl genossen. In Malibu ist mir aber leider das Geld ausgegangen. Also bin i rüber nach Miami, weil es da auch recht warm ist und i das immer schon sehen wollt wegen ›Miami Vice‹ und so, woaßt, aber das kennst du wahrscheinlich gar net«, winkt sie mit einem Seitenblick auf mich ab. »Na ja, dann hab i mir von einem Freund ein bisserl Geld geliehen und damit dort ›Liesl's German Schnitzel House‹ eröffnet, weil Österreich bei die Amis ja faktisch koa Depp kennt. Das Restaurant gibt es immer noch, es ist zwar nimmer die kloane Goldgruben, aber es hat mich bis jetzt ernährt.«

Die Erni stellt mit grimmigem Gesicht zwei Bierkrüge vor

uns auf den Tisch, lädt die leeren Krüge und alle Teller auf ihr Tablett und wieselt leichtfüßig zurück in den Schankraum.

Ich trinke einen kleinen Schluck von meinem immer noch ersten Bier und lasse die beiden vollen Krüge vor der Liesl stehen. »Und dein zweiter Sohn, dieser Simon? Was ist mit dem?« Ich muss gestehen, dass ich doch sehr neugierig bin. Man kriegt nicht oft von jetzt auf gleich einen ausgewachsenen Bruder.

»Der Sssimon? Als der noch kloa war, da haben wir uns net so viel g'sehen.« Ihre Augen schimmern glasig, aber bestimmt nicht vor Rührung, sondern vom Alkohol. Ihre Zunge scheint auch schon etwas schwerer zu werden. Plötzlich fährt sie mir mit ihrer fetten Hand erstaunlich sanft durch meine Locken.

Ich runzle die Stirn und wehre sie ab, was sie mit einem herzhaften Lachen quittiert.

»Der Sssimon schaut dir wie runterg'rissen ähnlich, schon komisch bei zwoa verschiedenen Vätern. Der isss als Bub mit seinem Vater irgendwann nach Hamburg gezogen, und da lebt der heute noch. Hab i nie verstanden, dass man die Deutschen den Amis vorzieht. Aber isss ja sssein Bier, net meinsss.« Sie rülpst nicht grad damenhaft und, wie sollte es anders sein, trinkt wieder vom Bier. »Unglaublich, dasss die Erni da in dem Kaff ssso ein gutes Bier hat. Dasss könnt i in den Staaten lllocker vertschecken.« Sie kratzt sich am Hinterkopf, als hätte sie etwas vergessen. »Worüber haben wir grad noch mal g'sprochen? Ah ja, der Sssimon. Hamburg ist sssu weit für mich, aber der Bub b'sucht mich ab und sssu in Miami. Vielleicht flieg i ja doch noch irgendwann nach Hamburg, wenn i schon in *shitty old Europe* bin. Der würd schauen, hihi. Der Bub isss dorddd eine große Nummer, ein Banker oder irgend so was, glaub i.« Die Liesl versucht, ihr Bier zu fixieren, und kriegt dabei Schluckauf. »Hicks! Was machsddd du eigentlich? Pfaff bisss – hicks – ja hoffentlich net worden, droddds deinem erzkadddholischen Vaddder!« Ihre Zunge will ihr nicht mehr so richtig gehorchen, aber sie lacht wieder und schlägt sich mit der flachen Hand auf den Oberschenkel.

Ich muss gestehen, sympathisch ist sie mir nicht gerade, meine Mutter. »Ich bin Polizist, ein Cop«, grinse ich etwas schräg.

Die Liesl kann sich vor Lachen kaum mehr halten. »Ein Dorfgendarm, na, das gib's net. Mein Bubbb, der Gendarm – hicks – haha.«

Ich finde das überhaupt nicht lustig. »Und der Typ, der mit dir hier ist, wer ist das?«, frage ich etwas angesäuert, nachdem ich meinen Schnaps doch ausgetrunken hab. Irgendwie hatte ich den jetzt bitter nötig. Trotzdem decke ich das Glas kopfschüttelnd mit meiner Hand ab, als die Liesl mir nachschenken will.

»Ja, Schnaps machen, das könnsss nur ihr da, die Amis haben lauddder Fusel. Du meinsss den Tscharlie, oder? Den kenn i – hicks – schon ewig und drei Tag. Was soll i sagen, wenn die Schönheit vergeht, musss man auch mit weniger sssufrieden sssein, gell? Merk dir dasss, Bub – Sssimon – Rasffail – eh wurscht. Bub, ssso fesch wie jesss bleibsss neddd ewig.« Sie versucht, mir die Wange zu tätscheln, aber ich kann grad noch ausweichen. »Obwohl, bei euch Mannsssbildern isss dasss ja wieder andersss; der Schaun Connery, der war ja bisss sssum Schlusss noch ein erotischer Mann.« Dann hebt sie drohend den Zeigefinger und fuchtelt damit vor meiner Nase herum. »Aber auf meinen Tscharlie lasss i nix kommen, wir leben schon über sssehn Jahr sss'samm, und er hilft mir, wo's geht. Hicks! Eine treue Seele und der bessste Mann, den i in meinem Leben je g'habt hab, sag i dir. Auch wenn der so ein Krispindl isss.«

Ich hätte schon noch etliche Fragen zu meinem Bruder, aber ich muss zusehen, dass ich noch was Wesentliches in Erfahrung bringe, bevor der schon sehr hohe Alkoholpegel die Liesl wieder in ihren gestrigen Zustand versetzt. Die Schnapsflasche ist beinahe zur Hälfte leer. Die hat ein sauberes Alkoholproblem, meine Erzeugerin, denke ich mir. Waren doch nicht nur goldene Jahre bei den Amis, was?

»Warum bist du nach so langer Zeit wieder nach Koppelried gekommen, Liesl? Was willst du hier bei uns?« Ich schenke ihr ein kleines Lächeln, das ich mir grad noch so abringen kann.

»Mein Gott, Bub, bisss du ein schöner Mann g'worden. Die Frauen müssen ja gansss närrisch sssein nach dir, Sssimon.«

Jetzt verwechselt die mich auch noch mit ihrem jüngeren Sohn, und ich muss mich schon arg zusammenreißen, um noch halbwegs freundlich zu bleiben.

»I sssag dir was, heirat blosss net. Dreimal hab i den Fehler g'macht, aber den Letzten, den Bishop, bin i gleich wieder losssg'worden, nach net mal ssswei Monaten hab i mich von dem scheiden lasssen.« Und wieder schlägt sie sich vor Lachen mit der flachen Hand auf ihren fetten Schenkel – oder besser, sie will es tun, verfehlt ihn aber.

»Was willst du hier in Koppelried, Liesl?«, wiederhole ich bereits ungeduldig.

»Ja geh biddde, was gib'sss da sssu fragen. Wasss werd i schon wollen? Euch sssehen natürlich, dich und deine Schwester. Ich bin ja schließlich deine Muddder, oder nicht?« Sie seufzt theatralisch, während ihr etwas Speichel aus dem rechten Mundwinkel rinnt. Schnell wischt sie sich über die Lippen, dann spült sie alles wieder mit Bier runter.

Mein Lächeln ist wohl schon eingefroren, weil es mir mit jeder Sekunde schwerer fällt. »Aber geh, Liesl, spiel mir doch kein Theater vor und sei ehrlich. So groß kann die Sehnsucht nach uns nicht gewesen sein, wenn du dich erst nach Jahrzehnten aus deinem großen Amerika auf den Weg ins kleine Salzburg gemacht hast.«

»Doch«, protestiert sie. »I möchte einfach nur meine Kinder sssehen, alle. Auch den Sssimsssson … Sssim … hicks.« Sie hat schon wieder Schluckauf. »Also, den Sssim-sssi-mon.«

»Schau, Liesl, das glaub ich dir jetzt leider alles nicht. Wenn ich auch nur länger als drei Tage von meinem Felix getrennt bin, dann renn ich schon im Kreis.«

»Wer ist denn das, der Ffflix?«, lallt sie mich an.

Ich muss mich mittlerweile schon sehr zurückhalten, um

nicht laut zu werden, und atme zweimal tief durch. »Mein Sohn. Dein Enkel«, sag ich dann ganz ruhig.

Sie patscht sich mit der fleischigen Hand gegen die Stirn. »Ah ja, der kleine Bub, der hübsch-sche Bbbengel … der Bub von meinem Bub …« Ihr erneuter Versuch, mir durch die Haare zu streichen, scheitert, weil ich ihr diesmal schneller ausweichen kann.

Ich beuge mich zu ihr und ertrage tapfer die starke Alkoholfahne, die mir entgegenweht. »Komm, Liesl, die Wahrheit. Mir brauchst nix vorzumachen. Was hat es auf sich mit dem Maarbach-Gut?«

»Schdddimmd, Bub. Dir brauch ich nigggsss vorzumachen. Du bisss a wengerl ssso wie deine Mmmuddder, dasss hab i gleich erkannt.«

Jetzt gelingt es ihr doch, mich in die Wange zu kneifen. Aber nur, weil mich diese Aussage nach Gabis Predigt mitten ins Herz trifft.

»Ich sag dir jezzz ein Geheimnisss. Aber behalt'sss für dich, du darfst niemandem nigggsss sagen. Noch net.« Ihr massiger Oberkörper liegt schon fast auf dem Tisch, während sie versucht zu flüstern, was ihr mit ihrem angeborenen lauten Organ nicht gelingen will. Sie hält sich den Zeigefinger an den Mund. »I bin eine ganz a große Nummer, verstehsssddd du? In meinen Adern fliessst blauesss Bluaddd. I werd dort noch aufräumen, am Maarbach-Guddd, i lass da koan Schlendrian mehr einreisssn, da kann man noch viiiiel mehr Geld rausholen. Lauter Dill … Dellitant … Dilettanten! Koa Ahnung vom Gschäft, aber gscheit daherreden und fleisssig d' Hand aufhalten. Doch damit isss jesss Schlusss!«, schlägt sie mit der flachen Hand auf den Tisch, um sich gleich darauf den Zeigefinger vor den Mund zu halten. »Aber pssst! Die Bombe lasssen wir erst später platzen, und dann müssen sich die Pfaffen warm ansssiehen. Also, kein Wort sssu niemandem, gell, Sssimon?«

Ich nicke brav.

Sie schüttet ihren Schnaps einfach ins volle Bierglas und

trinkt es fast in einem Zug aus, bevor sie sich wieder zu mir beugt. »Das Maarbach-Guddd, das g'hört mir.« Sie tippt sich stolz mit dem mehrfach beringten Zeigefinger auf die Brust. »Mir aloane. Der Gudddshof mit allem Drum und Dran. Und das werd i den depperten Pfaffen noch beweisssen. Deswegen musst i in euer verdammdddesss Salsssburg kommen, weil i mir holen musss, was mir g'hörddd. Aussserdem werd i dort jedsss andere Ssseiten aufziag'n, die werden sich noch umschauen am Gudddsshof, wenn die guddde Leisssa das Sssepter schwingt. Dann können die Gscheiddden dort gansss schnell ihr Pinkerl packen. Hihi!« Ihr Oberkörper neigt sich langsam nach vorne, während sie mich angrinst und sagt: *»Sssleep well, Sssimon, darling.«* Dann macht sie es sich auf der Tischplatte gemütlich und beginnt, laut zu schnarchen.

Nachdem auch mehrmaliges Schütteln und Zwicken keinen Erfolg gezeigt hat, hol ich mir den wortkargen Schorsch von der Schank zur Hilfe. Mein Kollege erfasst die Situation mit einem Blick, schultert die Frau wie einen, was sag ich, wie fünf Zementsäcke und schleppt sie die Treppe hoch.

Die Erni ruft uns mit strenger Stimme noch die Zimmernummer hinterher, und ich halte dem Schorsch die Tür zum Flur vom rechten Trakt auf, weil ich von den gestrigen Ereignissen schon weiß, auf welcher Seite sich das Zimmer befindet. Ich bin dem Schorsch echt dankbar, denn ich bin auch kein Schwächling, aber das hätte ich niemals geschafft.

Plötzlich beginnt die Liesl, lautstark »Drunken Sailor« zu trällern, und der kleine dürre Mann steckt den Kopf aus Zimmer Nummer eins. Kopfschüttelnd zieht er der immer noch vom Schorsch geschulterten Liesl den Zimmerschlüssel aus der Jackentasche und sperrt die Tür zu Zimmer Nummer zwei auf.

Als mein starker Kollege die Liesl sanft auf dem Bett ablädt, dessen Decke ich vorausschauend zurückgeschlagen habe, faselt der alte Mann entschuldigend etwas von *low blood pressure*. Im Zimmer riecht es immer noch nach Alkohol, und es ist reichlich unordentlich, wie ich mit einem schnellen Blick erkennen kann. Als der kleine Ami sich einen Stuhl ans Bett zieht und liebevoll Liesls dicke Hand mit den vielen Ringen tätschelt, verziehen der Schorsch und ich uns rasch.

Nachdem ich vorhin in Anwesenheit meiner unglaublich anstrengenden Mutter nicht mal das eine ausgetrunken hab, lade ich meinen Kollegen noch auf ein Bier an der Bar ein. Als die Erni die Krügel vor uns hingestellt hat, prostet mir der Schorsch wortlos wie immer zu. Gruppeninspektor Baumgartner war noch nie der große Geschichtenerzähler, aber das ist mir grad ganz recht. Durch den Auftritt dieses Ungetüms von Mutter muss ich so einiges verdauen.

»Euer Bier geht aufs Haus.« Die kleine Erni klettert umständlich auf den Barhocker neben mir und schiebt ein Achterl Rotwein von der anderen Seite der Bar zu sich her. »Deine Frau Mutter hat uns heut wieder kräftig Umsatz beschert.« Sie hebt ihr Glas und prostet zuerst dem Schorsch und dann mir kurz zu. »Die Entschuldigung bei der Marie hast ja ordentlich vermasselt, Bub. Ewig wartet so ane wie die net, Aigner. Bei der stehen die Mannsbilder Schlange. Der Haberl Anton, der Huaber Sepp, der Losensteiner, selbst der Mittringer Daniel, obwohl der noch koane dreißig ist.« Streng fixiert sie den Schorsch, der rechts neben mir am Barhocker sitzt. »Euer Gruppeninspektor Baumgartner ist übrigens auch aner davon, obwohl der die Pappn net aufbringt.«

Mein Kollege schaut kurz auf, errötet und verlegt sich dann wieder darauf, ins Bier zu starren. »Sogar der Eidenpichler hat's auf sie abg'sehen«, fährt die Erni ungerührt fort.

»Der Eidenpichler? Aber der ist doch verheiratet.« Ich muss grinsen, während ich mir unseren übergewichtigen Möbelladenbesitzer vorstelle, der fest in der Hand seiner Hedi ist.

»Das ist dem doch wurscht. Außerdem haben die alle net die geringste Chance. Nur der alte Geck vielleicht. Am End verzaht der mir mein Madl noch in sein schiaches München.«

»Mag ja sein, dass das alles so ist, Erni, aber mit mir setzt du leider aufs falsche Pferd. Erstens will die Marie garantiert nichts mehr von mir wissen. Und zweitens will ich mich nicht mehr binden. Der Felix und ich, wir brauchen keine Frau im Haus, wir kommen auch so gut zurecht.«

»So ein Schmarrn, Aigner. Feig bist, sonst gar nix. Wenn's nach deinem Buben ginge, wär der schon längst bei der Marie einzogen. Der ist da weit fixer als du.«

Nicht nur der Schorsch, auch ich muss grinsen. Irgendwie mag ich sie, den alten Drachen. Trotzdem wechsle ich geschickt das Thema. »Sag mal, Erni, hast du Liesls Eltern eigentlich gekannt?« Ich weiß zwar von meiner Großmutter mütterlicherseits, aber einen Großvater hab ich nie kennengelernt.

»Also, deine Oma, die Asanger Traudl, die war koa Hiesige. Sie war nur a paar Jahr bei uns da in Koppelried, da muss die Liesl schon vierzehn oder so g'wesen sein. Mei, deine Mutter war damals schon a Gschaftige, alles hat die besser g'wusst, und quirlat war die, net zum Aushalten. Verehrer hat die g'habt, an jedem Finger zwoa. Aber dann hat sie sich recht bald deinen armen Vater g'schnappt. Und wia die Gabi des Bratl in der Rein bei deiner Muatter g'wesen ist, hat die Asanger Traudl schon gar nimmer mehr bei uns in Koppelried g'wohnt. Die waren sich net recht grean, die Liesl und ihre Muatter, immer haben s' g'stritten.«

»Und weißt du auch, wer Liesls Vater gewesen ist?«, hake ich nach.

»Sicher woaß i das, das woaß a jeder da im Ort. Die Liesl war das Bankert vom Mistlinger Loisl aus Ebenau. Aner von den reichen Bauern, der nia was anbrennen hat lassen. Deswegen ist die Traudl doch da in den Ort herzogen, aber der Mistlinger wollt nix mehr von ihr wissen. A Hallodri war das wie alle Mannsbilder, der wollt nur sein Vergnügen. So wia du übrigens auch.«

Das hat gesessen. Ich muss schlucken.

Zum Glück erzählt die Erni dann aber doch weiter. »Die Traudl hat von dem koa Geld kriegt, gar nix. Als Köchin hat sie sich bei unserm alten Pfarrer verdingt und in so einem schiachen Gemeindebau mit ihrer Tochter hausen müssen.

Die zwoa haben von der Hand in den Mund g'lebt, nix hatten die. Und dann hat die Liesl sich deinen Vater aufg'rissen und ist gleich schwanger worden. Der Franzl war immer schon a fescher Kerl und hat als Postbeamter net nur guat verdient, sondern auch schon a Häusl g'habt. A guate Partie für ane wie die Liesl, und dein armer Vater, der Depp, ist komplett auf sie reing'fallen, weil s' immer schon eine Raffinierte g'wesen ist.«

»Interessant, aber hatten die Liesl oder die Traudl irgendwas mit den Maarbachs zu tun?«, frag ich, weil ich die Situation nutzen muss.

Die Erni schaut mich verständnislos an. »Was sollen denn solchane wia die Liesl oder die Traudl, die dicke Wachtel, mit denen zu schaffen g'habt haben? Die sind ja net amoi in die Nähe von dem alten Maarbach kommen, weil der sich nia unter die Leut g'mischt hat. Der hat sich mit uns Koppelriedern überhaupt net abgeben, nia. Aber wieso fragst denn das alles?« Die Erni zwickt ihre kleinen Augen zu Schlitzen zusammen und schaut mich gespannt an.

Ich zucke mit den Schultern und ziehe drei Geldscheine aus meiner Jeanstasche. »Nur so halt. Und jetzt muss ich leider gehen, Erni, ich hab morgen Frühdienst«, seufze ich und rutsche vom Barhocker.

Dienstag

Es duftet verführerisch nach Kaffee. Die Gerti, Verwaltungsangestellte und gute Seele der Inspektion, hat wieder einmal meinen Morgen gerettet. Ich bin fast schon süchtig nach ihrem altmodischen Filterkaffee.

»Das Wetter ist auch nimmer das, was es mal war, es schneit gar nimmer z' Weihnachten, es schüttet nur mehr. Das ist die Klimaerwärmung, sagt mein Mann.«

Ich höre ihr nur mit halbem Ohr zu, weil ich über den Dienstplänen für nächste Woche brüte. Im Herbst haben uns kurz nacheinander unsere beiden jungen Revierinspektoren Sandra und Michel, der zur Kriminalpolizei gewechselt hat, verlassen. Weil die Landespolizei kräftig einsparen will, wurden beide Stellen nicht wiederbesetzt, obwohl wir auch für die Nachbargemeinden Ipferdingen und Moosbach zuständig sind. Also muss ich den Laden mit nur mehr drei Polizeikollegen schupfen, mit dem Schorsch, also Gruppeninspektor Georg Baumgartner, mit Bezirksinspektor Herbert Lederer und Gruppeninspektor Heinz Rohrmoser. Nicht zu vergessen meine allerliebste Gerti, die eigentlich Gertrude Schwaiger heißt.

Gedankenverloren lächle ich ihr zu, während sie, immer noch vor sich hin plappernd, mir Kaffee nachschenkt und ich von einer der Wurstsemmeln abbeiße, die ich vorher für uns beide in der Metzgerei Heininger besorgt habe. Die Gerti hat ihre noch nicht angerührt und setzt sich erst mal mit ihrer Zigarette aufs Fenstersims. Im Winter erlaube ich der passionierten Kettenraucherin ab und zu, eine Zigarette in meinem Büro zu rauchen, aber nur bei geöffnetem Fenster, so wie heute.

Da läutet unser Telefon mal wieder im unpassendsten Moment, und die Gerti nimmt noch einen tiefen Zug, bevor sie die Zigarette im Aschenbecher ausdrückt, der draußen am Fenstersims steht. Flugs schnappt sie sich den Hörer vom Telefon auf meinem Schreibtisch, weil ich immer noch an meinem Wurstsemmelbissen kaue. »Polizeiinspektion Koppelried, d' Schwaiger Gerti am Apparat.«

Ich grinse in mich hinein. Immer sagt sie »am Apparat«. Wie vor hundert Jahren.

»Ja. – Oje. – Willst ihn selber sprechen? – Oje, oje. – Ja. – Na, so ein Schmarrn. – Ja, wart, ich geb ihn dir.« Mit einem sehr besorgten Gesichtsausdruck hält die Gerti die Hand über die Sprechmuschel, flüstert aber trotzdem: »Chef, das ist die Marie vom Rieglerbräu. Es ist was Schlimmes passiert.« Ihre Stirn runzelt sich dabei zu tausend Falten.

Ich schlucke schnell hinunter, lege den Semmelrest weg und schnappe mir den Hörer; jetzt bin ich aber gespannt. »Marie?«, rufe ich hinein.

»Raphi«, höre ich. Dann macht sie eine Pause, und ich warte geduldig. »Kannst du bitte sofort zu uns ins Wirtshaus kommen? Bei uns ist was passiert. Deine – äh, also die Frau Bishop, die ist tot.«

Ich glaub, ich hab nicht richtig gehört. Was redet die Marie denn da? »Wie bitte?«

»Und bring am besten auch gleich deinen Freund Buchinger aus der Stadt mit, sie ist nämlich ermordet worden.«

Wie vor einem halben Jahr sitze ich mit dem Markus Buchinger, meinem Exkollegen und guten Freund vom LKA, wieder im Rieglerbräu. Groteskerweise an genau dem Platz, an dem wir auch saßen, als wir begannen, zu dem Mord am Brauwirt zu ermitteln. Wieder bestellen wir einen Kaffee, aber diesmal ist es nicht die Kellnerin Kathi, die ihn uns serviert, weil es die arme Kathi leider nicht mehr gibt. Es ist Franziska, die uns blass zwei große Häferl hinstellt.

Der Buchinger sitzt mir breitbeinig gegenüber. Er hat schon wieder zugelegt, und seine Wampe wölbt sich deutlich unter dem braunen Cordsakko, Ton in Ton mit seinen obligatorischen braunen Jeans. Gedankenverloren schaufelt er sich Unmengen von Zucker in seinen Kaffee. Den Zucker hatte ihm seine Frau doch schon mal abgewöhnt, denke ich mir.

»Aigner, Aigner. Wozu mach ich mir Gedanken, wie ich dich endlich wieder ins LKA bring, wenn sich eh alles bei euch da am Land abspielt? Noch dazu immer in deinem engsten Umkreis.«

Mir fällt keine passende Antwort ein, weil ich immer noch nicht ganz klar denken kann. Es ist schließlich meine gerade erst aufgetauchte Mutter, die da oben tot im Bett liegt und geduldig auf Professor Heinrich von der Salzburger Pathologie wartet. Der Buchinger und sein jüngerer LKA-Kollege, der Lienbacher Hans, sind auch erst vor einer halben Stunde eingetroffen, obwohl die Kollegen der Kriminaltechnischen Abteilung in ihren weißen Plastikanzügen schon seit gut zwei Stunden im Wirtshaus herumschwirren. Den Schankraum haben sie bereits auf den Kopf gestellt, deshalb durften wir hier Platz nehmen. Am Stuhl neben dem Buchinger nippt der Hans am heißen Kaffee.

»Also, Aigner, nur der Form halber: Wo warst du gestern Abend?«, brummt mein Exkollege.

»Hier. Ich hab mich mit der Liesl unterhalten«, antworte ich. »Aber nicht lange, weil sie total alkoholisiert am Tisch eingeschlafen ist. Mein Kollege, der Schorsch, war gestern zufällig auch im Wirtshaus und hat mir geholfen, sie auf ihr Zimmer und in ihr Bett zu hieven. Dort hat sich dann ihr Freund, der Amerikaner, um sie gekümmert. Ich war noch kurz mit der Erni und dem Schorsch an der Bar und bin danach auf direktem Weg heim ins Bett, allein. Also nix mit Alibi diesmal.«

Der Lienbacher Hans, Buchingers Kollege, schmunzelt, zückt seinen kleinen Notizblock und beginnt zu notieren.

»Tja, das wäre dann wohl eine günstige Gelegenheit, dich endlich aus dem Verkehr zu ziehen. Die weibliche Bevölkerung rund um Salzburg würd's mir danken, wenn ein Hallodri weniger frei rumlaufen tät«, feixt der Buchinger spöttisch und bringt mich damit auch ein bisserl zum Grinsen.

»Aber das Alibi meiner Schwester kann ich dir gerne geben. Die hat mit dem anderen Baumgartner, meinem ehemals besten Freund, gestern die halbe Nacht im Bett rumgeturnt. Die zwei waren nicht zu überhören.« Ich bin wirklich froh, dass mein Bub so einen außerordentlich tiefen Schlaf hat; sein Kinderzimmer liegt nämlich direkt neben dem Schlafzimmer meiner Schwester.

»Ich schreib das alles mit, Markus.« Der Hans grinst seinem Chef ins Gesicht.

Meinem Exkollegen steht der Mund offen: »Die Gabi und der Andi sind ein Paar? Was es nicht alles gibt.«

Da geht die Tür auf, und Professor Heinrich fliegt geradezu herein. Der große, schlanke Endfünfziger mit grau meliertem Haar und gepflegtem Bart trägt standesgemäß Maßanzug und einen eleganten grünen Lodenmantel. Als die Marie ihm entgegenkommt, hebt er überrascht die Augenbrauen.

»Ja, schau an. Da hat das Brauwirtshaus aber charmanten Zuwachs bekommen.« Er reicht ihr nonchalant die Hand. »Professor Heinrich. Und mit wem habe ich das Vergnügen?«

»Marie Riegler, ich bin die Wirtin hier.« Die Marie, die heute wieder ihr blaues Dirndl mit dem Salzburger Froschgoscherl trägt, gibt dem Professor kurz ihre Hand, entzieht sie ihm dann aber gleich wieder freundlich lächelnd.

»Äußerst charmant, was man hier draußen am Lande alles so entdecken kann. Meine Verehrung, Frau Riegler.« Mit diesen Worten drückt er der verdutzt dreinschauenden Marie seinen Lodenmantel an die Brust, klatscht in beide Hände und wendet sich dem Buchinger und mir zu. »Grüß Sie, meine Herren. Chefinspektor Buchinger, habe die Ehre. Und der Herr Chefinspektor Aigner, unser Casanova vom Dienst, gell?« Er zwinkert mir zu.

Ich mach nur eine abweisende Handbewegung. Mir ist im Moment gar nicht nach Scherzen zumute.

»Seien S' heute ausnahmsweise mal ein bisserl einfühlsamer, Herr Professor. Da oben liegt die tote Mutter vom Kollegen.« Der Buchinger erhebt sich, weil er natürlich mit dem Professor nach oben in das Gästezimmer gehen will.

Dieser zieht arrogant eine Augenbraue hoch. »Was Sie nicht sagen, Herr Kollege. Nur aus diesem Grund hab ich mich überhaupt auf den Weg hierher gemacht. Ich befinde mich eigentlich mitten im Urlaub. Und auch wenn ich im Dienst bin, rücke ich im Normalfall bei so einer Sache nicht persönlich an, sondern begutachte die Leiche höchstens in der Gerichtsmedizin. Chefinspektor Aigner, mein Beileid«, sagt er, erwartet aber augenscheinlich keine Antwort.

Der Buchinger erhebt sich seufzend und folgt dem Professor, der sich schon voller Vorfreude die Hände reibt, zum Treppenabsatz.

»Also, Buchinger, frisch ans Werk. Ich glaube kaum, dass der Aigner Ihnen heute beistehen will.« Süffisant lächelnd steigt er mit seinen Schuhen in Plastiküberzüge, die ihm mein Exkollege gereicht hat.

Der Professor macht sich liebend gerne über den Buchinger und seine »Liebe« zur Gerichtsmedizin lustig. Aber meinem Exkollegen wird nur in der Pathologie schlecht, mit einem noch so grausigen Tatort hat er eigenartigerweise nie ein Problem.

»Natürlich will er das«, widerspreche ich. Da muss ich jetzt durch, und immerhin hab ich die Frau gar nicht wirklich gekannt. Also folge ich den beiden die Treppe hoch. Zwei Tage und das war's dann auch schon mit dem seltsamen Mutterglück, denke ich mir. Warum muss die gerade eben mal zum Sterben zu uns nach Koppelried kommen, das hätte sie doch auch in ihrem Amerika erledigen können.

Währenddessen dirigiert der Hans die Marie, die Erni, die Franziska und die Putzfrau Zielińska, die geduldig an der Schank auf ihre Befragung gewartet haben, an einen der vielen freien Tische, um ihnen mit seinem Notizblock bewaffnet professionell Fragen zu stellen. Da halte ich mich im Moment lieber raus. Besser die Leiche anschauen.

Die Leute von der Kriminaltechnischen haben auch schon die Treppe untersucht und überall Fußspuren und Fingerabdrücke sichergestellt. Ich beneide die armen Kerle nicht um ihre Aufgabe, ein Wirtshaus ist mit Sicherheit ein Sammelbecken von Tausenden unnützer Spuren. Jetzt tummeln sich die Kollegen im Flur des rechten Traktes der Gästezimmer und speziell vor und in Nummer zwei.

An der Tür steht ein junger Beamter und überreicht dem Buchinger und mir je einen weißen Plastikoverall, den wir brav überziehen. Der Professor winkt ab, holt seinen eigenen aus der Tasche und verschwindet darin. Plastikhandschuhe hat er sich schon auf der Treppe schnalzend über die Finger gezogen.

Ich bleibe abrupt im Türrahmen stehen. Wie frühmorgens, als ich noch alleine den Tatort betreten musste, heftet sich mein Blick auf die blutbespritzte Wand hinter dem Bett, dann erst auf die Liesl.

Der Heinrich ist gerade dabei, ihren malträtierten Brustkorb zu begutachten, und dreht sich dann wieder zu uns um. »Tja, ganz eindeutig und zweifellos. Eine kräftige Ein- und Ausstichverletzung ins Herz und kleinere Einstiche rundherum. Ein beachtlicher Brustkorb übrigens. Ihre Frau Mutter hatte eine eindrucksvolle Statur, Chefinspektor Aigner.« Er nickt mir anerkennend zu. »Es wurde ein sehr scharfes Messer verwendet, nichts davon ist bei der Tat abgebrochen. Mit Sicherheit ein Profiwerkzeug, ist aber auch naheliegend bei einem Mord im Wirtshaus.«

»Es stammt tatsächlich aus der Küche, Professor, wir haben es schon sichergestellt. Es lag neben dem Bett am Boden«, unterbricht ihn mein Exkollege und deutet auf das lange blutige Messer, das von den Kollegen fein säuberlich in eine Asservatentüte gesteckt und nebst anderer Dinge in Asservatentüten auf die Kommode gegenüber vom Bett gelegt wurde.

Mich gruselt es, als ich das Messer betrachte. Ich muss meine Phantasie jetzt unbedingt abschalten.

»Tja, wenn das so ist, brauchen wir Sie wahrscheinlich gar nicht mehr, Buchinger. Fingerabdrücke, ein paar Hautschuppen, und Kommissar DNA hat ratzfatz alles aufgeklärt«, reagiert der Heinrich etwas gehässig.

Von der ganzen Unterhaltung ungerührt liegt die Liesl inmitten einer beachtlichen Blutlache im Bett. Nicht nur die Wand dahinter, auch das Laken und der Fußboden sind mit zahlreichen Blutspritzern übersät, und die vielen Ringe auf dem Nachttisch, die sie gestern noch getragen hat, sind rotbraun. Es ist eine Riesensauerei. Die Liesl hat kein Oberteil an, nur einen riesigen weißen Büstenhalter, und auch der ist dunkelrot gesprenkelt. Untenrum trägt sie immer noch die hautenge gelbe Hose von gestern Abend. Offensichtlich konnte ihr der kleine Mann vorm Schlafengehen mangels Körperkraft nur mehr den Pulli über den Kopf ziehen.

Mein Exkollege räuspert sich und schielt kurz verlegen zu mir rüber. Die Liesl mit dem beinahe nackten Oberkörper und den blutigen Wunden ist wahrlich kein schöner Anblick; selbst dem Buchinger ist das peinlich in meiner Gegenwart. Ist schließlich meine Mutter, irgendwie. Aber diesen Gedanken schiebe ich vorsichtshalber gleich wieder ganz weit weg.

Der Professor beugt sich zur Toten und verzieht das Gesicht. »Massiver Alkoholgenuss, möchte ich behaupten. Wäre da nicht das Messer, würde ich auf eine Schnapsleiche tippen. Haha!« Er drückt am Körper und an den Augen der Liesl herum, misst die Temperatur, hebt vorsichtig ihre Arme, schaut in ihre Ohren und kurz auch auf die Fingernägel. Dann streckt er seinen Rücken durch, kichert immer noch über seinen schlechten Witz und zieht sich geräuschvoll die Handschuhe von den Fingern. »Keine Spuren von einem Kampf, gar nichts. Das Reaktionsvermögen der Dame war durch den Alkoholgehalt im Blut offensichtlich schon zu schwer beeinträchtigt, um überhaupt noch reagieren zu können, geschweige denn, sich zu wehren. Hier gibt es nichts mehr für mich zu tun. Lassen Sie mir die Leiche nach Salzburg bringen, sobald die Spurensicherung fertig ist.«

Er packt seine Tasche und geht zur Tür, von der ich mich immer noch nicht wegbewegt habe. Irgendwie setzt mir die ganze Situation doch ziemlich zu.

Der Professor klopft mir aufmunternd auf die Schulter. »Ich mache, so schnell ich kann, Herr Kollege, Ehrensache. Ist ja schließlich eine Familienangelegenheit – sozusagen.« Und damit verschwindet seine drahtige Gestalt durch die Tür.

Mit einem äußerst eigenartigen Gefühl im Bauch nähere jetzt auch ich mich der Liesl. Ihre Augen starren an die Decke, aber der Gesichtsausdruck ist entspannt. Würde man ihr die Tuchent über den malträtierten Körper und das blutige Laken ziehen, könnte man glatt glauben, sie wäre eben wach geworden.

Mein Exkollege verzieht die Nase wegen des immer noch etwas strengen Geruchs und geht durch die geöffnete Tür auf den Balkon. Erst jetzt fällt mir auf, wie kalt es im Zimmer ist.

Ich nutze den unbeobachteten Moment und lasse meinen Blick durch den Raum schweifen. Das neue Gästezimmer ist nicht nur außerordentlich modern gestaltet, sondern auch sehr geräumig. Neben Bett, Schrank und Schreibtisch hat sogar noch ein kleiner Holztisch mit zwei modischen dunkelroten Fauteuils Platz, und auf einer Kommode steht neben einem kleinen Flachbildfernseher eine Kaffeekapselmaschine. Trotz der Größe ist es extrem unordentlich im Zimmer. Die Schranktür ist geöffnet und gibt den Blick auf wahllos hineingeworfene Kleidungsstücke preis, kaum eines hängt am Haken. Dazu sind unzählige Hosen, Pullis und was weiß ich noch in grellen Farben wahllos über Fauteuils, Kommode und den Boden verstreut. Ich frage mich, ob hier jemand etwas gesucht hat oder es die Liesl einfach nur nicht so mit Ordnung hatte. Über der Lehne des Stuhls am Schreibtisch hängen mehrere gewaltige Büstenhalter. Am kleinen Tisch liegt eine halb volle Chipstüte, unter ihr zwei weitere, aber bereits leere, auf den anderen Möbeln geöffnete Schokoladenpackungen nebst sonstigem angebissenen Süßkram. Das alles ist bestimmt nicht dem Mörder zuzuschreiben, was den Schluss nahelegt, dass die Liesl wohl nicht ordentlich war. Die arme Zielińska hatte hier anscheinend reichlich zu putzen.

Ein großer Reisekoffer, der aufgeklappt neben der geöffneten Badezimmertür liegt und mit unzähligen losen Papieren gefüllt ist, erregt meine Aufmerksamkeit. Ich werfe von oben einen Blick hinein. Es scheint so, als hätte sich die Liesl die gesamte Webseite vom Maarbach-Gut ausgedruckt. Mit einem Textmarker sind einige Stellen hervorgehoben. Zwischen den einzelnen Seiten lugen zwei große orangefarbene Umschläge hervor. Ich bin zwar sehr neugierig, was in denen sein könnte, beschließe aber, die erste Sichtung brav den Kollegen von der Kriminaltechnischen Abteilung zu überlassen.

Plötzlich merke ich, wie mir der Buchinger von hinten über die Schulter schaut. »Schon etwas chaotisch, die Frau, was? Die Kollegen haben sich den Balkon und die Balkontür näher angesehen. Weder Einbruchsspuren noch andere. Der Täter dürfte also nicht von dort gekommen sein.« Er räuspert sich verlegen. »Komisch, dass es quasi deine Mutter ist, die dort liegt und in deren Sachen wir wühlen.« Da er zu merken scheint, dass ich noch nicht wirklich fähig bin zu antworten, spricht er einfach weiter. »Ein Raubmord ist nicht sehr wahrscheinlich. Am Schreibtisch haben die Kollegen eine gut sichtbare dicke Brieftasche sichergestellt. Über eintausendzweihundert Euro und noch mal zweihundert Dollar waren drin. Auch ihr Führerschein und ein amerikanischer Pass lagen dort.«

»Griaß di, Buchinger. Griaß di, Aigner.« Mit diesen Worten betritt der Hochgatterer Fritz, Chef der Salzburger Kriminaltechnischen Abteilung, das Zimmer. Unter seinem Plastikoverall trägt er einen dicken roten Schal um den Hals, und seine Stimme klingt sehr belegt. »Habts mir eh net zu viel angriffen? I hab mich leider etwas verspätet. Eigentlich bin i ja im Krankenstand, aber Aigner, bei dem Fall helf i auf jeden Fall mit. Koa Frag.« Er schenkt mir einen kurzen mitfühlenden Blick, bevor er fortfährt. »Trotzdem wär's mir lieber, wenn ihr zwoa euch da schleichts. Meine Leut sind unten fertig, da könnt ihr mir nix mehr zertrampeln. Wir würden jetzt gerne die Leiche nach Spuren absuchen, und ihr wissts ja, dazu müssen wir die Frau komplett ausziagen.« Entschuldigend zuckt er mit den Schultern und beißt sich dann auf die Unterlippe.

Der Buchinger und ich räumen sofort und ohne Widerspruch das Feld. Das wollen wir uns beide nicht geben.

Wieder in der Schankstube gesellen wir uns zum Hans, der geschäftig auf seinem Notizblock herumkritzelt. Die vier Frauen hat er offensichtlich bereits befragt, weil die alle an der Schank stehen und neugierig zu uns herübersehen. Als er seinen Notizblock schließlich zugeklappt hat, erzählt er uns in knappen Worten, was er rausgefunden hat. Eigentlich sei die so frühe Entdeckung der Toten dem Zufall geschuldet, weil die Zielińska, die polnische Putzfrau, ein Zimmer für einen angekündigten Gast hätte vorbereiten sollen. Da aber draußen im unversperrten Schloss der Nummer zwei der Schlüssel gesteckt habe, habe sie angenommen, die Erni hätte sich geirrt und ihr den falschen Zimmerschlüssel mitgegeben. Nachdem sie die Tür weit aufgemacht habe, habe sie gleich den Fenstervorhang zur Seite gezogen und die Balkontür wegen des penetranten Alkoholgeruchs geöffnet. Erst dann habe sie die tote Frau im Zimmer entdeckt und sei sofort schreiend auf den Flur gerannt. Durch das Gebrüll der Zielińska aufgeschreckt sei die Marie nach oben gelaufen, um nachzusehen, was los sei. Sie habe zu Protokoll gegeben, nichts angefasst und vorsorglich den anderen Frauen verboten zu haben, nach oben zu gehen. Nur sie selbst sei noch mal hoch, um Liesls Partner, den noch schlafenden Charlie Edwards, dessen vollständigen Namen ich jetzt zum ersten Mal höre, zu wecken. Noch im Pyjama habe sie ihn nach unten gebracht und mit Tee versorgt.

Das hat sie gut gemacht, die Marie, denke ich mir und nicke.

Mit dem Kugelschreiber in der Hand deutet der Hans auf den Alten, der völlig verstört an einem Tisch am anderen Ende des Gastraums sitzt und trotz der dicken Decke, in die er gewickelt ist, am ganzen Leib zittert. Der Mann ist grau im Gesicht, seine langen dünnen Haare sind zerzaust. »Mit dem könnt ihr jetzt nichts anfangen, der Professor hat ihm noch eine Beruhigungsspritze verpasst, bevor er abgezischt ist. Kann einem leidtun, der Edwards. Aber ich hab schon etwas in Erfahrung gebracht. Die Zimmer hier hatten sie über eine Online-Buchungsplattform gebucht, in den letzten Tagen waren sie die einzigen Nächtigungsgäste. Dem Gast, der heute anreisen wollte, hat die Chefin auf meinen Rat hin gleich abgesagt.« Der Hans muss kurz durchatmen, in einem solchen Tempo hat er seine Ergebnisse heruntergerattert. »Die ältere Frau Riegler hat mir dann noch erzählt, dass Liza Bishop ständig mit ihrem Mietwagen, dem BMW X3 draußen am Parkplatz, unterwegs war, ihr Lebensgefährte währenddessen aber oft allein auf seinem Zimmer blieb. Dann hat er sich literweise Tee von den Angestellten bringen lassen und wohl nur gelesen. Das Frühstück und das Abendessen haben aber immer beide gemeinsam hier eingenommen. Die Bishop habe stets für zwei gefressen, hat die alte Rieglerin genörgelt.« Er lacht auf, verstummt aber nach einem warnenden Seitenblick vom Buchinger sofort wieder und kraust kurz die Nase. »'tschuldige, Aigner. Aber noch mal zurück zum Originalschlüssel mit dem roten Anhänger, den die Putzfrau außen im unversperrten Schloss hat stecken sehen. Interessant ist, dass die Bishop ebenjenen Originalschlüssel gestern Abend als verloren gemeldet, einen Ersatzschlüssel verlangt und gegen Gebühr auch erhalten hat. Das Opfer hat angenommen, dass es ihn verlegt hat, und die alte Wirtin meinte, das wär bei dem Chaos im Zimmer der Bishop auch kein Wunder gewesen. Pro Gästezimmer gibt es immer nur zwei Schlüssel, wobei die Originalschlüssel einen roten und die Ersatzschlüssel einen grünen Anhänger haben. Jeder Zimmerschlüssel passt übrigens auch für das Schloss der Wirtshaustür. Somit war der Täter wahrscheinlich im Besitz des Originalschlüssels –«

Eine Mischung aus lautem Gepolter und Geschrei unterbricht den Hans jäh, und wir reißen unsere Köpfe automatisch in Richtung Treppe. Hinter uns kreischt der Amerikaner laut auf, weil auch er mitkriegt, was da gerade passiert.

Oben am Treppenabsatz steht ein schmaler junger Bursche mit etwas dunklerer Hautfarbe und schaut verdutzt einem großen Transportsarg hinterher, der polternd die Treppe nach unten rutscht und zum Glück vom grünen Teppich auf den Treppenstufen etwas eingebremst wird.

Der Hieblinger Leopold, Bestatter und selbst ernannter Kunstmaler in einer Person, konnte grad noch die Griffe am unteren Ende des Sarges loslassen und zur Seite hechten, ist dabei aber mit voller Wucht ans massive Treppengeländer gekracht. Langsam stellt er sich wieder gerade hin und reibt sich mit vor Schmerz verzerrtem Gesicht den Rücken. »Sakradi! Die ist ja sauschwer! Scheiß mi an, da braucht's an Hubstapler, damit'st die Leich da runterkriegst!«

»Stad bist!«, schimpft die Erni, die sich mit den drei anderen Frauen bei dem Lärm hinter die Schank in Sicherheit gebracht hat. »Das ist die Muatter von unserem Aigner. Und wenn s' auch nur a Asanger-Funsn war, so redst du in meinem Haus net über a Tote, hast mich?«

Der Hieblinger blickt kurz zerknirscht in meine Richtung, quetscht eine Entschuldigung zwischen den Zähnen hervor und lässt seine aufgestaute Wut dann an seinem jungen Bestattungsgehilfen aus. »Murat, du Depp, du! Kannst ja net oafach den Sarg mitten auf der Treppen auslassen! Das Ding hätt mich derschlagen können! Halten musst du, du verstehen? Hal-ten mit Hän-de! Nix ver-ste-hen?«

Der arme junge Kerl läuft sofort die Treppe hinunter und umfasst die Griffe am hinteren Teil des gewaltigen Sarges. Kurz darauf begibt sich sein Chef an das vordere Ende, und beide verschwinden samt Sarg durch die breite Glastür, die ihnen Marie hilfsbereit weit aufhält.

Dann dreht sie sich um und blickt mit leichten Sorgenfalten auf der Stirn zu mir. Auch der Buchinger und der Hans starren mich betroffen an, genauso wie die Frauen an der Schank und die drei Kollegen von der Spurensicherung in ihren weißen Plastikanzügen, die noch vor dem Spektakel aus der Küche gekommen sind.

Nur die Erni reagiert. Sie sprintet im Eiltempo von der Bar zu unserem Tisch und stellt einen doppelten Schnaps vor mich hin. »Geht's dir gut, Bub?« Besorgt mustert sie mich.

»Beeindruckender Abgang, den die Liesl da hingelegt hat, würde ich mal sagen. Ich glaub, das hätt ihr gut gefallen«, antworte ich mit belegter Stimme, bringe ein Grinsen zustande und kippe dann doch lieber den Schnaps auf ex.

»Ja, so was hat s' immer schon können, die Liesl, sich in den Mittelpunkt drängen«, lächelt die Erni zufrieden, und allgemeine Erleichterung macht sich breit.

Der Buchinger bestellt noch mal Kaffee für uns, die alte Wirtin wieselt sofort hinter ihre Schank, und die Kollegen von der Kriminaltechnischen lehnen sich an die Bar, um ebenfalls eine Kaffeepause zu machen. Nur die Marie legt ihren sorgenvollen Blick nicht ab, wie sie behutsam die Tür hinter den Bestattern schließt.

Zum ersten Mal seit dem Telefonanruf heute Morgen muss ich an die Gabi denken. Meine Schwester sollte dringend über all das Bescheid wissen. Da schluchzt der Edwards am Ende des Raumes noch mal laut auf und reißt mich aus meinen Gedanken. Der arme Kerl.

»Burschen, das war unser Stichwort«, sag ich in die Runde an meinem Tisch. »Geh, Hans, sei so nett und hol den Ami zu uns rüber. Vielleicht kriegen wir ja doch noch was aus ihm raus, und etwas Ablenkung ist für ihn in der Situation bestimmt nicht das Schlechteste.«

Während die Erni drei Kaffee in die Tischmitte stellt, holt der Hans den Mann in Pyjama und dicken Wollsocken an unseren Tisch und drückt ihn sanft auf einen Stuhl. Die Decke hängt ihm immer noch sichtbar schwer über seinen schmalen Schultern.

Der Buchinger zwängt sich aus der Eckbank raus und zieht sich einen Stuhl an den vom Edwards ran, auf den er sich dann mit seinem dicken Hintern plumpsen lässt. *»Mista Edwoads, du ju schpeak Tschörrrrmen?«*

Ich schicke ein schnelles Stoßgebet gen Himmel und hoffe inständig, dass der kleine Kerl wenigstens etwas Deutsch spricht. Das grauenhafte Englisch vom Buchinger ist mir noch von früher in lebhafter Erinnerung.

Als der Mann leider den Kopf schüttelt, grinst mir der Hans verstohlen zu und zückt wieder seinen Notizblock.

Die knochigen Finger von Edwards' linker Hand krallen sich an der grauen Decke fest, aber mit der eiskalten rechten Hand greift er nach meiner. *»Your mother, your beloved mum«*, stammelt er und fängt an zu weinen.

Ich befreie meine Hand aus seinem Griff und tätschle ihm etwas unbeholfen die Schulter, da ich keine Ahnung habe, wie ich ihn sonst beruhigen könnte.

Sofort springt der Hans ein und fragt in gutem Englisch, ob er in der letzten Nacht etwas gehört habe oder ihm sonst etwas aufgefallen sei.

Der Mann senkt traurig seinen Kopf und zieht zur Erklärung eine Packung Tabletten aus seiner Pyjamahosentasche. Schlaftabletten.

Typisch Amerikaner, ohne können die wohl nicht mehr schlafen, denke ich mir seufzend.

Leider fühlt sich der Buchinger schon wieder dazu berufen, sich einzuschalten. *»Blies tell as wei ju tu sliep in different ruums.«*

Der Hans beißt sich auf die Unterlippe, und selbst ich muss grinsen.

»Liza and I always book separate rooms. My sleeping pills are not strong enough for the entire night. Liza snores awfully, you can even hear her through walls – snored. Oh my God …« Wieder beginnt der alte Mann zu schluchzen. *»Yesterday evening she was very drunk, she really has – had an alcohol problem. Her son –«* Er deutet auf mich, worauf ich mich etwas verlegen räuspere. Aber er fährt unbeirrt fort: *»With the help of a very strong, big man, her son carried her upstairs.«*

»End senn?«, gibt der Buchinger weiterhin sein geschliffenes Salzburger Englisch zum Besten.

»I sat next to her on the bed but she was already knocked out. She didn't notice me anymore, so after around an hour I left, locked the door of her room and also went to bed. In my room, of course.«

Ich frage ihn, ob er den Schlüssel außen an der Tür stecken hat lassen.

Der Amerikaner blickt mich erstaunt an und behauptet, die Tür versperrt, den Schlüssel natürlich abgezogen und mit in sein Zimmer genommen zu haben, wo er noch auf seinem Nachttisch liegen müsse. Er sei sowieso immer vor Liza wach gewesen und habe vorgehabt, gleich heute Morgen nach ihr zu sehen.

»Du ju häf än alibi?«

»An alibi? But why? I loved her. Liza was my life.« Sichtbar verzweifelt dreht sich der Alte zu mir, und ich erkläre ihm rasch, dass wir diese Frage jedem stellen müssen.

Reine Formsache, denn ich kann mir nicht vorstellen, dass der kleine Alte die Kraft gehabt hätte, ein Messer mehrfach in den gewaltigen Brustkorb der Liesl zu rammen – und vor allem wieder rauszuziehen.

»Mista Edwards, ju ar not allaud to lief Koppelried in se näxt deys, not allaud, is set klier?«, brummt der Buchinger streng.

Sofort beginnt der kleine Edwards zu jammern, was er denn hier machen solle, am liebsten wolle er sofort heim nach Amerika, zu seiner Tochter.

Ich versuche ihn zu beruhigen, indem ich ihm verspreche, dass der Täter sicher bald gefunden wird. Dabei muss ich an meinen Bruder denken, von dem ich erst gestern erfahren habe. Sollten wir ihn nicht auch informieren? Die Frage stelle ich laut dem Amerikaner, der sich daraufhin mit der flachen Hand auf die Stirn schlägt, sein Handy aus der Pyjamahosentasche herausholt und eine Nummer wählt.

Ich schlucke. Irgendwie ist mir das im Moment zu viel. Erst mal muss ich den Mord an der Liesl verdauen, bevor ich die Stimme meines Bruders hören kann. Also flüchte ich vom Tisch, gehe durch die neue Glastür zum eigentlichen Ausgang, öffne die alte, schwere Eingangstür aus Holz und atme tief durch. Frische Luft kann ich im Moment wirklich gut gebrauchen. Während ich ebenfalls mein Handy aus meiner Hosentasche krame und Gabis Nummer wähle, lehne ich mich gegen den Türrahmen, um mich gegen den Regen zu schützen, der immer noch fällt. Kurz und knapp und ohne Gefühlsduselei setze ich meine Schwester über alles in Kenntnis. Sie ist sprachlos, und das ist nun wirklich eine Seltenheit.

»Die Mama …«, sagt sie dann endlich und benutzt dabei ein Wort, das ich aus ihrem Mund noch nie gehört habe. »Das gibt's doch nicht, die Mama. Kann ich vorbeikommen?«

Bloß das nicht, denke ich mir. Die Gabi hat zwar starke Nerven, aber der Anblick der blutigen Sauerei in Liesls Zimmer würde selbst sie umhauen. »Sie wurde schon abgeholt, Gabi.« Es folgt eine Pause. Irgendwie wissen wir beide nicht, was wir sagen sollen.

»Weißt, Raphi. Es wär mir doch lieber, wenn sie noch da wär und ich eine Mordswut auf sie haben könnte«, bringt die Gabi schließlich hervor.

»Mir auch«, antworte ich leise und aufrichtig.

»Der Papa«, haucht meine Schwester schließlich ins Telefon, »wer sagt es dem Papa?«

Oje, an den hab ich noch gar nicht gedacht. Unseren Vater hat schon die Anwesenheit seiner Exfrau völlig aus dem Konzept gebracht, wie wird er erst ihren Tod aufnehmen?

»Das machen wir beide gemeinsam, Gabi«, schlag ich vor. »Am besten morgen, dann können wir uns noch überlegen, wie wir es ihm möglichst schonend beibringen. Aber tu mir einen Gefallen und fahr den Felix unbedingt heut noch zu den Marolds. Der Sepp hat es mir gestern angeboten, und ich bin mir noch nicht sicher, was das Ganze hier mit unserer Familie zu tun hat.«

Meine Schwester stimmt mir ausnahmsweise sofort zu, wahrscheinlich, weil sie auch an die Entführung meines Buben im Sommer denken muss. Sie beteuert, den Felix gleich im Anschluss nach Schladming zu fahren. »Aber ich hab doch gar kein Auto«, fällt ihr dann ein.

Stimmt, ich Depp hab den Wagen ja noch nicht wieder abgeholt. Schnell verspreche ich ihr, meinen Kollegen Schorsch zum Abschleppdienst nach Salzburg-Bergheim zu schicken.

»Wart mal, das braucht's gar net, Raphi«, meint die Gabi da und klingt fast schon wieder so schnippisch wie immer. »Der Andi ist noch da und kann uns nach Schladming bringen«, sagt sie und legt auf.

Ich seufze bei dem Gedanken, dass mir mein ehemals bester Freund wahrscheinlich noch des Öfteren zu Hause über den Weg laufen wird.

»Aigner, beweg endlich wieder deinen Arsch herein!«, höre ich da meinen Exkollegen unsensibel nach mir rufen.

Schwungvoll stoße ich die Glastür auf, gehe zurück in den Schankraum und nehme neben dem Buchinger Platz.

»Hör zu, ich wollte dir nur sagen, dass der zweite Sohn von der – deiner – äh – wurscht, also, von der Bishop heute noch nach Koppelried kommt. Ich hab gerade eben kurz mit dem gesprochen, der kann Gott sei Dank perfekt Deutsch. Er will gleich einen Flug nach Salzburg buchen und spätestens am Nachmittag da sein. Sehr sympathische Stimme übrigens, ist der wirklich mit dir verwandt?« Er schaut mich blöd an.

»Sieht ganz so aus, wenn er auch aus meiner Mutter rausgeschlüpft ist«, antworte ich und tipp mir dabei auf die Stirn.

In diesem Moment taucht die Erni vor uns auf und stemmt breitbeinig die Hände in die Hüfte. »Sagt, muss i denn heut den ganzen Tag zug'sperrt lassen? Weil, dann schick i die Franziska und die Zieliński wieder hoam, kosten ja sonst nur unnötig Geld.« Sie seufzt theatralisch. »Dabei hab i heut früh schon a paar Rein Erdäpfisalat vorkocht, der verdirbt mir jetzt wegen euch.«

Der Buchinger blickt auf die Uhr. »Es tut mir wirklich leid, Frau Riegler, aber aufsperren können S' frühestens morgen wieder. Die Kollegen müssen zuvor ihre Arbeit abschließen.«

Die Erni schnaubt wütend durch die Nase und bedeutet ihren beiden Angestellten, die an der Schank warten, dass sie gehen dürfen. Jammernd wendet sich die alte Wirtin dann an mich: »Sag, Aigner, was mach i denn jetzt mit dem Erdäpfisalat?«

»Schnitzel machst dazu, Erni. Es ist eh schon gegen Mittag, und die Kollegen sind bestimmt hungrig.« Warum sollte man den guten Kartoffelsalat verderben lassen, wenn zahlreiche Frauen und Männer schon seit den frühen Morgenstunden hier fleißig arbeiten. »Der Buchinger hat sowieso immer Hunger, und die Kollegen von der Kriminaltechnischen im Obergeschoss werden sich auch freuen, wenn ihnen das LKA ein Mittagessen im Rieglerbräu spendiert. Was meinst, Buchinger?« Augenzwinkernd ramme ich meinem Exkollegen sanft den Ellenbogen in die Seite.

Er nickt zustimmend und reibt sich vorfreudig die Hände. Ich bin mir sicher, dass er Ernis sagenhafte Schnitzel noch vom letzten Sommer in guter Erinnerung hat.

»Ja, der Aigner, der woaß halt immer eine Lösung!«, ruft die Erni erfreut in Richtung Marie. »Na ja, meistens wenigstens«, sagt sie etwas leiser noch in meine Richtung und grinst, dann eilt sie in ihre Küche.

Ich bin gerade dabei, die Marie zu beobachten, die geschäftig Kaffeetassen in den Spüler räumt, als mein Handy piept. Es ist eine WhatsApp-Nachricht meiner Schwester, sie ist mit dem Felix und dem Andi auf dem Weg nach Schladming. Ich sage brav Danke und informiere sie noch, dass Simon, Liesls amerikanischer Sohn, am Abend hier auftauchen wird. Das Wort »Bruder« kann ich einfach nicht schreiben. Erst nachdem ich meine Nachricht verschickt hab, fällt mir ein, dass ich der Gabi dummerweise überhaupt noch nichts von dessen Existenz erzählt habe.

Ein paar Sekunden und einen kurzen Erklärungsversuch meinerseits später wirft sie mir mein Versäumnis auch schon lautstark vor. »Ja, bist du denn deppert, Raphi? Wieso erfahr ich erst jetzt davon?«

Die Gabi regt sich verständlicherweise fürchterlich auf. Ich hätte sie schon längst über den unvorhergesehenen Familienzuwachs informieren müssen. Zwischendrin mache ich mehrere Anläufe, ihr das wenige zu berichten, was ich über den Kerl weiß. Aber es gelingt mir nicht, sie fällt mir ständig schimpfend ins Wort. Bis dem Andi, der offensichtlich neben ihr im Auto sitzt, der Kragen platzt und er ihr das Handy wegnimmt.

Ohne Freisprecheinrichtung!, denke ich mir und schnauze ihn an: »Behalt deine Hände gefälligst am Lenkrad, wenn du meinen Buben durch die Gegend schipperst.«

»Wart halt kurz«, antwortet mein ehemals bester Freund schuldbewusst. »So, jetzt ist das Handy mit der Freisprecheinrichtung verbunden«, bestätigt er keine Minute später. »Übrigens, ihr zwei Streithanseln: Der Felix hört auch mit.«

»Hallo, Papa«, höre ich meinen Bub aufgeregt rufen. »Ich darf bis nach Silvester zum Opa und zur Oma, die Tante Gabi hat's erlaubt.«

Ich wünsche ihm schöne Tage bei meinen ehemaligen Schwiegereltern und versichere ihm, dass ich ihn ganz häufig anrufen werde. Der Felix freut sich unüberhörbar auf Oma und Opa. Kein Wunder, die beiden verwöhnen ihn immer nach Strich und Faden.

Dann mischt sich der Andi ein. »So, Raphi, dann erzähl uns jetzt noch mal, was du von diesem Simon weißt.«

Er hat die Gabi offensichtlich inzwischen beruhigen können, sodass ich sie kurz und knapp über diesen Landauer ins Bild setzen kann, ohne unterbrochen zu werden.

»Wenn wir den Felix abgeliefert haben, kommen wir gleich zu euch ins Rieglerbräu. Die Ankunft eures jüngeren Bruders lass ich mir auf keinen Fall entgehen.«

Ich kann den Andi förmlich durchs Handy grinsen hören.

Der Buchinger löffelt immer noch die letzten Reste seiner Schöberlsuppe. Grad dass er den Teller nicht ausschleckt, denke ich mir, aber ich weiß auch, dass die Erni immer noch eine begnadete Wirtshausköchin ist. Trotzdem lasse ich die Suppe weg, weil mir die ganze Sache wohl doch mehr auf den Magen geschlagen ist, als ich angenommen hatte. Der Hans musste bedauernd auf das gesamte Menü verzichten, da er vom Buchinger zum LKA geschickt wurde, um dort die Sonderkommission für den Mordfall einzurichten. Am großen Tisch neben uns lassen sich bereits die meisten Kollegen der Kriminaltechnischen Abteilung ihr Essen schmecken, nur der fleißige Hochgatterer Fritz arbeitet immer noch mit ein paar Kriminaltechnikern im Obergeschoss.

Etwas unsicher balanciert die Marie ein Tablett mit zwei

Schnitzeln und zwei Riesenportionen Erdäpfelsalat an unseren Tisch und stellt ungelenk einen Teller und eine Schüssel vor dem Buchinger ab.

»Tja, Frau Doktor, auch Servieren will gelernt sein, gell?« Feixend lehne ich mich mit verschränkten Armen zurück. Die Marie hat nämlich studiert und hatte früher sogar eine eigene Werbeagentur. Zur Servierkraft ist sie augenscheinlich nicht geboren.

Wenn Blicke töten könnten, wäre es jetzt mit Sicherheit um mich geschehen, und zwar gleich doppelt.

Selbst der Buchinger, mein lieber Freund, fällt mir in den Rücken. »Beachten Sie den am besten gar nicht, Frau Riegler«, sagt er zur Marie. »Der Aigner ist leider oft ein bisserl deppert.«

»Ich weiß«, pflichtet die Marie ihm bei und pfeffert den zweiten Teller vor mich hin, sodass das Schnitzel fast auf den Tisch rutscht und die Zitronenscheibe mir auf die Diensthose hüpft und einen sauberen Fleck hinterlässt. Auch den Salat lädt sie unwirsch vor mir ab, bevor sie das Tablett am Nebentisch abstellt und sich die Hände an der Dirndlschürze abwischt. Eine davon reicht sie dann dem Buchinger, der sofort das Besteck fallen lässt, um sie zu ergreifen.

»Marie«, lächelt sie, »ich bin die Marie. Ist doch viel einfacher so. Außerdem haben wir uns jetzt schon so oft gesehen und werden uns vermutlich auch in Zukunft häufiger begegnen.«

Der Buchinger grinst von einem Ohr zum anderen. »Sehr erfreut, ich bin der Markus. Dann sollten wir unbedingt mal Brüderschaft trinken, allerdings besser dann, wenn ich nicht grad im Dienst bin.« Er zwinkert ihr zu, sie nickt und rauscht dann wieder ab, mit dem Suppenteller vom Buchinger am Tablett.

»Warum bist du immer noch so seltsam zu der armen Frau?«, will mein Exkollege von mir wissen. »Die Geschichte im Sommer liegt doch nun wirklich lang genug zurück. Du solltest nicht immer noch nachtragend sein, sie musste so einiges mit ihrem brutalen Ehemann durchmachen. Wer weiß, wie wir gehandelt hätten, hätten wir in ihrer Haut gesteckt. Ich versteh dich wirklich überhaupt nicht.«

Ich winke wortlos ab, darum geht es mir nicht. Und daran will ich auch gar nicht mehr denken.

»So wie die dich eben angesehen hat, will die sowieso nichts mehr von dir wissen. Und recht hat sie bei deinem Benehmen«, zieht der Buchinger mich auf, während er den ersten Bissen Schnitzel in seinen Mund schiebt. »Mein Gott, ist das gut«, stöhnt er genussvoll.

»Trottel«, entgegne ich und widme mich dann ebenfalls der hervorragenden Speise. Während wir es uns schmecken lassen, erzähle ich dem Buchinger alles, was ich über meine so unerwartet aufgetauchte und so plötzlich wieder verlorene Mutter weiß. Auch, dass weder die Gabi noch ich der Grund für ihren Besuch in Koppelried waren, sondern vielmehr das Maarbach-Gut.

Wir sind schon voll bis obenhin, da kommt die Erni fröhlich mit zwei dampfenden Tellern herbei. »Moosbeernocken«, erklärt sie stolz die blaue Pracht unter der Staubzuckerschicht vor uns. »Die Marie hat im Herbst Unmengen Moosbeeren eing'froren, alle selber brockt. Kaffee bring i euch auch gleich. Aber vorher muss i noch etwas klarstellen. Die Leut werden sich sowieso bald das Maul z'reissen, weil bei uns grad in aner Raunacht a Mord passiert ist. Hätten wir die neuen Gästezimmer zu die Feiertag vom Pfarrer ausräuchern lassen, dann wär die Asangerin bestimmt net bei uns umbracht worden, sondern anderswo. I hab der Marie hundertmal g'sagt, wir müssen räuchern, aber für Madame ist das bloß Aberglaube. Wurscht, g'schehen ist g'schehen, jetzt kann man eh nix mehr dran ändern. Aber sag, Aigner, wir haben doch am Freitag den Silvesterball, und wenn der net stattfindet, dann werden d' Leut nur noch mehr Unsinn verbreiten. Oiso, den Silvesterball, den sag i bestimmt net wegen deiner Muatter ab. Habts mich?« Die Erni wartet keine Antwort ab und wieselt energisch davon.

Wir grinsen beide und widmen uns dann den dampfenden blauen Nocken voll mit Moosbeeren.

»Schmeckt's dir, Markus?«, fragt die Marie säuselnd im Vorübergehen und schenkt ihm ein hinreißendes Lächeln, bevor sie den Kollegen von der Kriminaltechnischen am Nebentisch die Nocken serviert. Das macht die doch absichtlich, denke ich mir und ärgere mich.

Aber nicht lange, denn da kommt der Hochgatterer Fritz endlich mit zwei Kollegen die Treppe herunter, wünscht seinen Leuten einen guten Appetit und nimmt beim Buchinger und mir Platz.

»So, i hab jetzt den Gang oben versiegelt, in dem sich das Zimmer mit dem Tatort befindet. Der darf von der Belegschaft nimmer betreten werden, bis wir die Untersuchungen abg'schlossen haben, machts das bitte den Leuten hier noch mal eindringlich klar. Die junge Wirtin hat den alten Ami vorhin in a Zimmer im linken Gästetrakt unterbracht, und meine Leut haben ihm sein ganzes Zeug rübertragen. Der rechte Trakt ist ab sofort für alle g'sperrt.« Er stellt seinen Metallkoffer neben sich auf die Eckbank. »Woaßt schon, Aigner, eigentlich bin i ja im Krankenstand, wollt dir aber auf jeden Fall helfen. Und da i offiziell net im Dienst bin, kann i mir jetzt auch a Bier genehmigen. Die haben da nämlich a ganz spezielles.« Etwas unsicher blickt er auf die Colaflaschen und die Kaffeetassen vor dem Buchinger und mir.

»Mir ist das wurscht, Fritz«, schmatzt der Buchinger mit seinen von den Beeren blauen dicken Lippen. »Hauptsache, du hast ein paar Neuigkeiten für uns.«

»Die hab i«, bestätigt er erleichtert, und ich schiebe ihm den Rest meiner Moosbeernocken hin. Immerhin hat der arme Kerl wegen seiner Arbeit den Hauptgang verpasst. Dann bedeute ich der Erni an der Schank, dem Fritz ein Bier zu bringen.

Der Chef der Kriminaltechnischen Abteilung verschlingt die restlichen zwei großen Nocken in weltrekordverdächtiger Geschwindigkeit, noch bevor der Bierkrug vor ihm steht. Nachdem er einen ersten kräftigen Schluck genommen hat, beginnt er, mit hörbar verstopfter Nase zu erzählen.

Der Täter muss ganz normal durch den Eingang vom Wirtshaus hereinspaziert sein, es gibt keinerlei Einbruchsspuren am Balkon. Ob das Chaos im Zimmer die Liesl selbst verursacht hat, kann man noch nicht genau sagen. Der Hochgatterer Fritz schaut seltsam, zieht dann ein bereits benutztes Papiertaschentuch aus seiner Hosentasche und schnäuzt sich kräftig. »In am Wirtshaus Spuren sichern ist wia die Suche nach aner Nadel im Heuhaufen«, seufzt er, bevor er das Taschentuch wieder in den Hosensack stopft.

»Also gibt's gar nix Außergewöhnliches, Fritz?« Der Buchinger ist schon etwas ungeduldig.

Mir geht es ähnlich, deshalb frage ich den Fritz nach den beiden Schlüsseln zum Gästezimmer.

»Das Zimmer ist auf jeden Fall mit dem Originalschlüssel aufg'sperrt worden«, antwortet er. »Den Zweitschlüssel mit dem grünen Anhänger haben wir am Nachtkastel vom Amerikaner g'funden, sonst war in dem seinem Zimmer nix Aufregendes. Aber i hab noch was für euch.« Er grinst breit und spricht noch einmal seinem Bier zu. »Eine bestens verwertbare, weil frische Fußspur. Als passionierter Wanderer wag i noch vor der Auswertung zu behaupten, dass die von waschechten Goiserern stammt. Größe dreiundvierzig oder vierundvierzig, die Schrittlänge deutet auf einen größeren Mann hin, so uma oans achtzig. Also, wenn die vom Mörder stammen, war das mit Sicherheit a Mann, und zwar a recht a großer.«

Ich winke die Erni, die grad aus der Küche gekommen ist, zu uns. Sie sieht zufrieden aus, aber sie ist ja auch ihren gesamten Kartoffelsalat losgeworden – und noch mehr.

»Was ist, Aigner, habts den Mörder schon? Aber so schnell seids ihr auch wieder net, gell?«, grinst sie.

Ich bin nicht zum Scherzen aufgelegt. »Trägt der Gerhard Goiserer?«, frag ich sie ernst. Der Gerhard ist der einzige Mann in der Belegschaft, der an die eins achtzig groß ist. Wobei mir kein Grund einfällt, warum der gemütliche bayrische Braumeister die Liesl hätte erstechen sollen. An seinem Bier hatte sie mit Bestimmtheit nichts auszusetzen.

Erstaunt schüttelt die Erni den Kopf. »Der ziagt nur Haferlschuah an. Als waschechter Bayer würd der koane Goiserer tragen, niemals. Und jetzt muss i wieder in die Kuchl, das Gschirr räumt sich nämlich net von selbst weg.« Ohne eine Antwort abzuwarten, verschwindet sie mit energischen Schritten.

Der Fritz zieht geräuschvoll etwas Rotz hoch. »Noch was. Da war a Reisekoffer mit lauter losen Zetteln und a paar Dokumenten im Zimmer der Toten. Meine Leut werden alles scannen und euch nach und nach per Mail schicken. Das Handy von der Frau haben wir auch sicherg'stellt, da werden wir uns noch die Anruflisten und die Nachrichten anschauen. Der Anbieter stammt aus den USA, leider. Aber wir werden uns auf jeden Fall beeilen, hast mein Wort, Aigner. Und jetzt geh i wieder hoam und direkt ins Bett.« Er steht auf und zieht seine Brieftasche aus der Gesäßtasche seiner Hose, aber der Buchinger hält ihn zurück.

»Passt schon, Fritz, die Rechnung über die Essen für dich und deine Leut reich ich beim LKA ein.«

Der Hochgatterer Fritz bedankt sich, verabschiedet sich und drängt dann auch die Truppe am Nebentisch zum Aufbruch. Rasch werden noch Kaffeereste ausgetrunken, und dann verlassen die Kolleginnen und Kollegen grüßend mit ihrem Chef das Wirtshaus. Nur mehr der Buchinger und ich bleiben zurück.

Die Marie kommt an unseren Tisch und lässt sich erschöpft auf den Stuhl neben dem Buchinger fallen. »Markus, darf ich Herrn Landauer überhaupt ein Zimmer bei uns anbieten, oder muss ich eine andere Unterkunft für ihn suchen, da wir doch auch schon unserem anderen Gast für heute abgesagt haben? Ich würde ihm natürlich ein Zimmer im linken Gästezimmertrakt geben, der nicht von euch abgesperrt worden ist.«

Mein Exkollege zuckt mit den Schultern und ist offensichtlich etwas vom großzügigen Dirndlausschnitt der Marie abgelenkt. Mit einem leichten Anflug von Röte um die Nase schaut er nervös nach rechts und links, während er sich räuspert. »Dagegen spricht nichts, Marie. Du kannst ihn gern dort einquartieren. Und das Wirtshaus könnt ihr morgen auch wieder aufsperren, wenn ihr darauf achtet, dass niemand den polizeilich versiegelten Bereich oben betritt. Auch du nicht und keiner deiner Angestellten.«

»Danke.«

Die Frau hat einfach ein verdammt hübsches Lächeln, stelle ich überflüssigerweise fest.

»Dann würde ich jetzt gerne zusperren, wenn es recht ist. Die Erni soll sich unbedingt etwas aufs Ohr legen, und auch ich wär für ein bisserl Ruhe dankbar. Wir hatten heute genug Aufregung für ein ganzes Jahr.«

Der Buchinger lehnt sich gemütlich auf seinem Stuhl zurück. »Wenn es dir recht ist, würde ich gerne noch auf diesen Simon Landauer warten. So lange kann das nicht mehr dauern, bis der da ist. Aber du kannst dich gerne ausruhen. Der Raphi und ich halten die Stellung und passen auf, dass nix mehr passiert.«

Keine Stunde später brüten der Buchinger und ich bei einem weiteren Häferl Kaffee über seinem Tablet und schauen uns die Webseite vom Maarbach-Gut an, während es draußen schon dämmert. Das Anwesen ist bestimmt ein Vermögen wert und könnte gut und gern der Grund für einen Mord sein, denke ich mir, während ich kurz zur Marie hinüberschiele.

Sie hat uns natürlich nicht alleine im Wirtshaus gelassen, sondern sich nur kurz umgezogen. In Jeans und schwarzem Shirt sitzt sie an einem Vierertisch direkt neben dem Ausgang zur Terrasse – wieder vor ihrem Notebook. Obwohl sie ihr Haar immer noch hochgesteckt hat, hängen ihr ein paar widerspenstige Locken ins Gesicht. Auf ihrer hübschen Nase sitzt die schwarze Brille, die ihr ausgesprochen gut steht, und sie scheint in ihre Arbeit vertieft zu sein. Die Erni hat sich tatsächlich oben in ihrer Wohnung aufs Ohr gelegt. Verständlich, dass die Frau nach allem, was passiert ist, müde ist. Die Jüngste ist sie ja nun auch nicht mehr.

Mein Exkollege deutet auf eine E-Mail, die uns die Spusi

gerade geschickt hat. Im Anhang finden sich zwei eingescannte Geburtsurkunden. Die eine ist von der Liesl, die andere von ihrer Mutter. »Vater unbekannt, auf beiden Urkunden. War damals nicht unüblich«, stellt der Buchinger fest. Aber über meine Großmutter erfahren wir etwas mehr: Sie heißt Edeltraut Asanger und wurde in Linz geboren. Sie hat ihre Tochter Elisabeth Asanger, die meine Mutter war, in Salzburg-Bergheim zur Welt gebracht.

»Meine Großmutter mütterlicherseits hab ich das letzte Mal als kleiner Bub gesehen, irgendwann ist der Kontakt einfach abgebrochen. Soweit ich von der Gabi weiß, ist sie vor Jahrzehnten nach Linz übersiedelt. Wir müssen auf jeden Fall rausfinden, wohin, schließlich sollte sie wissen, was es mit der Liesl und ihrer Beziehung zu den Maarbachs auf sich hat. Hoffentlich erholt sich der Edwards schnell von seinem Schock. Oder vielleicht kann dieser Simon Licht ins Dunkel bringen.«

Wie aufs Stichwort läutet es an der Eingangstür. Ich bin etwas verwundert, da das Rieglerbräu meines Wissens noch nie über eine Türklingel verfügt hat, aber offensichtlich braucht es die für die Pensionsgäste.

Die Marie klappt geräuschvoll das Notebook zu, nimmt ihre Brille ab und legt sie auf den Tisch, bevor sie zur Tür geht. Aber nicht der Simon Landauer steht vor der Tür, sondern meine Schwester. Ihre laute Stimme ist unüberhörbar. »Was, der Simon ist noch gar nicht da?« »Saimon«, spricht sie den Namen aus, einfach lächerlich. Dann poltert sie in die Schankstube, der Andi und die Marie traben ihr hinterher.

Die Gabi wirft ihren bunten Mantel und ihre Handtasche achtlos auf eine leere Bank, um dann den Buchinger überschwänglich an ihre immer noch beachtliche Brust zu drücken. Erst dann kommt sie zu mir, zieht mich förmlich vom Stuhl hoch, umarmt mich und fängt von einer Sekunde auf die andere an zu weinen.

Der Buchinger und der Andi stehen hilflos daneben, während ich sofort die Arme um die Gabi lege. Sie hat wirklich eindeutig an Umfang verloren, fällt mir dabei unpassenderweise auf. Was soll's, ich drücke meine Schwester noch fester an mich und streiche ihr sanft über den Kopf. Ich kann mich nicht erinnern, sie jemals so herzzerreißend weinen gesehen zu haben, mein Uniformhemd ist schon nach wenigen Momenten feucht.

Gabis Schluchzen endet so plötzlich, wie es begonnen hat. Mit verschmierter Wimperntusche dreht sie sich zur Marie und drückt auch die noch mal fest. Dann wischt sie sich über die Augen und räuspert sich. »Ich weiß, sie hat es nicht verdient, dass ich überhaupt weine, aber sie war trotzdem meine Mutter. Marie, ich glaub, ich brauch jetzt einen Schnaps.«

Wir ziehen alle an den großen Tisch neben dem Christbaum um, und ich erzähle meiner Schwester kurz und knapp, was vorgefallen ist. Die Details erspare ich ihr.

Leider ist es mittlerweile kurz nach fünf, und der Buchinger muss uns doch vor der Ankunft unseres Halbbruders verlassen, weil er seine beiden Töchter vom Reitstall in Hallwang abholen muss. Er lässt einen langen Seufzer vernehmen. »Mit dem Simon Landauer spreche ich dann eben morgen. Somit seid ihr wenigstens bei der ersten Begegnung unter euch.« Ohne eine Antwort abzuwarten, drückt er meiner Schwester zum Abschied einen dicken Kuss auf die Wange und bedeutet mir, ihn kurz zur Tür zu begleiten.

»Morgen früh komm ich auf die Inspektion«, informiert er mich, als wir im Freien stehen. »Offiziell arbeitest du diesmal nicht an dem Fall mit, damit hätte der Staatsanwalt ein Problem. Aber keine Sorge, inoffiziell bist du natürlich bei den Ermittlungen dabei. Hast mein Wort drauf.« Er klopft mir kumpelhaft auf den Rücken und macht sich dann auf den Weg. Seine Mädels sollen nicht warten.

Als ich in den Schankraum zurückkomme, steht die Erni in schwarzer Hose und blauem Pullover auf der untersten Treppenstufe. Anstelle des Altweiber-Dutts, den ich sonst an ihr kenne, hat sie die grauen Haare zu einem hohen Pferdeschwanz zusammengebunden und schaut damit richtig flott aus.

»Kinder, was seids ihr so laut, da kann ja koana schlafen.« Sie streckt sich ungeniert. »Habts ihr koan Hunger? Also, i mach uns jetzt a deftige Brettljause. Koa Widerred, ihr seids alle eing'laden, wenns da schon so gemiatlich beieinandersitzts.«

Wie auf Kommando knurrt der Magen meiner Schwester laut und vernehmlich. »Ich helf dir, Erni. Ich hab heut noch gar nix gegessen.« Die Gabi springt von ihrem Stuhl auf, und die beiden Frauen verschwinden in der Küche.

Der Andi, die Marie und ich bleiben zurück. Mein ehemals bester Freund wirkt etwas zerknirscht, während er sich mit der Hand durch seine angegraute Mähne fährt. »Die Gabi hat mir heute ein bisserl Sorgen g'macht. Hätt ich mir nie gedacht, dass sie das alles so arg mitnimmt. Sie ist ja sonst äußerst robust, aber schon auf der Rückfahrt von Schladming war sie ungewöhnlich still.«

Einfühlsam legt die Marie ihre Hand auf Andis Arm. »Weißt, die Gabi hat jetzt nicht mal mehr die Gelegenheit, ihre Mutter etwas näher kennenzulernen.«

Nicht nur die Gabi, denke ich mir, sage aber nichts.

»Ich hab mir vorgenommen, jetzt rund um die Uhr für sie da zu sein.« Der Andi runzelt bekümmert die Stirn.

Ich drehe mich kurz zur Marie. »Du weißt wahrscheinlich schon länger, dass da was läuft zwischen den beiden.«

Mein ehemals bester Freund grinst wieder.

Ich beuge mich näher zu ihm und stoppe erst kurz vor seinem Gesicht. »Dann kann ich also ganz offen sein. Lieber Andi, bester Freund hin oder her, falls du meiner Schwester das Herz brichst, dreh ich dir den Hals um, kapiert?« Ich meine das bitterernst, und er scheint das auch sofort zu kapieren.

»Glaub mir, Raphi, das mit der Gabi, das ist was anderes als alles davor. Ich hätte mich doch nie drauf eing'lassen, wenn ich mir net hundertprozentig sicher wär, schon wegen dir nicht. Aber es hat mich so was von erwischt, das kannst du dir gar net vorstellen.« Treuherzig blickt er mich an, aber ich mustere ihn streng.

»Gut so, dann merk dir das auch möglichst lang. Wenn du meiner Schwester wehtust, dann wirst du mich kennenlernen, verstanden?«

Er nickt und steht auf. »Klar. Und jetzt helfe ich lieber den Ladys, du bist mir in letzter Zeit viel zu aggressiv drauf.« Und schon ist er weg.

»Der Andi hat sich wirklich verändert, seit er und Gabi ein Paar sind, Raphi.«

Ich winke ab. »Das ist die Angelegenheit meiner Schwester. Aber der Andi wird es bereuen, wenn der auch nur irgendetwas anstellt. Das schwör ich dir.«

Die Marie lächelt, aber ich meine es immer noch absolut ernst. »Bist du eigentlich mit dem Deinhard zusammen?«, frage ich rundheraus und bin selbst erstaunt über mich.

»Bist du denn mit der jungen Brünetten zusammen?« Die Marie lehnt sich zurück und lächelt nicht mehr.

»Ich? Wieso? Nein, natürlich nicht.«

»Siehst du«, sagt die Marie und dann nichts weiter.

»Der Deinhard ist doch viel zu alt für dich«, füge ich oberlehrerhaft hinzu.

Die Marie verschränkt angriffslustig ihre Arme. »Also, der Altersunterschied zwischen dem Deinhard und mir ist wahrscheinlich immer noch geringer als der zwischen dir und dem jungen Mädel mit dem Lausbuben-Haarschnitt. Außerdem solltest du aufpassen, dass man dir bei ihrer Figur keine homoerotischen Tendenzen andichtet. Du weißt ja, wie die Leut hier sind.« Ihr hübscher Mund verzieht sich zu einem spöttischen Grinsen.

Ich lehne mich zurück und verschränke auch grinsend meine Arme. »Und du solltest aufpassen, dass man dir keinen Vaterkomplex andichtet, meine Liebe. Du weißt ja auch, wie die Leut hier sind, oder?«

Jetzt müssen wir beide lachen.

»Na, ihr habt es aber lustig, gell? Das seh i gern.« Die Erni balanciert ein Riesentablett mit fünf großen Brettljausen vor sich her, das sie gleich darauf bei uns am Stammtisch abstellt.

Ich kann ihr förmlich an der Nasenspitze ansehen, welche kupplerischen Gedanken ihr grad wieder durch den Kopf gehen. Hinter ihr dackeln brav der Andi und die Gabi her und legen das in weiße Papierservietten eingewickelte Besteck auf den Tisch, während die Erni die Jausenbretter vor uns verteilt. Danach reibt sie sich vorfreudig ihre runzligen Hände: »Und jetzt zapf ich uns noch ein frisches Rieglerbier dazu.« Gesagt, getan.

Während wir uns über unser Abendessen hermachen, berichte ich ausführlich von meinem Gespräch mit der Liesl an ihrem letzten Abend. Dabei verheimliche ich nichts, auch nicht, dass es mich schon Überwindung gekostet hat, mich mit der Frau auch nur zu unterhalten.

Die Gabi ist wieder in ihrem sonstigen Fahrwasser. Die emotionale Labilität von vorhin scheint verflogen. »Auch wenn sie unsere Mutter war: einen guten Charakter hat sie nicht gehabt. Nicht mal für unseren Felix hat sie sich interessiert.« Meine Schwester beißt genauso empört wie herzhaft in eine Essiggurke, dass es nur so spritzt.

Die Erni kaut mit ihren falschen Zähnen schon lange an einem Speckstreifen, stimmt aber mit vollem Mund zu. »Das kann i nur bestätigen. Schon als junges Mädel war die Liesl sich selbst die Nächste. Andere hat sie nur nach Strich und Faden ausg'nutzt.« Sie legt der Gabi kurz ihre knochigen Finger auf den Arm. »Es tuat mir schon load, Gabi, aber das musste g'sagt werden.«

»Außerdem hatte sie offensichtlich ein ziemliches Alkoholproblem«, merkt die Marie an. »Wann immer sie bei uns in der Gaststube war, hat sie wirklich Unmengen an Bier und Schnaps konsumiert – vor allem Schnaps.« Dabei schenkt sie der Erni einen etwas tadelnden Seitenblick.

»Aber geh, schau mich net so an. I kann mit Schnaps umgehen, schon mein Leben lang.« Die Erni fuchtelt mit ihrer Gabel durch die Luft und kaut immer noch am Speckstück. Jetzt weiß ich endlich, warum sie so dünn ist. »So ein schönes Leben, wie sie dir, Aigner, das weismachen wollt, hat die Liesl wohl net g'habt. Von wegen Hollywood, wahrscheinlich hat s' tagein, tagaus Schnitzeln herausbacken müssen, grad so wie i, nur halt in Amerika.«

»Sagt mal, kann sich irgendjemand von euch vorstellen, warum die Liesl behauptet haben könnte, der Gutshof vom Maarbach würde ihr gehören?«, frage ich in die Runde, denn genau in diese Richtung sollten der Buchinger und ich morgen anfangen zu ermitteln.

Die Erni kapituliert vor dem Speckstreifen, dreht sich kurz vom Tisch weg und spuckt ihn dezent in ihre Serviette, die sie dann gut zusammengerollt neben dem noch halb vollen Brotzeitbrett ablegt. »Meine Zähne«, entschuldigt sie sich kurz, bevor sie die Reste mit einem Schluck Bier hinunterspült. »Das ist doch ein Blödsinn, ein ausg'machter«, sagt sie dann und sucht am Nebentisch nach einem Zahnstocher. Sie wird rasch fündig und setzt sich wieder zu uns. »Geh, Madl, bitte hol den Burschen noch a Bier«, wendet sie sich an die Marie, die daraufhin aufsteht. »Also«, fährt die Erni fort, »die Maarbachs waren koane Hiesigen, Tschechen waren das. Der Vater hat den Gutshof bauen lassen, und der junge Maarbach hat a Weil nach dessen Tod dort g'wohnt, ist dann aber mit seiner Frau in die Stadt zogen. Weil dem sein Bub mit drei Jahren im Rettenbach ersoffen ist. Das war a Tragödie bei uns in der Gegend, i kann mich noch guat erinnern. Aber als eure Muatter mit der Traudl zu uns nach Koppelried kommen ist, war das alles schon lang vorbei. Die zwoa Asangerinnen haben die jungen Maarbachs also gar net kennen können.«

»Ah, endlich Nachschub«, meldet sich der Andi erfreut zu Wort.

Die Marie steht mit neuen Krügen vor uns und hat sich wirklich sehr bemüht. Das Bier ist tadellos eingeschenkt und hat eine schöne Schaumkrone.

»Da schauts, mein Madel lernt schnell. Nimmer lang und sie ist die perfekte Wirtin.« Die Erni klingt so stolz, dass man meinen möchte, die Marie wäre tatsächlich ihre Tochter. Wär nicht das Verkehrteste für die Marie gewesen, denke ich mir.

Die freut sich sichtlich über das Lob und reicht uns die Bierkrüge.

»Woaßt, wer den Maarbach gut gekannt hat? Der Lechner, unser Notar«, lässt mich die Erni noch freimütig wissen, während wir uns alle zuprosten.

»Ich bin schon total g'spannt auf euren Familienzuwachs. Sollte der net endlich mal hier aufschlagen?« Der Andi hat blitzschnell das Thema gewechselt und legt jetzt den Arm um meine Schwester. Für mich immer noch ein sehr ungewöhnliches Bild. »Was meinst, Schatzl? Tauschen wir den Raphi gegen den neuen Bruder aus?« Verliebt bis über beide Ohren schaut er zu meiner Schwester runter.

Schatzl? Ehrlich jetzt? Ich hab keine Ahnung, wie ich mich jemals daran gewöhnen soll.

Das Läuten der Türglocke reißt mich aus meinen Gedanken. Das muss er sein. Die Augen meiner Schwester weiten sich, und die Marie will sich schon auf den Weg zur Tür machen.

»Na, i geh schon, Marie, setz dich ruhig hin. Mit meinem kaputten Kreuz kann i net mehr lang sitzen«, bestimmt die Erni und erhebt sich flink.

»Das ist er!«, ruft die Gabi jetzt etwas atemlos vor Anspannung, befreit sich aus der Umarmung vom Andi und springt vor Aufregung vom Stuhl.

Aber die Erni ist trotz ihres angeblich kaputten Rückens schon an der Tür, während die Marie und meine Schwester unschlüssig vor unserem Tisch stehen bleiben. Alle sind wir neugierig, niemand sagt auch nur ein Wort.

»Grüß Sie Gott, Frau Riegler. Ich hab mich bei den Beamten angemeldet, Simon Landauer mein Name.« Die Stimme klingt kräftig, sehr männlich und eigentlich richtig sympathisch. Sie sagt auch nicht »Saimon Lähndauer« mit amerikanischem Akzent, sondern ziemlich norddeutsch »Simon Landauer«.

»Aber geh, i woaß doch eh, wer Sie sind«, antwortet die Erni schnippisch. »Jetzt kommen S' aber flott herein da. Der Windfang hält a Lüfterl ab, aber net den Sturm, der da draußen pfeift.«

Die Stimme lacht schallend. »Ja, Hamburger Schietwetter mitten im Salzburger Land. Man könnte fast meinen, das wäre mein Gastgeschenk.«

Ich horche auf. So arg verzweifelt über den Tod seiner Mutter klingt der mir jetzt aber nicht.

»Kemman S' mit, wir sitzen eh grad so schön beinand, da können S' gleich alle kennenlernen«, krächzt die Erni. Dann kommt sie zu uns zurück, gefolgt von einem großen Mann, der einen eleganten schwarzen Rollkoffer hinter sich nachzieht.

Mit etwas Abstand stoppt er vor unserem Tisch und wickelt sich den Schal ab. »Moin, moin«, erschallt seine tiefe Stimme im stillen Raum.

»Das gibt's ja gar nicht … Das ist ja … unglaublich.« Meine Schwester ringt nach Worten, und auch das ist unglaublich.

»Ja, das glaub ich jetzt net.« Auch der Andi schaut verwundert von mir zu dem Mann und wieder zurück.

Der Neuankömmling grinst, und ich muss gestehen, dass ich dieses Grinsen gut kenne. Aus meinem Spiegel.

Die Gabi rauft sich kurz die langen schwarzen Haare, nimmt Anlauf und rennt den großen Kerl fast um. Sie stellt sich auf die Zehenspitzen, zieht seinen Kopf zu sich herunter, umarmt ihn und drückt ihn dabei so fest an sich, dass ihm die Luft auszugehen droht.

Sein Blick wandert von der Gabi zur Marie, dann zum Andi und dann zu mir. Wo er erstaunt hängen bleibt.

»Ich bin die Gabi«, ihre Stimme überschlägt sich beinahe, »deine Schwester!«

Perplex hebt er zuerst seine Arme, um sie gleich wieder um die Gabi zu schlingen. Dann schiebt er sie kurz von sich weg und schaut ihr in die Augen. »Na, dann muss ich wohl dein Bruder sein«, grinst er erfreut, »ich bin Simon.«

»Halbbruder«, stelle ich trocken richtig, aber der Andi springt schon auf, entreißt ihn meiner Schwester und schüttelt ihm die Hand.

»Ich bin der Andi, ein sehr guter Freund der Familie«, sagt er.

Der Mann fährt sich mit der Hand durch seine kurzen blonden Locken, kratzt sich unschlüssig am ausgesprochen gepflegten und gestutzten Vollbart und kommt dann schnurstracks auf mich zu und hält mir seine Hand hin. »Nun, entweder stehen hier alle unter Polizeischutz, oder du bist mein Bruder. Rein äußerlich würde ich allerdings auf Letzteres tippen.«

Er hat einen sehr festen Händedruck, ganz so wie ich. Also verziehe ich mein Gesicht doch zu einem schiefen Grinsen und stelle wieder richtig: »Halbbruder.« So schnell geht das bei mir nicht, ich muss den Kerl erst mal kennenlernen, bevor ich auch nur irgendwelche familiären Gefühle entwickeln kann.

»Magst was essen?«, fragt die praktische Erni, die einfach zum vertraulichen Du übergegangen ist; der Fremde ist ja quasi Familie.

»Oh ja, ich sterbe schon vor Hunger. Hamburg–Salzburg sozusagen, mit Umstieg in Köln. Ich habe nichts im Magen außer einer Packung trockener Käsecracker.«

»Mogst a Brettljausn?«, krächzt die Erni.

Der Simon versteht offensichtlich nur Bahnhof und dreht sich hilfesuchend zur Marie, die sofort dolmetscht. »Eine Brotzeit – mit Speck, Schinken, Käse und Gurken.«

»Ach so, gerne, aber bitte ohne Fleisch. Ich bin Vegetarier.«

Die Gabi reißt so erschrocken ihre Augen auf, dass ich nicht weiß, ob sie diesen Schock verkraftet. Auch die Erni schüttelt verständnislos den Kopf und setzt sich wieder zu mir hin. »So was habn wir da net«, meint sie bestimmt.

»Ich richte dir eine Käseplatte«, beeilt sich die Marie zu sagen.

»Hervorragend. Aber könnte ich vorher noch meine Sachen aufs Zimmer bringen?«

Als ihn die Marie nach oben begleitet, zwickt sich der Andi selbst in seinen langen Riechkolben. »Das ist ja unglaublich, der schaut aus wie du, Aigner.«

»Na ja, ein bisschen jünger und blonder«, verbessert ihn die Gabi. »Mit frischerem, jugendlicherem Charme.«

»Fesch ist der halt, wie alle Aigners«, stellt die Erni sachlich fest. »Unverkennbar aner von eurer Sippe.«

Die Marie kommt die Treppe herunter. »Ich richte ihm rasch was zu essen.« Und damit verschwindet sie in die Küche.

Die Erni trabt ihr hinterher und wackelt dabei ungläubig mit dem Kopf. »A Körndlfresser? Wie gibt's denn so was bei der Muatter?«

Keine Minute später kommt unser Halbbruder locker die Treppe herunter. Seine langen Beine stecken in dunkelblauen Jeans, sein Oberkörper in einem weißen Hemd, natürlich lässt er es ganz leger aus dem Hosenbund hängen. Als er sich zu uns gesellt, betrachte ich ihn genauer. Er dürfte in etwa meine Größe haben, aber von der Statur her ist er eine Spur kräftiger – trotz seiner vegetarischen Ambitionen. Im Gegensatz zu mir hat er bereits ein gut sichtbares Wohlstandsbäuchlein angesetzt. Sein Gesicht sieht meinem allerdings wirklich frappierend ähnlich – kantige Züge, hohe Wangenknochen, blaue Augen. Ganz offensichtlich ist er wie ich mit Naturlocken gesegnet, allerdings mit blonden, die um einiges kürzer und gepflegter sind als meine zerzauste rabenschwarze Haarpracht. Und dazu so ein moderner Vollbart. Ich schätze, da lässt er nur einen Bart-Trimm-Profi ran.

Jedenfalls scheint er überflüssigerweise auch noch über meinen Charme zu verfügen, denn er verzieht seine Lippen zu einem spitzbübischen Grinsen und fasst die Gabi, die ihm entgegenkommt, um die Hüfte. »Na dann, wunderhübsche Halbschwester, erklär mir mal, warum mein Halbbruder mich so misstrauisch von oben bis unten mustert. Ist das der Polizist in ihm, oder liegt es daran, dass ich aus Deutschland komme?« Gemeinsam mit meiner Schwester nimmt er mir gegenüber Platz. »Und du bist also bei der Polizei?«

»Sehr schlau kombiniert«, entgegne ich spöttisch. »Und deshalb frage ich mich schon die ganze Zeit, warum du so perfektes Hochdeutsch sprichst. Bist du nicht gebürtiger Amerikaner? Oder hat dir unsere Mutter unsere Sprache so gut und dialektfrei beigebracht?«

»Nein, Liza hat sich leider kaum mit mir auf Deutsch unterhalten. Aber ich lebe schon seit über zwanzig Jahren in Hamburg, daher ist Deutsch für mich inzwischen meine wahre Muttersprache«, erklärt er mir freundlich. Dann wendet er sich uns allen zu. »Nun, ich muss schon sagen, nachdem ich heute früh von Lizas schrecklichem Ende erfahren habe, war ich ziemlich durcheinander. Das hat sie nicht verdient. Und auch jetzt bin ich einfach nur völlig überrascht.« Er dreht sich lächelnd zur Gabi. »Höchst erfreut überrascht.«

»Tja, da bin ich klar im Vorteil; ich hab bereits vor zwei Tagen das erste Mal von dir gehört«, grinse ich frech. Ich weiß wirklich nicht, was ich von ihm halten soll.

Die Marie kommt aus der Küche zurück und stellt eine liebevoll gerichtete Käseplatte vor ihn hin.

Unser Halbbruder bedankt sich überschwänglich bei ihr, bevor er sich an mich wendet. »Wo ist eigentlich Charlie Edwards? Er sollte doch auch hier sein, oder?«

»Der ist oben in seinem neuen Gästezimmer, in das er umquartiert wurde, und schläft. Der Gerichtsmediziner hat ihm eine Beruhigungsspritze verpasst. Kennst du ihn gut, oder ist er sogar dein Vater?« Ich sehe dem Simon dabei zu, wie er die Köstlichkeiten vor sich in Rekordzeit vertilgt. Wieder eine Ähnlichkeit mit mir.

»Nein, Charlie ist nicht mein Vater. Er ist Lizas Lebensgefährte, ein sehr netter Kerl. Ohne ihn wäre sie wohl schon viel früher … Aber das ist jetzt nicht mehr wichtig. Er kennt Liza aus ihrer Zeit in Kalifornien. Ich würde behaupten, dass er immer schon in sie verliebt war, doch in ihren wilden Zeiten hatte er wenig Chancen bei ihr. Zu wenig Status, zu wenig Geld, zu wenig einflussreiche Freunde. Keine ausreichende Qualifizierung für einen Partner in den Augen meiner Mutter«, erzählt er nüchtern und ohne eine Spur von Bitterkeit in seiner Stimme.

»Du hast nicht viel von ihr gehalten, oder?«, nimmt die Gabi mir dankenswerterweise meine Frage ab, die mir schon auf der Zunge liegt, und wirkt dabei etwas bedrückt. Zugegeben, auch mir wäre es lieber, wenn er eine bessere Meinung von der Liesl hätte.

»Weißt du, Gabi«, erwidert der Simon, »ich hab das eben gar nicht böse gemeint. Unsere Mutter war einfach kein sehr empathischer Mensch, sondern vielmehr egozentrisch. Aber sie war auch eine ziemlich starke Persönlichkeit und wusste genau, was sie wollte. Als junge, hübsche Frau waren die Männer fasziniert von ihr und ihrem etwas spröden Charme. Aber jetzt war sie älter, völlig pleite, hatte Probleme mit dem Alkohol, und ihre Wirkung auf Männer hatte stark nachgelassen. Nur Charlie war ihr geblieben. Und ich glaube, sie hat ihn schlussendlich wirklich zu schätzen gelernt. In den letzten zehn Jahren hat sie meines Wissens keinen Tag ohne ihn verbracht. Man kann sagen, er war die einzige konstante Beziehung in ihrem Leben. Die beiden haben sich sehr gut verstanden.«

»Und du weißt das alles, weil du regelmäßig Kontakt mit ihr hattest?« Ich blicke ihn etwas misstrauisch an. Gestern hat mir Liesls Erzählung nicht den Eindruck einer engen Mutter-Sohn-Beziehung vermittelt. »Außerdem, wieso sollte sie pleite sein? Sie hatte eine Menge Geld in ihrer Brieftasche und ein Restaurant in Miami, soweit ich weiß.«

Mein Halbbruder lächelt. »Nun, eigentlich war ich neugierig darauf, von euch mehr über Lizas Leben zu erfahren. Aber vorher unterziehe ich mich natürlich bereitwilligst deinem Verhör. Also, Lizas sogenanntes Restaurant ist eine arg heruntergekommene Schnitzelbude, nicht mehr.«

Dann erzählt er uns, wie die Liesl mit Hilfe eines US-Soldaten und eines K-1-Verlobtenvisums von Salzburg direkt nach New York ausgewandert ist. Aber die Beziehung dauerte nicht lange, denn dort lief ihr eine wesentlich bessere Partie über den Weg: Simons Vater, Spross einer vermögenden New Yorker Familie.

»Geflasht von ihrem europäischen Charme hat sich mein Vater sofort in sie verliebt. Durch seine guten Beziehungen hatte die Änderung des Verlobten-Visums keine Folgen für sie, und ich kam dann keine sechs Monate nach der Hochzeit zur Welt. Das und der Einfluss meines Großvaters zerstreuten sämtliche Bedenken der Einwanderungsbehörde. Der Fairness halber muss ich erwähnen, dass mein Vater meint, sie war anfangs ehrlich bemüht, eine gute Ehefrau und Mutter zu sein. Ich gehe davon aus, dass sie meinen Vater wahrscheinlich eine Zeit lang wirklich gemocht hat.«

»Ich weiß gar nicht, ob sie unseren Vater jemals mögen hat«, wirft die Gabi verzagt ein.

»Ganz bestimmt«, versichert ihr Simon sanft. »Jedenfalls hat sie es keine vier Jahre mit uns ausgehalten, dann ist sie auch schon Hals über Kopf mit irgendeinem Kerl nach Kalifornien geflohen und hat meinem Vater das Herz gebrochen.«

Die Gabi, emotional, wie sie ist, streicht dem Simon liebevoll über die Hand. Auch die Marie hört dem Kerl gebannt und mit glänzenden Augen zu.

Mir hingegen geht seine Gefühlsduselei schon etwas auf den Sack. »Ich kann mir die dicke Liesl als romantische Herzensbrecherin nur schwer vorstellen«, spotte ich.

»Aigner, du unsensibler Knochen«, weist mich mein ehemals bester Freund Andi scharf zurecht.

Der Simon ignoriert meinen Einwand. »Mein Vater hat ihr keine Steine in den Weg gelegt«, sagt er vollkommen emotionslos.

»Nobel, nobel, was uns der Ami da von seinem Vater erzählt. Aber auch ein bisserl naiv«, unterbreche ich ihn, während ich meine Arme verschränke.

»Simon heißt er, Raphael! Si-mon!« Wütend versetzt mir meine Schwester wie so häufig eine Tachtel, der ich nicht mehr rechtzeitig ausweichen kann. »Außerdem war unser Vater auch ein Dummkopf, was die Liesl anlangt, solltest du das vergessen haben. Ihr seids halt manchmal so deppert, ihr Mannsbilder. Und jetzt lass den Simon gefälligst weitererzählen.«

Was will sie nur von mir?, denke ich mir. Muss ich denn jeden dahergelaufenen Verwandten uneingeschränkt großartig finden?

Der dahergelaufene Verwandte lässt sich immerhin nicht provozieren, sondern lacht einfach nur. »Lass ihn doch. Würde ich die Geschichte zum ersten Mal hören, wäre ich auch skeptisch. Jedenfalls war es das dann vorerst mit meinem Kontakt zu Liza. Als sie uns verlassen hat, war ich noch keine vier Jahre alt.«

»Auch wennst nur so a Vegeta… na, Dings bist, a gscheite Halbe wirst wohl noch vertragen, oder?« Die Erni bringt uns eben eine neue Runde und stellt schwungvoll einen Bierkrug mit Schaumkrone vor ihm ab.

»Natürlich, liebe Frau Riegler, als Wahlhamburger bin ich mit Astra und Holsten quasi aufgewachsen. Also immer her mit der Buddel«, lacht er.

Die Erni schaut ihn verständnislos an und tippt sich dann uncharmant an die Stirn, während sie sich wieder zu uns setzt. »Die spinnen doch, die Deutschen.«

»Raphael«, lässt sich mein amerikanisch-deutscher Halbbruder auch dadurch nicht aus dem Konzept bringen, nimmt seinen Bierkrug und prostet mir zu, »unsere Väter waren offensichtlich beide etwas naiv, aber wir Landauers lernen unglaublich schnell aus unseren Fehlern.«

Die Aigners auch, also stoße ich mit ihm an, und wir beide nehmen jeder einen kräftigen Schluck und schauen uns dabei fest in die Augen.

Meine Schwester mit ihrem großen Herzen schüttelt bewegt den Kopf. »Wenn ich nur gewusst hätte, dass es dich gibt. Ich wär so gern für dich da gewesen.«

»Gabi, das ist sehr lieb von dir. Aber zu deiner Beruhigung: Kurz darauf hat mein Vater Helen geheiratet, die mir all die Jahre eine tolle Mutter war. Eine viel bessere, als es Liza je hätte sein können. Ich hatte eine schöne Kindheit und ein harmonisches Elternhaus. Helen und mein Vater sind heute noch sehr glücklich miteinander, sie lieben sich wie am Anfang; vielleicht sogar noch mehr.«

»Amen«, sage ich, weil das ja kaum zum Aushalten ist. Und werde prompt von der Erni durch ein Nicken unterstützt.

»Jetzt lass halt das ganze Schmalz weg, Bub. Interessiert doch koan. Erzähl uns lieber, wann du die fette Liesl wiederg'sehen hast.« Sie zwinkert mir verschwörerisch zu.

Der Simon lacht schon wieder und zeigt dabei eine Reihe perfekter weißer Zähne. »Ich hab sie mit zwölf Jahren wiedergesehen. Es wirkte so, als hätte sie doch ein paar Muttergefühle in sich entdeckt, denn sie hat mich einige Male in New York besucht. Meine Eltern haben sich für mich gefreut und mir schließlich auch erlaubt, zu ihr nach Los Angeles zu fliegen. Aber um ehrlich zu sein, trotz all ihrer Bemühungen wusste Liza nicht viel mit mir anzufangen. Charlie war schon damals ständig in ihrer Nähe, und er war es auch, der sich rührend um mich gekümmert hat. Von ihr kann man das nicht eben behaupten. Und irgendwann kam heraus, dass es ihr bei der Kontaktaufnahme nicht vorrangig um unsere Mutter-Sohn-Beziehung ging, sondern eher um Hilfe in ihrer prekären finanziellen Situation. Ihr schönes Restaurant in Malibu stand kurz vor dem Ruin, sie hatte Probleme mit dem Finanzamt, und einen zahlungskräftigen Mann gab es zu diesem Zeitpunkt auch nicht in ihrem Leben.«

Mit ernster Miene dreht er sich zu mir und runzelt die Stirn. »Du brauchst jetzt nicht zynisch zu lachen, Raphael. Mein Vater ist zwar ein ehrenhafter Mann, aber kein Idiot. Lizas Interesse an seinem Bankkonto erübrigte sich dann ohnehin recht bald, da wir noch im selben Jahr nach Hamburg übersiedelt sind. Mein Vater hat da die Leitung einer Reederei übernommen. Ich war es, der den Kontakt zu Liza vor einigen Jahren wieder etwas aufleben ließ. Sie ist – war – schließlich doch meine leibliche Mutter, und ich wollte wissen, was aus ihr geworden ist. Man muss ihr zugutehalten, dass sie mit mir als Erwachsenem wesentlich mehr anzufangen wusste als mit dem Kind von damals. Sie hat sich tatsächlich über meine Anrufe und Besuche gefreut, auch wenn sie es nur wenig zeigen konnte. Nicht unerheblich dürfte gewesen sein, dass ich ihr in den letzten Jahren finanziell etwas unter die Arme gegriffen habe. Wie ich vorhin schon erwähnt habe, ist beziehungsweise war ihr Schnitzelhaus eher eine ziemlich heruntergekommene Kneipe als ein Restaurant. Gewinntechnisch ging da kaum etwas.«

»Weißt du, warum sie nach Koppelried zurückgekommen ist? Hat sie dir gegenüber jemals den Maarbach-Gutshof erwähnt?«, möchte ich direkt wissen.

Er schüttelt den Kopf. »Ich wusste nicht mal, dass sie in Salzburg ist. Ich hatte sie mehrmals zu mir nach Hamburg eingeladen und hätte auch alles bezahlt, aber sie wollte nicht nach Europa. Und nach Österreich schon gleich gar nicht. Immer wieder hat sie betont, dass sie nie wieder nach Salzburg zurückwolle – nur über ihre Leiche.« Er räuspert sich, und nun sind wir doch alle etwas betroffen.

»Hat sie dir jemals von uns erzählt?« Meine Schwester richtet gespannt ihre Augen auf unseren Halbbruder.

»Von euch wussten wir nichts, das schwöre ich. Hätte mein Vater gewusst, dass es euch gibt, er hätte mir das nie verschwiegen.« Er lächelt zuerst meiner Schwester und dann mir kurz zu. »Im letzten Jahr hat sie ein einziges Mal mit mir über ihr Leben in Europa gesprochen. Ihre Mutter muss wohl unfreiwillig mit ihr schwanger geworden sein. Unsere Großmutter war noch sehr jung, und in diesen Zeiten war ein uneheliches Kind ein ziemliches Problem. Liza hat viele Jahre in einer Pflegefamilie verbracht, die nicht gerade zimperlich mit ihr umgegangen ist. Erst als Schulkind durfte sie zurück zur Mutter, zu der sie, wohl auch aufgrund der langen Trennung, keine innige Beziehung hatte. Ich vermute, ihre Kindheit war alles andere als unbeschwert. Von unserer Großmutter weiß ich leider gar nichts; ich nehme an, die Frau lebt nicht mehr. Mehr hat mir unsere Mutter über ihre Vergangenheit nicht erzählen wollen.«

»Dass sie bei einer Pflegefamilie gelebt hat, davon hat uns der Papa nie erzählt. Aber an die Asanger-Oma kann ich mich noch erinnern«, sagt die Gabi. »Sie war eine kleine, resche Person und hat sich nicht viel mit uns Kindern abgegeben. Irgendwann ist sie nach Linz gezogen und hat sich immer seltener bei uns blicken lassen. Nachdem unsere Mutter weg war, hat sie uns nur mehr an Weihnachten und den Geburtstagen besucht. Ich weiß noch, wie der Raphi als kleiner Bub nie ›Oma‹ zu ihr sagen wollte. Er war halt immer schon ein Lausbub.« Meine Schwester streckt mir liebevoll die Zunge heraus.

Ich kann mich nicht mal mehr erinnern, wie die Mutter meiner Mutter ausgesehen hat, stelle ich erstaunt fest.

»Als ich so dreizehn, vierzehn war, ist der Kontakt komplett abgebrochen. Der Papa und sie waren sich nicht recht grün, und wir haben sie auch nicht sonderlich vermisst«, gibt die Gabi zu.

Unser Halbbruder räuspert sich mit einem Seitenblick auf meine Schwester. »Nun, Liza hat mir erzählt, dass ihre Mutter sie sehr jung zu einer Heirat mit einem etwas despotischen Mann gezwungen habe, den sie dann für ihre große Liebe verlassen habe.«

»Ihre große Liebe?« Die Marie sieht den Simon mit weit aufgerissenen Augen an.

»Ja, für ihre große Liebe. Die Vereinigten Staaten. Mir hat sie gesagt, das Beste, das ihr in ihrem Leben passiert sei, sei dieses Land.«

Die andächtige Stille wird zum Glück von der Erni unterbrochen. »Mei, so an Schmarrn hab i schon lang nimmer g'hört«, sagt sie und steht mit einem Ruck vom Tisch auf. »Die fette Liesl und die große Liebe. Dass i net lach. I hab eure Mutter – Gott hab sie selig – auch gekannt. Zu aner Hochzeit mit dem Franzl gezwungen? Selbst die Traudl hätt die nia zu was zwingen können, geschweige denn der arme Franzl. Die Liesl hat alle um den kloanen Finger g'wickelt, immer schon. Das, was du da erzählt hast, Bub, klingt wia aus so an Schundheftl, aus denen uns die Franziska immer in ihrer Mittagspause vorliest, aber ganz bestimmt net nach der Asanger Liesl.« Sie wackelt unablässig mit dem Kopf. »I woaß ja net, wia's euch geht, aber i brauch da jetzt a Schnapserl zum Runterspülen.«

Ich liebe sie von Herzen, die Erni!

»Wart, ich helfe dir.« Ich folge ihr schnell an die Schank.

Dort angekommen zischt sie mir leise zu: »Hast g'sehen, wia die Marie den anschaut? So schaut die net amoi den bayrischen Gockel an. Wennst jetzt net bald amoi in die Gäng kimmst, dann siach i schwarz für euch zwoa. Dein Bruader ist aber leider auch a fescher Kampel.«

»Halbbruder«, verbessere ich sie überflüssigerweise.

»Wurscht.« Die Erni stellt sich auf die Zehenspitzen und nimmt eine Flasche vom teuren Schnaps vom obersten Regal. Dann zieht sie geschäftig ein Tablett aus dem Regal der Schank und stellt lauter kleine Schnapsgläser mit dem Rieglerbräu-Logo drauf. »Bruader hin oder her«, sagt sie schließlich entschlossen, »der schleppt mir meine Marie net in sein deppertes Hamburg, das ist ja nu weiter weg als das München von dem damischen Bayern!«

Ich grinse sie aus Einfallslosigkeit an. »Geh, Erni, die Marie bleibt dir schon erhalten, da brauchst du dir keine Sorgen zu machen. Die fühlt sich pudelwohl bei dir, außerdem wird sie wohl kaum die Wirtschaft aufgeben.«

»Trotzdem brauchen wir endlich an Mann da im Haus, die ganzen gampigen Mannsbilder gehen mir schon so was von auf die Nerven. Aber an Zuagroasten, den lass i bei uns da net eina, das sag i dir, so wahr i eine Rieglerin bin.«

Damit drückt sie mir unwirsch die Schnapsflasche in die Hand, nimmt selber das Tablett mit den Gläsern und bedeutet mir mit dem Kopf, ihr wieder zum Tisch zu folgen.

Ebendort erzählt meine Schwester dem Simon unsere Geschichte. »Tja, der Vater und ich, wir haben den Raphi mehr oder weniger alleine aufgezogen, und man sieht ja, was dabei herausgekommen ist.« Sie lächelt mich beinahe stolz an, und ich schenke ihr zur Belohnung mein allerliebstes Grinsen. Plötzlich schlägt sie sich erschrocken mit der Hand auf die Stirn. »O Gott, Raphi, jetzt haben wir in all der Aufregung schon wieder den Papa vergessen.«

»Wie heute früh vereinbart sagen wir ihm alles am besten morgen«, erwidere ich. »Wir beide müssen den Schock doch erst mal selbst verdauen.«

»Und der Felix, was sagen wir dem?«, will die Gabi ganz verzagt wissen.

Sofort schüttelt der Andi energisch den Kopf. »Nein, Schatzl, dem Buben sagst du erst mal gar nix. Der ist doch noch ein Kind und hat seine Großmutter überhaupt net gekannt.«

»Du hast einen Sohn, Gabi? Dann bin ich sozusagen auch noch Onkel? Das ist ja wunderbar«, freut sich der Simon.

Meine Schwester verneint und klärt ihn kurz – Gott sei Dank, ohne es auszuschmücken – über den Felix auf. Der Simon schweigt und klopft mir mitfühlend auf die Schulter.

»Und du? Hast du Kinder? Eine Frau?«, frag ich ihn nicht ohne Neugierde. »Alt genug wärst du ja.«

Bei meinen Worten löst die Marie endlich mal ihren Blick von dem Kerl, um tief in ihr immer noch erstes Krügel Bier zu schauen, das einfach nicht leer werden will.

Die Erni hingegen sieht mich so triumphierend an, dass ich befürchten muss, sie applaudiert mir gleich für diese Frage.

»Nun ja, ich habe eine entzückende kleine Tochter«, gibt der Simon zu. »Anna ist drei Jahre alt und lebt bei ihrer Mutter in Hamburg. Wir sind seit über zwei Jahren einvernehmlich getrennt, aber meine Tochter ist mein Ein und Alles.« Bei diesen Worten lächelt er ausgesprochen freundlich in Richtung Marie.

Mittwoch

Ich bin in meinem Büro und warte auf den Buchinger. Mein Schädel brummt ein bisschen, und ich hab so ein flaues Bauchgefühl. Es ging gestern wohl doch etwas zu lang, und Ernis Schnaps ist mir ein bisserl auf den Magen geschlagen. Es hat sich herausgestellt, dass mein Halbbruder gar kein Banker ist, wie es mir die Liesl in ihrem Suff weismachen wollte. So viel zu ihrem mütterlichen Interesse am Leben ihrer Kinder. Er ist Anwalt, und offensichtlich ein recht erfolgreicher, denn er ist einer von drei Partnern einer großen Hamburger Kanzlei.

Allerdings weiß ich immer noch nicht, was genau ich von ihm halten soll. Irgendwie gefällt er mir, irgendwie aber auch gar nicht, und ich kann nicht festmachen, woran das liegt.

Mein Handy läutet, und Felix' neue Telefonnummer scheint am Display auf.

»Papa!«, brüllt mein Bub ins Telefon, wie ich rangeh, als müsste er von Schladming bis nach Koppelried herüberschreien. »Ich wollte dir nur sagen, mir geht's supergut. Die Oma hat gesagt, ich muss dich mal anrufen. Wir fahren heute mit der Seilbahn auf die Planai, weil die Sonne so schön scheint, und der Opa will mir dort Ski ausleihen, weil ich meine nicht dabeihab. Die Oma bleibt daheim, die mag nimmer Ski fahren, sie sagt, sie ist zu alt dafür. Aber so alt ist sie doch gar nicht, oder? Und morgen und übermorgen gehen der Opa und ich auf die Hochwurzen zum Schlittenfahren. Kannst dich erinnern, das hab ich letztes Jahr auch schon mit dem Opa gemacht, da wo er sich die Hand verstaucht hat. Die Rodelbahn ist so cool, aber er sagt, wir fahren nur, wenn's schön bleibt. Glaubst du, es bleibt schön? Im Radio haben die gesagt, es bleibt schön. Die Oma kommt dann auch mit, obwohl sie nicht rodelt. Aber sie meint, sie schaut uns gern zu und kann dabei aufpassen, dass sich der Opa nicht wieder die Hand verstaucht. Weil dann müsst sie mit dem Auto heimfahren, und das mag sie nicht. Warum mag sie eigentlich nicht mit dem Auto fahren? Der Opa sagt, er ist halt schon alt, und da brechen die Knochen schnell. Aber der Opa ist doch noch gar nicht so alt, oder? Der wird doch nicht bald sterben, oder?« Wenn der Felix in Fahrt ist, ist er kaum zu stoppen. Das hat er von seiner Mutter.

Als er endlich Luft holt, lache ich ins Telefon. »Nein, Felix, da kannst du beruhigt sein. Der Opa bleibt dir noch lange erhalten, ganz bestimmt. Dir gefällt es also in Schladming?«

»Und wie, Papa! Hier scheint viel öfter die Sonne als bei uns. Das ist super, weil dann können der Opa und ich auf die Hochwurzen. Papa, schneit es bei uns auch wieder?«

Der Regen in den letzten Tagen hat fast alle noch vorhandenen Schneereste einfach weggeschwemmt. Aber für meinen Buben schau ich kurz durchs Fenster und tatsächlich: Es schneit, wenn auch nur ganz wenige Flocken, was ich dem Felix sage. Dann unterhalte ich mich mit ihm noch eine Weile über die Rodelbahnen auf der Hochwurzen, verspreche ihm, ihn an Silvester Punkt Mitternacht anzurufen, und wünsche ihm einen schönen Skitag mit seinem Opa.

Wenn das alles vorbei ist, sollte ich auch wieder mal Ski fahren gehen, denke ich mir. Vielleicht nach Zauchensee oder auf den Hochkönig. Da gibt es ein paar Pisten, an denen der Felix auch seine Freude hätt.

»Chef?« Gruppeninspektor Heinz Rohrmoser steckt gemeinsam mit der Gerti den Kopf durch die offene Tür. »Können wir in der neuen Mordsach irgendwie mithelfen? Außer den üblichen weihnachtlichen Familienstreitigkeiten ist net viel los, und uns ist a wengal fad.«

»Gute Idee, wir könnten alle zusammen dem Buchinger etwas zuarbeiten«, erwidere ich. »Ruft doch mal den Hans Lienbacher vom LKA an und fragt ihn, wie wir ihn am besten unterstützen können.«

»Aigner!« Der Buchinger drängt die beiden mit seiner bulligen Statur locker zur Seite und kommt mit schnellem Schritt auf mich zu. Heute trägt er ein grünes Wollsakko zu den obligatorischen braunen Jeans. Der hat an Beinkleidern wirklich nichts anderes im Kleiderschrank als mehrere braune Jeans; ein und derselbe Schnitt, der gut sitzt, das reicht ihm.

Der Heinz tippt sich an die Polizeikappe und verschwindet aus meinem Sichtfeld.

»Hast Kopfweh, Chef? Wart, ich bring dir ein Samarin«, meint die Gerti nach einem prüfenden Blick in mein Gesicht noch und rauscht ab.

»Na, du schaust aber zerdeppert aus, Aigner. Hat dich wohl doch ganz schön hergenommen, die Geschichte mit der –« Der Buchinger stockt etwas unbeholfen. »Der … Deiner, na, der Toten.«

Ich nehme der Gerti dankbar das Glas Wasser mit dem Samarin ab, das sie rasch gebracht hat, um gleich wieder ins Wachzimmer zurückzuflitzen.

»Das auch, Markus, aber schuld an meiner heutigen Verfassung ist eher die Familienzusammenführung, würde ich behaupten.« Dann erzähle ich meinem Exkollegen die Neuigkeiten rund um die Liesl und ein bisserl etwas über den Simon. Der Buchinger setzt eine interessierte Miene auf und platziert sein großes Hinterteil auf meine dünne Schreibtischplatte; ich hoffe, die hält.

»Na, große Gefühle für den kleinen Bruder hast noch nicht entwickelt«, stellt er ganz richtig fest. »Aber was nicht ist, kann ja noch werden! Und wir zwei Hübschen werden uns jetzt voller Energie in unseren neuen Fall stürzen. Der Hans kümmert sich mit den Kollegen von der Soko um die ersten Ergebnisse der Spusi, also haben wir Zeit, uns ein bisserl umzuhören. Am besten erst mal bei dem alten Ami mit dem durchlöcherten Ohrwaschel.«

Das Rieglerbräu hat um neun noch nicht geöffnet, also drücke ich auf die neue Klingel für Pensionsgäste. Der Buchinger steht neben mir, genauso wie Gruppeninspektor Schorsch, den wir uns als Verstärkung mitgenommen haben – als schweigende Verstärkung sozusagen.

Es dauert nicht lange, da öffnet uns eine grimmig dreinschauende Erni die Tür. Rein äußerlich hat sie die Nacht wesentlich unbeschadeter überstanden als ich.

»Unsere junge Wirtin schläft noch«, keift sie mich vorwurfsvoll an, als wäre ich daran schuld, lässt uns drei herein und verschließt dann die Tür wieder hinter uns. »Nachdem ihr um zwölfe hoam seids, musste Madame unbedingt noch bis in der Fruah mit deinem sauberen Bruader sitzen bleiben. Umara drei sind s' endlich ins Bett, i hab's genau g'hört.«

Hoffentlich jeder in seins, füge ich in Gedanken hinzu.

Als könnte die Erni die lesen, schimpft sie sofort weiter: »Dem Hümme sei Dank, jeder in sein eigenes.«

»Wo ist der Amerikaner, gute Frau?«, erkundigt sich mein Exkollege.

»Welcher denn? Der oide oder der junge? Bei uns da kennt sich bald koaner mehr aus. Wobei der junge wohl eher a Deutscher ist. Der schläft übrigens auch noch – wia die Marie. Wahrscheinlich hat er sich heut Nacht noch a Stund unter die Dusch stellen müssen, unter die eiskalte!« Dann deutet sie mit ihrem langen knochigen Zeigefinger auf die Tür zum Extrastüberl, zieht eine kleine Fernbedienung aus ihrer Dirndlschürze, drückt auf einen Knopf, und die Tür öffnet sich und bleibt auch geöffnet. »Den alten Ami findets da drinnen. Der frühstückt grad. Endlich hat der mal an Hunger; aber koa Wunder, gestern hat er ja nix essen wolln, net amoi a Suppn.« Mit diesen Worten lässt sie uns stehen, nimmt ein Geschirrtuch von der Schank und wischt damit geschäftig über die Bar.

Der Buchinger und ich betreten das Stüberl mit dem neuen Dielenboden aus Nussholz, und der Schorsch trottet brav hinter uns her. In dem großen Raum sind nur zwei Tische eingedeckt, der eine ganz vorne neben der Glastür, der andere ganz hinten vor der neuen Schiebetür. An dem sitzt der Edwards vor einem reichlichen Frühstück; die Erni lässt sich wirklich nicht lumpen. Bei dem Anblick krieg ich doch schön langsam Hunger, mein Magen scheint sich zu erholen.

Der Mann löffelt allerdings momentan nur etwas Müsli mit Obst aus einer kleinen Schüssel.

Der Buchinger und ich begrüßen ihn freundlich, und ich frage ihn, wie es ihm heute geht.

»*Thank you, somewhat better today. Please take a seat and join me for a cup of tea*«, sagt er, während er mir seine für einen Mann sehr zierliche Hand reicht. Sein Händedruck ist überraschend fest, bemerke ich erneut.

Wir drei Polizisten folgen seiner Aufforderung und nehmen Platz. Auf Tee kann ich gerne verzichten. Den trinke ich nur, wenn ich krank bin, und auch dann nur im äußersten Notfall.

Da kommt auch schon die Rieglerin mit einem vollen Tablett an den Tisch und stellt glücklicherweise drei Kaffee sowie einen weiteren gefüllten Brotkorb, drei weich gekochte Eier und drei Gedecke vor uns ab.

»Langts ordentlich zu, das Mandl isst eh kaum was. Die zwoa haben schon im Vorhinein zahlt, und jetzt kann mir die fette Liesl nimmer die Haar vom Kopf fressen. Also, lassts es euch schmecken.«

Das muss sie mir nicht zweimal sagen, und nach dem ersten Schluck Kaffee geht es meinem Magen auch schon wesentlich besser.

Der Schorsch verliert ebenfalls keine Zeit und greift nach einer Semmel, während der Buchinger zu meiner Verwunderung den Teller von sich wegschiebt. »Die Erika hat heute zum Frühstück schon ordentlich aufgetischt, weißt eh, die Schwiegereltern sind da. Und zweimal frühstücken muss ich mir verkneifen«, erklärt er bedauernd. »Ich krieg schon meine Hosen kaum mehr zu.« Was Hosen betrifft, so ist der Buchinger sowieso schon lange ein Unter-Bauch-Träger, aber im letzten halben Jahr hat er auch noch am Hinterteil gehörig zugelegt. Wie er so dasitzt, spannt sich das Hemd um seine Körpermitte, und zwischen den unteren Knöpfen kann ich den üppig behaarten Bauch erkennen.

»Derf i?«, fragt der Schorsch und schnappt sich ein weiches Ei, ohne eine Antwort abzuwarten.

Genüsslich beiße auch ich in ein knackiges Buttersemmerl.

Der Buchinger schüttelt verständnislos den Kopf. »Keine Ahnung, wie du das machst, dass du so viel in dich reinstopfst, aber immer noch so schlank bist, Aigner. Die Welt ist einfach ungerecht.«

Der Amerikaner schaut verwirrt von mir zum Buchinger und wieder retour.

»Hie iets olweys so matsch bat hie is olweys so slimm. Se wörld is simpel anfäir«, übersetzt ihm der Buchinger.

Um mir sein Englisch nicht weiter anhören zu müssen, übernehme ich rasch das Fragenstellen. *»How long have you already been here in Austria? When did you arrive at the airport? And where? Vienna or Salzburg?«*

Der Schorsch zückt sein Notizbuch und kramt umständlich einen Kugelschreiber aus seiner Brusttasche. Sein Gesichtsausdruck ist dabei ein einziges Fragezeichen.

Liesls Freund kaut indessen immer noch auf dem Müsli herum, das er sich in den Mund gesteckt hat, als wir durch die Tür gekommen sind. Im Essverhalten der Erni nicht unähnlich, fällt mir auf. Endlich schluckt er alles hinunter, legt den Löffel zur Seite und beginnt zu erzählen. Wir erfahren von ihm, dass beide Montagabend vor neun Tagen am Flughafen in Wien angekommen sind und dort den ganzen nächsten Tag mit Sightseeing verbracht haben, bevor sie am Mittwochmorgen mit dem Mietauto nach Koppelried angereist sind. Die Liza habe in Wien unbedingt mit einem Fiaker fahren wollen, fügt er mit tränenerstickter Stimme hinzu.

Der leidet wirklich wie ein Hund, weil sie tot ist, denke ich mir. Aber zu meinem eigenen Erstaunen gibt mir sein Leiden tatsächlich ein besseres Gefühl, denn immerhin scheint wenigstens ein Mensch viel von meiner Mutter gehalten zu haben.

Zwei Tage vor Weihnachten seien sie nachmittags im Rieglerbräu angekommen, erzählt er endlich weiter, was sich mit dem deckt, was wir von der Marie wissen.

Der arme Schorsch schaut völlig fertig auf sein Notizbuch, während er mitzuschreiben versucht.

Ich schiele drauf, kann aber nur eine Art Lautschrift entziffern: »*Tu efred tu miet ju end jor sista afta satsch e long teim.*«

Der Buchinger nutzt beherzt meine kurze Abgelenktheit, um noch mal sein Englisch auszutesten. »*Wer hef ju bien in se last däys?*«

Der schmächtige Amerikaner berichtet, dass die Liesl ständig unterwegs gewesen sei. Zu ihren Terminen hätte er nicht mitkommen wollen, weil er kein Deutsch verstehe und sowieso nur gestört hätte. Er wisse daher leider auch nicht genau, bei wem sie alles gewesen sei. Aber nach Salzburg habe sie ihn am Donnerstag mitgenommen und ihn nach einem gemeinsamen Mittagessen mit einem Stadtplan ausgestattet, damit er die schöne Altstadt besichtigen könne. Er lächelt kurz. »*Salzburger Nöcke, real Mozartkugel from the cake shop Furst, ›Sound of Music‹*«, sagt er dabei. Auch zu ihren Kindern habe er sie schließlich begleitet, erklärt der alte Mann mit einem etwas betretenen Blick in meine Richtung, als wäre er schuld – woran auch immer.

Ich frage ihn nach dem Maarbach-Gutshof.

»*Oh, her wonderful estate, Liza was so excited to see it. She had already made so many plans for it. Every evening she showed me lots of pictures of the Maarbach-Gutshof*«, meint er.

Ich hake nach, will wissen, was die gute Liesl zu der Annahme gebracht hat, der Hof gehöre ihr.

Der Edwards schaut mich erst verwundert an und sagt dann, die Liza sei doch schließlich die Tochter des ehemaligen Besitzers gewesen.

Ich nicke. Aha, dachte ich mir's doch. Auch mein Exkollege scheint verstanden zu haben, denn er horcht sichtbar auf.

»*And now she's dead.*« Die Tränen laufen schon wieder ungehindert.

Kruzifix, es ist aber auch schwierig, diesen sensiblen Mann zu befragen.

Gruppeninspektor Schorsch hat mittlerweile kapituliert, also nehme ich ihm sein Notizbuch aus der Hand und notiere zumindest in Stichworten die Aussage von Liesls Freund.

Dann frage ich den Alten, ob die Liesl einen Beweis für ihre Verwandtschaft mit dem Maarbach hatte.

Er schüttelt traurig den Kopf. *»Not yet, she wanted to get one but now she's dead …«* Der Mann schluchzt jetzt hemmungslos und kriegt sich gar nicht mehr ein. Sein schmaler Oberkörper zuckt nur so hin und her.

»Das macht doch keinen Sinn, Aigner, das Manderl bricht uns gleich zusammen. Ich gebe dem Hans Bescheid, dass er am Nachmittag übernehmen soll, der kann recht gut Englisch«, brummt der Buchinger.

Ich nicke meine Zustimmung. Auch mich überfordert das ständige Geheule des Mannes.

»Ich glaub zwar net, dass dieses Krispindl die Kraft für einen derartigen Messermord hat, aber man weiß ja nie«, fährt mein Exkollege fort. »Geh, frag ihn bitte, ob wir eine Speichelprobe nehmen dürfen; sag ihm, das ist Routine. Das soll dann auch später der Hans machen. Vielleicht findet die Spusi ja doch noch DNA vom Mörder, und dann können wir das Manderl offiziell ausschließen und müssen uns sein Geplärre nimmer anhören.«

Als ich dem Edwards behutsam die Frage stelle und er unter Tränen zustimmt, kommt auch schon wieder die Erni mit einem voll beladenen Tablett herein und beäugt den weinenden Amerikaner neugierig, während sie Schinken, Käse und Gebäck am anderen eingedeckten Tisch gleich bei der Eingangstür laut klappernd ablädt.

»Schauts net so, i hab schließlich oan zweiten zahlenden Gast, der auch irgendwann mal einen Frühstückshunger hat.«

Ich seufze. »Wie wär's mal mit ein bisserl mehr Einfühlungsvermögen, Erni?«

Bevor sie mir patzig antworten kann, kommt die Marie sichtbar gut gelaunt durch die Tür.

»Schau an, schau an, die gnädige Frau ist auch schon wach.« Die Erni rümpft die Nase.

Die Marie grüßt kurz in die Runde, bedenkt den schluchzenden Amerikaner mit einem mitfühlenden Blick, wendet sich der Erni zu und fragt sie etwas mit gedämpfter Stimme. Ich kann sie trotzdem verstehen: »Ist der Simon schon wach?«

»Nein, Frau Doktor, der Herr Doktor schläft noch!«, antwortet die alte Rieglerin schnippisch und vor allem laut und deutet auf den Tisch, den sie eben gedeckt hat. »Du kannst dich da hersetzen und frühstücken, ist alles g'richtet. Für deinen Deutschen ist auch ein Gedeck da, i bin ja net so.«

Die Marie schaut fragend zum Buchinger, der mit dem Kopf in Richtung Ami deutet. »Kein Problem, Marie, wir sind eh schon fertig. Er hier ist kaum mehr ansprechbar und sein Kauderwelsch auch nicht zu verstehen.« Dann mustert er den armen Schorsch scharf von der Seite, der eben die vierte Semmel in sich hineinstopft. »Und mit seinen Notizen kann man wahrscheinlich auch nix anfangen.«

In dem Moment kommt der Simon durch die Tür herein. Gar nicht so beschwingt wie gestern; Superman wirkt etwas angeschlagen, denke ich mir schadenfroh.

Nachdem er ein schiefes Lächeln für die Marie zustande gebracht hat, entdeckt er den schluchzenden alten Ami neben uns. So schnell können wir gar nicht schauen, da hat der blonde Kerl seine gestrige Konstitution wiedererlangt. Mit lauter Stimme eilt er an unseren Tisch. *»Poor Charlie, how are you?«* Er reißt das Manderl vom Stuhl hoch und drückt es so fest an sich, dass der arme Kerl kaum mehr Luft kriegt.

»It's such a tragedy, Simon. An unbelievable tragedy, I can't live without her.«

Mein Halbbruder klopft ihm wie einem Baby sanft auf den Rücken. *»Everything will be fine, one day you'll see.«*

Hut ab, mit Emotionen kann mein nagelneuer Halbbruder ganz gut umgehen. Ich bin beeindruckt.

Dann setzt er seinen älteren Landsmann behutsam auf den Stuhl zurück und nimmt neben ihm Platz. »Charlie ist ein überaus sensibler Mensch«, erklärt er uns, während der sich an seinen linken Arm klammert und ihm ausgiebig ins Cordsakko rotzt. Aber das scheint den Simon nicht sonderlich zu stören, er reicht meinen beiden Kollegen über den Tisch hinweg seine rechte Hand zum Gruß. »Guten Morgen, mein Name ist Simon Landauer. Ich nehme an, ich platze hier ungewollt in eine Amtshandlung, korrekt?«

Beide starren ihn mit offenem Mund an, unfähig, ein Wort zu sagen. Ich weiß, warum: die Ähnlichkeit.

»Passt schon«, brummt der Buchinger, nachdem er sich wieder gefangen hat, und schüttelt seine Hand. »Chefinspektor Buchinger, LKA Salzburg, Kriminalpolizei. Ich bin der leitende Beamte im Mordfall Frau Bishop. Wir haben gestern miteinander telefoniert.«

Der Simon nickt und zieht mit der freien Hand eine Visitenkarte aus seiner Sakkotasche, die er dem Buchinger überreicht. Dann wendet er sich mir zu: »Guten Morgen, Raphael. Ich will euch wirklich nicht in eure Ermittlungen reinreden, aber bitte seid etwas nachsichtig mit Charlie; Lizas Tod hat ihm das Herz gebrochen.«

Ich mache eine beschwichtigende Handbewegung. »Das verstehen wir schon. Ich denke, er sollte sich vorerst etwas ausruhen. Ein Kollege wird ihn später noch mal befragen und auch eine Speichelprobe nehmen. Bis dahin hat er sich hoffentlich etwas beruhigt.«

»Dann bringen Sie Herrn Edwards doch bitte zurück auf sein Zimmer, vielleicht zusammen mit einem Beruhigungstee oder so was«, meint der Buchinger. »Anschließend hätte ich dann noch ein paar Fragen an Sie, Herr Landauer.« Er schielt auf die Visitenkarte. »Sie sind also Anwalt, soso. Nur damit Sie keine falschen Schlüsse ziehen: als Sohn der Verstorbenen ermittelt der Aigner in diesem Fall natürlich nicht. Ich nehme heute nur seine Dienste als Polizeibeamter dieses Ortes in Anspruch –«

»Und als Dolmetscher«, ergänze ich grinsend.

Mein Halbbruder lächelt den Buchinger milde an. »Keine Sorge, Sie können mir glauben, dass ich genau wie Raphael sehr daran interessiert bin, dass der Mörder meiner Mutter gefasst wird.« Dann zieht er sanft den Alten hoch und führt ihn zur Tür. An Maries Tisch macht er kurz halt, um ihr etwas ins Ohr zu flüstern. Während er mit Charlie Edwards aus dem Extrastüberl verschwindet, legt sich ein Lächeln auf ihre Lippen.

»Warum hast du mir nicht gesagt, dass der Typ Anwalt ist?«, blafft mich der Buchinger an.

»Wieso hätte ich?«, schnauze ich zurück. »Ist doch nicht von Bedeutung.«

Mein Exkollege zieht verärgert die Augenbrauen zusammen. »Ob hier etwas von Bedeutung ist oder nicht, die Beurteilung musst du schon mir überlassen. Ich gebe den Ton vor, da solltest du dich dran halten, Aigner, ob du willst oder nicht. Also, wenn er zurück ist, befrag ich den nach seinem Alibi. Aber alleine, ohne dich, verstanden? Wir wissen nicht sicher, ob der Kerl tatsächlich erst gestern angereist ist. Rein theoretisch könnte der schon länger da sein und seine Mutter abgemurkst haben.«

Ich verdrehe die Augen. So ein Schmarrn! Aber bevor ich noch antworten kann, setzt sich der Simon auch schon wieder an den Tisch, und ich lasse die drei allein wie vom Buchinger gewünscht.

Ohne sie zu fragen, nehme ich einfach am Stuhl neben der Marie Platz. Die verschluckt sich beinahe an ihrem Kaffee, als ich mich so breitbeinig hinsetze, dass mein rechtes Knie direkt mit ihrem linken kollidiert und sich dann nicht mehr wegbewegt.

Ich hole mein Handy aus der Uniformjacke hervor, während ich ihr ein charmantes Lächeln schenke. »Es macht dir doch nix aus, wenn ich mich ein bisserl zu dir geselle, oder? Ich muss nur ganz schnell mal mit der Gabi telefonieren.«

Sie schüttelt wortlos den Kopf, während sie versucht, so unauffällig wie möglich von mir abzurücken.

»Was gibt's? Habts den Mörder schon?«, gähnt der Andi ins Telefon.

»Gib mir mal die Gabi, aber flott.«

»Raphi?«, schreit mir meine Schwester gleich darauf ins Ohr.

»Hallo, Schwesterherz. Ich wollte dir nur kurz Bescheid geben, dass ich erst gegen Abend nach Hause komme. Den Vater könnten wir also frühestens dann besuchen. Ich muss heute nämlich noch nach Salzburg in die Pathologie und ins LKA, die ersten Ergebnisse der Spurensicherung besprechen. Aber ich hab mir gedacht …«, ich kaue an der Unterlippe, überlege, wie ich ihr das jetzt sagen kann, »also, wenn du die Liesl noch mal sehen magst, könntest du später zur Gerichtsmedizin an der Uniklinik kommen.«

Stille, die Gabi denkt nach. »Ich weiß net, Raphi. Wart mal kurz.« Wieder Stille. Offensichtlich hält sie die Hand auf das Mikrofon. Bestimmt beratschlagt sie sich mit dem Andi. Dann kracht es kurz in der Leitung, und ich höre sie wieder. »Ja, ich will sie sehen.«

»Gut. Dann schau, dass du gegen zwölf in Salzburg bist, Adresse schicke ich dir aufs Handy. Und melde dich, wenn du da bist, okay?«

»Danke, Raphi.« Die Stimme meiner Schwester klingt kurz weich, schlägt gleich darauf aber wieder in den üblichen Befehlston um: »Ich frag den Simon, ob er auch mitkommen will, nur damit du es weißt. Basta.«

Eine Erwiderung meinerseits ist gar nicht vorgesehen, die Gabi hat schon aufgelegt. Aber es soll mir recht sein, mein Halbbruder ist schließlich auch ein Kind unserer Mutter.

»Aigner, hoch mit dem Hintern, auf geht's nach Salzburg.« Viel schneller als gedacht steht der Buchinger schon wieder neben mir. »Deinen Polizisten hab ich grad zurück auf die Inspektion geschickt. Außer fürs Frühstück war der eh zu nichts zu gebrauchen. Und jetzt komm, wir nehmen meinen Wagen zur Pathologie nach Salzburg.«

Mein Exkollege drückt den Auflegen-Knopf seiner Freisprecheinrichtung am Lenkrad, nachdem er seinem Mitarbeiter am LKA, dem Hans, aufgetragen hat, nachmittags samt Speichelprobentest und in Begleitung meines Polizisten Heinz Rohrmoser dem Edwards einen Besuch abzustatten.

Ich krame derweil im Handschuhfach von Buchingers nagelneuer Audi-Limousine und finde nichts; kein einziges Zuckerl oder sonst irgendwas Süßes.

»Sag, spinnst du, Aigner? Nimm gefälligst deine Griffel aus meinem Handschuhfach.« Mein Exkollege ist sehr penibel mit seinem Wagen, der innen wie außen vor Sauberkeit nur so blitzt.

Ich öffne die Mittelkonsole und schaue auch dort neugierig rein. »Hast du nicht wenigstens irgendwo einen Kaugummi oder so was? Ich habe plötzlich einen ganz bitteren Geschmack im Mund.«

Der Buchinger klappt so schnell mit lautem Knall die Konsole zu, dass ich meine Finger gerade noch zurückziehen kann. »Hörst du jetzt auf damit! Bei mir findest nix im Auto, was Dreck macht. Seit wann bist denn du so zimperlich, wenn die Pathologie ansteht?«

Stimmt, normalerweise ist es der Buchinger, der schon nervös wird, bevor das Gebäude der Pathologie auch nur in Sichtweite kommt.

»Entschuldige, Aigner, ich bin ein Trottel. Es ist ja deine Mutter …«, rudert mein Exkollege schnell zurück.

Ich höre kurz in mich hinein, ob ich vielleicht wirklich etwas nervöser bin in diesem speziellen Fall. Ich weiß es nicht.

»Wart«, meint der Buchinger schon viel freundlicher. »Da, ausnahmsweise. Aber sei vorsichtig damit. Nicht krümeln.« Er fischt einen zerquetschten Schokoriegel aus der Innentasche seines Wollsakkos.

Dankbar reiße ich die Verpackung auf und beiße geräuschvoll von dem verbogenen Ding ab.

»Also, dein Bruder, von mir aus auch dein Halbbruder, das ist ein sympathischer Kerl, obwohl er sich gibt wie ein waschechter Piefke. Glaubt man gar nicht, dass der eigentlich Amerikaner ist. So ein Glück auch, dass du jetzt einen Anwalt in der Familie hast, den kann man immer brauchen.« Der Buchinger redet und redet. »Ich lass natürlich sein Alibi überprüfen, das er mir gegeben hat, als du bei der Marie gesessen bist, aber meiner jetzigen Meinung nach hat der nicht das Geringste mit dem Mordfall zu tun. Zuerst hat mich fast der Schlag getroffen, weil er dir so ähnlich sieht. Aber wenn man genauer hinschaut, erkennt man doch die Unterschiede. So ein gepflegter Mann. Der hat Fingernägel wie die Erika. Und hast du sein Sakko gesehen? Sicher Hugo Boss oder so was Ähnliches, und das Hemd und die Hose waren sicher auch sauteuer. Sehr gut angezogen, der Mann, davon könntest du dir glatt eine Scheibe abschneiden, Raphi.«

Ich grinse meinen Exkollegen spöttisch an, während ich am Schokoriegel lutsche. »Da redet der Modeexperte in dir, was? Und das, obwohl du selbst seit gefühlten hundert Jahren im Modell C & A unterwegs bist, gell?«

»Du Depp. Ich trag das Zeug doch nur, weil ich halt so eine besondere Statur hab. Diesen Schnitt findest bei den neumodischen Hosen gar nicht mehr. Aber wenn ich so drahtig wär wie der –«

»Der hat schon einen sichtbaren Wampenansatz und wird später mal so ausschauen wie du«, stelle ich richtig, nehme mir aus seiner Mittelkonsole ein Papiertaschentuch und wische mir die Finger ab.

»Untersteh dich«, blafft mein Exkollege, reißt mir sofort Taschentuch und Schokoriegelpapier aus der Hand und wirft beides wenig umweltfreundlich mit Schwung zum Fenster raus. »Ich wollte dir damit doch eigentlich nur als guter Freund sagen, du könntest auch so daherkommen; weil der schaut dir unheimlich ähnlich. Also, die Verwandtschaft kannst du wirklich nicht abstreiten.« Der Buchinger lacht, schlägt sich mit der linken Hand auf seinen fetten Schenkel und hält mit der rechten zum Glück das Lenkrad fest. »Aber er ist eben um einiges fescher als du, Aigner. Hast du gesehen, wie die Marie den Burschen fast mit den Augen verschlungen hat?«

Natürlich ist mir das auch aufgefallen, aber darüber will ich nicht reden.

Schon bald biegt der Buchinger auf den kleinen Parkplatz links vor der Gerichtsmedizin ein und findet zum Glück eine

Lücke. Zwischen den Feiertagen ist auch hier nicht viel los. Schweigend gehen wir den mir aus früheren Zeiten gut bekannten kurzen Weg durch das Gelände des Universitätsklinikums. Ich bin gerne in Koppelried und mag mittlerweile auch meine kleine Inspektion, aber mein Herz hängt immer noch an der Kriminalpolizei. Eigentlich wollt ich immer hier arbeiten, denke ich mir ein wenig wehmütig.

In der Gerichtsmedizin angekommen werden wir vom Portier gleich zum Sezierraum geschickt. Er ist darüber informiert, dass wir einen Termin haben. Ich gehe voran, denn auch diesen Weg kenne ich gut. Mein Exkollege dackelt mittlerweile schwer atmend hinter mir her und macht gar nicht mehr so einen eloquenten Eindruck wie gerade noch im Auto. Seine Phobie vor der Pathologie hab ich ja schon erwähnt: Kaum betritt er die heiligen Hallen, wird er grün im Gesicht.

Ich läute und drücke gegen die Tür, als der Summton ertönt. Erleichtert stelle ich fest, dass am kleinen Schreibtisch neben einem leeren Seziertisch aus Metall die Frau Dr. Baumann sitzt. Sie ist mir um einiges lieber als der selbstverliebte Professor Heinrich.

Das hohe Fenster hinter ihr steht offen, bestimmt ist sie an die Kälte im Raum gewöhnt. Die kurvige Mittfünfzigerin hat mir schon immer ordentlich Respekt eingeflößt. Sie ist äußerst präzise in ihrem Job und deshalb auch die stellvertretende Leiterin des Instituts. Leiter ist natürlich Professor Heinrich. Sie kommt uns entgegen. »Grüß Sie, meine Herren. Na, Herr Aigner, lange nicht gesehen. Das muss ja mindestens schon … wie viele Jahre her sein?«

Ich schüttle ihre mir hingestreckte Hand. »Beinahe sechs.«

»Tatsächlich? Wie die Zeit vergeht. Wie geht es Ihnen denn? Ich hab gehört, Sie arbeiten bei der Polizei am Land, seitdem Sie den Dienst am LKA quittiert haben. Und wie geht's Ihrem Buben, der muss ja auch schon … wie alt sein?«

Ich freue mich, dass sie sich an mich und den Felix erinnert. »Der Felix geht bereits in die erste Klasse. Und danke der Nachfrage, wir kommen sehr gut klar, wir zwei.«

Als sie sich zum Buchinger dreht und auch ihm die Hand hinhält, erschrickt der so dermaßen, dass er beide Hände verkrampft in den Hosentaschen vergräbt. Ich glaube, von dort kann man die jetzt nur mehr chirurgisch entfernen.

Frau Dr. Baumann hebt die Augenbrauen, dann seufzt sie. »Ich vergaß, der Herr Buchinger und seine Aversion gegen meinen Arbeitsplatz. Na, dann lassen S' Ihre Hände ruhig dort, wo sie sind. Passt schon.« Sie nimmt ein Paar Gummihandschuhe aus ihrem Arztkittel und zieht sie sich über. »Also, dann mal zu der Toten, wegen der Sie da sind. Professor Heinrich ist im Urlaub, deswegen müssen Sie mit mir vorliebnehmen. Aber wir haben die Tote noch die halbe Nacht lang ausführlich gemeinsam begutachtet, und dabei hat mir der Heinrich gesagt, dass es sich bei ihr um Ihre Mutter handelt, Herr Aigner. Ich bin also voll im Bilde. Mein Beileid übrigens.«

Ich kläre Frau Dr. Baumann in ein paar Sätzen auf, warum sich die Verlustgefühle bei mir in Grenzen halten.

Sie hört mir zu, schnieft ein paarmal, sagt aber nichts dazu.

Als das erledigt ist, folgen wir ihr zu einem der im Fußboden eingelassenen weiß gekachelten Tische. Jetzt erst nehme ich die gewaltige Masse unter dem weißen Tuch wahr. Als die Baumann es ungerührt vom Körper zieht, befürchte ich, gleich genauso grün um die Nase auszuschauen wie mein Exkollege neben mir.

Die Liesl liegt mit nacktem Oberkörper vor uns, ihre offenen Augen starren an die Decke. Das grelle Neonlicht lässt alles irgendwie gespenstisch aussehen, und der penetrante süßliche Geruch im Raum tut sein Übriges. Am gewaltigen Brustkorb ist ein Schnitt der Obduktion mit groben Stichen wieder zugenäht worden. Die langen unförmigen Brüste hängen nach außen, und ich versuche, sie nicht wahrzunehmen. Weiter hat Frau Dr. Baumann das Tuch rücksichtsvollerweise nicht nach unten geschlagen, aber auch diesen Teilanblick werde ich wohl mein Leben lang nicht vergessen. Ich muss ausgiebig schlucken.

»Alles in Ordnung, Herr Aigner? Geht's noch?« Die Pathologin wirft mir einen mitfühlenden Blick zu, und ich bin noch mal unendlich dankbar, dass es nicht Professor Heinrich ist, der mir hier und heute gegenübersteht. Mit dem behandschuhten Zeigefinger deutet sie auf die Wunden. »Die Tatwaffe haben Sie ja gefunden, ein solides Messer einer Wirtshausküche, das ganz glatte Wundränder hinterlassen hat. Neben einem kleinen Stich und einigen Schnittverletzungen im Halsbereich gibt es hier im Brustbereich zwei größere Einstichverletzungen. Doch auch die hätten nicht zum unmittelbaren Tod geführt, das Opfer hat einen sehr voluminösen Thorax, sodass keine inneren Organe lebensgefährlich verletzt wurden. Es scheint, als hätte der Täter anfangs noch etwas zögerlich zugestochen. Ein Rechtshänder übrigens. Aber zwischen der vierten Einstich- und der Ausstichverletzung liegt ein längerer Stichkanal. Er ist gut fünfzehn Zentimeter lang, Herz und Lunge wurden perforiert. Wir mussten den Brustraum öffnen, um uns das Herz näher anzusehen. Das Messer hat die Herzkammer beinahe komplett durchbohrt, sodass Blut mit hohem Druck in die Herzkammer strömen konnte. Innerhalb kürzester Zeit führt so eine Verletzung zum Tod, der Kreislauf bricht komplett zusammen. Meiner Meinung nach hat der Täter für diesen Einstich weit ausgeholt, sich dann tiefer über das Opfer gebeugt und mit aller Wucht zugestochen. Sehr wahrscheinlich hat das Opfer kaum etwas davon mitbekommen.« Dr. Baumann räuspert sich. »Die Frau war stark alkoholisiert. Zum Tatzeitpunkt hatte sie deutlich über zwei Promille.« Sie zieht das Laken wieder bis zum Hals der Liesl hoch.

»Tut mir wirklich leid für Sie, Herr Aigner. Das war nicht schön, was da passiert ist. Ich habe auch noch etwas von Herrn Hochgatterer und seinem Team für Sie: Ihre Kollegen haben Blutspuren im Cast-off-Muster an der Wand hinter dem Bett festgestellt. Sie wissen, ganz typisch dafür, wenn sich durch eine stark beschleunigte Bewegung Blut vom Messer löst. Anhand der Höhe der Blutspritzer an der Wand können die Kollegen mit Sicherheit sagen, dass Ihre Mutter im Bett ermordet wurde und der Täter nach anfänglicher Unsicherheit kräftig zugestoßen hat. Alle Details sind im Bericht nachzulesen. Die Kollegen der Kriminaltechnischen machen zusätzlich eine DNA-Analyse mehrerer Blutproben, vielleicht ist ja fremde DNA vom Täter dabei. Die Auswertung dauert leider noch etwas.« Sie seufzt. »Jedenfalls gibt es noch eine fünfte Stichverletzung, die ebenfalls nicht tödlich war, bevor der Täter abrupt aufgehört hat, auf das Opfer einzustechen. Ich hatte eigentlich angenommen, dass die Leiche noch mit dem Messer in dieser Stichverletzung steckend gefunden wurde, aber da laut Bericht der Kriminaltechnik das Messer neben dem Bett lag, muss es herausgezogen worden sein. Der Mord hat sich zwischen drei und fünf Uhr morgens zugetragen, genauer können wir die Tatzeit leider nicht bestimmen.«

Der Buchinger bewegt sich wieder vom Tisch weg, und ich seh ihm an, dass er versucht, beim Sprechen nur durch den Mund zu atmen. »Gibt es sonst noch was, Frau Doktor?«

»Sie können also doch noch sprechen, Herr Chefinspektor? Sehr brav.« Dr. Baumann lächelt mir zu, und ich versuche zurückzulächeln, was mir wahrscheinlich grad nicht so gut gelingt. »Aber ja, Professor Heinrich und ich gehen davon aus, dass der Täter eine kräftige Person sein muss. Außerdem gibt es keine einzige aktive Abwehrverletzung, nichts an den Handinnenflächen deutet darauf hin, dass die Frau sich gewehrt hat. Was aber nicht weiter verwunderlich ist. Wie schon gesagt, sie hatte reichlich Alkohol im Blut. Mehr kann ich Ihnen leider nicht sagen.« Sie zieht sich den Handschuh von der rechten Hand, geht zum Schreibtisch, holt den Bericht und hält ihn dem Buchinger hin.

Da der bloß erschrocken die Augen aufreißt und immer noch keine Anstalten macht, seine Hände aus den Hosentaschen hervorzuholen, nehme ich die Ausdrucke entgegen.

»Danke, Herr Aigner, ich schicke den Bericht auch noch per E-Mail. Und Herr Buchinger, Sie sollten endlich mal bei unserem Psychologen vorstellig werden. Ihre Phobie nimmt langsam höchst eigenartige Züge an.«

In dem Moment spüre ich, wie mein Handy in der Uniformhose vibriert. Das wird die Gabi sein, denke ich mir, lege den Bericht noch mal kurz am Schreibtisch ab und ziehe mein Handy aus der Hosentasche. »Moment«, sage ich knapp ins Telefon und halte es kurz nach unten. »Frau Doktor, meine Schwester und der jüngere Sohn der Toten würden sich gerne von ihr verabschieden. Wäre das möglich?«

Sie zuckt mit den Schultern. »Ich sehe keinen Grund, der dagegenspricht. Aber lassen Sie das Laken besser dort, wo es ist.«

Während ich meiner Schwester den Weg erkläre, geht die Pathologin zur Leiche der Liesl und schließt ihr die Augen. Ist besser so, denke ich mir dankbar.

Der Buchinger schnappt sich nun doch den Bericht. »Sag deiner Schwester, ich komm ihr entgegen, damit man sie reinlässt«, sagt er dann und verschwindet überraschend schnell.

Dr. Baumann klopft mir mit der nicht mehr behandschuhten rechten Hand auf die Schulter. »Herr Aigner, Sie haben's auch nicht grad leicht im Leben. Ich fühle wirklich mit Ihnen.«

Etwas verlegen weiche ich ihrem Blick aus. Ein starker Schnaps wär mir im Moment lieber als ihr Mitgefühl, aber danach kann ich sie wohl nicht fragen.

Endlich klingelt es an der Tür, und die Baumann drückt auf den Türöffner, der in ihrem Arztkittel gesteckt hat.

Ich seh, wie der Buchinger die Gabi und den Simon in den Raum schiebt, selbst jedoch mit dem Andi draußen stehen bleibt. Wahrscheinlich wird er in wenigen Sekunden mit meinem ehemals besten Freund wieder die Flucht antreten, denke ich mir.

Meine Schwester scheint die sterile, neonlichtdurchflutete Umgebung etwas einzuschüchtern. Sie schweigt. Unser Halbbruder nimmt ihre Hand, was ihn mir fast sympathisch macht.

Nachdem Dr. Baumann die beiden begrüßt hat, schaut sie erstaunt vom Simon zu mir.

Ich kann es mir schon wieder denken: die Ähnlichkeit. Aber ich gehe nicht darauf ein, sondern nehme meinem Halbbruder die Gabi ab und führe sie zu dem Tisch mit der Liesl. Meine

Schwester atmet vernehmlich, und der Simon folgt uns wortlos.

»Soll ich Sie drei kurz alleine lassen?« Dr. Baumann schaut mich fragend an, und ich nicke ihr dankbar zu, woraufhin sie rücksichtsvoll den Raum verlässt.

Die Stimme meiner Schwester klingt erschüttert, als sie spricht: »Nachdem ich sie jahrzehntelang nicht gesehen habe, liegt sie jetzt einfach da und wird sich nie mehr rühren.« Die Gabi drückt meine Hand ganz fest.

Auch unser Halbbruder betrachtet die Liesl wortlos, aber mit zuckenden Kiefermuskeln.

Unsere Mutter liegt friedlich vor uns, anders kann man es nicht bezeichnen. Durch das bis zum Kinn hochgezogene Laken können die beiden zum Glück nicht erkennen, was man ihr angetan hat. Erst jetzt, ohne all die Schminke in ihrem Gesicht, fällt mir auf, dass sie tatsächlich mal eine sehr hübsche Frau gewesen sein muss. Trotz ihres Körpergewichts hat sie immer noch ein ansprechendes Gesicht mit hohen Wangenknochen, ganz so wie der Simon und ich. Und ihre Lippen sind voll und perfekt geschwungen, ähnlich wie die meiner Schwester, denke ich mir. Die Ähnlichkeit mit uns dreien macht mich mit einem Mal ganz fertig, und mir wird ziemlich unbehaglich zumute. Ich werde doch jetzt keine Gefühle für eine Frau entwickeln, die meine Schwester und mich achtunddreißig Jahre lang ignoriert hat?

Die Gabi dreht sich zu unserem Halbbruder. »Tut mir leid, Simon, aber würdest du den Raphi und mich bitte kurz mit ihr allein lassen? Nur ganz kurz, bitte.«

»Klar«, antwortet er mit belegter Stimme, nachdem er sich geräuspert hat, und verlässt den Sezierraum.

Die Gabi bohrt ihre langen roten Fingernägel in meine Hand. »Raphi, ich hätte noch mal mit ihr sprechen müssen. Hätte ich sie nicht rausgeworfen und wär ich später nicht so stur davongelaufen, hätte ich wenigstens eine Stunde mit ihr geredet. Sie war ja trotz allem meine Mutter … Aber … aber ich war doch so wütend auf sie, was hätt ich denn tun sollen? Und trotzdem kann ich es mir nicht verzeihen, dass ich mich nicht wenigstens mit ihr ausgesprochen hab.« Ihr Körper bebt vor unterdrückten Tränen. »Was hätt ich denn tun sollen, Raphi? Was hätt ich denn bloß tun sollen?« Meine arme Schwester ist völlig am Ende, also drücke ich sie ganz fest an mich, damit sie endlich weinen kann. Was sie auch tut.

»Gar nix, Gabi. Du hast alles richtig gemacht, und mehr als das. Du warst das Beste, was mir und meinem Buben jemals hat passieren können.« Ich streiche ihr sanft über den Kopf.

Meine Schwester schluckt ein paarmal und wischt sich die Tränen aus dem Gesicht. Und es wäre auch nicht meine Gabi, wenn sie sich im nächsten Moment nicht schon wieder beruhigt hätte. »Weißt, Raphi«, sagt sie und macht sich von mir los, »ich bin so froh, dass sie dich damals nicht mitgenommen hat.«

In diesem Augenblick wird mir schlagartig bewusst, dass es in meiner Kindheit auch anders hätte kommen können. Eine Horrorvorstellung. Mich fröstelt, nicht nur wegen der Kühle hier im Raum. Zum ersten Mal in meinem Leben bin ich heilfroh, bei meinem Vater aufgewachsen zu sein. Bei all seinen Fehlern war er doch der bessere Elternteil für mich und die Gabi.

»Schau net so betropetzt, du Depp. Die hätt dich doch niemals mitgenommen, so ein Fratz, wie du warst.« Die Gabi lächelt wieder milde, während sie sich immer noch die Tränen aus den Augen wischt. Ihre schwarze Wimperntusche ist verschmiert, im Moment sieht sie sehr zerbrechlich aus. »Komm, Raphi, lass uns Abschied nehmen.« Sie zögert kurz, dann legt sie ihre Hand sanft auf die eiskalte Wange der Liesl und streichelt sie.

Das schaffe ich beim besten Willen nicht, aber ich verabschiede mich im Stillen von der Frau, die mich geboren hat.

»So, und jetzt hol den Simon wieder herein.« Meine Schwester nimmt abrupt die Hand von der Leiche. »Schließlich hatte er eine engere Beziehung zu ihr als du und ich zusammen.«

Ich bin massiv erleichtert, dass die Gabi wieder zu ihrem

gewohnten Befehlston zurückgefunden hat, und gebe unserem Halbbruder Bescheid, dass er wieder reinkommen soll. »Willst du auch kurz mit ihr alleine sein?«, frage ich ihn nun doch etwas mitfühlend, als er da so betroffen neben der Gabi und mir steht.

Er nickt mir dankbar zu, und ich ziehe meine Schwester sanft an der Hand aus dem Raum hinaus. Für uns kommt als Aufsicht Dr. Baumann wieder herein, hält sich aber dezent im Hintergrund.

Vor der Tür wartet immer noch der Andi. Er hat also doch nicht mit dem Buchinger die Flucht ergriffen. Mein ehemals bester Freund nimmt mich kurz in den Arm, um gleich danach die Gabi zärtlich an sich zu ziehen. Sie stellt sich auf die Zehenspitzen und schlingt die Arme um seinen Hals. Zum ersten Mal bin ich richtiggehend froh, dass meine Schwester endlich jemanden gefunden hat, den sie mag. Auch wenn es der Andi ist. Oder vielleicht grad, weil es der Andi ist, denke ich mir leise lächelnd.

Nach dem doch aufwühlenden Erlebnis in der Pathologie wollte ich meiner Schwester noch beistehen. Also hat sich der Buchinger von seiner einfühlsamen Seite gezeigt und ist ohne mich weiter zur Kriminaltechnischen Abteilung. Allerdings will er sich gleich nach der Besprechung mit mir in der Stadt treffen. Deswegen bin ich mit meiner Familie in einem etwas heruntergekommenen Kaffeehaus im nahen Stadtteil Mülln gelandet, eingeklemmt zwischen Kebab-Imbiss und Wettbüro. Nicht gerade idyllisch, aber das Selbstbedienungsbüfett im Universitätsklinikum wollte ich den dreien nun doch nicht antun. Eine Fehleinschätzung. Hier haben wir es vermutlich deutlich schlimmer erwischt. Von mehreren Spielautomaten umringt sitzen wir zu viert auf wackeligen Plastikstühlen an einem alten Bistrotisch mit abgeplatztem Lack, der den Putzfetzen schon Monate nicht mehr gesehen hat. Wenigstens passt die Atmosphäre zu unserer Stimmung. Wir starren auf den dottergelben Fliesenboden, ein Relikt aus den Siebzigern, und hängen unseren Gedanken nach.

Obwohl ich schon vor über zwanzig Minuten eine Runde Kaffee für uns bestellt hab, schlurft die Kellnerin mit den fettigen Haaren erst jetzt samt Tablett heran. Sie schnauft, als hätte sie dafür zu einer Kaffeeplantage in Brasilien und zurück wandern müssen. Während sie demotiviert die Tassen vor uns abstellt, hypnotisiere ich ihren dunklen Damenbart über der Oberlippe, in dem ein paar Krümel darauf warten, endlich weggewischt zu werden. Apropos Krümel im Bart, da kommt mir der Vater wieder in den Sinn, dem wir heute noch den Tod seiner Exfrau beibringen müssen.

»Sie haben da was im Ba–«, die Gabi stockt kurz, »über der Lippe«, macht sie die Kellnerin aufmerksam.

Aber die schaut nur verständnislos und schlurft wieder davon.

»Der Vater …« Meine Schwester hatte offenbar denselben Gedanken.

»Nach meinem Treffen mit dem Buchinger komm ich heim, und wir fahren gemeinsam ins Altersheim, gut?«

Die Gabi kraust ihre Nase, überlegt kurz und schüttelt dann den Kopf, dass ihre langen Haare nur so fliegen. »Auf die paar Stund kommt's auch nicht mehr an, Raphi. Und ehrlich gesagt mag ich heute nicht mehr. Der Anblick der toten Liesl war mehr als genug für einen Tag. Am besten fahr ich gleich morgen früh mit dem Andi zu ihm. Du musst dich sowieso auf den Fall konzentrieren, und außerdem will ich nicht, dass ihr zwei Sturschädel wieder aneinandergeratet.«

Ich seufze, weil sie mit ihrer Beschreibung unseres Verhältnisses nicht ganz falschliegt. Obwohl ich mir unter diesen Umständen schon zutraue, etwas mehr Verständnis für den Vater aufbringen zu können als sonst. Trotzdem bin ich ihr dankbar, dass sie mir diesen Weg und diese Aufgabe abnimmt.

Meine Schwester trinkt den bereits lauwarm servierten Kaffee in einem Zug aus, nimmt ihre Tasche und ihren Mantel und steht auf. »Los, Burschen, packts euch zsamm. Schluss mit Trübsalblasen, das Leben geht weiter. Es muss.« Die Gabi hat sich offensichtlich wieder vollkommen im Griff.

Auf Kommando springt der Andi vom wackeligen Stuhl auf.

Na, den hat sie sich schon ordentlich abgerichtet, denke ich mir schmunzelnd. Auch mein Halbbruder erhebt sich grinsend, hat seinen Kaffee aber nicht mal angerührt. Wahrscheinlich bevorzugen Vegetarier Tee. »Mitgehangen, mitgefangen. Willkommen in der Familie Aigner«, flüstere ich ihm zu. Schön langsam mag ich ihn, eigentlich kann ich gar nichts dagegen tun.

Eine halbe Stunde später kommt endlich mein Exkollege durch die Kaffeehaustür und entdeckt mich sofort. Kunststück, ist ja auch sonst keiner da.

»Oje, ein grindigeres Lokal hättest dir nicht aussuchen können, was?«, grinst er breit und entledigt sich seiner Winterjacke, die er über die Stuhllehne hängt.

Er schiebt, begleitet von lauten Quietschgeräuschen und dem tadelnden Blick der Kellnerin, einen zweiten der kleinen Bistrotische neben meinen. Dieser wackelt zwar nicht, hat aber den Putzfetzen wenigstens die letzten fünf Jahre nur oberflächlich gesehen. Zahlreiche Gläser haben runde Muster auf den Tisch gezeichnet. Den in seinem Audi so pingeligen Buchinger scheint das seltsamerweise nicht zu stören, er holt einen Packen Unterlagen aus seiner Aktentasche und breitet die losen Blätter auf den Tischen aus, wo einige von ihnen sofort festkleben.

»Jetzt hör mal zu, Aigner. Die DNA-Analyse der Blutspuren ist leider noch nicht abgeschlossen. Weitere Spuren wie Haare, Hautpartikel und Fingerabdrücke wurden in dem Wirtshaus wie erwartet zuhauf sichergestellt. Auch an den beiden Zimmerschlüsseln gibt es genügend Fingerabdrücke, ziemlich viele konnten wir nicht zuordnen.« Seufzend zeigt mir mein Exkollege die weiteren Ergebnisse.

Ein guter Ansatzpunkt für uns ist die Analyse der Schuhabdrücke. Fritz Hochgatterer lag mit seiner ersten Vermutung goldrichtig: Aufgrund des Abstandes und der daraus resultierenden Beinlänge geht die Spusi davon aus, dass die zugehörige Person mindestens einen Meter achtzig groß ist. Der Hans wurde schon damit beauftragt, die Schuhgrößen der Angestellten vom Rieglerbräu zu checken. Wobei ich mir nicht vorstellen kann, dass wir unter ihnen fündig werden. Immerhin wissen wir, dass die Schuhe tatsächlich Goiserer gewesen sein können; dem Sohlenabdruck nach zu urteilen ein schon etwas älteres Paar mit ziemlichen Abnutzungserscheinungen und zahlreichen Rissen.

Die Schuhspurensammlung, eine Datenbank, die Fotogramme von Tatortschuhspuren und von Verdächtigen genommenen Schuhabdrücken der letzten zwei Jahre enthält, hat leider nichts Verwertbares ausgespuckt. Ehrlich gesagt hatte ich auch kaum angenommen, dass einer der Dauergäste in dieser Sammlung die Liesl erstochen hat.

Der Buchinger kramt wie wild in dem Blätterhaufen und zeigt mir die Liste mit den ein- und ausgehenden Telefonaten der letzten Tage von Liesls Handy, an der die Soko bereits arbeitet. Aus dem Navi von Liesls Mietwagen konnten die Kollegen ein punktgenaues Bewegungsprofil auslesen, das uns samt den zugehörigen Landkarten als Ausdruck vorliegt. Nachdem ich es mit dem Handy abfotografiert habe, lese ich mir die Eintragungen aufmerksam durch:

Mittwoch, 22.12.
ab 10:30 Parkgarage am Museumsquartier, Wien (1a)
an 11:08/ab 12:03 Raststätte Steinhäusl bei Wien (1b)
an 14:25/ab 14:36 Ebenauer Bundesstraße, Ebenau (2a)

Der Wagen wurde also für gut zehn Minuten an der Bundesstraße abgestellt, überleg ich, während der Buchinger seinen dicken Zeigefinger auf den mit (2a) markierten Punkt auf der zugehörigen Karte drückt. Die Stelle kenne ich, von der aus kann man deutlich das Maarbach-Gut sehen. Das Gut kenne ich auch, voriges Jahr im Frühjahr gab es auf dem Gelände eine Art Volksfest zur Eröffnung des umgebauten Verwaltungsgebäudes, das unser Pfarrer Pepperl eingesegnet hat. Die Gabi, die den Felix und mich natürlich überallhin mitschleppen muss, wo ihr Chef irgendetwas weiht oder segnet, hatte den Felix mit einem Autodrom und mich mit Freibier und Bratwürsteln gelockt, die sich als überaus fettig herausstellten. Jedenfalls ist mir das Gelände gut in Erinnerung geblieben: Es verfügt über zahlreiche Wirtschaftsgebäude, Stallungen und Hallen auf einem riesigen Areal, wie ich meinem Exkollegen erkläre.

Dann lese ich laut weiter:

an 14:43/ab 15:27 Rieglerbräu, Koppelried (2b)
an 15:31/ab 17:08 Hauptplatz 13, Koppelried (2c)
an 17:12/ab 17:27 Sonnblickallee 27, Koppelried (2d)
an 17:31 Rieglerbräu, Koppelried (2b)

Ich suche den Punkt (2d) auf der zugehörigen Karte unseres Ortes und werde nicht enttäuscht. Hab ich es mir doch gedacht. Dahinter verbirgt sich der Parkplatz vom Büro unseres Notars Dr. Lechner. Alles sieht danach aus, als hätte die Liesl ihn besucht. Die nächste Adresse brauch ich gar nicht auf der Karte zu suchen, ich weiß auch so, dass sich in der Sonnblickallee 27 das Altersheim vom Vater befindet. Der Stopp macht Sinn, denn er muss ja schon vor seinem eindrucksvollen Auftritt im Rieglerbräu erfahren haben, dass die Liesl wieder da ist. Auch irgendwie typisch für ihn, denke ich mir leicht verärgert: Da taucht seine Ex nach achtunddreißig Jahren bei ihm im Altersheim auf, und er sagt seinen – und ihren – Kindern kein einziges Wort davon. Allerdings irritiert mich die kurze Zeit, die sie dem Navi nach bei ihm verbracht hat. Ich erzähle das alles meinem Exkollegen.

»Ehrlich, Aigner«, seufzt der, »es reicht mir schon, dass du immer in meine Fälle verwickelt bist. Aber dass ich diesmal auch deinen Vater befragen muss, ist mir höchst unangenehm. Wenigstens bleibt mir eine Vernehmung deiner Schwester erspart, die würde ich nervlich wahrscheinlich nicht durchstehen.« Er seufzt noch mal, diesmal etwas tiefer, und deutet in der Liste auf die Einträge des nächsten Tags.

Donnerstag, 23.12.
ab 10:52 Rieglerbräu, Koppelried (2b)
an 11:02/ab 12:15 Maarbach-Gutshof GesmbH, Ebenau (2e)

»Aha, da haben wir es«, entfährt es mir erfreut. »Der Mord muss was mit diesem Maarbach-Gut zu tun haben, ich wusste es.«

»Langsam, Aigner. Schaun wir erst mal, was wir rausfinden«, will mich der Buchinger einbremsen, und wir beide beugen uns über die nächsten Zeilen.

an 12:25/ab 13:00 Rieglerbräu, Koppelried (2b)
an 13:32/ab 18:23 Parkplatz Basteigasse, Salzburg (3a)
an 18:51 Rieglerbräu, Koppelried (2b)

»Was sie wohl in der Stadt wollte? Ich dachte, Salzburg und alles, was dazugehört, war ihr zuwider?«, wundere ich mich laut.

Mein Exkollege zuckt mit den Schultern. »Wahrscheinlich shoppen, so wie alle Weiber. In dem Fall werden wir niemals rauskriegen, wo die überall war. Ich ermittle auf keinen Fall in Hunderten von Schuhgeschäften, das geb ich dir schriftlich«, brummt er nur halb im Scherz.

Grinsend schüttle ich den Kopf. »Buchinger, wir haben Riesenglück, dass die Liesl so faul war und ansonsten überall mit dem Wagen hingefahren ist.« Obwohl das bedeutet, dass wir eine Menge Befragungen vor uns haben. Eigenartig, dass die so umtriebig war und kein einziger Koppelrieder der Gabi oder mir etwas von ihrer Anwesenheit erzählt hat. Nicht mal unser Vater. Das ist schon fast unheimlich, denke ich mir, dann lese ich weiter.

Freitag, 24.12.
ab 11:30 Rieglerbräu, Koppelried (2b)
an 12:07/ab 13:01 Raststätte A 1, Mondsee (4a)
an 14:07 Parkhaus am Dom, Linz (4b)

Aha, über die zwei Weihnachtstage waren die beiden also in Linz. Es könnte demnach gut sein, dass Liesls Mutter immer noch dort lebt. Wäre zumindest naheliegend. Ich hoffe, der Hans bringt in Erfahrung, was die beiden Amis in Linz so getrieben haben. Geendet hat der Ausflug dann bekannterweise zwei Tage später mit der Stippvisite bei uns zu Hause, am Schützenweg 12.

Sonntag, 26.12.
ab 14:01 Parkhaus am Dom, Linz (4b)
an 15:28/ab 15:37 Schützenweg 12, Koppelried (2f)
an 15:41 Rieglerbräu, Koppelried (2b)

»Auf jeden Fall hat die Frau vor ihrem Tod noch ein paar Autobahnraststätten zwischen Salzburg und Wien besichtigt. Apropos, sag, kommt die Kellnerin in diesem Beisl denn nie an den Tisch?« Der Buchinger klopft sich mit der flachen Hand auf die ordentliche Wölbung unter seinem Hemd.

»Von allein nicht«, schmunzle ich.

»Fräulein!«, brüllt mein Exkollege mit seiner tiefen Stimme zur Kellnerin, die an die trotz Kälte und Schnee offene Eingangstür gelehnt mindestens schon ihre dritte Zigarette raucht, seit er das Lokal betreten hat.

Mit angesäuerter Miene schmeißt sie die Tschick nach draußen auf den Boden und drückt sie mit dem Fuß aus, bevor sie an unsere zusammengestellten Tische schlurft.

»Fräul–« Der Buchinger bricht mitten im Wort ab und starrt ihren Damenbart an.

Wenigstens hat sie die Krümel weggewischt, denke ich mir grinsend, oder sie sind beim Rauchen abgefallen. Jedenfalls ist ihr Damenbart sauber.

»Schreien S' da herinnen net so. I bin ja net taub«, keift sie.

»Aber blind, oder? Weil ich sitz jetzt schon sicher eine halbe Stunde hier, und Sie haben mich immer noch nicht bedient«, keift mein Exkollege zurück.

Die Frau mit Damenbart rollt mit den Augen. »Und? Was wolln S' jetzt?«

»Haben Sie eine Kleinigkeit zu essen? Würstel vielleicht oder Gula–« Wieder spricht der Buchinger nicht zu Ende, weil die gute Frau begonnen hat, ungeniert mit dem rechten Zeigefinger im linken Nasenloch herumzubohren. »Vergessen S' das«, winkt er sofort ab. »Bringen S' mir nur ein Bier, aber aus der Flasche. Glas brauch ich keins.«

Als die Kellnerin wieder im Schneckentempo von dannen schlurft, tippt er sich an die Stirn. »Ich könnt ja schon was vertragen, aber in der Bude ess ich garantiert nichts. Und rühr bloß dein Häferl nimmer an, Raphi, sonst holst dir noch Herpes oder Schlimmeres.«

Nachdem die Kellnerin die Flasche Bier vorbeigebracht und den Kronenkorken gekonnt mit ihrem Feuerzeug abgehebelt hat, poliert mein Exkollege mit seinem Hemdsärmel minutenlang die Öffnung der Bierflasche, bevor er einen Schluck daraus nimmt. Manchmal ist er schon etwas seltsam, denke ich mir, konzentriere mich dann aber wieder auf die Liste vor uns.

Montag, 27.12.
ab 08:15 Rieglerbräu, Koppelried (2b)
an 08:45/ab 11:32 Parkplatz Basteigasse, Salzburg (3a)
an 12:04/ab 13:39 Rieglerbräu, Koppelried (2b)
an 13:43/ab 13:55 Sonnblickallee 27, Koppelried (2d)
an 14:06/ab 14:28 Maarbach-Gutshof GesmbH, Ebenau (2e)
an 14:37 Rieglerbräu, Koppelried (2b)

Damit ist nun nicht nur die Liste zu Ende, auch das Leben der Liesl ging nicht mehr weiter, kommt mir bitter in den Sinn.

Ich erzähle dem Buchinger, dass ich sie an diesem Tag gegen halb eins mittags noch im Rieglerbräu angetroffen habe, wie sie meinen schreienden Vater beruhigt hat. Den peinlichen Auftritt, den ich bei der Marie hingelegt hab, verschweige ich lieber. Offensichtlich hat die Liesl meinen Vater tatsächlich keine Stunde später mit dem Auto zum Altersheim gebracht. Zumindest diesbezüglich hat sie mich nicht angelogen. Aber was hat sie frühmorgens in Salzburg und später noch mal beim Maarbach-Gut gemacht? Sie wird doch dort niemanden ohne jeden Beweis in der Tasche in die Sache eingeweiht haben?

»Es wird noch besser, Aigner, glaub mir.« Mein Exkollege zieht zwei Schokoriegel aus seiner Aktentasche hervor und bietet mir einen an, den ich dankend ablehne.

Schulterzuckend wickelt er den ersten Riegel zur Hälfte aus und beißt davon ab, während er mit mir spricht. »Die Soko hat im Mietwagen eine Rechnung vom ›Hyatt‹ in Wien gefunden, eine der nobelsten Adressen im ersten Bezirk. Da zahlst du gut fünfhundert Euro pro Zimmer und Nacht. Aber nach allem, was ich bis jetzt von dir über deine Mutter gehört habe, dürfte Geld eines ihrer dringlichsten Probleme gewesen sein. Auch ihr Hab und Gut im Gästezimmer vom Rieglerbräu spricht dafür: nur billigstes Glump. Aber wie passen das viele Geld in der Brieftasche und nun auch noch eine Übernachtung in einem Wiener Nobelhotel dazu? Wobei auf der Rechnung interessanterweise ein Sonderrabatt von fünfundzwanzig Prozent abgezogen wurde. Du fragst dich sicher, wie kommt die zu der Ehre?«

Ich nicke, und er klemmt sich den Schokoriegelrest zwischen die Zähne, um beide Hände frei zu haben. Mit denen kramt er erneut in den losen Blättern herum und zieht dann triumphierend die Kopie einer Rechnung hervor. Er nimmt den Schokoriegel wieder aus dem Mund, beißt ein weiches Stück ab und stopft den letzten Rest nach. »Und jetzt schau dir das an«, schmatzt er, »›Special Rate Erzdiözese Wien‹.« Zum Beweis hält er mir den Ausdruck direkt vor die Nase.

Tatsächlich, ich lese es auch. »Die Kirche hat doch das Maarbach-Gut geerbt, oder? Das stinkt jetzt schon gewaltig zum Himmel, oder täusch ich mich?«

Der Buchinger grinst. »Vielleicht wollten die Priester die Liesl mit der einen oder anderen kleinen Zuwendung überzeugen, dass sie die Finger von ihrem vermeintlichen Erbe lässt. Aigner, ich stimm dir zu: Da ist was faul. Wenn man's genau nimmt, hat allerdings die Erzdiözese Salzburg dieses millionenschwere Gut geerbt. Ich hab mir bereits für morgen früh einen Termin bei der Finanzkammer geben lassen, die kümmern sich um die Erbangelegenheiten der Kirche. Vielleicht haben die Salzburger Klerikalen ihre Brüder in Wien gebeten, die beiden Amerikaner zu umgarnen, um einen außergerichtlichen Vergleich zu ermöglichen. Zwei Nächte haben die beiden laut Rechnung in dem Luxusschuppen verbracht. Die Soko-Leute in Salzburg haben schon die Flüge gecheckt, die Bishop und ihr Freund sind diretissima von Miami nach Wien geflogen und nach zwei Nächten nach Koppelried gefahren.«

»Dann sollten wir uns auch einen Ausflug nach Wien gönnen, Markus«, sage ich und freue mich schon. Die Sache fängt an, richtig spannend zu werden.

»Nichddd nödddig«, quetscht der Buchinger mit vom zweiten Schokoriegel vollem Mund hervor. »Ich hab schon die Ridda angerufen, die kümmerddd sich dddrum.«

»Aha?« Neugierig mustere ich meinen Exkollegen von oben bis unten und kann mir ein leicht dreckiges Grinsen nicht verkneifen. »Du bist also immer noch in Kontakt mit der Rita?«

Die junge Kollegin hat im Sommer kurz für das LKA Salzburg gearbeitet und uns beim Fall mit dem Brauwirt Riegler tatkräftig unterstützt. Sie ist eine junge Kriminalpolizistin mit einer Top-Ausbildung und großen Ambitionen und darüber hinaus sehr rothaarig und sexy. Ich bin mir sicher, dass der Buchinger überhaupt nur ihretwegen in seiner Midlife-Crisis steckt.

Mein Exkollege sucht schon wieder mit plötzlich ausgesprochen gesunder Gesichtsfarbe hoch konzentriert in den zahllosen Blättern auf den zwei Tischen. »Der Hochgatterer Fritz und seine Leute sind auch noch auf etwas überaus Interessantes in dem Koffer gestoßen … Mei, wo ist denn dieses Glumpert jetzt? Ich hätte den Heftstreifen besser doch nicht entfernen sollen. – Ah, da ist es ja. Also, schau dir das mal an.« Er drückt mir vier Blätter in die Hand.

Neugierig begutachte ich die Ausdrucke, schiebe den restlichen Papierstoß etwas von mir weg und lege die vier Kopien fein säuberlich nebeneinander. Es handelt sich um die beiden Geburtsurkunden meiner Mutter und meiner Großmutter, die wir schon per Mail erhalten hatten, und um zwei Dienstzeugnisse meiner Großmutter. Eins wurde von der Erzdiözese Salzburg ausgestellt und das zweite, ältere … »Unglaublich!«, rufe ich und springe vor Überraschung so abrupt vom Stuhl auf, dass der beinahe umkippt.

Der Buchinger nickt. »Gell? Deine Großmutter hat offensichtlich als ganz junges Mädel einige Zeit bei den Maarbachs gearbeitet, als Dienstmädchen. Bei den restlichen Unterlagen handelt es sich um eine umfassende Vermögensaufstellung vom Maarbach-Gut, die die Soko angefordert hat. In dieser Erbsache geht es um irre viel Kohle, Aigner.«

Aber ich hör ihm nur mehr mit einem Ohr zu, weil ich mir noch mal das Geburtsdatum meiner Mutter anschaue und es mit den Zeiträumen auf den Dienstzeugnissen von Edeltraut Asanger vergleiche, ihrer Mutter. Schnell fische ich meinen Kugelschreiber aus meiner Uniform, nehme ein Blatt Papier vom Stoß, drehe es um und schreibe die Daten untereinander drauf. Das Datum des Dienstantritts der Edeltraut Asanger bei den Maarbachs, das Datum ihres letzten Arbeitstages, das Geburtsdatum der Liesl und das Datum des Dienstantritts der Edeltraut oder, wie die Erni sie nannte, Traudl Asanger bei der Erzdiözese Salzburg. Dann klicke ich die Mine in den Kugelschreiber zurück und lege ihn schwungvoll zur Seite. »Da haben wir's.«

»Was haben wir?« Mein Exkollege schaut mich verständnislos an und betrachtet dann neugierig die Daten, die ich eben untereinandergeschrieben habe. »Aha«, meint er kurz darauf und grinst. »Aigner, schaut aus, als wärst du am Ende doch noch ein Von-und-zu.«

Die Liesl ist ganz eindeutig in der Zeit gezeugt worden, als ihre Mutter Traudl bei den Maarbachs gearbeitet hat, denn sie ist etwa drei Monate nach dem letzten Arbeitstag ihrer Mutter auf dem Gut zur Welt gekommen. Und keinen Monat später hat ihre Mutter für die Erzdiözese Salzburg zu arbeiten begonnen. »Lass uns keine allzu voreiligen Schlüsse ziehen«, bremse ich ihn etwas ein. »Die Liesl kann sich auch in etwas verrannt haben, Markus. Sehr überlegt ist sie mir nun nicht grad erschienen. Nur weil ihre Mutter dort gearbeitet hat, muss die ja nicht zwangsweise vom Dienstherrn geschwängert worden sein.«

»Aber die fürsorglichen und spendablen Priester in Wien sprechen schon ein bisserl dafür, meinst nicht? Raphi, ich sag dir, das ist was Größeres.« Der Buchinger grinst fast erfreut. »Außerdem hab ich diesen katholischen Verein noch nie leiden können, bei dem haben doch alle Dreck am Stecken.«

»Hallo, Chef.« Gruppeninspektor Heinz Rohrmoser kommt überraschenderweise durch die Eingangstür des Cafés. »I war vorhin mit dem Lienbacher Hans vom LKA im Rieglerbräu, er hat mir g'sagt, wo i euch zwoa finden kann. Also bin i gleich auch in die Stadt kemma, weil i dir dringend was erzählen muss.«

Ich zieh ihm einen Stuhl heran. »Sehr gut, dann kann ich mit dir wieder zurück nach Koppelried fahren. Magst vielleicht einen Kaffee?«, frage ich meinen Polizisten freundlich.

»Bloß nicht«, warnt ihn der Buchinger. »In der Absteige hier würde ich zu einer Flasche raten. Bier, Cola oder so was.« Er nimmt einen kräftigen Schluck von seinem Bier.

»Cola?«

Der Heinz schaut mich unsicher an, und ich rufe der Kellnerin zu, uns zwei Flaschen Cola zu bringen, was sie ausgesprochen schnell tut.

Mein Kollege nimmt seine Polizeikappe ab, schaut ratlos

nach rechts und nach links und legt sie mangels Alternative auf Buchingers Papierstapel. Aus der Brusttasche seiner Uniformjacke zieht er einen kleinen Notizblock hervor, klappt ihn auf und erzählt uns, was er gemeinsam mit dem Lienbacher Hans herausgefunden hat. Zuerst hat er den Namen einer Limousinenvermietung in Wien für uns, die den BMW nicht der Liesl, sondern der Erzdiözese Wien vermietet hat, schau an. Der Buchinger scheint recht zu haben, die Diözese kümmert sich wirklich rührend um ihre Schäfchen, denke ich mir.

Umständlich kramt mein Exkollege noch mal die Hotelrechnung aus dem Stapel Papier und reißt dann dem Heinz den Notizblock aus der Hand. Mit beidem geht er zum anderen Ende des Lokals, wo er sein Handy aus der Innentasche seines Wollsakkos holt. Es ist dasselbe, das er schon gestern anhatte. Beim Telefonieren dreht er sich demonstrativ von uns weg.

Ich schmunzle in mich hinein, weil ich vermute, dass er mit unserer hübschen Wiener Kollegin spricht.

»Also, Chef, da ist noch was«, reißt mich der Heinz aus meiner Betrachtung. »Der Hans und i haben doch den Amerikaner, der wo so a Loch im Ohrwaschl hat, noch mal befragt. Der Hans kann wirklich guat Englisch. Eine Aussprache hat der, Hut ab. Wie auch immer, der Amerikaner mit dem Loch im Ohrwaschl hat uns erzählt, er sei mit der Toten über Weihnachten in Linz g'wesen. I kann zwar net so guat Englisch reden wie der Hans, aber verstehen tua ich alles. Jedes Wort.« Als er stolz grinst, ist sein deutlicher Überbiss schwer übersehbar.

»Das wissen wir schon aus den Navi-Daten, Heinz«, sag ich ein bisschen ungeduldig. »Ich nehme an, dass sie bei meiner Großmutter Edeltraut Asanger waren. Hat dir der Edwards auch ihre Adresse in Linz genannt?«

Das Grinsen verschwindet, und der Heinz macht ein unglückliches Gesicht. »Oiso, die zwoa haben mit ihr in einem Seniorenheim Weihnachten g'feiert und sie am Christtag dann noch amoi b'suacht.«

»Welches Seniorenheim, Heinz?«

Er schüttelt bedauernd den Kopf. »Den Namen hat der sich leider net g'merkt, weil es hätt sie jemand vom Hotel abg'holt und mit dem Auto zum Altersheim g'fahren. Aber woaßt du, wer die beiden dort die zwoa Tag rumkutschiert hat?« Jetzt schaut mich der Heinz wieder triumphierend an.

Ich schüttle schon leicht genervt den Kopf. »Wer denn? Jetzt mach es halt nicht so spannend.«

»Also, das war a Priester. Nämlich der, der die zwoa auch in Wien am Flughafen abg'holt hat. Der hat auch in Linz alles für die zwoa bezahlt, moant der Edwards.«

»Und wie heißt der Mann?«

»Leider wissen wir das net so genau. Der Amerikaner mit dem … Also, der Edwards hat g'sagt, er hätt sich den Namen leider auch net g'merkt, weil der so kompliziert g'wesen sei.«

»Buchinger, komm her! Und schalte die Rita am besten gleich auf Lautsprecher!«, rufe ich meinem Exkollegen zu.

Der zeigt mir zwar einen Vogel, tut aber alles, was ich sage, und legt das Handy schließlich vor uns auf den Tisch. »Hallo, Rita, hörst du uns? Der Aigner –«, brummt er verlegen, und ich unterbreche ihn gleich.

»Servus, Rita, ich hoffe, deine Karriere geht gut voran?«

»Hallo, Raphael, klar, was meinst denn du! Schon lang nichts mehr gehört von dir. Immer noch Urstress mit den hübschen Wirtinnen?«, lässt sich die Rita fröhlich vernehmen.

»Wie man's nimmt. Mein Stress ist diesmal eher familiär bedingt, wie dir der Buchinger wahrscheinlich schon geschildert hat.« Ich schnauf schnell durch. »Hör zu, ich mach es kurz: Ich bin dir wirklich dankbar dafür, dass du dich in Wien für uns umhörst, aber es gibt noch was, das du unbedingt vorher wissen solltest. Mein Kollege, der Heinz Rohrmoser, den du vielleicht noch kennst, wird dir gleich alles berichten.«

Der Heinz bleckt seine schiefen Zähne und läuft rot an, auch wenn die Wiener Kollegin gar nicht physisch anwesend ist. Er erinnert sich offensichtlich noch lebhaft an die langbeinige Rothaarige mit den hautengen Jeans und den völlig polizeidienstuntauglichen High Heels.

»Servus, Rita, da spricht der Rohrmoser Heinz. Ja, also, wir haben rauskriegt, dass der Mietwagen von der Erzdiözese Wien angemietet worden ist … Äh … Und der Freund von der Mutter vom Chef hat uns erzählt, dass seine Freundin, also die Mutter vom Chef … äh … also auch eine Mutter hat«, stottert unser Gruppeninspektor unbeholfen, bis ich ihn von seiner Pein erlöse.

»Was dir der Heinz damit sagen will, ist, dass Liza Bishop, meine Mutter, die ich achtunddreißig Jahre nicht gesehen hatte, offenbar am Montag letzter Woche spätabends mit dem Flugzeug in Wien gelandet ist. Am Flughafen wurde sie von einem Priester abgeholt, dessen Name uns noch nicht bekannt ist. Er dürfte aber Verbindungen zur Erzdiözese Wien haben, weil die Hotel, Mietwagen und was weiß ich sonst noch alles für Liza Bishop und ihren Lebensgefährten bezahlt hat.«

»Die Erzdiözese? Interessant«, wirft die Rita kurz ein.

»Am vierundzwanzigsten Dezember haben sich die beiden mit genau diesem Priester in Linz wiedergetroffen, um mit ihm Edeltraut Asanger in einem Altersheim zu besuchen. Das ist meine Großmutter mütterlicherseits, die schon vor Jahren den Kontakt zu mir, meiner Schwester und meinem Vater abgebrochen hat. Um welches Altersheim es sich handelt, ist uns leider auch noch unbekannt. Ich würde gerne mehr darüber herausfinden, wie du dir sicher vorstellen kannst. Edeltraut Asanger übernehme gerne ich, aber beim Priester muss ich dich um deine Hilfe bitten. Vielleicht kannst du den ja ausfindig machen, es ist ziemlich dringend. Und wir haben wirklich keinen Namen, oder, Heinz?«

Während der Heinz mit immer noch hochrotem Kopf nickt und mein Exkollege mich völlig verwirrt anstarrt, beginnt die Rita zu lachen. »Also, Raphael, das hört sich ja alles mal wieder ziemlich schräg an.«

»Du weißt doch, ich bin immer für eine Überraschung gut, Rita«, erwidere ich grinsend.

»Stimmt«, schnurrt sie aus dem Telefon. »Vielleicht sollte ich mich doch mal etwas eingehender mit dir beschäftigen.«

»Darüber können wir uns gerne mal bei einem Glas Wein unterhalten, aber im Moment hab ich leider andere Prioritäten.«

Anscheinend lächle ich etwas zu anzüglich in Richtung Handy, denn der Buchinger starrt mich wütend an und schreit dann den armen Heinz an: »Und weiß man wenigstens, wie dieser ominöse Priester aussieht? Alter? Größe? Sonst was Auffälliges?«

Der Heinz zuckt zusammen und deutet verlegen auf seinen Notizblock, den der Buchinger immer noch in seinen Pranken hält, dann aber unsanft vor ihn auf den Tisch wirft.

Ich nicke meinem Polizisten beruhigend zu; er kann ja wirklich nix dafür, dass der Buchinger sich wie ein eifersüchtiger Gockel gebärdet.

Der Heinz blättert wie wild in seinem Block und atmet dann sichtlich auf. »Also, der Priester ist etwa oans siebzig groß, leicht übergewichtig, trägt a Brille mit goldenem Metallg'stell –«

»Super, Rohrmoser, ganz toll«, unterbricht ihn mein Exkollege. »Wir suchen also die sprichwörtliche Nadel im Wiener Priester-Heuhaufen.«

»Aber na«, schüttelt der Heinz den Kopf, »das is a Schwarzer.«

Sowohl der Buchinger als auch ich schauen ihn irritiert an.

»Wie, einer von der Volkspartei?«, fragt nun auch die Rita etwas verwirrt aus dem Handy.

»Aber na, oaner mit schwarzer Haut.« Verlegen schaut der Heinz vom Buchinger zu mir. »So wia a Afrikaner halt. Das Wort mit ›N‹ darf man doch nimmer sagen.«

»Ganz richtig, Heinz, so was sagen wir heutzutage zum Glück nicht mehr«, entgegnet die Rita freundlich. »Aber das ist doch schon was, somit wissen wir, dass der Priester schwarz ist. Raphael, sag, habt ihr das Anrufprotokoll von der Bishop schon?«

»Vom amerikanischen Telefonanbieter nicht, das ist irre kompliziert. Aber die Kriminaltechnische hat sich alles, was ging, aus dem Handy rausgezogen. Die Tote hat zum Glück die Liste mit den ein- und ausgegangenen Anrufen der letzten

Wochen noch nicht gelöscht gehabt, und wenn ich es noch richtig im Kopf hab, sind nicht besonders viele österreichische Nummern darunter. Ich geb dem Hans von der Soko Bescheid, der soll dich gleich nachher dazu anrufen«, antwortet der Buchinger an meiner statt.

»Perfekt«, hören wir Ritas Stimme am anderen Ende der Leitung. »Dann mach ich mich mal gleich an die Arbeit. Ich finde diesen Priester garantiert, keine Sorge. Euer Fall hat jetzt Priorität, Ehrensache. Ich meld mich, sobald ich mehr weiß.«

Der Buchinger brummt etwas Unverständliches in seinen nicht vorhandenen Bart.

»Servus, Burschen. Und baba, Raphael, vielleicht sehen wir zwei uns bei der Gelegenheit dann auch mal wieder. Wär *nice*«, hören wir die Rita sagen, bevor sie auflegt.

»Was war das denn jetzt?«, schnauzt mich der Buchinger sofort ungehalten an.

»Nix«, zucke ich unschuldig mit den Schultern. »Weiber halt.«

Zurück in Koppelried parke ich unseren Streifenwagen am Parkplatz vor dem schönen alten Bürgerhaus, in dem unser Notar sein Büro hat. Direkt am Hauptplatz. Beim Aussteigen schiele ich kurz nach schräg gegenüber, zum Feinkostladen, den mal die Marie geführt hat und der jetzt eine neue Pächterin hat.

Ich drücke die Klingel zum Büro von Dr. Lechner, während ich mir den Schnee von den Schuhen klopfe.

Eine groß gewachsene, schmale Frau im eleganten hellgrauen Kostüm, die wie der Notar jenseits der sechzig sein muss, öffnet uns die alte Eingangstür aus dunkelbraunem Holz. Sie reicht mir die schmale Hand. »Herr Aigner! Schön, dass Sie sich mal wieder bei uns sehen lassen. Und Herr Rohrmoser, grüß Gott. Ich nehme an, Sie wollen zum Herrn Doktor? Wie es der Zufall will, hat er gerade keinen Termin. Sie können also gleich zu ihm hinein. Darf ich Ihnen Kaffee anbieten?«

Mit Schaudern erinnere ich mich an den letzten genauso

starken wie sauren Kaffee, den sie mir serviert hat, und bin diesmal schlauer und lehne dankend ab.

Als der Heinz und ich auf die hohe Flügeltür zugehen, knarrt das alte Parkett unter unseren Schuhen. Noch bevor ich anklopfen kann, öffnet uns Dr. Lechner schon die Tür.

»Herr Aigner, schön, dass Sie mich mal wieder beehren. Herr Rohrmoser.« Er schüttelt dem Heinz und mir die Hand, dann lotst er uns zu den beiden bequem aussehenden Stühlen vor seinem Schreibtisch, bedeutet uns, Platz zu nehmen, und lässt sich selbst in den wuchtigen Ledersessel dahinter fallen. Der Heinz nimmt seine Kappe ab und legt sie sich aufs Knie, ich platziere die meine dezent am Rand des Schreibtischs.

»Herr Aigner, ich kann mir schon denken, welch unschöne Geschichte Sie beide zu mir führt«, beginnt Dr. Lechner. »Dieser brutale Mord an der Amerikanerin, nicht wahr? Ich hab heute Morgen bei der Bäckerin davon gehört.«

Ich nicke und erkläre ihm kurz, um wen es sich bei der Amerikanerin handelt.

Der alte Notar hüstelt etwas verlegen. »Die Bäckerin hat schon durchblicken lassen, dass es Ihre Mutter war. Seltsam, während unseres Termins hat nichts darauf hingedeutet, dass die Dame aus Koppelried stammt. Dieser starke amerikanische Akzent … Aber sagen S', Sie ermitteln doch, oder? Gibt es da nicht ein Problem wegen Befangenheit, Herr Aigner?« Er hebt beide Hände.

Ich setze ihn darüber in Kenntnis, dass das LKA Salzburg die Untersuchungen in diesem Fall leitet und mich und Gruppeninspektor Rohrmoser nur zu einer ersten Befragung zu ihm geschickt hat. Damit scheint er sich zufriedenzugeben.

Als die Sekretärin eben Wassergläser für uns alle auf seinem edlen Schreibtisch abstellt, natürlich auf grünen Filzuntersetzern, klärt der Notar sie auf: »Frau Liza Bishop war die Mutter von unserem Herrn Aigner. Es stimmt also, was mir die Bäckerin erzählt hat.«

Frau Annette blickt mich mitfühlend an. »Wenn ich ehrlich bin, ist sie mir gleich so bekannt vorgekommen.«

Dann will sie gehen, doch Dr. Lechner hält sie am Arm fest. »Bleib doch hier. Damit ich nicht irgendetwas Wichtiges vergesse.«

Also zieht sich die Sekretärin des Notars einen schmalen Stuhl neben den meinen heran und setzt sich zu uns. Ihre schlanken Beine schlägt sie dabei übereinander, die Hände faltet sie wie zum Gebet im Schoß.

»Also, Herr Aigner, Ihre Mutter«, Dr. Lechner macht eine kurze Pause, »oder ist es Ihnen lieber, wenn ich Frau Bishop sage?«

Ich nicke dankbar. Der Notar ist ein sehr einfühlsamer Mensch, muss ich wieder einmal feststellen, während der Heinz seinen Notizblock zückt.

»Also, Frau Bishop hatte einen Termin bei uns. Wann genau war das noch mal, Annette?«

»Am letzten Mittwoch, um fünfzehn Uhr dreißig«, sagt die Angesprochene.

Dr. Lechner, dessen Frau vor zwei Jahren an Krebs gestorben ist, schenkt seiner Sekretärin ein äußerst vertrauliches Lächeln. »Ohne meine Annette wäre ich völlig aufgeschmissen«, sagt er, und sie lächelt zurück.

Zarte Bande lassen sich also auch noch im Alter knüpfen, denke ich mir und freue mich für die beiden.

»Und kurz vor sechzehn Uhr hat sie uns schon wieder verlassen«, fügt die Sekretärin des Notars noch an.

Ich ziehe mein Handy aus der Jackentasche meiner Uniform und öffne das Foto, das ich im Kaffeehaus noch vorsorglich von Liesls Bewegungsprofil gemacht habe. Wusste ich es doch. »Sie müssen sich irren, Frau Annette. Laut diesen Aufzeichnungen hat Liesl Bishops Mietwagen Ihren Parkplatz erst gut eineinhalb Stunden nach Beginn Ihres Termins verlassen.«

»Bestimmt nicht, Herr Aigner.« Sie schüttelt vehement den Kopf. »Sie war höchstens eine halbe Stunde beim Herrn Doktor, dann hat sie uns auch schon wieder verlassen.«

Der Notar bestätigt mir das, und ich erfahre, dass die Liesl lediglich einen Vertrag zur Verwahrung eines Umschlags mit persönlichen Dokumenten abgeschlossen und den Umschlag dem Notar übergeben hat, nichts weiter.

»Ich habe mich natürlich gefragt, warum eine Amerikanerin gerade zu mir damit kommt. Aber ich wollte nicht indiskret sein, und die Dame hat kein Wort über ihre Beweggründe verloren. Sie hat mir nur erklärt, sie wolle unbedingt, dass ich die Dokumente, die von großer Bedeutung seien, verwahre. Natürlich weiß ich nicht, was in dem Kuvert steckt.«

»Könnten wir diese Dokumente sehen, Herr Dr. Lechner?« Ich weiß, meine Chancen sind gering, aber einen Versuch ist die Frage wert.

Er seufzt. »Tut mir leid, Herr Aigner, dafür bräucht ich schon einen richterlichen Beschluss oder ein Auskunftsersuchen vom Staatsanwalt.«

Und bis ich das bekomme, kann es dauern, denke ich mir enttäuscht. Also versuche ich es noch mal. »Meine Mutter wurde brutal und feige im Schlaf ermordet. Mit fünf Messerstichen. Hier in Koppelried. Auch wenn ich achtunddreißig Jahre nichts von ihr gehört habe und kein inniges Verhältnis zu ihr hatte, muss ich ihren Mörder finden. Ich hoffe, Sie verstehen das, Herr Dr. Lechner.« Ich schaue ihm direkt in die Augen.

Er antwortet nicht, aber ich kann deutlich sehen, wie er angestrengt überlegt.

»Oje, i glaub, i muss jetzt leider auf die Inspektion zurück. Der Herbert hat Dienstschluss und wir Schichtwechsel.« Der Heinz hat die Situation erfasst, packt den Notizblock weg, setzt sich seine Kappe auf den Kopf und steht auf. »Chef, den Wagen lass i dir unten stehen. Pfiat Eana, Herr Doktor, Frau Annette.«

»Ich bringe Sie raus, Herr Rohrmoser«, sagt die Annette und schenkt ihrem Chef dabei einen bedeutungsvollen Blick, bevor sie mit meinem Polizisten nach draußen verschwindet.

»Das, was jetzt kommt, hat nie stattgefunden, Herr Aigner. Keine Fotos mit dem Handy«, sagt er streng.

»Mein Wort drauf, Herr Dr. Lechner«, versichere ich ihm.

»So etwas habe ich noch nie gemacht, und jetzt tue ich es auch nur, weil ich Ihnen vertraue.«

»Ich weiß das sehr zu schätzen, Herr Dr. Lechner, haben Sie vielen Dank.«

Die Tür geht auf, Frau Annette kommt wieder rein, legt aber nur eine dunkle Aktenmappe auf den Tisch und zieht sich sofort wieder zurück. Der Notar holt ein braunes Kuvert heraus und schiebt es über den Tisch zu mir, dann verlässt auch er das Büro.

Ich ziehe fünf Seiten, jeweils in einer Aktenhülle, aus dem Umschlag. Es sind die Originale der mir bereits bekannten Geburtsurkunden von Elisabeth und Edeltraut Asanger, die beiden Dienstzeugnisse und ein vergilbtes Papier, auf dem die blauen Linien nur noch schwach zu erkennen sind. Oben rechts lese ich ein Datum, etwa drei Monate vor der Geburt meiner Mutter, darunter den Namen meiner Großmutter samt Geburtsdatum und Geburtsort. Alle Buchstaben und Ziffern sind gestochen scharf und leicht schräg geschrieben. Auf den blassblauen Linien darunter steht in einer sehr unsicher wirkenden Klein-Mädchen-Handschrift Folgendes:

> *Ich, Edeltraut Asanger, erkläre hiermit, dass es sich beim Vater meines noch ungeborenen Kindes um Herrn Alois Mistlinger, wohnhaft in Ebenau, handelt. Aus Ehrfurcht vor dem heiligen Sakrament der Ehe werde ich Alois Mistlinger nicht als Vater angeben, da dieser bereits vor Gott verehelicht ist und ich dessen Familie nicht ins Unglück stürzen will. Ich erkläre hiermit weiters, dass niemand anderes für die Vaterschaft in Frage kommt und ich keinerlei Ansprüche an andere Personen geltend machen werde. Gezeichnet: Edeltraut Asanger*

In der unteren rechten Ecke des Papiers lese ich wieder in der eleganten Schrift: *Zeugen: Pfarrer Gerhard Erdhartinger, Margarete Maarbach*

Es folgen die eigenhändigen Unterschriften der zuvor Genannten. Das stinkt ja gewaltig zum Himmel, denke ich mir. Meine Großmutter war damals kaum fünfzehn Jahre alt.

»Auf Wiedersehen, Herr Aigner. Und wie gesagt, sobald Ihre Kollegen ein Auskunftsersuchen des Staatsanwaltes übermitteln, erhalten Sie umgehend eine Kopie der Dokumente.« Der Notar steht in der Eingangstür seines schönen alten Bürgerhauses. Frau Annette dicht neben ihm, mit wegen der Kälte verschränkten Armen. Die beiden haben mich noch zum Ausgang begleitet.

Ich kann es kaum glauben, aber es schneit immer noch, und Straßen und Gebäude sind bereits dick mit Schnee bedeckt. Also schiebe ich meine Kappe etwas weiter nach vorne, damit mir die dicken Flocken nicht in die Augen fallen. »Herr Dr. Lechner, noch eine letzte kurze Frage. Ich hab gehört, dass Sie mit Rudolf Maarbach sehr gut befreundet waren, stimmt das?«

»Sehr gut befreundet wäre jetzt übertrieben. Er war wie ich ein leidenschaftlicher Schachspieler, und wir haben uns regelmäßig zu Partien getroffen. Wie kommen Sie jetzt darauf?«, fragt er mich erstaunt.

»Es könnte eventuell relevant für unsere Ermittlungen sein. Kannten Sie auch den alten Otto Maarbach?«

Er nickt. »Ich weiß, über Tote soll man nicht schlecht sprechen, und ich sage so etwas auch nicht gerne, aber Otto Maarbach war wahrlich kein netter Mensch, brutal und egozentrisch. Rudi war das ganze Gegenteil von seinem Vater. Freundlich, äußerst gutmütig und überaus sozial. Deswegen hat ihn sein Vater auch immer schlecht behandelt.«

Es ist genau so, wie ich es erwartet habe, denke ich mir und bin ziemlich betroffen. Ich stecke meine Hände in die Hosentaschen und betrachte kurz meine Schuhspitzen, die bereits Schneehäubchen tragen.

»Der Rudi hatte es nicht leicht im Leben, sogar seinen kleinen Sohn und seine Frau hat er verloren«, fährt der Notar traurig fort.

Frau Annette lächelt ihm tröstend zu. »Aber in seinen letzten Jahren ist es dem Rudi gut ergangen, Konrad. Ich hatte den Eindruck, dass er schlussendlich sehr zufrieden mit seinem Leben war. Daran hat wohl auch der nette junge Herr Aufwieser seinen Anteil gehabt, oder?«

»Stimmt.« Dr. Lechner lächelt nun auch melancholisch. »In dem jungen Mann hat Rudi ein bisschen den verlorenen Sohn wiederentdeckt. Er hat den Verwalter seines Gutes sehr gemocht und gefördert.«

Das Gesicht unseres Pfarrers Pepperl ist immer krebsrot, egal, ob er jammert oder predigt. Ich vermute ja, das liegt nicht an seelischen Regungen, sondern am übermäßigen Genuss von Messwein.

Im bequemen Pfarrer-Outfit, graue Jogginghose und schwarzes Priesterhemd, steht er unschlüssig vor seinem geöffneten Kühlschrank. Eine rote Kochschürze, die sich über seinen dicken Bauch spannt, und karierte Hauspatschen vollenden den Look.

Als ich ihn gestört habe, war er gerade dabei, sich Speck und Brot zum Abendessen zu richten. Jetzt hocke ich verkehrt herum auf einem Stuhl in seiner Küche, stütze meinen Kopf auf die Lehne und höre mir an, was der Pepperl in der Angelegenheit zu sagen hat.

»I schwör dir, beim Herrn im Himmel und allen Heiligen, i hab dem Herrn Maarbach gar nix abg'schwatzt«, regt sich der Pfarrer auf. »Wie kimmst du überhaupt auf so was? Das war ein armer Mensch mit vielen Schicksalsschlägen, schwer geprüft von unserem Herrn da oben. Weil der da oben«, er fuchtelt mit der Flasche Most herum, die er eben aus dem Kühlschrank geholt hat, »der übertreibt's oft a wengerl. Aber wem sag i das, du woaßt das eh sehr guat. I wollt ihm nur a bisserl beistehen, dem alten Mann, deshalb hab i ihn ab und an b'suacht.« Er stellt die Mostflasche neben das Brett mit dem großen Ranken Speck und einer Tube Senf auf den Küchentisch. Dann holt er zwei Gläser und schenkt uns großzügig ein.

»Und was hat er dir dabei so erzählt, Pepperl?«, hake ich nach, weil ich mehr über die Familie Maarbach erfahren will.

»Raphi, Beichtgeheimnis.« Er faltet samt Brotmesser in der Rechten kurz die Hände wie zum Gebet und schneidet dann ein paar dicke Scheiben vom Brot ab.

Ich ziehe meine Augenbrauen hoch und grinse ihn auffordernd an. »Geh bitte, mir kannst das doch sagen.«

»Also guat«, seufzt unser Pfarrer. »Aber nur so viel: Der hat einen brutalen Vater g'habt, der ihn als Bub oft g'schlagen hat. Trotzdem war der Rudi Maarbach a durch und durch braver Mensch. Der war so froh über den Trost vom lieben Gott, wegen seinem toten Buben und seiner Frau. Er hat lange mit alldem gehadert, Raphi, und i frag dich, wem wär's anders ergangen?«

»Hast recht«, sage ich bestimmt, weil ich an meine Frau denken muss.

»Magst auch was, Raphi? Der Speck ist vom Simmlinger Bauern, der hat Mangalitza-Schweine. Ein Genuss, sag i dir.« Ohne meine Antwort abzuwarten, holt er ein zweites Jausenbrett und ein scharfes Messer aus dem Küchenschrank und legt beides vor mich hin.

Rasch drehe ich meinen Stuhl wieder in die richtige Position und schneide mir eine dicke Scheibe von dem Riesenstück ab. Ich bin verdammt hungrig. »Dennoch hab ich läuten g'hört, du hättest dir das Maarbach-Gut unter den Nagel gerissen«, behaupte ich dann frech mit vollem Mund.

Der Pepperl nimmt wieder Platz. »So ein Schmarrn, Raphi«, empört er sich. »I bin doch koa Erbschleicher, net amoi für meine Kirch würd i so was machen. Also, so guat solltest mich schon kennen.« Er holt kurz Luft. »Vielmehr war es so, dass mich der Rudi gebeten hat, ihn zu beraten, welchen katholischen Stellen er sein Vermögen durch sein Testament am besten zukommen lassen könnt. Mehr net. Er habe sich das lange überlegt, hat er mir g'sagt. Wir, also die Kirch, sollten damit Guates tun. Außerdem ist die Sach schon fünf Jahr her, wenn net länger.« Mit verzagtem Blick schiebt er sich schnell zwei Speckstücke in den Mund. »Aber das bleibt alles unter uns, gell?« Der Pepperl beißt herzhaft in die dicke Brotscheibe und spricht mit vollem Mund weiter. »Unter unsch: I wollte gar nischt, dassch der Maarbasch dasch Gut unsch vermascht. I hab misch da rauschgehalten und allesch in die Händ von den Kollegen von der Diözesche g'legt. Mir war net wohl bei dem Gantschen. Mir ischt dasch immer unheimlisch, wenn d' Leut allesch der Kirsch vermaschen.« Er schluckt, spült ordentlich mit Most nach, rülpst laut, stochert kurz mit den Fingern im Mund herum und wischt sich schließlich mit dem Schürzenzipfel die Lippen ab. Dann geht er wieder zur alten weißen Küchenkredenz, kramt diesmal aber in einer Schublade. Ich nutze die Zeit, drücke mir noch etwas scharfen Senf aus der Tube und nehme eine weitere Scheibe Brot. Ich könnte jetzt ein halbes Schwein verdrücken, denke ich mir.

Ich bin noch am Kauen, als mir der Pepperl einen Partezettel so nah vor die Augen hält, dass ich überhaupt nichts erkennen kann. »Schau, das war er, der Herr Maarbach. So a gütiges Gesichterl, a braver alter Mann. Wie schad, dass er heuer von uns hat gehen müssen.«

Ich nehme ihm den Partezettel aus der Hand und suche auf dem Foto nach Ähnlichkeiten mit mir, der Gabi, dem Simon oder der Liesl. Aber Fehlanzeige. Ich sehe nur einen kleinen, schmalen Kopf mit schütterem grauen Haar und feinen Gesichtszügen, die beinahe schon feminin wirken. Der Maarbach war ein durchschnittlicher alter Mann. Trotzdem stecke ich den Partezettel unter leisem Protest vom Pepperl in meine Brieftasche. Vielleicht kann ich den noch gebrauchen.

»Raphi, dein Wort, das bleibt alles unter uns«, will sich der Pfarrer noch mal versichern. »Net dass die Gabi noch denkt, i würd einsame alte Leut ausnützen.« Plötzlich kriegt er ganz glasige Augen, und seine Stimme trieft vor Selbstmitleid, als er sagt: »Jetzt, wo die Gabi mit dem Baumgartner … also, du woaßt ja … wo sie nimmer alloane ist, deine Schwester, da hat s' kaum mehr Zeit für d' Kirch, für mich.« Der Pepperl schnäuzt sich geräuschvoll ins Taschentuch. Es ist offensichtlich, dass auch unser Pfarrer von den amourösen Veränderungen im Leben meiner Schwester wenig begeistert ist.

»Griaß di, Aigner!« Unser Fleischhauer Heininger ist grad dabei, die vom Tag übrig gebliebenen Rindsschnitzel, Lüngerl, Rostbraten und andere feine Stücke in den Kühlraum zu räumen. »Mir haben eigentlich schon zua.«

Da ich immer noch hungrig bin und noch Licht in der Metzgerei war, hab ich kurzerhand davor gehalten. Auf ein Abendessen bei meiner Schwester kann ich nicht zählen, in den letzten Tagen denkt die verständlicherweise wenig ans Kochen.

»Geh, pack mir bitte noch zwei Leberkässemmerl ein, Heininger.«

»Da muass i dich enttäuschen, ois verkauft. Aber zwoa Kümmelbratensemmerl könnt i dir noch richten.« Als ich dankbar nicke, schneidet er zwei Semmeln auf und fragt: »Sag, Aigner, stimmt das, dass die Tote vom Rieglerbräu, diese Amerikanerin, eigentlich die Asanger Liesl ist? Also deine Muatter?«

»Ja, leider, Heininger. Du hast sie in der letzten Woche nicht zufällig mal irgendwo gesehen, oder?«, will ich wissen, weil jede Information uns bei den Ermittlungen weiterhelfen könnte.

»I net, aber meine Oide«, sagt der Heininger, während er mit der Maschine großzügige Scheiben vom Kümmelbraten abschneidet. »Die Martha hat g'sehen, wia die am Parkplatz vom alten Lechner aus einem Auto g'stiegen ist. Die war net zum Übersehen, hat die Martha g'moant, so wia die anzogen war. Außerdem hat a dicke schwarze Limousine danebenparkt, und durch runterg'lassene verdunkelte Fensterscheiben hat ihr jemand a Kuvert in d' Hand drückt. Die Martha hat g'sagt, das woa wia in an ›James Bond‹-Film.«

»Interessant, Heininger.« Neugierig geworden nehm ich die zwei in Papier eingewickelten Semmeln entgegen. »Und ist der Martha sonst noch was aufgefallen?«

»Martha! Kimm gach vira!«, ruft der Fleischhauer nach hinten in den Kühlraum, und keine Sekunde später steht die dicke Fleischhauerin bei uns im Geschäft.

»Griaß di, Aigner. I hab euch da drinnen schon reden g'hört.« Sie sieht ganz aufgeregt aus. »Leider hab i net erkennen können, wer in dem Auto g'sessen ist, weil die Fensterscheiben sind gleich wieder aufigangen, und die Limousine ist abg'rauscht. Aber deine Muatter, die ist danach zum Lechner rein.«

Ich seufze, weil ich mir mehr erhofft hatte. »Und danach hast du sie wohl auch nicht mehr gesehen, oder?«

»Aber sicher doch, kurz drauf hat die Meierin ihre halberte Sau abg'holt, die wir schon zerlegt g'habt haben. Wir zwoa haben noch a bisserl g'ratscht, und dann hab i ihr g'holfen, die Kisten zum Auto zu tragen.« Ihre Stimme wird ein bisschen leiser: »Dabei haben wir die Liesl wieder g'sehen oder besser g'sagt: g'hört. Sie ist immer noch am Parkplatz vom Lechner g'standen, zusammen mit deinem Vater. Lautstark g'stritten haben die zwoa. Und wia i sie so gemeinsam g'sehen hab, hab i g'wusst, dass das die Liesl sein muass. Aber mein Oider, der wollt mir das jo net glauben.« Sie schüttelt den Kopf und schaut dabei vorwurfsvoll ihren Mann an.

Ausnahmsweise muss ich den Haustürschlüssel benutzen, da die Gabi offensichtlich nicht zu Hause und es abgeschlossen ist. Bei der Gelegenheit werfe ich einen Blick durchs Fenster der Garage, entdecke ihren alten Fiesta und stapfe erfreut in meine Wohnung. Offenbar hat sie mit dem Andi heute das Auto beim Abschleppdienst abgeholt.

Nach dem Besuch beim Metzger war ich noch auf der Inspektion und hab den Buchinger telefonisch über meine nachmittäglichen Erkenntnisse informiert. Es scheint, es wird ihm wirklich nicht erspart bleiben, auch meinen Vater zu befragen. Dem Schorsch hab ich noch aufgetragen, die Gerti morgen früh zu bitten, alle Altersheime im Raum Linz nach einer gebürtigen Asanger Edeltraut abzutelefonieren. Ich muss einfach hoffen, dass meine Großmutter nach ihrem Abgang bei uns nicht mehr geheiratet hat. Den Heimweg hab ich dazu genutzt, meinen Buben anzurufen, der völlig überdreht von seinem heutigen Skiausflug erzählt hat.

Nach einer ausgiebigen Dusche mache ich das Licht in meiner Küche an und will mir ein Bier aus dem Kühlschrank holen. Mein Plan sieht vor, damit gemütlich vor dem Fernseher zu warten, bis die Gabi nach Hause kommt. Hoffentlich mal ohne den Andi, damit wir in Ruhe über die Geschehnisse der letzten Tage reden können.

Aber an der Kühlschranktür klebt ein Post-it mit der krakeligen Kinderschrift meiner Schwester: »Sind mit Simon unterwegs. Brauchen Abwechslung. Wird spät. Bussi.«

Selbst schuld, Gabi, denke ich mir achselzuckend, obwohl mich die Nachricht etwas ärgert. Dann erfährst du eben erst morgen Näheres über deine Großmutter. Das Bier lasse ich, wo es ist. Irgendwie ist mir die Lust auf einen ruhigen Abend vor dem Fernseher vergangen.

Bestimmt wird auch mir etwas Abwechslung nicht schaden, beschließe ich nach zehn Minuten, die ich zum Fenster hinausgestarrt habe, ziehe mir rasch was über und fahre mit dem Fiesta nach Salzburg. Auch wenn ich der Gabi den Autoschlüssel zurückgeben hab müssen, weiß ich doch genau, wo sie ihn aufbewahrt. Ich stelle den Fiesta in der Nähe der Altstadt ab, achte diesmal darauf, ganz sicher nicht im Parkverbot zu stehen, und mache mich auf den Weg in die alte Herrengasse zur Jakobi Stubm, während es immer noch schneit.

An der schweren alten Holztür zum Eingang klebt ein Plakat in Neonpink: »Heute: 70s & 80s Night«. Ich bin kurz versucht, wieder umzudrehen, weil mir solche Partys eigentlich gestohlen bleiben können. Andererseits bin ich halt schon mal da.

Noch während ich die massive Tür öffne und dabei sofort einen Haufen Leute weiter ins Lokal reinschiebe, bereue ich meine Entscheidung. Die Jakobi Stubm ist zum Bersten voll, und aus den Lautsprechern dröhnt Boney M. Die Luft anhaltend zwänge ich mich an Möchtegern-ABBAs vorbei und nehme die Abkürzung über die schmale Treppe hoch ins Obergeschoss. Hoffentlich ist dort weniger los.

»Raphi, ja so was! Kimm her da!«

Das ist doch die Stimme der Moni, denke ich mir erstaunt. Als ich sie entdecke, trifft mich fast der Schlag. Sie sitzt mit einer Gruppe junger Leute zusammen, die trotz der Lautstärke im Lokal in ein Kartenspiel vertieft sind, und ihre streichholzkurzen Haare sind in einem grellen Orangerot gefärbt. Fröhlich reißt sie eine Hand in die Höhe und winkt mich zu sich.

Brav quetsche ich mich neben ihre kleine dicke Freundin, die ich schon mal getroffen, deren Namen ich mir aber nicht gemerkt habe, und schicke einen Gruß in die mir unbekannte Runde. Dann versuche ich, hinter der kleinen Dicken näher an die Moni heranzukommen. »Wie schaust denn du aus? Ist schon Fasching?« Ich kann mir einfach nicht das Lachen verbeißen. Sie ist kaum geschminkt, sodass das orangefarbene Haar ihren Teint noch blasser wirken lässt, als sie ohnehin schon ist.

Wie üblich ist sie nicht beleidigt, sondern lacht mit mir mit. »I wollt halt oafach mal was anderes! Die Mary hat mir's gefärbt, ist aber a bisserl in d' Hosen gangen, gell? Sei ehrlich.«

Höflicherweise sage ich lieber gar nichts und grinse nur breit.

»Magst mitspielen?«, schreit sie und spuckt mir dabei ins Gesicht, offensichtlich schon etwas angeheitert.

Ich schüttle den Kopf und bestell mir eine Halbe beim Kellner, der eben eine Runde Schnaps an den Tisch bringt. Unter lautem Gejohle schieben die jungen Leute alle Schnapsgläser in die Tischmitte und teilen die Karten sofort wieder neu aus.

Während ich auf mein Bier warte, betrachte ich die Moni eingehend von der Seite. Ihre Haare sehen aus wie mit dem Handtuch durchgerubbelt, ihr T-Shirt mit blauem Druck ist ihr mindestens zwei Größen zu weit. Als ich sie vor ein paar Monaten kennengelernt habe, war sie ein schmales, hübsches Mädel, das enge Hosen oder kurze Röcke trug, jetzt sieht sie eher aus wie Pumuckl. Erotisch ist bei mir der Ofen aus, das ist mir in dem Moment absolut klar.

Endlich bringt mir der Kellner mein Bier, und ich bedeute der Moni hinter dem Rücken ihrer dicken Freundin, dass ich nach unten gehe.

Sie rollt übertrieben mit den Augen und schreit ihren Freunden irgendetwas zu, was ich nicht verstehe. Ein junger Japaner, der ihr gegenübersitzt, himmelt sie dabei unübersehbar an. Kein Wunder, denke ich mir. Heißt es nicht, dass Japaner eine Vorliebe für bunte Comicfiguren haben?

Also schnappe ich mir meinen Bierkrug, gehe nach vorne zur Balkonbrüstung und lasse meinen Blick über die Tanzenden schweifen, die völlig entfesselt zu den Klängen von ABBA herumhüpfen. Die Jakobi Stubm ist generell schon ein Lokal, das von Leuten meiner Altersklasse gern frequentiert wird, aber heute tummelt sich hier auch ein Vielfaches an älteren Semestern. Die Mehrzahl dieser Tänzer legt ihre Sohle in unförmigen Schlaghosen und peinlich bunten Hemden aufs Parkett. Glücklicherweise ist die Mode der Siebziger spurlos an mir vorübergegangen, weil sich meine Jugend um einiges später abgespielt hat. Außerdem war ich immer schon der legere Jeans-und-T-Shirt-Typ, so wie heute. Hinter einer provisorischen Tanzfläche hat man Tische und Barhocker für das Publikum aufgestellt. Alle sind belegt, nix ist frei. Ich suche in dem Getümmel nach einem bekannten Gesicht und entdecke an der langen Bar den Michel. Treffer! Erfreut mache ich mich samt Bierkrug auf den Weg nach unten, wo ich mich dann am Rand der Tanzfläche durch die Menschenmenge schlängele.

»Servus, Michel!«, schreie ich und tippe ihm von hinten auf die Schulter.

»Ja, cool, der Chef«, freut sich der, obwohl ich längst nicht mehr sein Chef bin, und lässt sich bereitwillig von mir auf ein Bier einladen.

Der Michel war früher einer meiner Polizisten auf der Inspektion, bevor er die Ausbildung zum Kriminalbeamten gemacht hat und nach Salzburg ans LKA gewechselt ist. Als er mir begeistert von seinem neuen Job berichtet, packt mich ein ganz klein wenig die Wehmut.

Dann muss er mal kurz austreten, und ich drehe mich in Richtung Tanzfläche und beobachte belustigt vor allem die nicht mehr ganz taufrischen Tänzer, die mit hochrotem Kopf ihr Bestes geben. Dabei bemerke ich im Augenwinkel die lange Nase meines ehemals besten Freundes. Überrascht drehe ich mich um: Tatsächlich, die zerzauste silbergraue Mähne vom Baumgartner ist unverkennbar. Mit vollem Bierkrug in der Hand steht er an einem der Bartische neben der Tanzfläche und grinst dümmlich in das Gewusel. Ist der doch glatt ohne mich in unserem Stammlokal, denke ich ziemlich unfair und voller Eifersucht. Na warte, den Kerl knöpfe ich mir jetzt vor.

»Servus!«, schreiend boxe ich ihm gewollt unsanft in die Rippen.

Andis Bier schwappt über, während er mich verdutzt anschaut. »Raphi? Was machst du denn da?«, brüllt er aus Leibeskräften, obwohl ich nicht mal einen halben Meter von ihm entfernt stehe.

»Also, eigentlich bin ich hier des Öfteren anzutreffen! Hast du wohl in letzter Zeit vergessen, was?«, ziehe ich ihn zurückschreiend auf. Es ist aber auch wirklich verdammt laut hier drinnen.

Der Andi lacht. »Wurscht!«, ruft er und prostet mir zu. »Jedenfalls schön, dass du da bist! Ich hab eh schon ein schlechtes Gewissen g'habt, weil wir dir nicht Bescheid g'sagt haben, dass wir zum Jakobi gehen!«

Wer's glaubt, denke ich versöhnlich grinsend. »Weshalb die Heimlichtuerei?« Ich beuge mich noch näher an ihn heran, während die Bee Gees im Hintergrund in den allerhöchsten Tönen kreischen.

»Ja mei, der Simon wollt die Gabi unbedingt aufheitern. Und ich hab ja g'wusst, dass hier heute Party ist. Also haben wir beschlossen, diesen schrecklichen Tag fröhlich ausklingen zu lassen. Das wär ganz im Sinn eurer Mutter, hat der Simon g'sagt«, meint der Andi und zwinkert mir zu.

»Na, wenn der Simon das sagt«, erwidere ich und klinge beleidigter, als ich es wollte. Dennoch entgeht mir nicht, dass mein ehemals bester Freund meine Frage nicht beantwortet hat.

Der Andi zuckt unbeeindruckt mit den Schultern, während sich eine vollschlanke Brünette mit toupierter Turmfrisur an uns beiden vorbeidrängelt und mir der penetrante Geruch von Haarspray in die Nase steigt. Dann deutet er auf die Tanzfläche, und ich entdecke meine nur mehr pummelige Schwester mit dem Simon. Mein Halbbruder sieht mal wieder aus wie aus dem Ei gepellt, mit leuchtend orangefarbenem Hemd, das er lässig nicht in den Hosenbund gesteckt hat. Höchst ungern muss ich zugeben, dass er noch dazu ein ausnehmend guter Tänzer ist. Was kann der Kerl eigentlich nicht? Er hat eine Hand an die Taille der Gabi gelegt und bewegt gekonnt seine Hüften, ohne dabei auch nur ein bisschen lächerlich auszusehen.

Anscheinend bemerkt er, dass er angestarrt wird, denn auf einmal sieht er auf, entdeckt mich und winkt mir fröhlich zu. Ich nicke etwas reserviert zurück.

Der Andi beugt sich näher an mich heran und schreit mir ins Ohr: »Flipp jetzt net aus, Raphi! Aber du betonst doch eh immer, dass es deinerseits net das geringste Interesse gibt!«

Ich schau ihn an wie ein Autobus. Was meint der nur?

»Die Gabi bringt mich um, wenn ich dir das jetzt sag!« Der Andi kratzt sich am Kopf, so wie immer, wenn er nicht recht weiterweiß.

»Was ist los, Baumgartner?«

»Also, der Simon, der ist ein klasse Typ!« Der Andi prostet mir zu, weil er bestimmt die Hoffnung hegt, dass ich es dann dabei belassen werde.

»Und?«, krächze ich aber mit von dem ganzen Herumgeschreie schon ganz mitgenommener Stimme.

Mein Freund leert seinen Bierkrug in einem Zug und wischt sich den Mund mit dem Handrücken ab. »Eh wurscht! Ich sag dir das nur, weil ich so loyal bin! Wahrscheinlich hast selbst du schon g'merkt, dass der Simon voll auf die Marie abfährt! Zwischen den beiden knistert es gewaltig! Deswegen wollt dich die Gabi heut auf keinen Fall mitnehmen! Sie will halt, dass der Simon und die Marie – du weißt schon!«

»Nein, das weiß ich nicht!«, schreie ich ihn eingeschnappt an. »Aber es ist mir auch wurscht, verstehst? Soll die Marie doch tun, was sie will! Die ist mir keine Rechenschaft schuldig! Wie du schon gesagt hast: Die ist mir so was von egal!« Dabei suche ich die Tanzfläche ab, kann die Marie aber nirgends erkennen.

Der Michel kommt endlich vom Häusl zurück, begrüßt den Andi lautstark, und erst da entdecke ich sie. Mir fallen fast die Augen aus dem Kopf. Sie kommt die Stufen der Galerie in einem knappen dunkelblauen Kleid herunter. Ihre langen schlanken Beine stecken in schwarzen Strümpfen und hautengen schwarzen Stiefeln, und ihre unglaublichen Locken fallen ihr beinahe bis zur Hüfte. Mir wird ganz anders zumute, rundherum kann ich keine einzige Frau ausmachen, die der Marie auch nur annähernd das Wasser reichen könnte.

Auch sie entdeckt mich schon von Weitem, bleibt kurz wie angewurzelt auf der Treppe stehen, wird dann aber von den Gästen hinter ihr unsanft weiter nach unten geschoben.

»Hallo, Raphi«, grüßt sie mich, als sie endlich an unserem Tisch steht.

»Marie«, krächze ich mordsverlegen, weiß der Himmel, warum.

Ganz im Gegensatz zu mir schnalzt der Michel lautstark mit der Zunge und macht ihr ein Kompliment. Und während ich noch krampfhaft überlege, was ich denn zum Gespräch beitragen könnte, taucht plötzlich der Simon hinter der Marie auf und umfasst mit einer Hand ihre Hüfte, während er sie mit der anderen galant zurück auf die Tanzfläche dreht. Dann wirbelt er sie zu den Klängen von Earth, Wind & Fire über das Parkett.

Mit offenem Mund starre ich zu den beiden hinüber. Ich kann auch ganz leidlich tanzen, wenn es sein muss, aber das, was der dort gerade veranstaltet, liegt definitiv außerhalb meines Könnens. Die Leute machen rechts und links immer wieder für die beiden Platz, und mein Halbbruder ist offensichtlich ganz in seinem Element. Er genießt es in vollen Zügen, mit der Marie im Rampenlicht zu stehen. Und sie? Sie strahlt über das ganze Gesicht.

Meine Kehle ist mit einem Mal ganz trocken, ich genehmige mir den dringend benötigten kräftigen Schluck Bier.

Meine Schwester, die neben mir auf den Barhocker geklettert ist, sieht mich an und schüttelt mitleidig den Kopf. »Warum musstest du auch hier auftauchen?«

Auf einmal steht die Moni samt ihrem Japaner neben mir und schreit mir aus Leibeskräften ins Ohr: »Sog, Raphi, wer taunzt denn do wiara Profi mit deiner Wirtin?« Mit dem Finger deutet sie auf meinen Halbbruder, der sich gebärdet, als wäre er John Travolta höchstpersönlich.

Mir bleibt heute aber auch wirklich gar nichts erspart, bemitleide ich mich selbst.

Der Andi reibt sich ausgiebig die Augen, bevor er zu lachen beginnt und sich gar nicht mehr einkriegt. »Moni, um Himmels willen, wie schaust denn du aus? Machst du jetzt auf Pumuckl?«

Die Gabi stimmt fröhlich in sein Lachen ein, und selbst der sonst eher schüchterne Michel grinst schief. Und wieder lacht die Moni einfach mit. Wie gesagt, sie nimmt kaum etwas persönlich.

Mir seid ihr alle so was von wurscht, denke ich mir und kann nichts mehr dagegen tun, dass mein Blick förmlich an der Marie klebt, die sich vom Simon auf der Tanzfläche hin und her wirbeln lässt. Ihre Wangen sind mittlerweile vor Hitze gerötet, ihr Blick fest auf meinen Halbbruder geheftet.

»Wer taunzt denn do so irr guat mit deiner Wirtin?«, wiederholt die Moni brüllend und legt ihren Arm dabei burschikos um die schmalen Schultern des Japaners.

»Das ist unser Bruder, der Simon!«, springt die Gabi mit stolzgeschwellter Brust für mich ein. Sie hat so ein lautes

Organ, dass es sogar die Musik übertönt und sich die Leute von den Nebentischen neugierig zu uns herdrehen.

»Naa! I hab gor net g'wusst, dass der Raphi an Bruader hat!«, schreit die Moni, und dann bleibt ihr kurz der Mund offen stehen. »Jo eh, der schaut eam a saumäßig ähnlich!«

Gott sei Dank ist dieses verflixt lange Lied in dem Moment zu Ende, und der DJ macht endlich eine Pause. Die Marie lässt sich atemlos an der Hand vom Simon zurück zu uns an den Bartisch ziehen. Als er neben mir steht, hält er immer noch ihre Hand.

»Raphael, schön, dass du dich auch zu uns gesellt hast«, sagt er zu mir. »Wir wollten die Gabi ein bisschen aufmuntern.«

Bevor ich noch irgendetwas antworten kann, lässt die Moni ihren Japaner los und schiebt sich vor mich hin. »Griaß di, Simon! I bin die Moni, a Freundin vom Raphi, gell!«, schreit sie ihn an, obwohl immer noch keine Musik läuft. »Ihr zwoa, ihr schauts ja aus wia Zwillinge. Wenn du net blond warast, kannt ma euch agrat verwechseln.«

Mein Halbbruder lächelt, zeigt dabei seine perfekten Zähne und gibt der Moni die Hand. »Dann kann ich ja froh sein, wenigstens eine andere Haarfarbe als mein Bruder zu haben. Sonst wäre der Raphael jetzt bestimmt eifersüchtig.«

Die Moni schüttelt ihren orangeroten Streichholzkopf, der exakt die gleiche Farbe hat wie Simons Hemd. »So a Schmarrn, der Raphi ist nia eifersüchtig, und schon gar net wega mia. Mir san bloß *friends with benefits*, wennst verstehst, was i moan.« Dabei zwinkert sie nicht nur dem Simon, sondern auch dem Michel zu, der sofort rot anläuft. Der junge Japaner neben der Moni lächelt derweil ununterbrochen weiter und versteht kein Wort; hoffe ich zumindest für ihn.

Wie sollte es auch anders sein, mein Halbbruder lacht schallend und dreht sich dann zur Marie, die immer noch atemlos halb hinter ihm steht. Ganz ohne Vorwarnung fasst er sie um die Hüfte und hebt sie auf den freien Barhocker neben die Gabi, als wär sie eine Feder.

Bin ich denn hier im komplett falschen Film? Auch die Marie schaut verblüfft vom Simon zu mir. Was geht hier eigentlich ab?

Mein Halbbruder zeigt keinerlei Anzeichen, sie wieder loszulassen. Im Gegenteil – mit den Händen an ihrer Hüfte bewegt er sich gekonnt im Takt der Musik, die der DJ jetzt wieder leise im Hintergrund laufen lässt, und schaut ihr verliebt in die Augen.

Als die Marie endlich bestimmt seine Hände wegschiebt, lacht er nur. »Was darf ich dir zu trinken bringen, schöne Frau?« Er neigt den Kopf kurz zu meiner Schwester und zur Moni. »Und euch zwei Hübschen?«

»Gin Fizz, logisch!«, ruft die Moni unbescheiden.

Bevor er sich auf den Weg an die Bar macht, flüstert der Simon mir noch vertraulich ins Ohr: »Ein lustiges Exemplar hast du dir da angelacht. Aber bei so jungen Mädels muss man aufpassen, dass da nicht mal was anbrennt. Gib bloß acht, Bruder.« Mit einem kameradschaftlichen Schulterklopfer lässt er mich mit offenem Mund stehen.

Schön langsam bin ich selbst davon überzeugt, der allerletzte Idiot zu sein, für den mich die anderen bestimmt schon halten. Völlig entnervt fahre ich mir durchs Haar und bedeute einer Kellnerin, dass sie mir noch ein Bier bringen soll. Dann atme ich tief durch und baue mich in voller Größe vor der Marie auf. »Da wird der gut aussehende junge Simon den alten Deinhard wohl bald ausstechen, was?«

Aber sie antwortet nicht, sondern dreht sich mit angewidertem Blick einfach von mir weg.

»Reiß dich zusammen, Raphael Aigner, sonst haben wir zwei gleich ein großes Problem«, zischt mir meine Schwester mit ihrem Wehe-du-tust-nicht-was-ich-dir-sage-Blick von links zu, dann bringt mir die Kellnerin mein Bier, und ich bezahle meine Zeche. Hier werde ich heute garantiert nicht alt, das ist mal klar.

Da schlängelt sich zu meinem Leidwesen auch schon wieder der Simon gekonnt mit vier aneinandergepressten Gläsern Gin Fizz in seinen Händen in unsere Richtung. Ihm dackelt eine junge Kellnerin mit vier Bierkrügen in der Hand hinterher. Auch an den Andi und den stummen Japaner hat er gedacht, eh klar. Genauso wie an mich. Die Kellnerin stellt die Krüge vor uns am Bartisch ab, aber sein Bier kann sich der gute Simon sonst wohin stecken, das werde ich garantiert nicht anrühren.

Nachdem mein Halbbruder die vier Drinks auf den Bartisch bugsiert hat, überreicht er sie nacheinander galant den Frauen, schiebt mich zur Seite und legt ein weiteres Mal seinen linken Arm um die Hüfte von der Marie, die ihn lächelnd wieder wegnimmt. Während er ihr zuprostet, blickt er ihr unverschämt tief in die Augen. Seine Nase berührt dabei schon fast ihre Stirn.

Jetzt reicht es mir endgültig. Das lass ich dem nicht durchgehen. Mit einem Ruck ziehe ich die Marie an der Hand vom Barhocker. »Wir gehen jetzt tanzen«, bestimme ich grantig.

Sie ist so überrumpelt, dass sie tatsächlich hinter mir herstolpert. Das Glück ist mir zumindest einmal hold, denn der DJ beendet im selben Moment seine Pause und leitet ausgerechnet mit einem alten Lamourhatscher zum langsamen Teil des Tanzabends über. Gut so, denke ich mir. Dann kann ich sie wenigstens nahe genug an mich heranziehen, damit sie gut verstehen kann, was ich ihr zu sagen habe. Und das tue ich dann auch.

»Was soll das, Marie?«, zische ich sie mit zusammengezogenen Augenbrauen verärgert an.

»Was soll was?« Ihr Ton klingt alles andere als freundlich, und sie heftet einen bitterbösen Blick auf mich.

Völlig unbeeindruckt ziehe ich sie noch näher an mich heran. »Was machst du mit dem Simon, verdammt? Der Kerl ist mein Halbbruder.«

»Wie bitte?« Die Marie stößt mich von sich weg und bleibt einfach mitten in dem Getümmel auf der Tanzfläche stehen. »Was ich mit dem Simon mache?« Vor Wut stampft sie wie ein kleines Kind mit dem Fuß auf. »Ich mache gar nichts, Raphi! Der Simon macht was mit mir! Hast du denn keine Augen im Kopf?«

Ich ziehe sie unsanft am Arm auf die andere Seite der Tanzfläche, aus dem Sichtfeld unserer neugierigen Begleiter.

Die Marie reißt sich nochmals von mir los und reibt sich ihren Unterarm. »Du tust mir weh, Raphi! Lass mich doch endlich einmal in Ruhe! Was willst du überhaupt von mir?«, faucht sie mich an. »Außerdem mag ich den Simon, er ist galant, fröhlich, positiv, und er bringt mich zum Lachen!«

»Attraktiv hast du noch vergessen«, gifte ich sie an.

»Ja, stimmt, allerdings ist er sogar richtig schön!«, schreit sie mich so laut an, dass sich die anderen Leute auf der Tanzfläche nach uns umdrehen. »Und er mag mich ganz offensichtlich!«

»Und du? Machst du ihm jetzt schöne Augen, nur um mich eifersüchtig zu machen, oder was?«, schreie ich zurück. Die Zuschauer um uns herum sind mir völlig egal.

Sie lacht hysterisch. »Ich dich eifersüchtig machen? Dich kann man doch gar nicht eifersüchtig machen, Aigner. Das hast du mir erst neulich auf unserem Wirtshausparkplatz überaus eindrucksvoll demonstriert. Mit deiner – deiner – diesem Mädel! Du benutzt eine Frau doch nur zum hormonellen Ausgleich! Die Kleine kann einem echt leidtun!« Sie zittert am ganzen Körper, hört aber nicht auf, mich anzubrüllen. »Also, damit auch du es weißt: Ich mache dem Simon schöne Augen, weil er mir gefällt und es ehrlich mit mir meint! Weil ER der Gute von euch beiden ist und nicht du! Hast du das kapiert? Nicht DU!« Sie dreht sich mit Schwung auf dem Absatz um und lässt mich wie einen begossenen Pudel alleine stehen.

Jetzt habe ich endgültig genug. Was bildet die sich eigentlich ein? Wütend ziehe ich meinen Mantel aus dem Klamottenberg vor der Garderobe und verlasse die Jakobi Stubm.

Es muss schon bald drei Uhr früh sein. Völlig teilnahmslos starre ich auf den Fernseher; keine Ahnung, was da gerade läuft, aber ich darf nicht einschlafen. Ich hole mir noch eine Flasche Cola aus dem Kühlschrank, damit ich wach bleibe.

Endlich höre ich, wie unsere Haustüre geöffnet wird. Die

Gabi und der Andi sind unüberhörbar wieder da. Meine Schwester kichert ohne Unterlass, offensichtlich hat sie ordentlich getankt. Dabei verträgt sie normalerweise so viel wie ein gestandener Mann.

Ich springe von der Couch auf, damit mir die zwei nicht nach oben in Gabis Wohnung entwischen können. Böse die Stirn runzelnd lehne ich mich an den Rahmen meiner Wohnungstür, die zum Flur rausgeht.

»Na, hattet ihr einen lustigen Abend?« Meine Kiefermuskeln hören nicht auf zu zucken, ich bin mächtig sauer.

»Ja, Raphi, es war suuuuubbber«, sagt die Gabi und stützt sich an der Wand ab. »Wir haben uns aufs Präääächdddigsddde amüsiert. Es war ja Gott sei Dank niemand mehr da, der uns die Schdddimmung verderben hat können. Der Simon und die Marie waren sooo ausgelassen. Die beiden sind sooo lieb miteinander, das perfekte Paar. Du Idiot bist endgüldddiggg abgemeldet, jawohl, higggs.« Die Gabi hat Schluckauf und schafft es trotzdem gleichzeitig, mich auszulachen. Dann stützt sie sich von der Wand ab und poltert demonstrativ laut die Treppe in ihre Wohnung hoch.

Der Andi zuckt bedauernd mit den Schultern. »Sie hat halt einen Schwips. Wart kurz, ich komm gleich wieder runter.« Dann dackelt er meiner Schwester hinterher.

Gezwungenermaßen setze ich mich wieder auf meine Wohnzimmercouch und warte. Eine unendlich lange Viertelstunde später kommt der Andi durch die offene Tür herein und nimmt sich ungefragt ein Bier aus meinem Kühlschrank.

»Die Gabi ist sofort eingeschlafen, die war total k.o. Die Weiber haben sich auf der Tanzfläche völlig ausgepowert.« Grinsend stößt er mit seinem Bier gegen meine Cola. »Freundschaft.« Dann kraust er kritisch seine lange Nase und schüttelt den Kopf. »Du hast heute keinen besonders guten Auftritt hingelegt. Und ich red jetzt nicht von dir und deinem kleinen Pumuckl. Apropos, die Moni hab ich übrigens irgendwann mit dem Michel an der Bar rumschmusen g'sehen, ganz ohne Japaner.« Er mustert mich ein wenig neugierig.

Aber mir ist das wurscht, nein, es ist mir sogar sehr recht – der Michel passt perfekt zur Moni.

»Und die Marie?«, frage ich mit belegter Stimme, nachdem er nichts weiter sagt. Es ist mir so was von egal, was der Andi jetzt von mir denkt, ich habe mich heute sowieso schon mehrfach zum Deppen gemacht. Ich stelle mich auf das Schlimmste ein.

»Keine Angst«, zwinkert mir der Andi verschwörerisch zu, »der Simon ist zwar ein cooler Typ, aber vertragen tut der gar nix, der Piefke. Nachdem unser Taxi im Rieglerbräu kurz einen Zwischenstopp eingelegt hat, musste ich ihn wie einen Zementsack in sein Bett verfrachten. Der Kerl war total hinüber, zu mehr als schnarchen ist der nicht mehr in der Lage. Aber das ist kein Wunder, die drei haben eine regelrechte Gin-Orgie beim Jakobi veranstaltet, die Rechnung vom Simon hätte ich nicht bezahlen wollen. Du kennst mich, ich bleib meinem Bier treu, jeglicher Fusel kann mir gestohlen bleiben.« Er prostet mir noch mal zu und lacht.

»Andi, bitte, was war denn jetzt mit der Marie?«, quetsche ich gequält hervor.

Mein ehemals bester Freund lächelt mir beruhigend zu. »Also, nur weil du es bist: Die Marie ist ins Bett, bevor ich den Simon in sein Zimmer gebracht hab. Ganz brav, sehr beschwipst und mutterseelenallein. Also, da war nix. Weder in der Jakobi Stubm noch danach.«

Donnerstag

Schlecht gelaunt und total unausgeschlafen stelle ich den Polizeiwagen mangels Parkplatz direkt vor dem braunen doppelflügeligen Eingangstor des Erzbischöflichen Palais am Salzburger Kapitelplatz ab und lege das Einsatzschild in die Windschutzscheibe. Die ganze Sache mit meiner so plötzlich aufgetauchten Mischpoche liegt mir schwer im Magen. Vor allem mein um die Marie herumscharwenzelnder Halbbruder passt mir auch überhaupt nicht. Milde ausgedrückt.

»Aigner, da kannst du net parken!« Der Buchinger reißt die Fahrertür von außen auf, bevor ich noch den Motor abgestellt habe. »Fahr links rein in die Kapitelgasse und dann gleich rechts durch das erste Tor, das offen sein sollte. Dort gibt es einen Parkplatz für die Angestellten, und das Gebäude der Finanzkammer ist gleich daneben.«

Genervt ziehe ich die Fahrertür wieder zu und tue wie mir vom Buchinger geheißen. Ich biege mit dem Wagen in die Kapitelgasse und lenke ihn vorsichtig durch die enge offen stehende Einfahrt. Weil am ersten Parkplatz direkt beim Gebäude nichts frei ist, fahre ich die paar Meter weiter in den Innenhof hinein und stelle mein Gefährt – auch hier mangels Parkplatz – direkt hinter dem Audi meines Exkollegen ab. Als ich aussteige, winkt der mir auch schon kurzatmig vom ersten Parkplatz entgegen und deutet auf das kleinere Gebäude direkt gegenüber vom Erzbischöflichen Palais.

»Tut mir leid, ich habe diese Frau noch niemals gesehen. Außerdem kann ich Ihnen keinerlei Auskunft über das Maarbach-Gut betreffend eine Erbschaftsstreitigkeit oder Ähnliches geben. Damit haben wir nichts zu tun. Wir kümmern uns nur um die Verträge und die Nutzung der Liegenschaft.« Die Leiterin der Abteilung für Liegenschaften, Frau Dr. Grabelschweiger, schüttelt bestimmt den Kopf.

»Aber wir haben dringenden Grund zu der Annahme, dass es zu einer Klagsdrohung wegen Erbanspruchs auf das Maarbach-Gut gekommen ist. Irgendjemand muss uns doch darüber Auskunft geben können.« Ungeduldig und immer noch grantig fahre ich die junge Frau viel zu scharf an. »Es kann einfach nicht sein, dass bei einer der bestinformierten Organisationen der Welt niemand Bescheid weiß. Es geht hier schließlich um Mord, so was wird in Ihrem Verein doch auch nicht gern gesehen, oder?«

Als Antwort bedenkt mich die Abteilungsleiterin mit einem mehr als abweisenden Blick.

Der Buchinger lässt Liesls Bild, ein von der Kriminaltechnischen Abteilung vergrößertes Passfoto, wieder in der Brusttasche seines Hemdes verschwinden, räuspert sich und versucht, die Wogen zu glätten. Mit Dackelblick und sanfter Stimme wendet er sich an die Frau: »Liebe Frau Doktor, was mein Kollege sehr ungeschickt sagen wollte, ist, dass wir jeder Spur nachgehen müssen. Auch der klitzekleinsten. Ich drücke es mal so aus: Dem Leben des weiblichen Opfers ist auf wirklich grausige Art und Weise ein Ende gesetzt worden. Sagen Sie, würde Ihnen jemand einfallen, den man in der Erzdiözese mit der Bearbeitung eines drohenden Erbanspruchs betrauen könnte, auch wenn dafür noch keine offizielle Klage bei Gericht eingereicht wurde? Das Maarbach-Gut ist mit Sicherheit ein wichtiger Vermögenswert der hiesigen Kirche. Bitte denken Sie doch noch mal darüber nach, Sie würden uns mit jeder noch so kleinen Information wirklich sehr behilflich sein.«

Die Frau seufzt tief und greift schon zum Telefonhörer, bevor sie dem Buchinger antwortet. »Also gut, ich werde Herrn DDr. Windischmann bitten, sich kurz für Sie Zeit zu nehmen. Er ist der Direktor unserer Finanzkammer, Priester und ein überaus kluger Kopf. Hat einen Doktor in Theologie und Wirtschaftswissenschaften.«

»Meine Herren, natürlich ist uns diese – sagen wir – Angelegenheit schon zu Ohren gekommen. Aber seien Sie versichert, wir sehen dem Ganzen vollkommen gelassen entgegen.« Direktor Windischmann sitzt schlank und lässig im schwarzen Maßanzug und dazu passenden Hemd mit Priesterkragen in einem der modernen niedrigen Ledersessel in seinem riesigen Büro. Die langen Beine hat er entspannt übereinandergeschlagen.

Der Buchinger und ich durften gnädigerweise ihm gegenüber Platz nehmen; ein großer Tisch, komplett aus Glas, trennt uns voneinander. Wenn ein Priester hier breitbeinig Platz nimmt, könnte man ihm gut unter die Soutane sehen, denke ich mir.

Der Priester und Doktor der Wirtschaftswissenschaften und der Theologie in einem lächelt uns herablassend an. »Hätte sich der Anspruch der Dame als gerechtfertigt herausgestellt, wäre die Kirche nach einer ordentlichen Entscheidung eines Gerichts ihrer Verpflichtung natürlich ohne Weiteres nachgekommen. Mit Pflichtteilsklagen haben unsere Juristen des Öfteren zu tun, das ist ganz und gar nichts Außergewöhnliches.«

Ein junger Priester in Soutane betritt mit einem Tablett voller Kaffeetassen das großräumige Büro und setzt es vorsichtig vor uns am Tisch ab.

»Mein Assistent«, erklärt Direktor Windischmann knapp, und der junge Mann stellt eine Tasse ungeschickt vor seinen Chef.

Mein Exkollege schaut mich kurz aus listigen Augen an und wendet sich dann noch mal an den Leiter der Finanzkammer. »Sagen Sie, sind Sie eigentlich verwandt mit Herrn Ewald Windischmann, dem Geschäftsführer vom Maarbach-Gut?«

Der Mann, gerade damit beschäftigt, sich löffelweise Zucker in den Kaffee zu schaufeln, hält erstaunt inne. Auch ich bin überrascht. Gute Arbeit, Buchinger, denke ich mir und werfe ihm einen anerkennenden Blick zu.

Allerdings ist der überhebliche Kerl nur wenige Sekunden aus dem Konzept gebracht, schnippisch antwortet er meinem Exkollegen: »Er ist mein Bruder, aber was hat das mit dieser Angelegenheit zu tun?«

»Hoffentlich nichts«, springe ich gleich auf Buchingers Zug

auf, »aber wir müssen uns leider auch mit der Leitung vom Maarbach-Gut unterhalten. Das Mordopfer war in den letzten Tagen nachweislich zweimal dort. Können wir Ihren Bruder dort antreffen?«

»Keine Ahnung, da müssen Sie ihn schon selbst kontaktieren. Haben Sie dann noch Fragen an mich? Meine Zeit ist ziemlich knapp.« Direktor Windischmann scheint kein Interesse mehr an unserer Unterhaltung zu haben.

»So ein Zufall! Der Herr Magister wär grad draußen bei mir im Vorzimmer.« Der junge Priester-Assistent, der eben langsam eine Tasse Kaffee vor mir abgestellt hat, lächelt mich freundlich an. »Er wollte den Herrn Doktor besuchen.«

»Na, dann holen Sie den Mann doch gleich herein«, freut sich der Buchinger.

Was der Assistent, verfolgt vom vernichtenden Blick seines Chefs, auch tut.

Ein dicklicher Mann mit Glatze, in einem viel schlechter sitzenden Anzug als der von Direktor Windischmann und ohne Priesterkragen, reicht meinem Exkollegen und mir kurz darauf lasch die Hand und nimmt verwirrt neben seinem Bruder Platz.

»Sie haben sich verletzt?« Der Verband an seiner rechten Hand ist mir sofort aufgefallen.

»Ich hab mich nur am Gatterzaun unserer Pferdekoppel geschnitten, nichts Schlimmes«, antwortet der Mann rasch, der schon rein äußerlich gar nichts mit seinem eloquenten Bruder gemein zu haben scheint. Noch dazu hat er eine auffällig hohe Stimme, fast weiblich.

Nachdem der Buchinger ihm in knappen Worten erläutert hat, warum wir hier sind, erklärt sich der Mann bereit, unsere Fragen zu beantworten.

»War Ihnen bekannt, dass Frau Bishop davon ausging, rechtmäßige Erbin des Maarbach-Guts zu sein?« Neugierig mustert mein Exkollege den dicklichen Magister.

Dessen unsicherer Blick wandert vom Buchinger zu seinem Bruder, der ihm sofort zur Seite springt. »Ich hab dir doch davon erzählt, Ewald.«

Sofort nickt der dickere Windischmann mehrmals, sagt aber noch immer kein Wort.

Der Buchinger räuspert sich, zieht mal wieder Liesls Foto aus der Brusttasche und schiebt es über den Tisch vor die beiden Windischmänner. »Frau Bishop war nachweislich auf dem von Ihnen geleiteten Maarbach-Gut. Haben Sie sie dort getroffen? Haben Sie mit ihr gesprochen oder sie zumindest gesehen?«

Ewald Windischmann schaut wieder unsicher zu seinem Bruder, der aber diesmal mit saurer Miene demonstrativ den Kopf in Richtung Fenster wegdreht.

Kein Wunder bei dem Bruder, denke ich mir. Der Doppeldoktor-Priester musste bestimmt ordentlich nachhelfen, damit diese Witzfigur einen einflussreichen Job in seinem Verein kriegt. Eine Intelligenzbestie scheint mir der nicht gerade zu sein.

»Wie groß sind Sie eigentlich, Herr Magister? Und bitte, verraten Sie uns bei der Gelegenheit doch auch Ihre Schuhgröße«, fordere ich den Mann freundlich auf.

Sein Blick zuckt wieder kurz zu seinem Bruder, der nicht reagiert. Dann wischt er sich die offenbar schwitzenden Handflächen an der Hose ab, bevor er uns antwortet. »Ich bin einen Meter neunundsiebzig groß und trage Schuhe der Größe dreiundvierzig. Warum wollen Sie das wissen?«

»Das sind nur Routinefragen. Sagen Sie, kennen Sie diese Dame?«, hakt mein Exkollege nach und hält dem Kerl das Foto von der Liesl vor die Nase.

»Nein. Ganz bestimmt nicht.« Ewald Windischmann schüttelt ununterbrochen den Kopf, während er unsicher von uns zu seinem Priester-Bruder schielt. »Wirklich, die hab ich noch nie zuvor gesehen.«

Als ich etwas später auf die Fernbedienung für meinen Streifenwagen drücke, um ihn ordnungsgemäß zu verriegeln, wartet der Buchinger schon ungeduldig vor seinem Audi auf mich. Der Kerl fährt auf der Bundesstraße immer wie ein Irrer, ich bin da vorsichtiger. Vor allem seit dem Unfalltod meiner Frau.

»Ich bin schon gespannt, was die uns hier erzählen werden. Dieser Ewald Windischmann ist so ein Trottel, der hat seinen Magister wahrscheinlich in der Lotterie gewonnen.« Der Buchinger rollt mit den Augen. »Die Handverletzung macht ihn auch nicht grad weniger verdächtig. Wenn die Leute vom Fritz mit der DNA-Analyse fertig sind, holen wir uns mit Hilfe unseres Staatsanwalts eine Speichelprobe von dem.«

Ich kann nur zustimmend nicken, dann betreten wir gemeinsam durch eine Glastür das modernisierte Verwaltungsgebäude, das erst letztes Jahr vom Pepperl gesegnet worden ist.

Mitten in der geräumigen Empfangshalle befindet sich ein riesiger L-förmiger Schreibtisch, hinter dem eine schon etwas ältere, aber äußerst attraktive Frau sitzt und telefoniert. Sie bedeutet uns, kurz zu warten.

Als sie schließlich auflegt, hält ihr der Buchinger schon seine Dienstmarke vor die Nase. »Chefinspektor Buchinger, das ist Chefinspektor Aigner, grüß Gott«, säuselt er. »Wir sind wegen einer laufenden Ermittlung hier und würden Ihnen gerne ein paar Fragen stellen.«

Die Sekretärin nickt geschmeichelt. »Nur zu, worum geht's denn?«

Ich ziehe Liesls Foto aus der Brusttasche meines Exkollegen und lege es vor sie hin. »Können Sie bestätigen, dass diese Frau letzten Donnerstag und diesen Montag bei Ihnen war?«

Sie greift nach der roten Brille neben sich und setzt sie sich auf die Nase. »Lassen Sie mich mal sehen.« Kurz darauf nickt sie. »Diese Frau war tatsächlich zweimal bei uns beziehungsweise beim Aufwieser, unserem Verwalter. Zuletzt vor drei Tagen. So jemanden wie sie vergisst man nicht so einfach. Erstens wegen dieser peinlich engen Hose in grellem Pink, sehr mutig bei den Oberschenkeln, und zweitens wegen ihres Geschreis und Gezeters, das nicht zu überhören war. Das hab selbst ich hier unten gehört, obwohl das Büro vom Chef im ersten Stock liegt.« Sie deutet mit dem Zeigefinger Richtung Decke über sich.

»Interessant.« Der Buchinger beugt sich so weit nach vorn,

dass er seinen gewaltigen Bauch fast am Schreibtisch der Frau ablegt. »Und warum hat sich die Dame so aufgeregt?«

Die Sekretärin weicht etwas zurück, nimmt die Brille wieder ab und schenkt ihm ein charmantes Lächeln. »Sie hat sich nicht nur aufgeregt, sie war völlig hysterisch. Erst wollte sie der Aufwieser gar nicht empfangen, weil sie nicht angemeldet war. Aber dann hat sie behauptet, sie wäre eine Verwandte vom gerade gestorbenen Maarbach, deshalb hab ich sie doch zu ihm raufschicken dürfen. Anfangs war es noch leise, aber nach etwa einer halben Stunde hab ich die Frau bis hierher schreien hören, dass sie den Aufwieser rausschmeißen lassen wird.« Sie schüttelt den Kopf, als könnte sie das immer noch nicht glauben. »Eine Verrückte, das sag ich Ihnen.«

»Wissen Sie, ob die Frau auch mit Ihrem Geschäftsführer, dem Magister Windischmann, gesprochen hat?«, frage ich neugierig.

»Lassen Sie mich kurz nachdenken. Stimmt, sie war nach den Feiertagen noch mal da und wollte zum Windschiefmann.« Sie grinst. »Entschuldigung, natürlich zum Windischmann. Sie habe einen Termin mit ihm, hat sie behauptet. Überhaupt hatte die Glück, dass der Empfang besetzt war, weil ich mir nicht wie ursprünglich geplant Urlaub genommen hab. Aber der Windischmann war natürlich nicht da, deshalb ist sie einfach rauf zum Aufwieser gestapft, ich konnte die nicht aufhalten. Der Aufwieser ist sowieso jeden Tag am Gut, Feiertage hin oder her. Beim Windischmann schaut es hingegen komplett anders aus. Seit der Aufwieser wieder erster Geschäftsführer ist, lässt sich der kaum mehr hier blicken. Diese Woche habe ich ihn zum Beispiel noch nicht ein einziges Mal im Büro gesehen. Der kommt und geht, wann er will, und hat auch kaum mehr was zu tun, seit der Aufwieser wieder das Zepter bei uns schwingt. Bezahlt wird er natürlich trotzdem – fürs Nichtstun.«

»Der Aufwieser hat also quasi den Job vom Windischmann übernommen?«, versichere ich mich. Befragungen mit so auskunftswilligen Personen mag ich, denke ich mir grinsend.

Die Sekretärin lacht ein sympathisches Lachen. »Was heißt

hier übernommen? Die Priester mussten den Aufwieser reumütig bitten, wieder zurückzukommen, nachdem mit dem Windischmann bei uns gleich in dessen ersten paar Arbeitswochen das Chaos ausgebrochen war. Im Vertrauen, der Windischmann ist ein Dilettant. Der Aufwieser ist zwar auch nicht mein Traum-Vorgesetzter, aber seinen Job beherrscht er aus dem Effeff. Ohne den würde das Gut heut nicht so dastehen, schon der alte Maarbach hat ihn und seine Fähigkeiten zu schätzen gewusst. Sagen S', wollten Sie nicht eigentlich zu ihm?«

»Wenn Sie uns noch mehr Interessantes zu dieser Frau berichten können, bleib ich liebend gerne noch etwas länger bei Ihnen«, säuselt der Buchinger dümmlich grinsend, während er mit dem rechten Ellenbogen sein ganzes Gewicht auf ihrem Schreibtisch abstützt. Dabei wackelt er mit seinem dicken Hinterteil. Fehlt nur noch das Ringelschwänzchen, denke ich mir gehässig.

»Also, ich kann Ihnen lediglich noch berichten, dass die Frau am Montag keine zehn Minuten später wutentbrannt die Treppe da wieder runtergestapft ist und die Glastür hinter sich zugeschlagen hat, dass es nur so gescheppert hat. Mich hat die keines Blickes mehr gewürdigt. Wenn S' mehr wissen wollen, müssen S' schon den Aufwieser selber fragen.« Sie schiebt die Brille auf die Nasenspitze und schaut über den Brillenrand konzentriert auf den Bildschirm. Dann klickt sie ein paarmal mit der Maus, und ein Drucker rattert los. Gleich darauf trippelt sie in ihrem superengen kurzen Rock zum Drucker, der vor dem Regal an der Wand steht.

Meinem Exkollegen fallen dabei fast die Augen aus dem Kopf. Ich verdrehe meine eher. Schön langsam wird er mir ziemlich peinlich, der gute Markus Buchinger.

Die Sekretärin tut, als würde sie nichts bemerken, und schenkt ihm neben dem Drucker stehend ein aufreizendes Lächeln. »Aber wir dürfen uns nicht beschweren, der Aufwieser kümmert sich heuer sogar an Silvester um die einsamen Herzen vom Gut.« Sie nimmt den Ausdruck in die rechte Hand, schiebt sich die Brille zurück auf die Nasenwurzel und beäugt das Blatt Papier skeptisch. »Die Kollegen hat er zum Silvesterball im Rieglerbräu eingeladen, samt Begleitung. Wenn man denn eine hat. Sie haben ja keine Ahnung, wie viele Singles hier arbeiten.« Sie schenkt dem Buchinger noch mal ein kokettes Lächeln und fügt dann noch an: »Ist sozusagen das Wiedereinstandsfest vom Aufwieser. Beinahe die halbe Belegschaft hat zugesagt.«

Mein Exkollege bewegt sich jetzt auch zum Drucker. »Und Sie? Sind Sie auch beim Silvesterball dabei? Auch Single? Frau …?«, flirtet er sie aufs Heftigste an, und ich denk mir, dass dem seine Midlife-Crisis seit letztem Sommer deutlich schlimmer geworden ist.

»Brandschweiger, Angelika Brandschweiger. Mal sehen, ob ich auch dort bin«, sagt sie und schaut meinem Exkollegen dabei tief in die Augen.

»Frau Brandschweiger«, grätsche ich in ihr Techtelmechtel, »wäre es denn dann möglich, jetzt mit dem Herrn Aufwieser zu sprechen? Wir hätten doch noch ein paar wichtige Fragen an ihn.«

Sie nickt, nimmt einen dicken roten Marker in die Hand und kringelt eine Stelle am Ausdruck ein, den sie dem Buchinger in die Hand drückt. »Gehen Sie bei der Pferdekoppel rechts und dann etwa eineinhalb Kilometer geradeaus. Da finden Sie den Aufwieser, direkt bei den Rindviechern.«

Wir parken unsere beiden Autos vor den Stallungen, der Weg war uns zu Fuß zu weit. In die lange Halle passen gut und gerne mehrere hundert Rinder rein, stellen wir beeindruckt fest, als wir das erste Gebäude betreten. Die Rindviecher beeindrucken wir hingegen nicht im Geringsten, die fressen und muhen von uns ungestört weiter vor sich hin. Ohne einer Menschenseele zu begegnen, gehen wir den langen Gang zwischen den Rinderreihen entlang. Hier blitzt es nur so vor Sauberkeit, alles ist hypermodern und der Rindergeruch kaum wahrnehmbar. Da steckt wohl einiges an Geld drin.

Erst in der zweiten Halle, in die wir durch ein geöffnetes

Schiebetor gehen, treffen wir auf zwei Männer. Der eine steckt komplett in Arbeitskleidung, der viel größere und wesentlich jüngere in Jeans, Hemd und dickem Rollkragenpullover. Beide tragen lange schwarze Handschuhe und nur leicht verschmutzte grüne Gummistiefel.

»Was machen Sie hier? Betreten verboten!«, ruft uns der jüngere Mann mit den rotblonden Haaren verärgert entgegen.

Der Buchinger legt einen Gang zu, baut sich knapp einen Meter vor den zweien in seiner vollen Größe auf und holt Ausweis samt Kokarde hervor. »Chefinspektor Aigner und Chefinspektor Buchinger«, stellt er uns vor. »Wir ermitteln in einem Mordfall und haben diesbezüglich einige Fragen an Herrn Aufwieser Daniel. Wo finden wir den?«

Der jüngere der beiden Männer wirkt kurz etwas irritiert, zieht sich dann aber den langen Handschuh von der rechten Hand und reicht sie uns zum Gruß. »Grüß Gott, Sie haben mich gefunden.« Schnell dreht er sich noch mal zum älteren Mann an seiner Seite um. »Fangts in der Halle vier an, Loisl. Morgen Vormittag liefern wir wie geplant aus, Silvester hin oder her.«

Der Angesprochene zieht ob des harschen Befehlstons den Kopf ein und verschwindet wortlos durch das Tor in die erste Halle.

Als der Aufwieser einen eigenartigen Zischlaut von sich gibt, sehen mein Exkollege und ich uns verwundert an. Es folgt ein zweites Zischen, dann atmet der Gutsverwalter tief ein und fragt ruhig: »Wie kann ich Ihnen denn jetzt behilflich sein, meine Herren?«

»Schöne Tiere haben Sie.« Netter Bulle, der ich bin, bewundere ich seine Rindviecher und lasse meinen Blick durch das lange Gebäude schweifen. Rechts und links von uns stecken einige Kühe die Köpfe durch die Metallabsperrung und fressen Heu, das fein säuberlich davor angehäuft ist.

»Da haben Sie recht. Wir züchten auch selber, und unsere Rinder sind prämiert. Das hier ist einer unserer Quarantäneställe für die Tiere, die für den Export vorbereitet werden. Deutsches Fleckvieh, eine typische Zweinutzungsrasse für

Milch- und Fleischproduktion. Die frisch abgekalbten Jungkühe sind bereits an den Melkroboter und an die Weide gewöhnt und gehen morgen auf die Reise nach Frankreich. Selbstverständlich tierschutzgerecht. Meine Tiere sollen es gut haben«, erklärt mir der junge Kerl stolz, während ihm die Viecher mit lautem Muhen recht zu geben scheinen.

»Sehr löblich«, nicke ich anerkennend.

Er scheint sich aufrichtig darüber zu freuen. »Wir züchten auch noch andere Rassen«, erzählt er begeistert weiter. »Deutsche Holstein und auch Braunvieh. Mit denen haben wir uns international schon einen sehr guten Namen gemacht. Ich kann Ihnen diese Tiere auch gerne zeigen, falls Sie Interesse –«

»Ein anderes Mal vielleicht«, schneidet ihm der Buchinger ungeduldig das Wort ab und hält ihm das Foto von der Liesl vor die Nase. »Kennen Sie diese Frau, Herr Aufwieser?«

Der Verwalter schaut nur kurz auf das Bild. »Also, ich weiß nicht …«, sagt er dann langsam und gedehnt, während er mich unsicher anblickt.

»Tja, das ist aber eigenartig«, knurrt der Buchinger unfreundlich. »Laut unseren Ermittlungen war diese Frau in den letzten Tagen nämlich zweimal bei Ihnen im Büro, und jedes Mal kam es zu lautstarken Auseinandersetzungen.«

Wieder zischt der junge Kerl vernehmlich, beginnt diesmal aber, nervös in seiner Hosentasche zu kramen, und zieht schließlich ein Asthmaspray hervor. Schnell steckt er sich das eine Ende von dem Ding in den Mund und drückt auf das andere drauf, während er tief einatmet.

»Stridor laryngealis«, erklärt er kurz darauf etwas atemlos. »Ich leide schon seit meiner Kindheit daran. Eine kleine Engstelle im Bereich des Kehlkopfes, leider nicht operabel.«

Dann nimmt er dem Buchinger das Foto aus der Hand, nickt und grinst dabei etwas dümmlich. »Stimmt, im ersten Moment hab ich sie gar nicht erkannt, auf dem Passfoto schaut sie so seriös aus. Die war letzten Donnerstag und dann nochmals am Montag nach den Feiertagen bei mir. Sie hat mir eine total irrwitzige Geschichte erzählt, hat behauptet, sie sei die rechtmäßige Besitzerin des Maarbach-Gutshofs mit allem Drum und Dran.«

»Und was wollte sie?«, mische ich mich wieder freundlich ein.

»Einblick in unsere Finanzen. Ich sollte ihr eine Aufstellung des Gesamtvermögens des Guts geben.«

»Und?«, brummt mein Exkollege. »Haben Sie?«

»Bestimmt nicht.« Die Stimme vom Aufwieser überschlägt sich beinahe. »Welchen Grund hätte ich denn gehabt, vertrauliche Informationen über unser Unternehmen an diese Person rauszugeben?«

»Sagen Sie, stimmt es, dass Ihnen Herr Maarbach selbst die Verwaltung vom Gut übertragen hat?« Ich nehme ihm das Bild der Liesl wieder ab und stecke es in die Brusttasche meines Kollegen, der trotz Kälte und nur eines Wollsakkos nicht zu frieren scheint.

»Nach nicht einmal zwei Jahren am Gutshof hat mir der Herr Maarbach die gesamte Leitung übertragen.« Stolz schwingt unüberhörbar in der Stimme des Verwalters mit. »Er hielt sehr viel von mir und meiner Arbeit.«

»Als die Diözese unlängst zum Erben ernannt wurde, wurden Sie aber trotzdem abgesetzt. Warum?« Neugierig beobachte ich den jungen Kerl.

Seine Gesichtszüge verhärten sich. »Stimmt, es wurde sofort ein Verwalter der Diözese eingesetzt, ein Geschäftsführer, wie das jetzt heißt. Magister Ewald Windischmann.« Seine dünnen Lippen verziehen sich zu einem schadenfrohen Grinsen. »Aber der Mann ist in Geschäftsdingen absolut unfähig und hat den Job nur bekommen, weil sein Bruder ein hohes Tier in der Diözese ist. Bald war abzusehen, dass der Stümper in Rekordzeit alles zu Tode wirtschaften würde, deshalb haben mich die Priester vor einem Monat zurückgeholt. Jetzt muss sich Ewald Windischmann nicht nur den Geschäftsführerposten mit mir teilen, sondern sich mir auch unterordnen. Es zählen allein meine Entscheidungen, das hat ihm die Diözese klargemacht.«

»Wie genau hat Frau Bishop eigentlich ihre Forderung begründet?«, will mein Exkollege wissen.

Der junge Mann runzelt verärgert die Stirn. »Sie war so dreist zu behaupten, die Schwester vom verstorbenen Herrn Maarbach zu sein. Sie wollte, dass ich ihr helfe, damit das Gut in die Hände der Familie zurückkehrt.«

»Das mit der Schwester haben Sie ihr nicht geglaubt?«

»Natürlich nicht, das war doch völliger Schwachsinn. Da gab es nicht die geringste Ähnlichkeit, der Herr Maarbach war so ein gebildeter, höflicher Mensch, und diese Person war … Also, niemals. Ich hab sie aufgefordert, mich in Ruhe zu lassen und sich an die Diözese zu wenden. Aber letztlich musste ich mit der Polizei drohen, damit sie mein Büro verlässt.« Wieder zischt er beim Atemholen, dann kratzt er sich nervös am Hals und hinterlässt dabei rote Streifen auf der auffällig weißen Haut.

»Hatte Sie irgendwelche Beweise für ihre Behauptung?«, bohre ich nach.

»Nein.«

Der Buchinger seufzt. »Okay, und warum ist sie dann am Montag ein zweites Mal bei Ihnen aufgetaucht?«

»Sie hat behauptet, einen Termin mit dem Windischmann zu haben, aber der war natürlich mal wieder nicht da. Wie üblich in der letzten Zeit.« Er verzieht abschätzig den Mund. »Also hat sie mir noch mal sehr eindringlich gesagt, sie müsse unbedingt aus erster Hand erfahren, was der Gutshof tatsächlich wert ist, weil sie sich von den Pfaffen nicht übers Ohr hauen lassen wolle. Und als ich nicht wie von ihr gewünscht reagiert habe, wollte sie mich mit zehntausend Euro bestechen, die Informationen rauszurücken. Lächerlich, schon mein monatliches Fixgehalt ist um einiges höher.«

Nicht schlecht, was ein Verwalter so verdienen kann, denke ich mir und versuche, dabei nicht an meinen sehr überschaubaren Beamtenlohn zu denken.

»Haben Sie eigentlich die Diözese über die Besuche informiert?«, fragt der Buchinger.

Der Aufwieser schüttelt entgeistert den Kopf. »Wo denken Sie hin? Wieso sollte ich die Salzburger damit belästigen? Diese Frau war ja offensichtlich nicht ganz richtig im Kopf.« Er röchelt ein bisschen und nimmt wieder einen kräftigen Atemzug von seinem Spray.

Aber ich bin noch nicht mit ihm fertig. »Eine Frage hätte ich noch. Wissen Sie, was Frau Bishop von Ihrem Kollegen, dem Herrn Windischmann, gewollt haben könnte?«

Verächtlich zuckt der Verwalter mit den Schultern. »Woher sollte ich? Der beehrt uns nur mehr äußerst selten, obwohl ihm die Firma monatlich ein unverschämt hohes Gehalt überweist. Ich persönlich hab den Waschlappen schon seit Wochen nicht mehr in seinem Büro gesehen. Wenn der überhaupt mal am Gut ist, dann treibt der sich höchstens bei den Pferden rum.«

»Eine wirklich allerletzte Frage noch, Herr Aufwieser«, wirft mein Exkollege ein. »Es macht Ihnen doch nichts aus, uns Ihre exakte Größe und Schuhgröße zu verraten?«

Verblüfft dreht sich der Verwalter zu ihm. »Warum auch immer, aber gern. Ich bin eins dreiundachtzig groß und habe Schuhgröße sechsundvierzig.«

Ein Blick auf seine Quadratlatschen genügt mir, dass ich sehe, dass er tatsächlich Riesenfüße hat. Der Buchinger und ich schauen uns kurz an, nicken, bedanken uns dann bei dem Mann und machen uns auf den Rückweg.

Wir sind gerade erst wieder in der ersten Halle, da holt uns der Aufwieser ein. »Warten Sie!«, keucht er. »Mir ist grad noch etwas eingefallen. Am Montag nach dem zweiten Besuch dieser Person hab ich kurz aus dem Fenster geschaut, weil ich mich überzeugen wollte, dass die auch wirklich von hier verschwindet. Da stand sie vor einem BMW X3, glaub ich, und hat sich lautstark mit Ewald unterhalten, der seinen Wagen daneben geparkt hatte.«

»Gut, ich hab mit der Frau einmal kurz gesprochen, da unten am Parkplatz. Das hatte ich wohl schon wieder vergessen.«

Es hilft nix, dieser Magister Windischmann ist mir höchst

unsympathisch, und verstärkt wird diese Empfindung noch durch seine hohe Stimme.

»Sie ist so wütend zur Tür vom Verwaltungsgebäude rausgestürmt, dass ich sie gefragt hab, ob ich ihr helfen kann. Heilige Christenpflicht, verstehen Sie?« Er ruckelt unruhig auf dem Stuhl in dem beeindruckend großen und modernen Büro hin und her, während sich auf seinem weißen Hemd große Schweißflecken abzeichnen.

»Christenpflicht, natürlich. Der nachzukommen ist für den Bruder eines Priesters und Angestellten der Diözese wahrscheinlich extrem wichtig«, kommentiere ich ironisch. »Und was hat Frau Bishop Ihnen bei diesem Gespräch erzählt?«

»Nicht viel. Die Dame war sehr ungehalten, sie meinte, hier am Gut seien alle Betrüger. Dann ist sie in ihren Wagen gestiegen und weggebraust.« Er tupft sich mit einem Taschentuch, das er aus der Hosentasche gezogen hat, die inzwischen schweißbedeckte Stirn ab.

»Aber danach sind Sie nicht in Ihr Büro gegangen, wie wir von der Empfangsdame erfahren haben. Warum waren Sie am Montag dann überhaupt am Gutshof? Und was haben Sie gemacht, nachdem Frau Bishop weg war?« Ich betrachte ihn mit strenger Miene.

Er lockert sich den Hemdkragen mit der rechten Hand. »Ich war vorher auf der Pferdekoppel und in den Ställen. Wir besitzen zwei Rennpferde erster Güte, an denen mir besonders viel liegt. Im Büro werde ich kaum mehr benötigt, seit der Aufwieser wieder da ist. Sie können den Stallburschen gerne fragen.« Er sieht uns auffordernd an. »Mit ihm hab ich mich kurz unterhalten, bevor ich zu meinem Wagen am Parkplatz zurückgegangen und auf diese Frau getroffen bin.«

»Woher haben Sie noch mal Ihre Verletzung an der Hand?«, bellt ihn der Buchinger unfreundlich an.

»Das sagte ich Ihnen doch bereits«, erwidert Ewald Windischmann hörbar gequält. »Eben am besagten Montag letzter Woche hab ich mich am Gatter der Pferdekoppel verletzt, kurz bevor ich zurück zu meinem Wagen bin.«

Mein Exkollege zieht skeptisch die Augenbrauen zusammen. »Wären Sie zu einem Speicheltest bereit?«

Der Mann schluckt und wischt sich noch mal mit dem Taschentuch über die Stirn. »Nein, also, ich meine, wozu? Das würde ich zuerst mit meinem Anwalt besprechen wollen.«

Zurück in Koppelried stelle ich den Streifenwagen vor der Inspektion ab. Dann nehme ich am Beifahrersitz in Buchingers Audi Platz, weil er mit mir zum Notar will. Mein Exkollege hat das Auskunftsersuchen vom Staatsanwalt in der Tasche, mit dem wir uns eine Kopie des dort verwahrten Geständnisses meiner Großmutter abholen wollen.

»Stell dir vor, der Fritz hat mich während der Rückfahrt vom Gutshof angerufen. Die Analyse hat tatsächlich fremde DNA nachgewiesen. Die werden sie als Nächstes mit der vom Edwards abgleichen. Danach können wir eine DNA-Analyse von dem dicken Windischmann beim Staatsanwalt beantragen«, freut sich der Buchinger.

Ich schnalle mich an und bin noch etwas skeptisch. »Du weißt aber schon, dass wir was Handfesteres brauchen, damit wir den Test anordnen lassen können.«

»Leider hast du recht«, erwidert der Buchinger, während er den Motor anlässt. »Aber ich sag dir, die verheimlichen uns doch alle was. Mit ihrer Körpergröße könnten die drei ohne Weiteres in Frage kommen, blöd nur, dass die Schuhgröße bei keinem passt. Dem Aufwieser trau ich nicht ganz und den beiden windigen Brüdern schon gleich gar nicht«, spricht der Buchinger aus, was ich mir denke.

»Obwohl der Aufwieser eigentlich kaum Grund hat, uns anzulügen. Angenommen, die Liesl wäre tatsächlich die Tochter von Otto Maarbach gewesen, hätte sie vom Erbe doch im besten Fall den Pflichtteil zugesprochen bekommen. Und bei dem Heer an Juristen, das für die Kirche arbeitet, hätte es wahrscheinlich noch Jahre gedauert, bis sie irgendwie Geld gesehen hätte. Ein Mitspracherecht bei der Verwaltung vom Gut wäre ihr niemals eingeräumt worden, da hätte sie noch so herumschreien können, da bin ich mir sicher. Dem Aufwieser kann es also reichlich egal sein, was sein Arbeitgeber ausfechten hätte müssen«, erläutere ich, »außer er hat ihr abgenommen, dass sie – warum auch immer – das gesamte Gut bekommen wird. Streng genommen hätte eine Erbrechtsklage auch den beiden Windischmann-Brüdern egal sein können, wobei ich dem Ewald sogar niedere Beweggründe zutraue. Bloß welche?«, seufze ich.

»Na ja, wenn er solche Beweggründe hätte, hätte der glatzerte Windischmann aber doch eher den Aufwieser als deine Mutter aus dem Weg geräumt. Und rein theoretisch könnte der Aufwieser auch ein persönliches Motiv haben«, widerspricht mir der Buchinger. »Der scheint den Maarbach recht gemocht zu haben. Und wie der Notar dir erzählt hat, beruhte das auf Gegenseitigkeit. Mich wundert ehrlich gesagt, dass der alte Gutsbesitzer seinem Lieblingsverwalter und verlorenen Sohn gar nix vermacht hat. Was meinst du dazu?« Mein Exkollege schaut mich vom Fahrersitz her an.

Bevor ich ihm antworten kann, klingelt sein mit der Freisprecheinrichtung verbundenes Handy.

»Hallo?«, brummt der Buchinger.

»Markus!«, hören wir die laute Stimme meiner Schwester. »Weißt du, wo mein wahnsinniger Bruder ist? Ich kann ihn schon wieder nicht erreichen!«

Noch während sie spricht, checke ich verwundert mein Handy. Hoppala, Lautloseinstellung! Und das Funkgerät liegt wahrscheinlich noch im Dienstwagen.

»Servus, Gabi, auch schön, dich zu hören«, erwidert mein Exkollege grinsend. »Du, der Raphi sitzt neben mir im Auto; wir ermitteln –«

»Raphi!«, ignoriert meine Schwester den Buchinger ziemlich unhöflich. »Der Vater ist weg! Der ist verschwunden!«

»Mei, Gabi, wahrscheinlich ist der wieder bei den alten Tanten in Ipferdingen«, versuch ich sie zu beruhigen. Unser Vater büxt immer mal wieder aus dem Altersheim aus. Meistens zieht es ihn zu den alten Schachteln, seinem privaten Bibelkreis sozusagen.

»Nein.« Die Stimme meiner Schwester droht sich zu überschlagen. »Der Andi und ich wollten ihm doch den Tod der Liesl beibringen. Dabei haben wir erfahren, dass der Papa seit Montag nicht mehr im Altersheim ist. Diese Wahnsinnigen haben uns nicht benachrichtigt, die verklag ich. Was ist, wenn der jetzt auch umgebracht wurde? Raphi, dann sind wir Waisen!« Die Ereignisse der letzten Tage waren wohl selbst für meine sonst so robuste, aber manchmal leider etwas zu emotionale Schwester zu viel.

Dann hören wir ein kurzes Krachen in der Leitung und gleich darauf Andis Stimme: »Servus, Raphi. Also ganz kurz: Euer Vater hat sich montagabends im Sekretariat des Altersheims abgemeldet und behauptet, er würde ein paar Tage bei euch daheim verbringen, um auf den Felix zu schauen. Die Rosl aus Ipferdingen hab ich grad schon ang'rufen, aber die hat ihn auch seit Tagen nicht mehr g'sehen. Es tut mir leid, aber ich glaub, du musst euren Vater wirklich suchen.«

Ich bedanke mich knapp bei ihm und verspreche, mich zu melden, sobald ich Näheres weiß.

»Den finden wir leicht, das dauert nicht lang«, sag ich zu meinem Exkollegen und dirigiere ihn ohne Umschweife nach Ipferdingen zum Haus der alten Rosl Maroltinger. Keine Sekunde glaub ich dran, dass die alte Frau keine Ahnung hat, wo mein Vater ist. Obwohl ich sehr energisch die Klingel drücke, dauert es einige Zeit, bis sie vor mir steht.

Sie kriegt beinahe einen Herzanfall, als sie mich und den Buchinger erblickt. Noch bevor sie den Mund aufmacht, bin ich mir absolut sicher, dass sie genau weiß, wo mein Vater steckt.

»Rosl«, sage ich sehr streng und ziehe beide Augenbrauen hoch. Das reicht, schon knickt sie ein.

»Raphi, bitte … I hab deinem Vater gleich g'sagt, dass i net lügen kann«, krächzt die Alte völlig aufgelöst und fasst sich theatralisch ans Herz. »Aber der arme Franzl, i woaß gar net, wia i dir das sagen soll, der Franzl, der ist am End –«

»Rosl«, wiederhole ich nicht besonders freundlich.

Der Buchinger kapiert rasch, setzt unterstützend sein Böser-Bulle-Gesicht auf und verschränkt die Arme. Das ist zu viel für die alte Frau.

»I hab's der Gmeiner Milli hundertmal g'sagt, i kann da net mitmachen, sie soll mich net einweihen. Aber die hat mich erpresst, weil die schon so lang ein Aug auf deinen Vater g'worfen hat. Fahrts halt gleich rüber nach Endholz zu der Milli, da findets ihr ihn.«

Als wir vor dem Haus der besagten Milli stehen, den Finger schon an der Klingel, geht die Tür von innen auf. Die Milli ist von der Rosl offensichtlich umgehend informiert worden.

»Aigner«, sagt sie zerknirscht, »i bin froh, dass du da bist. I woaß mir nimmer z' helfen. Der Franzl sitzt nur mehr da und starrt in die Luft.« Sie lässt uns ins Haus und watschelt langsam den dunklen Flur entlang. Wir folgen ihr, und sie brabbelt vor sich hin: »I sag euch was, das machen d' Raunächt, da werden d' Leut alle narrisch. Beim Rieglerbräu haben s' erst vor a paar Tag weiße Bettwäsch zum Trickern aussig'hängt, und was ham s' jetzt davon? A Leich! Des woaß doch a jeder, dass sich in der Wäscheleine d' wuiden Geister drin verfangen. Und dann bringen s' a Leichentuach. Das ist bestimmt wegen der jungen Wirtin passiert, die Erni kennt sich aus und macht so was eigentlich net.«

»Geh bitte, Milli«, lache ich kurz auf, »das ist doch der reinste Aberglaube. Mit der Wilden Jagd erschreckt man heutzutage nur mehr kleine Kinder.« So manche alten Koppelrieder glauben noch an die Wilde Jagd, den sogenannten Freigang böser Geister während der Raunächte, wo diese dann ihr Unwesen treiben. Aber auch einige jüngere Dorfbewohner halten sich noch an die vielen uralten Gebote und Verbote und waschen in den zwölf Nächten zwischen dem einundzwanzigsten Dezember und dem Dreikönigstag weder Wäsche, noch essen sie Hülsenfrüchte, schneiden Haare oder Nägel oder knallen die Türen.

»Wennst moanst, Aigner, aber i warat mir da net so sicher. Wart's ab, bis du deinen Vater siachst.« Die Alte bleibt stehen, dreht sich zu uns um und wackelt mit dem Kopf. Dann deutet sie auf eine offen stehende Tür am Ende des Flurs. »Dahint im Kabinett, da ist er.«

Als ich eintrete, seh ich meinen Vater im blau gestreiften und viel zu kurzen Flanellpyjama, der auf einem schmalen Einzelbett sitzt und verzweifelt zu mir hochschaut.

»Ja, Vater, was machst du denn da?«, entfährt es mir erstaunt.

Er springt auf, umarmt mich fest und fängt bitterlich an zu weinen. Noch nie in meinem Leben hat er mich derart kräftig umarmt. Überhaupt hat es Umarmungen zwischen uns höchst selten gegeben. Und weinen hab ich ihn auch noch nie gesehen.

Hilfesuchend dreh ich den Kopf zu meinem Exkollegen, der im Türrahmen steht und auch nur unbeholfen mit den Schultern zuckt. Mangels besserer Idee klopfe ich meinem Vater verlegen mit der rechten Hand auf den Rücken. Den linken Arm halte ich immer noch von ihm weggestreckt, weil ich keine Ahnung hab, was ich damit tun soll.

Da beginnt der Buchinger auffallend zu hüsteln und immer wieder Richtung Bett zu sehen.

Ich folge seinem Blick, kann aber nichts Seltsames entdecken.

»Aigner«, flüstert der Buchinger so dezent, wie es ihm möglich ist, »unterm Bett.«

Jetzt sehe ich es auch und kann es kaum glauben. Da stehen sie, die ausgelatschten alten Goiserer meines Vaters, natürlich Größe vierundvierzig. Trotz seines Alters ist er immer noch so groß wie ich, stolze ein Meter fünfundachtzig.

»Raphael, Bub, i kann nimmer«, schluchzt mein Vater in meine Uniform. »I hab sie umbracht, i hab meine Liesl umbracht.«

Später sitzen die Milli und die Rosl einträchtig bei Bezirksinspektor Lederer und Gruppeninspektor Baumgartner im Wachzimmer und geben die Geschichte zu Protokoll, die sie mir und dem Buchinger schon erzählt haben.

In einer Raunacht dürfe nach Einbruch der Dunkelheit niemand mehr aus dem sicheren Haus gehen, haben uns die beiden wie aus einem Mund erklärt, sonst werde man von der Frau Percht und ihrer Wilden Jagd mitgerissen. Genauso müsse es ihrem guten Freund, dem armen Franzl, ergangen sein, deswegen sei er so verwirrt.

Ich finde es erstaunlich, dass sich der Mythos um die zottelige alte Frau Percht und ihre bösen Geister in Koppelried bis heute hartnäckig gehalten hat. Alte wie durchaus auch jüngere Dörfler glauben immer noch daran, dass die Sagengestalt rund um Weihnachten die Seelen der im vergangenen Jahr Verstorbenen einsammelt.

Ich hoffe, meine beiden Polizisten nehmen diese abergläubischen Geschichten nicht zu Protokoll, sondern nur die Fakten. Nämlich, dass der Vater verwirrt und unterkühlt am Dienstag gegen halb fünf Uhr früh bei der Rosl in Ipferdingen aufgetaucht ist. Durchnässt vom strömenden Regen, durchgefroren und völlig durcheinander. Und einen Mord gestehend. Die Rosl hat daraufhin sofort die Milli alarmiert, und die beiden alten Frauen kamen zu dem Schluss, ihn keinesfalls der Polizei auszuliefern. Aus Loyalität und Freundschaft; die alte Milli vielleicht sogar ein bisserl auch aus Liebe. Und da ich nicht nur Sohn, sondern auch Polizist bin, haben sie es wohl auch vermieden, sich bei uns Aigners zu melden.

Mein Vater hockt derweil auf der kleinen Ledercouch in unserem Besprechungszimmer. Seine Schultern hängen kraftlos nach unten; der sonst immer so aufrechte Mann ist nur mehr ein Häufchen Elend. Meine Schwester kauert mit kalkweißem Gesicht neben ihm und zerquetscht ihm fast die Hand. Ich lehne erschöpft an der Wand gegenüber, und unsere Gerti sitzt am Stuhl neben mir und protokolliert. Aber das Gestammel von meinem verwirrten Vater ist kaum zu verstehen. Wir müssen uns viel zusammenreimen.

Wir haben den Hans vom LKA gebeten, das Verhör zu übernehmen, weil selbst der Buchinger sich das nicht zugetraut hat. Rechtsbeistand wollte mein Vater nicht, bereitwilligst hat er sofort begonnen, uns seine verstörende Geschichte zu erzählen.

Vor einer Woche war er wie jeden Mittwoch beim Kirchenchor. In jungen Jahren hatte er selbst die Leitung des Koppelrieder Chors inne, heute singt er immer noch als Bariton mit. Als er sich anschließend von der Kirche in Richtung Altersheim auf den Weg machte, kam plötzlich die Liesl aus dem Haus des Notars. Achtunddreißig Jahre nachdem sie ihn von einem Tag auf den anderen verlassen hatte; mein Vater erkannte sie dennoch sofort. Und auch die Liesl erkannte ihn gleich und wollte sich deshalb rasch in ihrem BMW verschanzen. Aber der Vater stürmte los, war schneller und konnte die Autotür im letzten Moment festhalten, bevor sie ihm vor der Nase zugeschlagen wurde.

»›Was willst, Franzl?‹, hat sie mich ankeift. Koa Grußwort, gar nix«, erzählt uns jetzt der Vater. »Oafach abg'haut wär sie, ohne mich auch nur anzuschauen. Dann ist sie doch ausg'stiegen aus dem Wagen, hat die Arme verschränkt und mich ang'schrien. I solle sie in Ruh lassen, sie hätt schon vor zig Jahren nix mehr mit mir z' tun haben wollen, und daran hätt sich nix g'ändert.« Er seufzt tief auf. »Dabei hab i doch nur wissen wollen, warum sie uns drei verlassen hat. Aber das hat sie net interessiert, sie wollt mich oafach nur abschasseln. Aber i hab net lockerlassen.«

»Papa, warum hast du uns denn nichts davon gesagt?« Der Tonfall meiner Schwester schwankt zwischen Vorwurf und Mitgefühl.

Er schaut sie kurz aus großen Augen an. »Gabi, mein Herzerl, mein Madel …« Dann stockt er und heftet den Blick auf mich. »I wollt euch das net antun, Kinder. Sie hat g'sagt, sie wär net wegen mir oder wegen uns da. Sie hätt was Wichtiges in Salzburg zu erledigen, aber das würd uns alle nix angehen. Für uns hätt sie koa Zeit.«

»Aber sie war dann doch bei uns zu Haus. Zwei Tage nach Weihnachten«, klär ich ihn auf. In den dunkelgrünen Socken und dem zu kurzen gestreiften Pyjama schaut mein Vater groteskerweise aus wie ein Häftling in einem alten Hollywood-Schinken, denke ich mir.

Er hebt den Kopf und schaut erstaunt in meine Richtung.

»Ah, dann hat sie das also doch g'macht, worum i sie gebeten hab. Was wär denn das für a Muatter, die nach so vielen Jahren z'rück ins Dorf kimmt und dann net amoi die eigenen Kinder sehen mag.«

»Nach achtunddreißig Jahren«, kommt es verbitterter aus meinem Mund, als ich es selbst für möglich gehalten hab.

Mein Vater senkt betroffen den Blick und drückt dann fest die Hand meiner Schwester: »Gabi, es ist mir nur um dich gangen. I wollt das alles net, i schwör's, verzeih mir. I bin so a schlechter Mensch ... Das Messer ...« Jetzt beginnt er haltlos zu weinen, die Tränen laufen ihm in Sturzbächen über seine runzligen Wangen.

Meine Schwester legt beschwichtigend ihren Arm um ihn.

»Woher hatten Sie das Messer, Herr Aigner?«, bohrt der Hans nach.

Die Augen meines Vaters weiten sich entsetzt. »Welches Messer? Woher hätt i denn a Messer haben sollen?«

Die Gabi drückt wieder ganz fest seine Hand. »Ist schon gut, Papa.«

»Herr Aigner, wie sind Sie denn überhaupt in das Wirtshaus reingekommen?« Mit Engelsgeduld stellt der LKA-Kollege diese Frage mittlerweile schon zum dritten Mal.

Mein Vater senkt nur den Kopf und sagt nichts.

»Herr Aigner, Sie haben doch eben von einem Messer gesprochen«, versucht es der Hans jetzt anders.

Verstört schaut mein Vater von ihm zu mir. »Ja, aber i hab es eh gleich rauszogen.« Er stockt und hebt die Hand in meine Richtung, um sie sofort wieder kraftlos fallen zu lassen.

»Herr Aigner«, der Hans spricht nun mit sehr sanfter Stimme, »können Sie sich erinnern, ob Sie mit dem Messer zugestochen haben?«

Der Vater schüttelt fassungslos den Kopf. »I hab zug'stochen? I hab zug'stochen ... Meine Liesl. I woaß es doch nimmer, i woaß es nimmer.« Hilfesuchend schaut er mich an, sodass die Gerti, die vor Aufregung bereits den Bleistiftkopf zerkaut hat, ganz wässrige Augen kriegt.

Mein Vater hat mir als Bub zwar die eine oder andere Tachtel verpasst, mehr aber auch nicht. Ich kann mir beim besten Willen nicht vorstellen, dass er fünfmal mit dem Messer auf die Frau eingestochen haben soll, die er sein ganzes Leben lang geliebt hat.

»Ich glaube, das ist zu viel für ihn. Der Papa kollabiert gleich«, meint die Gabi besorgt, während sie mit zwei Fingern den Puls an seinem rechten Handgelenk fühlt.

Und ich muss gestehen, dass es mir ähnlich geht. Im Moment bin ich fertig mit der Welt.

Der Buchinger erhebt sich ächzend vom Stuhl und legt seine Hand auf meine Schulter. »Lassen wir es gut sein fürs Erste.« Er dreht sich unwirsch zum Hans. »Sollte jetzt nicht endlich mal der Krankenwagen da sein?«

Sein jüngerer Kollege hat bereits vorab mit dem Staatsanwalt vereinbart, dass mein Vater nicht in Untersuchungshaft muss. Es besteht keinerlei Fluchtgefahr, außerdem sollte er wegen des Schocks und der Unterkühlung vor ein paar Tagen unbedingt medizinisch versorgt werden. Aber der Hans zuckt nur hilflos mit den Schultern, und dann ist es eine Weile still im Raum.

Gott sei Dank klopft es plötzlich an der Tür, und ein Sanitäter steckt doch tatsächlich den Kopf herein. Behutsam verfrachtet er den Vater in einen Rollstuhl und schiebt ihn nach draußen. Meine Schwester zieht sich ihre Jacke über, weil sie den Vater begleiten will, und schaut den Buchinger besorgt an.

»Mach dir keine Sorgen, Gabi«, tröstet der sie. »Euer Vater war das nie und nimmer, dafür leg ich meine Hand ins Feuer.«

Ich nicke bestätigend, wünsche mir aber, ich wär genauso überzeugt davon wie mein Exkollege. Zumindest hilft unsere geballte Zuversicht der Gabi. Sie bringt so was wie ein Lächeln zustande und ist dann auch schon nach draußen verschwunden.

»Chef«, macht sich die Gerti da unsicher bemerkbar und schaut vom Stenoblock auf. »Ich hab vorhin noch rausg'funden, in welchem Altersheim eine Asanger Edeltraut wohnt: im

Haus Rosenholz vom Seniorenheim Barmherzige Schwestern in Linz. Vielleicht hilft euch das ja.«

Ich küsse die Gerti rechts und links auf die Wangen, während der Buchinger schon ganz geschäftig auf seine Armbanduhr schaut. »Wenn wir uns sofort auf den Weg machen, sind wir in Linz, bevor für die alten Leute Schlafenszeit ist.«

In Eugendorf fährt mein Exkollege rasant auf die Autobahn; es dämmert schon, und es herrscht nur wenig Verkehr. Er drückt den Knopf am Lenkrad für das Telefonieren über die Freisprecheinrichtung und sagt: »Ruf Rita an.«

»Ich habe keinen Eintrag mit diesem Namen gefunden«, antwortet die weibliche Automatenstimme.

Er grummelt etwas, drückt wieder auf den Knopf und sagt diesmal: »Anruf bei Rita.«

»Möchten Sie Ritter Anton anrufen?«

»Nein«, zischt der Buchinger mittlerweile etwas genervt. Trotzdem versucht er es wieder und schreit: »Ruf die Rita Ratinger an, du Glumpert!«

»Ich habe Sie leider nicht verstanden«, antwortet die Stimme ungerührt.

An den Geheimratsecken meines Exkollegen treten die Adern vor Zorn dick hervor. »Aigner, bitte nimm das verflixte Handy und wähl die Nummer von der Rita, sonst schmeiß ich das Ding noch in hohem Bogen zum Fenster hinaus. Ich glaub, ich hab sie unter Ratinger oder so ähnlich gespeichert.«

»Oder unter Schatzi? Augenstern? Steiler Zahn?«, necke ich ihn, weil ich mich selbst ein wenig aufheitern muss.

Der Buchinger zieht unsanft das Mobiltelefon aus der Halterung und schmeißt es mir in den Schoß. »Idiot, schau einfach unter ›letzte Anrufe‹, dann findest die Nummer gleich.«

Ich entsperre sein Handy mit einem Wisch – ohne Passwort, Gesichtserkennung oder den ganzen anderen Quatsch, so viel zur Einhaltung der polizeilichen Sicherheitsrichtlinien – und finde ein sehr anonymes »R. Ratinger« mehrmals unter den letzten Angerufenen. Das wird wohl die fesche Rita sein. Ich lasse die Nummer wählen und halte das Handy meinem Exkollegen hin.

Ein paarmal läutet es, dann meldet sich die Mailbox mit Ritas Stimme. »Chefinspektorin Ratinger, Bundeskriminalamt Wien. Bitte hinterlassen Sie mir eine Nachricht, ich rufe Sie umgehend zurück.«

»Rita, wir haben ein erstes Geständnis, allerdings ein wenig brauchbares, noch dazu von Aigners Vater!«, brüllt der Buchinger, der mit seinen Nerven am Ende ist, so laut, dass man ihn in Wien wahrscheinlich auch ohne Telefon gut hören kann. »Wir ermitteln natürlich weiter. Meld dich bei mir, ich will wissen, ob du schon was rausgefunden hast!« Und damit gibt er mir ein Zeichen, wieder aufzulegen.

»Sag, Buchinger, verstehst du, wie mein Vater zur Liesl ins Zimmer gekommen ist?«, will ich von ihm wissen und stecke das Handy wieder in die dafür vorgesehene Halterung zurück. »Es ist alles so verworren: Wer war der Kerl mit dem Umschlag in der schwarzen Limousine vor dem Haus des Notars? Und woher könnte der wiederum dieses erzwungene Geständnis der armen jungen Traudl haben?« Verzweifelt raufe ich mir die Haare. »Hatte mein Vater vielleicht wirklich so eine Wut auf die Liesl, dass er sie umbringen hätte können? Ich meine, in achtunddreißig Jahren kann sich so einiges aufstauen. Wen hat meine Mutter am Donnerstag und am Montag in der Stadt getroffen und warum? Meinst, dass die auf der Finanzkammer bei diesen beiden windigen Brüdern war? Die beiden lügen doch wie gedruckt.«

»Ich hab die Kollegen von der Soko schon drauf angesetzt«, erwidert der Buchinger. »Wenn sie dort war, dann muss doch zumindest irgendein Angestellter sie gesehen haben. Sehr unauffällig war deine Mutter ja nicht, schon gar nicht, was das Gwand betraf.« Er grinst mir aufheiternd zu und wird nach einem Seitenblick auf mich noch mutiger: »Hätte auch von Ronald McDonald oder Elton John stammen können.«

Zum ersten Mal seit Stunden kann ich wieder lachen.

»Dein Vater hat das bestimmt nicht getan, Raphi«, tröstet

mich der Buchinger. »Leider ist er im Moment nur viel zu verwirrt, um uns zu erzählen, was wirklich passiert ist.«

Ich nicke ihm zu und bin ihm für das Gesagte überaus dankbar. Ich hoffe nur, dass er recht hat.

Als mein Exkollege den Blinker setzt, um mal wieder zu überholen, läutet sein Handy über die Freisprecheinrichtung. »R. Ratinger«, wird am Display angezeigt.

»Hallo? Markus?«

»Servus, Rita. Ich bin grad im Auto mit dem Aigner«, beeilt sich mein Exkollege zu sagen.

Die Wiener Kollegin begrüßt mich mit ihrer leicht nasalen Stimme, und ich grüße zurück. Ich freue mich richtig, sie zu hören.

»Der Vater vom Aigner hat vorhin ein Geständnis abgelegt, aber er ist so durcheinander, dass wir nicht glauben, dass er den Mord wirklich begangen hat«, fällt mir der Buchinger ins Wort. »Alles, was du in Erfahrung hast bringen können, könnte uns und vor allem dem alten Aigner jetzt wirklich helfen.«

»Wo seid ihr grad?«, fragt die Rita.

»Auf der A 1 kurz vor Linz«, antworte ich wahrheitsgemäß und setze sie in kurzen Worten darüber in Kenntnis, wo wir hinfahren und warum.

»Interessant«, sagt sie, und dann hören wir eine Zeit lang nichts mehr von ihr.

»Rita?« Der Buchinger schaut mich fragend an.

»Nur net hudeln, Markus«, meldet sie sich da wieder, »ich musste nur kurz überlegen. Machen wir's so: Ihr zwei fahrt weiter auf der A 1 und kommt direkt zu mir ins schöne Wien. Ich bin nämlich auf eine urheiße Spur gestoßen. In nicht einmal drei Stunden treffe ich den ominösen schwarzen Mann. Und da ihr quasi schon in der Nähe seid, finde ich, ihr solltet unbedingt dabei sein. Auch wenn er streng genommen nur mich erwartet.«

»Du bist der Wahnsinn, Rita! Das lassen wir uns nicht zweimal sagen, was, Buchinger?«, freue ich mich.

»Leiwand, dann bis gleich! Also, steig ordentlich aufs Gas, Markus.« Und damit legt sie auf.

Der Buchinger lenkt das Auto wieder auf die rechte Spur und tippt etwas ins Navi ein. Er räuspert sich ein-, zweimal, dann starrt er durch die Windschutzscheibe. »Also, Aigner, was ich dir jetzt sag, bleibt unter uns, ist das klar?«

Eigentlich braucht er gar nichts zu sagen, denn ich kann mir schon vorstellen, was jetzt kommen wird. Trotzdem nicke ich.

»Vor einem Monat war ich für eine Woche auf Schulung in Wien. Da hab ich mir halt gedacht, ich könnt mich doch mal wieder mit der Rita treffen.«

»Aha«, sage ich nur.

»Sag jetzt net so ›aha‹. Ganz harmlos war das Treffen, wie mit einer Kollegin. Wir sind essen gegangen, haben ein bisserl was getrunken – na ja, und dann hab ich bei ihr übernachtet. Aber nur einmal. Die Erika darf das auf keinen Fall erfahren. Niemals, verstehst du?« Er konzentriert sich immer noch auf die Fahrbahn.

»Ich werd doch der Erika nix sagen.« Was denkt der denn von mir?, frage ich mich. »Auch wenn ich das nicht okay von dir finde, was da passiert ist, Buchinger.«

»Ich find auch nicht alles okay, was du so machst, Aigner«, sagt er unwirsch, und wir fahren schweigend weiter.

Knapp zwei Stunden später steuert mein Exkollege seinen Audi in eine Hauseinfahrt in einer schmalen Seitengasse und parkt direkt hinter einem kleinen gelben Renault Clio. Ich vermute mal, dass es sich dabei um Ritas Auto handelt. Laut Navi sind wir in der Josefstadt. Gleich in der Nähe vom Rathaus, wie mir der Buchinger erklärt. Er kennt sich auffallend gut aus, wo er doch angeblich nur ein einziges Mal hier war, denke ich mir skeptisch.

Am Hauseingang drückt er auf einen der Klingelknöpfe, auf dessen Schild nur Ziffern stehen.

»Alle Achtung, du hast ja wirklich ein sagenhaftes Gedächtnis. Was du dir alles gemerkt hast, obwohl du nur ein einziges Mal hier warst«, ziehe ich ihn auf.

»Halt die Pappn«, knurrt mich mein Exkollege an, dann summt der Türöffner.

»Der Markus ist ja heut eine wahre Frohnatur«, hören wir noch Ritas fröhliche Stimme aus der Sprechanlage, bevor wir das Haus betreten.

In dem recht beengten Aufzug fahren wir in den fünften Stock. Ich hab kaum Platz, weil der Buchinger sich noch breiter macht, als er schon ist. Bestimmt mit Absicht.

Als wir aussteigen, steht eine der vielen Türen im Stiegenhaus bereits offen. Neugierig betrete ich hinter dem Buchinger die Wohnung.

»Schuhe ausziehen«, schnauzt er mich an, während er in dem schmalen Flur aus seinen Quadratlatschen schlüpft.

»Lass die Schuh ruhig an, Raphael.« Die Rita hat ihren Kopf durch einen Türstock ohne Tür gesteckt. »Markus steht zwar drauf, aber wegen mir musst du die Schuhe nicht ausziehen.«

Also lasse ich den Buchinger und seine Schuhe allein zurück und folge der Wiener Kollegin in den nächsten Raum. Der ist erfreulicherweise um einiges größer, so eine Art Kochnische, Ess- und Wohnzimmer in einem. Ähnlich wie bei mir zu Hause, nur deutlich besser eingerichtet. Eine wuchtige dunkle Couch an einer Wand, an der anderen ein kleiner moderner Küchenblock in Weiß. Mittendrin ein runder Holztisch mit vier Freischwingern wie die, die auch in unserer Inspektion stehen. Ich nehme Platz und frag sie, ob sie nicht zufällig ein Bier dahat. Das könnte ich nach diesem Tag nämlich wirklich gut gebrauchen.

»Eh klar«, lacht mich die Rita an. »Nach unserem Telefonat bin ich noch rasch zum Supermarkt ums Eck und hab mich eingedeckt.«

Ich schau sie mir genauer an, während sie in hautenger schwarzer Hose und roter Bluse, die gut zu ihrem roten Haar passt, das sie zu einem langen Pferdeschwanz zusammengefasst hat, den Kühlschrank öffnet und zwei Flaschen Bier hervorholt. Im Vergleich zum Sommer hat sie ein kleines bisschen zugelegt, was ihr ziemlich gut steht.

Sie bemerkt meinen Blick und klopft sich fröhlich auf den nicht vorhandenen Bauch, nachdem sie für sich ein Glas Wasser eingeschenkt hat. »Schau bitte nicht so, ich weiß, dass ich zugenommen hab. Leider schmeckt es mir im Moment viel zu gut«, übertreibt sie maßlos.

»Also, das, was ich sehe, finde ich sehr fesch. Gibt keinen Grund, etwas daran zu ändern«, sage ich, und mein Kompliment ist ernst gemeint. In meinen Augen ist sie zwar nicht mehr der Hungerhaken vom letzten Sommer, aber immer noch ausgesprochen schlank.

Während sie das Bier samt Gläsern auf den Tisch stellt, kommt endlich auch der Buchinger ins Zimmer herein. Vielleicht hat er draußen auch noch rasch aufgeräumt, denke ich mir etwas gehässig. Als er sich auf den Freischwinger neben mich setzt, gibt der ganz schön nach hinten nach.

»Dann schieß mal los, Rita«, sagt mein Exkollege, und seine Stimme klingt noch tiefer als sonst.

Sie lässt sich nicht lang bitten und berichtet in dem ihr eigenen raschen Tempo. »Die Suche war schwieriger, als ich anfangs angenommen hatte. Von der Anrufliste des Opfers hat sich nur eine Telefonnummer als interessant herausgestellt. Leider eine Wertkartennummer. Den Besitzer konnte eure Soko nicht ausfindig machen, aber Frau Bishop hat bereits etwa einen Monat vor ihrer Ankunft in Wien regelmäßig mit dieser Nummer telefoniert. Leider hat sie weder WhatsApps noch altmodische SMS an diese Nummer geschickt, sodass ich weder einen Namen des Empfängers noch sonstige Anhaltspunkte hatte. Also hab ich letztendlich eine Ortung der Wertkartennummer in Auftrag gegeben, die wir uns hätten sparen können, aber dazu später mehr. Dann bin ich zur Limousinenvermietung J. + H. Meijer. Eine luxuriöse Bude im ersten Bezirk, die nur einen einzigen Kunden hat, nämlich die katholische Kirche. Die Leute dort wollten mir natürlich keine Auskunft geben, aber ich hab da so meine Methoden. Da das Erzbischöfliche Sekretariat für die Nächtigung der Amerikaner in dem teuren Hotel aufgekommen war, brauchte ich nur eins und eins zusammenzuzählen. Auch der Mietwagen des Opfers wurde von diesem Sekretariat bis Ende Jänner abzüglich eines hohen Sonderrabatts angemietet. Die Erzdiözese scheint sehr großzügig zu sein, ich glaube, ich werde demnächst auch mal bei denen ein Bittgesuch stellen.«

Endlich macht sie eine kurze Pause, holt tief Luft und lacht. »Nun, um diese Erkenntnis reicher bin ich also wieder zum Erzbischöflichen Sekretariat geflitzt und hab die Damen und Herren dort mit den Tatsachen konfrontiert. Natürlich haben die mir wieder keinerlei Auskunft gegeben und mich stattdessen an den Generalvikar verwiesen, bei dem ich netterweise einen Termin für den dreiundzwanzigsten Februar bekommen konnte –«

»Für den dreiundzwanzigsten Februar? Aber das ist erst in zwei Monaten! Spinnen die?«, wird sie von meinem Exkollegen unterbrochen.

»Natürlich wollten die mich damit abwimmeln. Aber nicht mit einer Rita Ratinger! Ich hab mir von meinen Kollegen die Wohnadresse vom Generalvikar raussuchen lassen und ihn direkt vor seinem Haus abgepasst. Der Mann war sehr nett, hat mir zwar nicht das Geringste verraten, aber dafür versprochen, dass ich einen früheren Termin erhalte. Dann hat er sich freundlich verabschiedet und ist abgerauscht. Und was soll ich euch sagen, keine Stunde später erhielt ich einen Anruf von Priester Asante Onwuatuegwu.«

»Onwutegwu-wie?« Der Buchinger macht große Augen.

»Und den treffen wir jetzt gleich?«, frage ich neugierig.

»Genau.« Unsere Wiener Kollegin blickt stolz vom Buchinger zu mir. »Aber nicht in deiner Uniform, Raphael. Wir sollten den Priester nicht gleich zu Beginn unserer Unterhaltung verschrecken. Noch dazu, wo er nichts davon weiß, dass ich mich spontan für euch als Begleitung entschlossen habe. Also zieh dich rasch um, wir müssen gleich los.«

Ich schüttle verständnislos den Kopf. »Wie, umziehen?«

»Du hast nix zum Wechseln dabei?«, fragt die Rita und taxiert dann den Buchinger, der ihr in seinem obligatorischen

Wollsakko und braunen Jeans gegenübersitzt. »Die Klamotten vom Markus gehen ja grad noch, aber in deiner Uniform kannst du auf keinen Fall mitkommen. Der haut mir doch gleich ab, wenn er dich so sieht.«

»Du erinnerst dich aber schon, dass wir ursprünglich gar nicht zu dir wollten?« Der Buchinger tippt sich auf die Stirn. »Wie auch immer, dann bleib ich eben hier, Aigner, und du ziehst meine Sachen an. Ehrensache, dass du mit Rita gehst, war schließlich der Mord an deiner Mutter.«

Unsere Wiener Kollegin schüttelt stirnrunzelnd den Kopf. »Aber geh, da passt der Raphael doch mindestens dreimal rein.« Dann springt sie plötzlich auf. »Wartet mal, mein dämlicher Ex hat sein Zeug immer noch nicht abgeholt!«, ruft sie und verschwindet durch die einzige Tür in der Wohnung. Keine Minute später kommt sie mit einem Kleidersack zurück.

»Dein Ex?«, wiederholt der Buchinger langsam und mit dümmlichem Gesichtsausdruck.

»Hör auf zu sudern, Markus. Und Raphael, davon passt dir garantiert was. Wenn ich mich recht erinnere, müsste sogar ein Gürtel dabei sein für den Fall, dass dir die Hose doch zu weit ist.« Sie zieht den Reißverschluss vom Kleidersack auf und nimmt eine schmale graue Hose, ein weißes Hemd mit langen Ärmeln und ein topmodernes dunkelblaues Wollsakko heraus. »Und jetzt probier's rasch an, wir haben nicht bis in alle Ewigkeiten Zeit«, treibt sie mich an und klatscht in die Hände. »Hopphopp.«

Also schlüpfe ich aus meinen Schuhen und meiner Uniform und stehe nur mehr in Boxershorts und Socken vor den beiden.

Die Rita schnalzt mit der Zunge. »Du wärst schon eine Sünde wert. Das sind ja richtige Muckis, obwohl du sonst so schlank bist. Die Kombination sieht man selten in natura.«

»Geh, sicher doch, bei mir auch.« Der Buchinger zieht den Bauch ein, so viel er kann, und der Freischwinger wackelt bedenklich.

Die Hose mit dem Label einer teuren Marke, die sogar mir

bekannt ist, passt mir tatsächlich wie angegossen, obwohl sie viel schmäler geschnitten ist als meine bequemen Jeans, die ich sonst immer trage.

»Leiwand, die Länge passt, und in Slim Fit hast du einen Urknackarsch«, grinst die Rita und haut mir mit so viel Wucht aufs Gesäß, dass sich der Buchinger an seinem Bier verschluckt.

Als ich auch das schmale und perfekt sitzende Hemd angezogen habe, hält sie mir das Sakko vor die Nase, vom gleichen Modelabel wie die Hose.

»Schaut wirklich net schlecht aus«, brummt der Buchinger seine höchste Form eines Kompliments.

»Ich müsst von meinem Ex auch noch was zum Überziehen haben, einen Moment.« Die Rita verschwindet wieder hinter der Tür und kommt mit einem eleganten schwarzen Wollmantel zurück, der ebenfalls wie angegossen sitzt.

»Tataaa! Na, wer sagt's denn. Mit Schuhen kann ich allerdings nicht dienen, da müssen's die bulligen Dienstschuhe tun. Immerhin hast du keine Einsatzstiefel an. So war mein Ex also doch noch für etwas gut.«

Die Rita führt uns auf ihren beachtlich hohen High Heels im Eiltempo zum Wiener Rathaus. Ihren Schuhgeschmack hat sie also beibehalten, und zu ihrem Glück liegt in der Stadt kein Schnee. Am Rathausplatz bleibt sie kurz stehen und erklärt uns, dass hier bereits alles für den morgigen Silvesterpfad vorbereitet wird, hier und überall in der Innenstadt sind große Bühnen aufgebaut.

Wir überqueren die Ringstraße und eilen vorbei am alten Burgtheater. Während wir so durch Wien rennen und das Keuchen vom Buchinger von Minute zu Minute lauter wird, macht sie mit uns eine kleine Stadtführung. Zuerst kommen wir am Volksgarten vorbei, dann am Bundeskanzleramt, dann hetzen wir über den Michaelerplatz, wo die römischen Ausgrabungen schön beleuchtet sind und einige Punschstände und eine kleine Bühne stehen. Ich muss zugeben, die Stadt gefällt mir trotz des hektischen Tempos, das wir an den Tag legen. Ich nehme mir vor, mit dem Felix mal ein paar Tage in Wien zu verbringen, wenn dieser Alptraum-Fall vorbei ist.

Über den sogenannten Graben gelangen wir ins Stadtzentrum und können schon von Weitem den Stephansdom sehen. Als wir näher kommen, entdecken wir davor ebenfalls Punschstände und eine Megabühne samt Riesenbildschirm. Offensichtlich ist hier auch schon alles für morgen vorbereitet. Die Rita steuert auf einen der freien Tische vor einem der Stände zu, wo sie abrupt stehen bleibt.

»Super, noch keiner da. Da hätten wir gar nicht so rennen müssen«, entfährt es dem Buchinger atemlos, als er mit einer Minute Verspätung zu uns stößt.

Die Rita schaut auf ihre Armbanduhr. »Perfekt, wir haben noch gut sechs Minuten. Geh, Markus, hol uns doch schnell drei Glühwein, ist ganz schön kalt.«

»Kalt?« Mein Exkollege wischt sich den Schweiß von der Stirn, kommt aber brav ihrer Aufforderung nach. Keine zwei Minuten später bringt er drei Häferl mit Stephansdom-Motiv an unseren Tisch.

Wir prosten uns schweigend zu, und die Rita zieht ihre Mütze vom Kopf, damit die Straßenlaterne neben uns auch ihren roten Pferdeschwanz zur Geltung bringt. Bestimmt das vereinbarte Erkennungszeichen, denke ich mir.

Dann warten wir, und je länger wir das tun, umso dankbarer bin ich, meine Hände am Glühweinhäferl wärmen zu können.

»Er ist schon fünfzehn Minuten überfällig, hoffentlich kommt der noch.« Rita zieht ihr Handy aus der großen roten Handtasche, die sie mitgeschleppt hat, und wählt eine Nummer.

»Frau Chefinspektorin Ratinger?«, sagt da eine Stimme mit rollendem R und leichtem Akzent. Ein dunkelhäutiger, etwas dicklicher Priester mit Metallbrille steht in Soutane und giftgrüner Daunenjacke vor uns und beäugt den Buchinger und mich misstrauisch.

Erleichtert steckt die Rita ihr Handy in die Riesenhandtasche zurück und reicht dem Mann die Hand. »Priester Asante

Onwuatuegwu?«, sagt sie freundlich. »Wie schön, dass Sie doch noch gekommen sind. Das sind meine Kollegen Markus Buchinger und Raphael Aigner aus Salzburg. Herr Aigner ist der Sohn von Frau Liza Bishop«, erklärt sie ohne jegliche Umschweife.

Der Priester zieht erstaunt eine Augenbraue hoch und wirkt danach gleich um einiges freundlicher. »Sagen Sie einfach Pater Asante zu mir. Sie sind also Raphael Aigner, der Sohn von Elisabeth Bishop.« Er schüttelt mir ausgiebig die Hand. »Sehr erfreut. Und mein aufrichtiges Beileid, Herr Aigner.« Dann gibt er auch meinem Exkollegen die Hand. »Und Sie müssen der leitende Beamte im Mordfall sein. Sehr erfreut, Herr Chefinspektor«, sagt er.

Überrascht stelle ich fest, dass der Mann voll im Bilde ist.

»Entschuldigen Sie bitte die Verspätung, aber ich musste noch etwas Dringendes erledigen.« Wie zum Beweis hebt er lächelnd die linke Hand in die Höhe, in der er eine große Packung Tee hält. »Aber jetzt sollten wir keine Zeit mehr verlieren. Bitte folgen Sie mir, meine Herrschaften.«

»Unauffällig«, ergänzt der Buchinger grinsend und mit vor Kälte roter Nase.

Nur ein paar Meter weiter, direkt hinter dem Dom, öffnet der Pater mit einem Schlüssel ein großes braunes Holzportal neben einer Buchhandlung. Wir betreten das wunderschöne alte Gebäude, nehmen aber nicht die reich verzierte Marmortreppe nach oben. Stattdessen ruft Pater Asante einen modernen Aufzug, der uns in den vierten und letzten Stock bringt. Dort steuert der Priester zielsicher auf eine von nur zwei Türen auf der Etage zu, die er mit demselben Schlüssel öffnet wie zuvor das Holzportal.

Wir finden uns im großzügigen Flur einer offensichtlich sehr nobel renovierten Altbauwohnung wieder.

»Wenn Sie bitte kurz im Salon warten würden.« Der Pater stößt eine riesige Flügeltür auf, die in ein noch größeres Zimmer führt. An den Wänden stehen jede Menge wohl sehr alter und wertvoller Sofas und Sessel, in der Mitte des Raumes drei gemütlich wirkende Polstersessel im Halbkreis, rechts neben ihnen je ein kleiner lackierter Tisch mit geschwungenen Beinen.

Unter lautem Quietschen schiebt Pater Asante rasch noch zwei weitere schwere Polstersessel zu dem arrangierten Dreiergrüppchen. »Bitte legen Sie Ihre Mäntel dort drüben an der Garderobe ab und nehmen Sie Platz. Wenn ich ehrlich bin, hatte ich nur mit Frau Ratinger gerechnet«, erklärt er entschuldigend. Als der Buchinger seinen breiten Hintern auf den Sessel in der Mitte platzieren will, scheucht er ihn gleich weg. »Wenn Sie diesen Platz frei lassen würden, wäre ich Ihnen sehr verbunden.« Damit verlässt er den Raum und schließt die Tür hinter sich.

»Ich komm mir vor wie im Hofmobiliendepot«, murmelt die Rita beeindruckt, und auch der Buchinger und ich sind ganz schön gespannt, was uns erwartet.

Wir müssen uns nicht lange gedulden, dann geht auch schon die Tür auf, und ein alter weißhaariger Mann in schwarzem Anzug und Hemd, ebenfalls mit Priesterkragen, kommt auf einen Stock gestützt herein. Sein schmächtiger Körper verschwindet beinahe in dem zu weiten Sakko.

Ihm folgt Pater Asante Onwuatuegwu, der sehr geschickt ein Tablett vor sich her balanciert. »Ich habe mir erlaubt, Tee für uns alle zuzubereiten.« In Windeseile stellt er die Teetassen samt je drei Stück Würfelzucker auf der dazugehörigen Untertasse auf die kleinen Tische.

»Weihbischof Flötzner! Das ist aber eine Überraschung.« Mit großen Augen steht die Rita auf, geht auf den kleinen alten Mann zu und führt ihn zu dem freien Polstersessel in der Mitte, wo er etwas schwerfällig Platz nimmt. Seine kurzen Beine berühren im Sitzen kaum den Fußboden.

»Emeritierter Weihbischof«, lächelt er. »Sie kennen mich?«

»Wer kennt Sie nicht?«, beeilt sich die Rita zurückzufragen, setzt sich lächelnd neben ihn, und er lächelt freundlich zurück.

Der Gesichtsausdruck meines Exkollegen lässt darauf

schließen, dass er nur Bahnhof versteht, und wenn ich ehrlich bin, geht es mir genauso. Ich hab diesen Mann noch nie zuvor gesehen.

Als hätte unsere Wiener Kollegin unsere Gedanken gelesen, dreht sie sich zu uns um und erklärt: »Das ist unser Weihbischof, Prälat Dr. Flötzner. Er setzt sich für die Priesterweihe für Frauen und das freiwillige Zölibat ein. Ein Revolutionär, sein letztes Buch ist erst vor ein paar Wochen erschienen.«

»Mein liebes Fräulein Ratinger, mittlerweile bin ich emeritierter Weihbischof, und als Revolutionär tauge ich in meinem Alter auch nicht mehr so recht. Aber lassen wir das, kommen wir besser zu Ihnen. Nachdem Sie mich gesucht haben, hab ich Sie nun gefunden.« Er rutscht auf dem Polstersessel nach vorn, um an die Tasse auf dem kleinen Tisch ranzukommen. Nachdem er alle drei Stück Zucker in den Tee gegeben hat, nimmt er die Tasse mit dem Goldrand in die linke Hand, einen kleinen Löffel in die rechte und rührt bedächtig darin herum. »Liebes Fräulein Ratinger, Herr Buchinger, es freut mich sehr.« Der Mann heftet seinen Blick auf mich, und als er weiterspricht, ist seine Stimme etwas brüchiger. »Mein lieber Herr Aigner, mit Ihnen habe ich überhaupt nicht gerechnet. Umso mehr freut es mich, den Enkel meiner alten Freundin in meinem Haus begrüßen zu dürfen.« Dann holt er tief Luft und stellt die Tasse mit zitternden Fingern wieder ab, ohne daraus getrunken zu haben. »Mein lieber Asante, könntest du den Herrschaften bitte unsere Geschichte erzählen? Ich glaube, ich bin im Augenblick etwas zu bewegt dafür.«

»Natürlich.« Pater Asante nickt, nimmt auf dem letzten freien Polstersessel Platz und beginnt mit rollendem R zu sprechen. »Unser lieber Prälat war natürlich nicht immer Weihbischof von Wien. Aufgewachsen ist er in Maria Alm in Salzburg. Da sein Onkel Priester am Generalvikariat Salzburg war, hat er sich schon früh berufen gefühlt, Gott zu dienen. Als ganz junger Priester am Priesterseminar durfte er dem Pfarrer von Ebenau, dem Nachbarort des schönen Koppelried, ab und zu zur Hand gehen. Pfarrer Erdhartinger, so hieß der Mann, war zugleich Freund und Beichtvater von Otto Maarbach, dem damaligen Besitzer des Maarbach-Guts.« Er hält kurz inne und faltet die Hände im Schoß. »Vor vielen Jahren, in der Nacht des Ruperti-Kirtags, wurde ebenjener Pfarrer von Otto Maarbachs Chauffeur aus dem Bett geläutet und zum Gut gebracht. Dort musste er dem stark alkoholisierten Gutsherrn aus einer äußerst prekären Lage helfen. Es war … nun, wie soll ich es ausdrücken …« Pater Asante räuspert sich etwas verlegen, und der alte Weihbischof springt für ihn ein.

»Bitte verzeihen Sie mir, aber ich muss das jetzt so barbarisch sagen: Otto Maarbach hatte ein knapp fünfzehnjähriges Mädchen vergewaltigt und dem armen Kind dabei furchtbar wehgetan. Schließlich bekam er es mit der Angst, dass ihm das Mädchen einfach wegsterben könnte, also ließ er einen seiner engsten Vertrauten, Pfarrer Erdhartinger, holen. Doch dieser war nicht gerade das, was man einen gütigen Menschen nennt, eher das Gegenteil. Pfarrer Erdhartinger war dem reichen und einflussreichen Otto Maarbach ausschließlich aus Eigennutz gefällig und brachte das Mädchen zu sich in die Pfarrei, damit es nicht im Haus der Maarbachs stirbt.«

Mit empörtem Gesichtsausdruck stellt die Rita ihre Teetasse, die sie eben noch in der Hand gehalten hat, unter lautem Klirren am Tisch neben ihr ab. »Warum um Himmels willen hat der Mann keinen Arzt für das Kind holen lassen?«

»Niemals hätte der Gutsherr das getan, liebes Fräulein Ratinger«, erklärt Weihbischof Flötzner nachsichtig. »Selbst in den sechziger Jahren hätte ein gewissenhafter Arzt den Gutsherrn wohl bei der Polizei angezeigt. Herrn Maarbach ging es natürlich nicht um das Mädchen, sondern einzig und allein darum, seine Tat zu vertuschen und seine eigene Haut zu retten.«

Angewidert rümpft der Buchinger die Nase, und ich spüre, wie sich meine Kiefermuskeln anspannen. »Das Mädchen war Traudl Asanger, meine Großmutter, nicht wahr?«, frage ich, und meine Stimme kommt mir dabei etwas fremd vor.

Der alte Kirchenmann nickt wortlos mit betroffener Miene. Da er keine Anstalten macht weiterzusprechen, übernimmt wieder Pater Asante.

»Zum Glück der jungen Edeltraut war unser Weihbischof, damals noch junger Priesterseminarist, in dieser Nacht auch in der Pfarre anwesend und hat sich um sie gekümmert, sodass sie überlebte. Nachdem Edeltraud einige Tage später wieder halbwegs genesen war, schickte der alte Pfarrer sie zurück in den Dienst bei den Maarbachs. Unser Prälat Flötzner hatte von da an ein wachsames Auge auf die Familie, damit Otto Maarbach ihr nicht nochmals etwas antat, was auch nicht passierte. Aber dann stellte sich heraus, dass das arme Mädchen schwanger war. Maarbachs Ehefrau, die über alles Bescheid wusste, wollte die junge Edeltraut so rasch wie möglich loswerden und wandte sich mit ihrem Anliegen wieder an Pfarrer Erdhartinger. Der hatte die Idee, das Mädchen schriftlich gestehen zu lassen, dass es sich beim Vater des ungeborenen Kindes um einen Bauern aus Ebenau handle. Damit sollte jeder möglicherweise aufkommende Skandal im Keim erstickt und eventuellen Ansprüchen der jungen Edeltraut vorgebeugt werden. Der Bauer wurde für sein Schweigen übrigens vom Gutsherrn belohnt. Frau Maarbach und Pfarrer Erdhartinger versprachen dem Mädchen im Gegenzug für sein Geständnis, sich um sie und ihr Kind finanziell zu kümmern, haben dieses Versprechen aber später nicht gehalten.«

Der Pater schüttelt den Kopf, als könnte er immer noch nicht glauben, was damals geschehen ist. »Unser gütiger Prälat hingegen übernahm bereits damals Verantwortung für seine Schäfchen und war für das Mädchen da. Die junge Edeltraut, selbst als uneheliches Kind in mehreren Kinderheimen aufgewachsen, wollte ihr Baby unbedingt behalten. Aber ein uneheliches Kind war damals ein gesellschaftliches Tabu und das Jugendamt rasch zur Stelle. Mit Unterstützung seines recht einflussreichen Onkels gelang es unserem Prälaten schließlich, zu erwirken, dass Edeltrauts Kind bei Pflegeeltern in Salzburg aufwuchs. Außerdem verhalf er ihr zu einer Stelle als

Küchengehilfin in der Diözese Salzburg. Unser Prälat wurde dann für einige Zeit nach Rom entsandt, sodass er Edeltraut und die Kleine aus den Augen verlor. Aber als das Mädchen bereits schulpflichtig war, wurde er noch einmal von Edeltraut Asanger um Hilfe gebeten, und er konnte erreichen, dass das Kind wieder in die Obhut der Mutter gegeben wurde.«

Als er endet, ist es so still im Raum, dass man eine Nadel fallen hören könnte. Wie soll ich das alles nur jemals meiner Schwester beibringen?, denke ich mir verzagt. Aber noch etwas anderes interessiert mich brennend. »Ich hab dieses Geständnis gesehen. Sagen Sie, Herr Prälat, das hat meine Mutter, Liza Bishop, doch von Ihnen bekommen, oder?« Ich kläre ihn kurz auf, was ich darüber weiß, natürlich ohne dabei unseren Notar zu erwähnen. Versprochen ist versprochen.

Der Prälat seufzt, bevor er mir antwortet. »Mein lieber Herr Aigner, eigentlich wäre die Geschichte, wie sie unser lieber Asante erzählt hat, zu Ende gewesen. Aber Gottes Wege sind manchmal in der Tat unergründlich. Wissen Sie, auch im Ruhestand übernehme ich noch so manche Aufgabe in der Kirche und wurde letzten Sommer gemeinsam mit meinem lieben Asante eingeladen, das katholische Seniorenheim Haus Rosenholz in Linz zu weihen. Dort trafen wir auf eine immer noch sehr muntere Dame namens Edeltraut Asanger –« Er hält mit einem Lächeln auf den Lippen inne.

Erst nach einer kleinen Pause spricht er weiter, seinen Blick ernst auf mich gerichtet: »Herr Aigner, wie soll ich es Ihnen erklären? Aber mir war sofort klar, dass die Kirche etwas wiedergutzumachen hat. Traudl erkannte mich und erzählte mir von ihrem entbehrungsreichen Leben, von ihrer Tochter in Amerika und den Enkelkindern nahe Salzburg, zu denen sie den Kontakt verloren hatte. Natürlich habe ich mich sofort an Pfarrer Erdhartinger und diesen schrecklichen Otto Maarbach erinnert. Pfarrer Erdhartinger war längst verstorben, aber hatte mir aus mir damals unerklärlichen Gründen seinen privaten Nachlass vermacht. In dem war ich auf Traudls Geständnis gestoßen, welches ich aus sentimentalen Gründen aufbewahrt hatte. Nachdem mich Gott nach so vielen Jahren also wieder zur Traudl geführt hatte, wusste ich, dass ich unbedingt handeln musste.« Wieder hält der alte Mann kurz inne. Seine schon etwas trüben Augen schimmern feucht, er wirkt gerührt. Erst nachdem er tief durchgeatmet hat, fährt er fort: »Kurz entschlossen bat ich meinen guten Asante, Traudls Tochter in den USA suchen zu lassen. Wir hatten zwar über Briefe an ihre Mutter Liza Bishops aktuellen Familiennnamen herausgefunden, aber da es in den USA keine Meldepflicht gibt, stellte sich die Suche nach ihr leider als äußerst schwierig heraus. Bishop gehört dort zu den häufigsten Familiennamen, müssen Sie wissen«, seufzt er. »Otto Maarbach war zu dem Zeitpunkt längst tot, aber ich konnte in Erfahrung bringen, dass sein einziger Sohn noch lebte. Der gute Asante besuchte den Mann und klärte ihn behutsam über alles auf, was damals passiert war.« Mit zittriger Hand greift der betagte Priester noch mal nach seiner Teetasse und führt sie vorsichtig an den Mund.

Erst nachdem er sie abgestellt hat, fährt er mit der Geschichte fort: »Ich muss schon sagen, Rudolf Maarbach war im Gegensatz zu seinem Vater ein feiner Mensch. Schade, dass auch er bald nach oben geholt wurde. Er war sofort Feuer und Flamme, was die Idee der Suche nach Ihrer Mutter betraf, Herr Aigner, und wollte uns dabei tatkräftig unterstützen. Noch kurz vor seinem Tod habe ich mit ihm telefoniert, und er war begeistert davon, eine Schwester zu haben. Aber natürlich mussten wir die Verwandtschaft zuerst noch beweisen. Also erklärte er sich zu einem DNA-Geschwistertest bereit und fuhr sofort mit Pater Asante ins Labor der Uniklinik Salzburg, um dort eine Probe abzugeben. Wie sich leider herausgestellt hat, keinen Tag zu früh. Denn der arme Rudolf Maarbach verstarb schon eine Woche später, ohne seine Schwester jemals gesehen zu haben. Frau Bishop konnten wir tatsächlich erst vor einem Monat ausfindig machen. Wir haben ihr die Situation geschildert, und daraufhin ist sie bereitwillig nach Wien gekommen.«

»Mit Ihrer freundlichen finanziellen Unterstützung, nehme

ich an«, ergänzt meine Wiener Kollegin grinsend und kommt mir dann gleich mit ihrer Frage zuvor. »Dann hat die DNA-Analyse also bewiesen, dass Raphaels Mutter die Tochter von Otto Maarbach war?«

»Leider noch nicht.« Der alte Weihbischof schüttelt bedauernd den Kopf. »Frau Bishop hat ihre Probe erst, aber immerhin noch am Montag abgegeben. Nicht wahr, lieber Asante?«

Pater Asante nickt lächelnd. »Zum Glück kannte ich Herrn Universitätsprofessor Neuwirth schon vom Gutachten des Herrn Rudolf Maarbach, sodass er sich spontan zur Abnahme einer Probe für das Abstammungsgutachten bereit erklärte. Wir waren am Montag nach den Feiertagen gleich frühmorgens bei ihm im Institut der Uniklinik. Schon die Voraussetzung, vor dem Mundhöhlentest mindestens eine Stunde nichts zu essen und zu trinken, hat Frau Bishop allerdings leider so gar nicht behagt. Danach musste ich sie zu einem ausgiebigen verspäteten Frühstück einladen.«

Auch der Prälat lächelt bei der Erinnerung, wird dann aber wieder ernst und wendet sich an mich. »Es wäre sehr hilfreich, wenn Sie und Ihre Geschwister ebenfalls einen Gentest machen würden. Ich möchte in dieser Sache wirklich auf Nummer sicher gehen. Sie können sich vorstellen, dass ich nach dem schrecklichen Verbrechen an Frau Bishop umso mehr daran interessiert bin, dass ihre Abstammung eindeutig bewiesen wird und die arme Traudl und ihre Familie endlich zu ihrem Recht und ihrem Besitz kommen.«

»Herr Prälat, haben Sie sich eigentlich auch mit der Diözese Salzburg in dieser Angelegenheit besprochen?«, will ich wissen.

»Aber ja, natürlich«, nickt der alte Mann freundlich. »Ich wollte doch alles kirchenintern, gütlich und ohne das Gericht regeln. Deswegen auch die Diskretion des Gentests am Institut. Der Erzbischof wäre uns auch entgegengekommen, doch der Direktor der Finanzkammer hat eine gütliche Einigung bis jetzt vehement abgelehnt. Aber sobald wir den Beweis haben, dass Liza Bishop das Kind von Otto Maarbach war, könnten wir tatsächlich eine Klage einbringen. Auch wenn Ihre Mutter jetzt nicht mehr lebt, sollten doch wenigstens Sie und Ihre Geschwister das bekommen, was Ihnen zusteht.«

Ganz ehrlich? Über das, was das bedeuten würde, will ich jetzt noch gar nicht nachdenken. Aber das sage ich den beiden Kirchenmännern natürlich nicht. »Wissen Sie, ob meine Mutter mit dem Finanzkammerdirektor Windischmann gesprochen hat?«, bohre ich stattdessen nach.

Der Prälat nickt, aber Pater Asante antwortet für ihn: »Natürlich. Letzten Donnerstag, gleich am Tag nach ihrer Ankunft in Koppelried, hatte ich gemeinsam mit ihr einen Termin bei ihm und seinem Bruder Ewald. Wir wollten noch mal versuchen, ihn von der Bedeutung der Angelegenheit zu überzeugen, was durch die, äh, sehr extrovertierte Art Ihrer Mutter aber gar nicht so einfach war.« Er lächelt mir freundlich zu. »Und eigentlich hätten Ihre Mutter und ich gestern einen Termin bei unserem Anwalt in Salzburg gehabt, um sie ausführlich über die rechtliche Situation zu informieren. Frau Bishop war nämlich der irrigen Überzeugung, dass ihr der gesamte Gutshof und alles Vermögen der Maarbachs zustünden, da es in den USA kein Pflichtteilsrecht, sondern lediglich eine gesetzliche Erbfolge gibt und sie schließlich amerikanische Bürgerin sei. Tja, leider konnte der Termin nicht mehr stattfinden.«

»Raphi, endlich meldest du dich.« Die Gabi klingt besorgt. »Wo bist du denn? Es ist schon halb elf, und du bist immer noch nicht daheim.«

»Ich bin in Wien –«

Bevor ich noch erklären kann, warum, unterbricht mich meine Schwester in leicht vorwurfsvollem Ton. »In Wien, Raphi? Wo der Vater im Krankenhaus ist und an allen möglichen Geräten hängt. Er hat zwar nur leichte Erfrierungen, aber der Schock hat seinen Kreislauf in Mitleidenschaft gezogen. Der Arme ist total deprimiert und kann keinen klaren Gedanken fassen. Wenn du ihm helfen willst, solltest du jetzt wirklich endlich mal diesen verdammten Mord aufklären. Also, warum um alles in der Welt treibst du dich in Wien herum?«

Endlich holt sie Luft, und ich nutze die Gelegenheit, um auch mal zu Wort zu kommen. Meine Zehen sind bereits saukalt, und ich klappe immer wieder die Schuhspitzen gegeneinander, um mich zu wärmen. Der Buchinger und die Rita wollten die unglaubliche Geschichte, die wir gehört haben, noch mit einem Glühwein am Stephansplatz verdauen. Daraus sind schon zwei geworden.

»Was glaubst denn du, was ich hier mache? Ich versuche herauszufinden, wer es wirklich war.«

»Okay, dann ist's ja gut. Sag, hast du die Asanger-Oma schon gefunden?«

Wie leicht meiner Schwester das Wort »Oma« über die Lippen kommt, denke ich mir. Dann erkläre ich ihr in kurzen Worten, was ich selbst erst vor etwa einer Stunde erfahren habe. Auf die Erwähnung der grausigen Vergewaltigung verzichte ich, dieses Detail werde ich meiner Schwester zum richtigen Zeitpunkt lieber persönlich beibringen. Danach bitte ich sie und den Simon, wegen des Mundhöhlentests morgen früh zu Frau Dr. Baumann nach Salzburg zu fahren. Mit der Ärztin hab ich schon alles besprochen, die wird sich mit ihren Kollegen darum kümmern.

»Raphi, wenn du die Asanger-Oma besuchst, sag ihr, ich würde sie auch gerne wiedersehen. Und bitte, pass gut auf dich auf«, sagt meine Schwester zum Abschluss und klingt nun noch besorgter. Ich verspreche es ihr und verabschiede mich lieber rasch.

Dann bitte ich die Rita um den Schlüssel zu ihrer Wohnung und mache mich auf den Weg. Mir ist saukalt, ich hab einiges zu verarbeiten und keine Lust mehr, mir hier die Füße in den Bauch zu stehen. Also überlasse ich die Rita und den Buchinger ihrem Schicksal.

Freitag, Silvester

Ich werde durch den Wecker meines Handys geweckt. Noch verschlafen taste ich zur anderen Seite der Ausziehcouch. Habe ich es doch geahnt. Wie es aussieht, hat der Buchinger heute Nacht nicht neben mir geschlafen, nachdem ich ihm und der Rita irgendwann mitten in der Nacht schlaftrunken die Wohnungstür geöffnet hatte und vor Müdigkeit sofort wieder ins Reich der Träume hinübergesegelt war.

Ich stehe auf, schnappe mir Hose, Hemd und die Zahnbürste, die mir die Rita offenbar bereitgelegt hat. Damit begebe ich mich in das Mini-Badezimmer am Ende des Flurs. Ich höre kein Lebenszeichen, außer mir ist offenbar noch niemand wach, also dusche ich ausgiebig und ziehe dann wieder die Sachen von gestern Abend an.

Nachdem ich mich kurz im Spiegel betrachtet habe, verlasse ich zufrieden das Badezimmer. An den Kleidungsstil könnte ich mich glatt gewöhnen. Mit einem Blick auf meine Armbanduhr klopfe ich an die Schlafzimmertür, aber nichts tut sich. Als ich sie öffne, liegt Ritas Rotschopf auf dem dicken nackten Bauch vom Buchinger, der sich langsam hebt und senkt. Erst nachdem ich etwas energischer auf den Türrahmen eingeschlagen habe, fährt sie hoch.

Sie schaut ziemlich mitgenommen aus; ihre Wimperntusche klebt auf ihren Wangen. »Jaaaaaaaaaaa?«

»Ich mach mich jetzt auf den Weg nach Linz. Sag dem Buchinger, ich melde mich später bei ihm. Die Kleider schick ich dir in den nächsten Tagen zurück.« Ich will lieber in Zivil das erste Mal seit so langer Zeit vor meine Großmutter treten.

Die Rita nickt kaum merklich. »Jaaa, schon gut, behalt das Zeug, ich brauch das sowieso nicht mehr. Wir sehen uns«, krächzt sie, dann lässt sie den Kopf wieder auf den weichen Bauch vom Buchinger fallen, der ungerührt weiterschläft.

Ich schnappe mir den Mantel von der Garderobe, nehme

den Nylonsack, in dem jetzt meine Uniform steckt, und verlasse die Wohnung.

Draußen strahlt die Sonne vom Himmel, und ich entdecke die schwarze Mercedes-Limousine mit getönten Scheiben sofort. Sie ist da, um mich abzuholen.

Nach der Fahrt, die schnell vergangen ist, betreten Pater Asante und ich das Seniorenheim Haus Rosenholz in einem Linzer Vorort.

Die Nonne am Empfang klatscht in die Hände, als sie uns erblickt. »Pater Asante, schön, dass Sie uns schon wieder besuchen. Wie ich sehe, haben Sie der Frau Traudl diesmal einen netten jungen Mann mitgebracht.«

Der Pater lächelt. »Grüß Sie Gott, Schwester Michaela. So ist es. Der da oben beschert uns heute einen wunderschönen sonnigen letzten Tag im Jahr, nicht wahr?«

Die Schwester nickt erfreut, drückt auf den Türöffner, und wir betreten einen großen Raum, dessen Wände ausschließlich aus Glas bestehen. Die Sonne strahlt herein, ein paar alte Leute sitzen auf den Bänken, andere schieben ihren Rollator langsam vor sich her.

Pater Asante geht voran bis zu einem Aufzug, mit dem wir in den dritten Stock fahren. Dort steigen wir aus und müssen einen Gang entlanggehen, in dem es mir zu sehr nach Krankenhaus riecht. Immer wieder kommen uns alte Menschen an Rollatoren oder im Rollstuhl entgegen und werfen uns neugierige Blicke zu.

Eine junge Nonne, die hinter einer offen stehenden Zimmertür einem alten Mann aus einer Schnabeltasse zu trinken gibt, winkt dem Pater. »Pater Asante, grüß Gott. Die Frau Traudl ist im Aufenthaltsraum, da ist grad Silvesterfeier.« Sie zwinkert uns zu.

Mir schwant Übles, als wir den Raum betreten und ich jemand Männliches singen höre. Definitiv talentfrei. Tatsächlich sind im Raum Stühle aneinandergereiht, auf denen mehrere Alte sitzen. Daneben wurden ein paar Rollstuhlfahrer geparkt.

Vor dem Publikum produziert sich ein dicklicher Mittvierziger mit Vollglatze und Brille am Keyboard, auf dem in Neongelb »Norbert Schmidegger, Alleinunterhalter« steht. Gerade singt er »Griechischer Wein« in einer Tonlage, die den Schöpfer des Liedes wahrscheinlich unter die Erde bringen würde, wäre er nicht schon dort. Einige der alten Männer und Frauen tragen kleine Partyhüte und klatschen mehr oder weniger im Takt mit. Andere dagegen sitzen völlig teilnahmslos da. Fast hoffe ich, dass meine Großmutter zur zweiten Gruppe zählt.

Eine Nonne entdeckt uns, kommt auf uns zu und flüstert, obwohl das bei der Lautstärke im Raum gar nicht notwendig ist: »Grüß Gott, Pater Asante. Sie suchen sicher Frau Traudl. Ihr hat die Darbietung nicht so gefallen. Als Herr Schmidegger zu singen begonnen hat, wollte sie stante pede zurück auf ihr Zimmer.«

Na bitte, dann ist sie tatsächlich mit mir verwandt, die Frau.

Norbert Schmidegger singt jetzt »Der Puppenspieler von Mexiko«, und die Frau im Rollstuhl neben mir scheint von einem Moment auf den anderen ins Koma gefallen zu sein. Ihr Nachbar ist jedoch äußerst wach. Er nimmt sein Gebiss heraus und klappert fröhlich mit. Ich bin froh, als mich der Pater drängt, den Raum zu verlassen.

»Schön ist es hier, nicht wahr?«, lächelt er mich an, und ich enthalte mich besser einer Antwort. Zielsicher geht er den endlosen Gang entlang, bis wir endlich vor einem der Zimmer anhalten. »Der Prälat hat ihr ein Einzelzimmer besorgt, damit sie mehr Privatsphäre hat«, erklärt er, dann klopft er kurz an und öffnet die Tür.

Im Polstersessel vor dem Fernseher sitzt in einem gemütlichen großen Raum eine kleine rundliche Frau mit schneeweißem, kurzem Haar und verfolgt konzentriert das Geschehen im Fernseher.

Als sie kurz zu uns hinschaut, hält sie sich den rechten Zeigefinger vor den Mund. »Psssst«, sagt sie bestimmt, »der Andi und der Alex sind gleich fertig. Der Andi hat grad Hendlleber g'macht, die mag i doch so.«

Pater Asante lächelt zuerst ihr, dann mir verständnisvoll zu, bevor er mit gefalteten Händen wartet.

Während die Fernsehköche ihre Speisen anrichten, habe ich Zeit, mir die Frau genauer anzusehen. Tatsächlich flackert eine Erinnerung in mir auf, und ich sehe mich als kleinen Buben auf ihrem Schoß sitzen. Im Vergleich zu der Person in meiner Erinnerung hat sie sich kaum verändert, ist immer noch klein und mollig, hat diesen ernsten Blick und für ihr Alter nicht besonders viele Falten im Gesicht. Heute trägt meine Großmutter eine graue Stoffhose und ein rosafarbenes T-Shirt. Ihre Hände, mit denen sie die übergroße Fernbedienung für den Fernseher umklammert, sind hingegen sehr faltig, rau und mit Altersflecken übersät. Sie sind der sichtbare Beweis dafür, dass sie ein Leben lang in der Küche gearbeitet hat. Den Gedanken an ihr furchtbares Erlebnis mit diesem Arschloch von Gutsherrn schiebe ich vorerst besser zur Seite.

»Schön, dass S' wieder dabei waren«, sagen dann endlich die beiden Fernsehköche unisono, und der Abspann beginnt.

Energisch schaltet die Traudl den Fernseher aus und dreht sich zu uns, die wir an dem kleinen Esstisch mit drei Stühlen Platz genommen haben.

»I hab das Geplärre auf der Silvesterfeier net ausg'halten. Die Schwester Benedikta wollt mich net fortlassen, also bin i einfach abg'haut. I muss doch net Silvester feiern, oder? Mir alter Frau ist ein neues Jahr sowieso schon vollkommen wurscht.«

Pater Asante winkt lachend ab. »Nein, das müssen Sie natürlich nicht.«

Dann schaut sie mich aus ihren kleinen, aber noch sehr lebendigen Augen neugierig an. »Du brauchst gar nix sagen, Asante. Den Bub von meiner Elisabeth erkenn i sofort, ist ihr ja wia ausm Gsicht g'rissen. Komm her da zu mir«, befiehlt sie mir dann in einem Ton, der dem meiner Schwester nicht unähnlich ist.

Ich hocke mich vor ihren Sessel und halte ihr die Hand hin. »Servus, Traudl«, sag ich und muss mich räuspern. Anscheinend bin ich doch ein ganz klein wenig berührt.

Sie schlägt meine Hand aus, zieht mich an sich heran, sodass sie mich umarmen kann, und lässt mich gar nicht mehr los.

»I hab dich lang nimmer g'sehen, Raphael«, sagt sie, als sie sich endlich doch von mir löst. »Fesch bist du worden. Wie geht es deiner Schwester? Ist sie immer noch so oa Gschaftige, wie sie schon als kloanes Kind oane war?«

Ich stehe wieder auf, um etwas Sicherheitsabstand zwischen uns zu bringen. Das Gedrücke gerade war mir doch etwas unheimlich.

»Heut ist sie noch viel schlimmer als damals. Keiner in der Familie traut sich, der Gabi zu widersprechen. Was sie sagt, ist Gesetz bei uns Aigners.« Ich sehe die alte Frau freundlich an, und sie lächelt.

»Und deinem katholischen Vater, wie geht's dem? Hat der hoffentlich wieder g'heiratet, nachdem ihm das Luder davong'rennt ist?«

»Nein, Traudl.«

»Geh, sag doch net ›Traudl‹ zu mir. I bin deine Asanger-Oma«, erwidert sie bestimmt.

»Na ja, ich finde, wir sollten's lieber langsam angehen lassen, Traudl. Viel hab ich von dir in den vergangenen Jahrzehnten ja nicht mitgekriegt.« Es tut mir zwar leid für die alte Frau, aber das musste ich jetzt loswerden.

Ihr Gesichtsausdruck verändert sich. »Woaßt, wenn man jung ist, macht man viele Fehler und verschiebt alles Wichtige auf später – bis man irgendwann merkt, dass man die Zeit nimmer z'rückdrehen kann. I hätt net weggehen dürfen, i hätt in eurer Nähe bleiben müssen. Nachdem die Elisabeth oafach abg'haut ist, hat mir euer Vater immer wieder Vorwürfe g'macht, und wir zwoa haben viel wegen ihr g'stritten. Dabei haben wir sie beide vermisst. Mir hat sie oa paarmal aus Amerika g'schrieben, dann hab i a nimmer viel von der g'hört. Aber das wollt mir der Franzl net glauben.« Die kleine Frau seufzt, steht auf, geht zu einem Schrank und holt eine Likörflasche sowie drei Stamperl hervor. Sie stellt alles auf dem kleinen Tisch mit den drei Stühlen ab und bittet mich, neben ihr Platz zu nehmen. Dann schenkt sie mit zittrigen Händen den Likör in die Gläser und schiebt sie vor uns hin. »I hab mir eing'redt, es ist für alle oafacher, wenn mir uns nimmer sehen. Die Elisabeth hat uns allen wehtan, aber i war net fähig, dass i euch helf. Das war net schön von mir. Prost, Raphael.« Sie hält mir ihr Stamperl hin, und ich proste ihr zu.

Wenigstens ist sie ehrlich, denke ich mir, auch wenn ich mit der Erklärung nicht ganz zufrieden bin.

Der gute Pater hingegen freut sich sichtlich über die gelungene Familienzusammenführung. Feierlich hält er sein Stamperl in die Höhe und spricht mit gerührter Stimme: »Wie heißt es doch so schön in der Bibel? ›Ein Jegliches hat seine Zeit, und alles Vornehmen unter dem Himmel hat seine Stunde.‹«

»Geh, Asante«, sagt die Traudl, »red net so g'schwollen daher. Deppert war i, dass i meine Enkerl irgendwann nimmer b'suacht hab. Schön deppert. Ewig schad um die verlorene Zeit.« Dann dreht sie sich wieder zu mir. »Woaßt, Raphael, der alte Flötzner war bei mir und hat mir schon g'sagt, dass es die Elisabeth nimmer gibt. An Weihnachten hat sie mich b'sucht, nach so vielen Jahren hab i sie das erste Mal wiederg'sehen …« Ihr Blick wird leicht glasig, sie greift in ihre Hosentasche, holt ein zerknülltes Papiertaschentuch hervor und wischt sich damit kurz über die Augen.

»I hab ihr g'sagt, dass sie die alte Gschicht net ausgraben darf. Sie hat mich drängt, dass i ihr alles verzähl, aber das hab i net können. Dem Flötzner war i richtig bös, dass der das alles wieder aufg'wärmt hat. I hab denen zwoa g'sagt, sie müssen das ruhen lassen, so was bringt koa Glück. I hab das alles mein Lebtag lang niemandem verzählt, Raphael. Man kann, was g'schehen ist, net mehr ung'schehen machen, da ist es besser, man schweigt oafach«, erklärt sie mit fester Stimme.

»Ich muss dich jetzt trotzdem etwas fragen, Traudl«, sag ich und sehe sie ernst an. »Hat dich irgendjemand außer dem Prälaten, dem Pater Asante und deiner Tochter jemals nach dem Otto Maarbach gefragt?«

»Ja, das ist sogar noch gar net lang her. Am Montag, i war

grad beim Mittagessen, da hat die Schwester Benedikta so oan unsympathischen Dicken zu mir bracht, irgendoa Magister oder so. Der wollt mich über den oiden Maarbach ausfratscheln, und i hab mich gleich so aufg'regt, dass i meine Herzpulverl braucht hab, aber dann hab i den aufdringlichen Kerl verjagt. Woaßt, weil die Sach ist ewig lang her und geht niemanden was an. Wieso willst du das eigentlich wissen?«

»Ihr Enkel Raphael ist Polizist und ermittelt im Mordfall an Ihrer Tochter, liebe Frau Asanger«, klärt sie der Pater auf.

»Ein Gendarm? Wirklich, Asante?« Die Traudl schlägt die Hände zusammen, und als sie weiterspricht, klingt ihre Stimme auf einmal ganz weich und liebevoll. »Mein Gott, dass i das noch erleben darf. Mein Enkerl ist oa Gendarm worden.« Während sie meine beiden Hände greift und ganz fest drückt, strahlen ihre trüben Augen vor Freude. »Dann hat's ja wenigstens oaner zu was bracht in der Familie.«

Ich sitze wieder am Beifahrersitz der schwarzen Mercedes-Limousine. Pater Asante hat seine Metallbrille gegen eine optische Sonnenbrille ausgetauscht, weil es immer noch wolkenlos ist. Er lächelt, wie er es eigentlich meistens tut, während er fährt, und ich hänge meinen Gedanken nach. Nachdem mir meine Großmutter von Liesls Kindheit erzählt hat, kann ich meine Mutter zumindest ein wenig besser verstehen. Die Liesl hatte es nicht leicht. Aufgewachsen ist sie bei strengen Pflegeeltern, denen immer wieder mal die Hand ausgerutscht ist. Traudl kannte sie zwar von den Sonntagsbesuchen, aber eine richtige Mutter-Tochter-Beziehung entstand nie zwischen den beiden. Auch nicht mehr, als die Liesl mit sieben Jahren wieder zurück zur Traudl durfte. Das Zusammenleben der beiden gestaltete sich schwierig, und so blieb es auch, bis die Liesl noch sehr jung meinen Vater heiratete und gleich darauf die Gabi unterwegs war. Wahrscheinlich war die Ehe zum Teil auch eine Flucht vor der Mutter, denke ich mir seufzend.

»Wir sind da, Herr Aigner«, unterbricht der Pater da meine Gedanken und biegt in eine Hofeinfahrt ein. »Lassen Sie uns reingehen.« Vor dem Eingang zur Finanzkammer wartet schon der Lienbacher Hans vom LKA auf uns, den ich zur Verstärkung herbestellt habe.

»Also gut, ich gebe zu, dass der Prälat mit uns mehrfach telefoniert hat. Er hatte auch einen Termin beim Erzbischof. Eigentlich sind das alles Kircheninterna, die die Polizei nichts angehen. Aber meinetwegen, weil Sie der Sohn der Verstorbenen –«

»Des Mordopfers«, unterbreche ich den unsympathischen Kerl.

DDr. Windischmann, der Direktor der Finanzkammer, schlägt ein Bein über das andere und schaut mich dabei überheblich an. »Der emeritierte Weihbischof von Wien hat auch lange mit mir telefoniert, und ja, am letzten Donnerstag kam es zu einem persönlichen Gespräch mit Pater Asante und Ihrer Mutter. Die Dame hatte eine recht eigenwillige Vorstellung von dem, was ihr zustehen würde. Vorausgesetzt natürlich, sie hätte ihre Abstammung nachweisen können. Aber das alles hat am Standpunkt unserer Diözese nichts geändert.« Er lächelt herablassend. »Der Erzbischof steht voll und ganz hinter mir. Wir haben dieses Gut rechtmäßig geerbt. Der Anspruch Ihrer Mutter war nicht bewiesen, wozu also hätten wir uns auf einen völlig unbegründeten außergerichtlichen Vergleich einlassen sollen? Nur wegen eines Zettels, den vor Urzeiten ein Mäderl geschrieben hat? Also wirklich, es gab keinerlei Veranlassung, Ihrer Mutter auch nur einen Cent, geschweige denn den Pflichtteil des Erbes auszuzahlen. Überhaupt keine.«

Ich muss kräftig schlucken, um meine Gefühle nicht zu zeigen. Der Kerl geht mir so was von auf den Sack. »Sie haben eine falsche Zeugenaussage gemacht«, presse ich zwischen den Lippen hervor.

»Sie haben uns die Angelegenheit absichtlich verschwiegen und damit unsere Ermittlungen behindert«, unterstützt mich mein Kollege, der Hans.

»Unser Anwalt wird das klären.« Der Direktor zuckt unbeeindruckt mit den Schultern.

Es klopft, und der junge Priester und Sekretär in einer Person, den ich schon kenne, steckt den Kopf durch die Tür. »Herr Doktor, Ihr Bruder wäre jetzt da.«

Sehr gut, denke ich mir. Wir haben nämlich vorher nach dem Kerl schicken lassen.

Der schleimige Ewald Windischmann betritt unsicher das Büro seines Bruders und nimmt neben ihm Platz.

»Kommen wir gleich zur Sache, Herr Magister«, verliere ich keine Zeit. »Warum haben Sie am Montag Edeltraut Asanger, die Mutter des Mordopfers, in Linz im Altersheim aufgesucht und danach Liza Bishop am Parkplatz des Maarbach-Guts abgepasst?«

Der Mann schaut mich erschrocken an und vergisst dabei glatt, zu seinem Bruder zu schielen. »Ich wollte … Ich habe … Die Kirche«, stammelt er in seiner hohen Stimmlage.

»Was wolltest du unglaublicher Idiot dort?«, fährt ihn der Leiter der Finanzkammer an. »Bist du denn von allen guten Geistern verlassen?«

Mit weinerlicher Stimme wendet sich der dicke Kerl an den Direktor. »Bei der alten Dame wollte ich mich nur vergewissern, dass an dieser Geschichte nichts dran ist. Und diese Frau hat mich angerufen und sich mit mir am Gut verabredet. Warum, wollte sie mir nicht sagen. Vor dem Treffen war ich noch bei den Pferden und hab mich deshalb leicht verspätet. Sie hat am Parkplatz gewartet und war so fuchsteufelswild, dass kein vernünftiges Gespräch mit ihr möglich war. Ich sag dir, noch jemanden, den ihr mir am Maarbach-Gut vorsetzt, halt ich nicht aus. Der Aufwieser ist schon unerträglich, aber diese Person, die wäre eine Katastrophe für mich gewesen.«

Direktor Windischmann steht auf und schenkt seinem Bruder einen verächtlichen Blick. »Du bist so erbärmlich, Ewald, und so unbeschreiblich dämlich. Diese Frau hätte doch selbst im schlimmsten Fall nur einen Pflichtteil in bar erhalten, niemals das Gut.«

»Herr Magister Windischmann?« Der Hans schaut dem Mann ruhig in die Augen. »Ich möchte Sie bitten, dass Sie mich zur weiteren Einvernahme aufs LKA begleiten, andernfalls müssen wir Sie durch unseren Staatsanwalt vorladen lassen.«

»Aber ich hab doch nichts getan«, protestiert der Angesprochene. »Das müssen Sie mir glauben.«

Wenn ich ehrlich bin, weiß ich allerdings immer noch nicht, was ich glauben soll.

Der Hans hat mich informiert, dass mein Vater den Mord zumindest anhand der Spuren auf seiner Kleidung nicht begangen haben kann. Gemäß Tatrekonstruktion muss der Mörder nämlich komplett mit Blut bespritzt gewesen sein, an Vaters Pullover wurden allerdings nur ganz geringe Spuren von Liesls Blut gefunden. Dass er in ihrem Zimmer war, steht damit zwar außer Frage, aber sehr wahrscheinlich hat er es nach dem Täter betreten. Das alles hat sich nur nachweisen lassen, weil die gute Milli seine Kleider Gott sei Dank nicht gewaschen, sondern nur zum Trocknen über den Heizkörper gehängt hat. In der Zeit der Raunächte dürfe man auf keinen Fall Wäsche waschen, hat uns die alte Frau neunmalklug schon bei ihrer Vernehmung erklärt, weil das natürlich Unglück bringe. In diesem speziellen Fall lag sie damit goldrichtig. Aberglaube hat manchmal auch sein Gutes, stelle ich erfreut fest. Ich nehme mir vor, die alte Frau bei nächster Gelegenheit dafür zu küssen.

Am Messer wurden zwar die Fingerabdrücke von meinem Vater festgestellt, die könnten aber auch dorthin gekommen sein, als er es aus ihrem Brustkorb gezogen hat.

Also lasse ich mich von Pater Asante am Krankenhaus absetzen, um mich noch mal mit meinem Vater zu unterhalten.

Er schlurft in seinen Lederschlapfen neben mir den leeren Krankenhausgang entlang. Über seinem Pyjama trägt er seinen grauen Morgenmantel, den er gar nicht wie sonst zugeknotet hat.

Schweigend biegen wir in den Aufenthaltsraum rechts von uns ab. Er ist leer. Ich drücke uns am Automaten zwei Kaffee, und wir nehmen nebeneinander auf den grauen Plastikstühlen an der Wand Platz. Als ich ihn mir so ansehe, stelle ich fest, dass er trotz seiner derzeit schlechten Verfassung immer noch ein äußerst stattlicher und fitter Mann ist. Zum ersten Mal frage ich mich, warum er so früh ins Altersheim gezogen ist. Vielleicht war das seine Art, mir nach dem Tod meiner Frau seine Zuneigung zu zeigen. Hätte er es nicht getan, hätte ich mit dem Felix nicht bei meiner Schwester einziehen können.

»Woaßt, Bub, ein Herr Pfarrer war heut Vormittag bei mir. I hab beichten können, und jetzt geht es mir schon a bisserl besser«, unterbricht er die Stille und starrt auf seine Lederschlapfen.

»Vater, hör mir jetzt mal ganz genau zu: Du hast die Liesl nicht umgebracht.« Während ich ihm erkläre, warum, spreche ich ganz langsam, damit er auch alles versteht.

Als ich fertig bin, schaut er mich immer noch zweifelnd an. »Dann wollt i der Liesl also doch helfen und hab ihr net wehgetan?«

Ich nicke, seine Miene entspannt sich, und er trinkt einen Schluck von seinem Kaffee. Seine Finger sind lang und schlank mit breiten Knöcheln, genau wie meine, stelle ich fest.

»Vater, ich brauche deine Hilfe. Wir müssen unbedingt rauskriegen, wer das der Liesl angetan hat und warum. Schon alleine, um dich endgültig zu entlasten. Kannst du dich wieder erinnern, was in der Nacht passiert ist?« Ich schaue ihm fest in die Augen. »Wie bist du ins Wirtshaus und in Liesls Zimmer gekommen? Hast du davor jemanden gesehen oder gehört?«

»Mit dem Schlüssel, Bub.« Mein Vater betrachtet beschämt den Boden. »I hab ihr den g'stohlen, wie sie mich mit dem Auto vom Rieglerbräu z'rück ins Altersheim bracht hat. Der ist am Beifahrersitz g'legen, sie hat es gar net g'merkt, wia i ihn eing'steckt hab. In meinem ganzen Leben hab i noch nia gegen das siebte Gebot verstoßen, aber da ist es oafach über mich kemma. Ohne den Schlüssel wär i doch nia auf die Idee kommen ...«

Er hatte den Schlüssel, denke ich mir. Verdammt, mit dem konnte er natürlich einfach ins Rieglerbräu und in Liesls Zimmer marschieren.

Mein Vater hebt den Blick und schaut mich unsicher an. »I hab mich net gleich dazu entschlossen, die Liesl aufzusuacha. Stundenlang hab i auf den Schlüssel mit der Zimmernummer g'starrt, aber dann bin i doch ins Sekretariat vom Heim und hab mich abg'meldet. Trotzdem hab i mich erst weit nach Mitternacht über den Innenhof raustraut und bin z' Fuaß hin zum Rieglerbräu. Die Wirtshaustür ist mit dem Schlüssel sofort aufg'sprungen, aber i hab mich im Extrastüberl versteckt, hatte Angst vor meiner eigenen Courage. Da hab i was g'hört, Bub. In der Wirtshauskuchl hat's g'scheppert. I hab mir dacht, das muass die alte Rieglerin sein, und hab mich nimmer rühren traut. Wia gelähmt bin i dag'sessen. Erst als es wieder komplett ruhig war, bin i die Treppen rauf zum Zimmer Nummer zwoa und hab derweil im Hosensack nach dem Schlüssel g'suacht. Aber die Tür stand schon offen, also bin i rein.«

»Und was hast du dann mit dem Schlüssel gemacht?« Meine Stimme klingt lauter als gewollt. Laut Spusi hat der Originalschlüssel, den mein Vater entwendet hat, doch außen an der Tür gesteckt.

Mein Vater zuckt merklich zusammen. »I woaß es nimmer, Raphi, i woaß nur mehr, dass die Tür offen war und i sie gleich g'sehen hab. Der Mond hat so hell g'schienen, i hab sie a ohne Licht dort in dem ganzen Bluat liegen g'sehen. I war so erschrocken, aber wollt ihr sofort helfen.« Die Hände meines Vaters beginnen stark zu zittern, also nehme ich ihm sicherheitshalber den Kaffeebecher ab und stelle ihn auf den Stuhl neben mir.

»Ihre Augen haben auf die Decken über ihr g'starrt, der linke Arm ist vom Bett runterg'hängt, und in ihrer Brust ist a großes Messer g'steckt. I bin hin und hab es rauszogen und gleich wieder fallen lassen. Mehrmals hab i ihren Namen g'rufen und sie g'schüttelt, aber sie hat sich nimmer g'rührt. Da ist mir klar worden, dass sie wirklich tot war.« Mein Vater lässt verzweifelt den Kopf in die Hände sinken. »I schäm mich dafür, Bub, aber i war oafach feig. I hab es mit der Angst zu tun kriagt und bin aus dem Zimmer raus. Dabei wär das alles net passiert, wenn sie mich net so schamlos ang'logen hätt ...«

Der wird doch jetzt nicht weinen, denke ich mir panisch. Ich überleg mir schon, ob ich meinen Arm um seine Schulter legen soll, aber da nimmt er zum Glück die Hände wieder vom Gesicht und kramt in der Tasche seines Bademantels nach seinem alten karierten und schon mehrfach benutzten Stofftaschentuch. Mein Vater ist einer der wenigen Menschen, die so etwas noch besitzen und verwenden.

»Raphael, deine Muatter hat mich schamlos ang'logen, und was i dir jetzt sagen muss, das bleibt unter uns.« Sein Gesicht ist leichenblass. »Unserer Gabi darfst du nix davon sagen, schwör mir das.«

Ich nicke.

»Also, als die Liesl mich am Montag mit ihrem Auto ins Altersheim bracht hat, hat sie auf oamoi behauptet, die Gabi wär net von mir. Dass der Vater a junger Salzburger g'wesen wär, net so a Grantscherm wie i. Das hat mich fertigg'macht, Raphael. Meine Gabi ist doch meine Tochter, mein Herzerl, sie ist mir doch so ähnlich.« Hilflos hebt er beide Hände und lässt sie dann wieder langsam sinken. »Sie würd es der Gabi sagen, hat die Liesl droht. Weil jeder a Recht hätt zu wissen, wer sein Vater ist – und vor allem, wer net. Und dabei hat sie g'lacht. Deswegen hab i den Schlüssel g'stohlen, deswegen bin i in der Nacht zu ihr. Die Liesl hätt mir doch niemals meine Gabi nehmen dürfen, verstehst? I wollt sie bitten, auf Knien wollt i sie bitten, dass sie diese Lüge net unserer Tochter erzählt.«

Ich nehme einen kräftigen Schluck vom Kaffee. Sollte da was Wahres dran sein?, überleg ich, schieb diesen höchst unangenehmen Gedanken aber schnell zur Seite. Die beiden ähneln sich in ihrer Art oft so sehr, das kann nicht möglich sein. »Die Liesl hat gelogen, ganz bestimmt«, versuche ich, den armen Mann zu beruhigen. »Sie hatte eben eine ganz eigene Wahrnehmung. Wenn die Gabi nicht von dir ist, dann fress ich einen Besen, Vater. Aber bitte erzähl jetzt weiter, was draußen vor Liesls Zimmer passiert ist.«

Er zuckt hilflos mit den Schultern. »Tief durchschnaufen hab i müssen, dann bin i die Treppen runter und raus aus dem verfluchten Wirtshaus. Geregnet hat's, und i bin g'laufen. I wollt nur weg, und wia i irgendwann endlich beim Haus von der Rosl war, war i überzeugt, dass i die Liesl abg'stochen hab … I war am End.«

Verzweifelt fahre ich mir mit beiden Händen durch die Haare. »Vater, bitte erinnere dich: Hast du jemanden gesehen oder gehört? Da oben im Flur oder auf der Treppe? Vielleicht ein Geräusch?« Ich bin auch am Ende, weil ich so sehr gehofft habe, dass er irgendeinen Hinweis für mich hat.

Der Vater beißt sich auf die Unterlippe und kaut einen Moment darauf herum, bevor er mir antwortet. »Bub, i woaß net. I wollt das eigentlich niemandem erzählen, weil mir des eh koaner glaubt. Schon gar net du.« Er blickt mir fest in die Augen. »Aber vielleicht war's ja wirklich so. Mir war, als hätt irgendwo im Wirtshaus jemand leise vor sich hing'jammert oder g'heult mit aner ganz eigenartigen Stimme, das war direkt unhoamlich. Bub, i woaß, du glaubst da überhaupt net dran, aber i bin mir sicher, das war die Frau Percht, die in den Raunächten draußen ihr Unwesen treibt.« Er stockt verunsichert, spricht dann aber doch weiter. »Das oide Weiberl war da, um die Seel deiner toten Muatter z' holen, ganz bestimmt.«

Völlig erschöpft sitze ich nur in bequemen Sporthosen auf der Couch in meinem gut geheizten Wohnzimmer. Die letzten Tage haben mich ziemlich mitgenommen, vor allem die Sache mit meinem Vater.

Die Kleider von Ritas Exfreund hab ich fein säuberlich auf einen Kleiderbügel an die Garderobe gehängt. Zum Auslüften. Ich muss dringend den Buchinger sprechen, denke ich mir und beiße ein ordentliches Stück von meinem Salamibrot ab, weil ich heute noch gar nichts zwischen die Zähne bekommen habe. Dann wähle ich die Handynummer meines Exkollegen, aber am anderen Ende meldet sich die Erika.

»Raphi, griaß di«, sagt sie fröhlich. »Du, der Markus ist grad unter der Dusche. Seinem Geruch nach zu schließen habt ihr ja ausgiebig ermittelt in Wien. Und richtig fertig sah er auch aus.«

Ich verschlucke mich beinahe am letzten Rest des Salamibrotes. Sie wird doch wohl nichts ahnen? »Also, äh, wir waren halt nach dem Gespräch mit den Priestern noch auf den ein oder anderen Glühwein«, stottere ich. »In den letzten Tagen ist so manches passiert, was ich verarbeiten muss, da hab ich den Markus zum Reden gebraucht.« Etwas Besseres ist mir auf die Schnelle nicht eingefallen.

Die Erika lacht ein wenig. »Der Markus hat mir schon von deiner Geschichte erzählt. Das ist ja alles kaum zu glauben.«

Ich lache sicherheitshalber mit, ohne zu wissen, was mein Exkollege erzählt hat.

Schlagartig hört die Erika auf zu lachen. »Aber im Ernst, Raphi. Mein Beileid, das tut mir alles von Herzen leid. Ich hoffe, du und der Markus, ihr findets den abscheulichen Kerl bald. Das hat jetzt absoluten Vorrang vor allem, Raphi.«

Plötzlich trifft mich das schlechte Gewissen wie ein Faustschlag, obwohl ich gar nichts getan hab. Oder vielleicht gerade deshalb. Ich hätte den Buchinger gestern wirklich davon abhalten sollen, noch mehr in diese Rita-Geschichte abzudriften.

Ich räuspere mich verlegen. »Danke, Erika. Weißt, obwohl ich die Frau eigentlich gar nicht kannte, trifft es mich doch. Und die Gabi nimmt das erst recht mit, kann ich dir sagen.«

Die Erika antwortet noch einfühlsamer als gerade eben schon: »Arme Gabi, ich werde sie auf jeden Fall bald besuchen. Außerdem bin ich neugierig auf deinen Bruder, der Markus hat mir gesagt, der schaut aus wie dein Zwilling. Leider kann ich euch heute Abend nicht auf den Silvesterball begleiten, weil meine Eltern zu Besuch sind. Ist aber vielleicht auch besser so, ich will euch auf gar keinen Fall bei den Ermittlungen im Weg sein.«

Meinen Halbbruder habe ich schon mehr oder minder erfolgreich verdrängt gehabt, und auch den Silvesterball bei der Marie hatte ich komplett vergessen. Der Buchinger will uns dort beehren? Das ist mir neu.

»Aigner!«, schreit auf einmal mein Exkollege ins Telefon. »Warum rufst du die Erika an? Kannst mich net am Handy anrufen?«

»Das ist dein Handy«, höre ich im Hintergrund Erikas erstaunte Stimme. »Und reiß es mir net einfach so aus der Hand.« Jetzt höre ich nichts mehr, weil der Buchinger wahrscheinlich die Hand übers Mikrofon hält.

Dann raschelt es, und die Erika ist wieder dran. »Raphi, ich wünsch dir trotz allem ein gutes neues Jahr, das hoffentlich besser wird als das alte. Und richt der Gabi ganz liebe Grüße aus.«

»Servus, Erika, mach ich«, antworte ich brav und wünsche auch ihr das Beste fürs neue Jahr.

Damit wird das Handy offensichtlich wieder dem Buchinger übergeben. »Danke, Mausi«, höre ich ihn kleinlaut zu seiner Frau sagen. Nachdem er sich kurz geräuspert hat, schlägt er nun auch mir gegenüber einen freundlicheren Ton an. »Aigner? Was gibt's?«

Wahrscheinlich steht die Erika noch neben ihm, denke ich mir und kann die Schweißperlen, die ihm jetzt aus den Poren in seinen Geheimratsecken schießen müssen, förmlich durchs Telefon riechen.

»Ich war heute bei meiner Großmutter und dann noch mal bei diesem unsympathischen Doppeldoktor Windischmann samt Bruder«, setze ich ihn in Kenntnis.

»Wir haben seinen Bruder, den Magister, vorhin auch schon ziemlich in die Mangel genommen, aber nichts aus ihm rausgekriegt. Die Heulsuse schwört Stein und Bein, nichts mit dem Mord an deiner Mutter zu tun zu haben. Also mussten wir ihn wieder gehen lassen!«, schreit er fast ins Telefon.

»Und warum müssen wir dann auf dem Silvesterball ermitteln? Wann kann ich mit dir reden?«, frage ich mit gedämpfter Stimme, damit die Erika mich nicht hören kann, falls sie immer noch neben ihrem Mann stehen sollte.

»Ja, genau, ich komm wie ausgemacht gegen zehn ins Rieglerbräu. Also bis später.« Mit diesen Worten legt er auf, und ich weiß nicht, wovon er gefaselt hat. Wir haben gar nichts vereinbart.

Ich atme tief durch und bin froh, dass dieses Telefonat zu Ende ist. Jetzt muss ich mir doch tatsächlich eine Taktik zurechtlegen, wie ich der Erika begegnen soll, sollte sie uns nächste Woche wirklich besuchen. Besser wäre es, wenn der Buchinger das verhindern und erst mal ein bisschen Gras über die Wiener Sache wachsen könnte. Ich glaub, gerade könnte ich der Erika nicht in die Augen schauen.

Um mich abzulenken, wähle ich Felix' neue Telefonnummer. Außerdem will ich die Stimme meines Buben hören, das wird mir bestimmt guttun. Leider lande ich nur auf der Mailbox meines anscheinend schwer beschäftigten Sohnes. Da ich keine Ahnung hab, ob er die schon abhören kann, hinterlasse ich keine Nachricht.

Als ich mir in meiner Kochnische ein zweites Salamibrot richte, ruft er mich zurück. »Papa! Hallo! Du hast angerufen, ich hab's am Display gesehen!«, schreit er aus meinem Handy.

Nachdem meine Ohren schon vom Gespräch mit dem Buchinger strapaziert sind, schalte ich den Lautsprecher ein, setze mich samt Brot wieder auf meine Couch und lege das Handy vor mich auf den Wohnzimmertisch.

»Ich war mit dem Opa heute noch mal Schlittenfahren. Sogar die Oma ist einmal mit mir gefahren, allerdings nur den Babyhügel runter. Der Opa und ich waren grad noch Feuerwerk einkaufen. Warte mal, ich lese dir vor, wie die Sachen heißen: S-i-l-b-e-r-r-e-g-e-n, F-e-u-e-r-s-p-u-c-k-e-r«, entziffert er anscheinend die Schrift auf den Packungen. »Auch ein Piraten-Set und Feuerwerk-Bienen hab ich bekommen. Ich freu mich schon so auf Mitternacht.«

Ich muss über seine Begeisterung lachen. »Na, dann bin ich ja beruhigt, dass du auch ohne uns ein tolles Silvester haben wirst.«

Der Felix lacht mit mir. »Papa, die Tante Gabi hat mich heute auch schon angerufen. Die ist gar nicht traurig, dass ich nicht da bin, weil die geht mit dem Andi auf den Silvesterball bei der Marie. Ups, das hätte ich jetzt nicht sagen dürfen, oder?« Seine Stimme klingt auf einmal ganz verzagt. Natürlich war auch mein Sohn schon in das Gspusi vom Andi und der Gabi eingeweiht.

Bei dem Gedanken, dass der Kleine seine Tante nicht verraten wollte, muss ich schmunzeln. »Aber geh«, antworte ich deshalb ganz locker. »Ich weiß doch schon längst, dass die beiden sich gernhaben. Die Gabi hat es mir erzählt, da brauchst du kein schlechtes Gewissen zu haben.«

Am anderen Ende der Leitung atmet mein Sohn erleichtert auf. »Puhh, da bin ich aber froh. Wird die Tante Gabi jetzt den Andi heiraten, Papa? Kriegt sie ein Baby, und glaubst, dass ich dann aus meinem Zimmer ausziehen muss? Bei dir da unten ist so wenig Platz, da mag ich ehrlich gesagt gar nicht wohnen.«

Typisch mein Sohn. Ich grinse schon wieder. Er kommt immer gleich auf den Punkt. »Nein, ich gehe mal nicht davon aus, dass du bald dein Zimmer räumen musst.«

»Kann ich noch ein paar Tage bei Oma und Opa bleiben, Papa? Bitte. Der Opa hat gesagt, ich kann so lange bleiben, wie ich Ferien habe. Das ist für ihn überhaupt kein Problem.«

»Mal sehen, Felix. Aber ein paar Tage werden schon noch gehen.«

»Juchhu, danke! Du, ich muss jetzt auflegen, weil die Oma macht grad ein Backhendl, und ich muss ihr beim Panieren helfen, weißt. Tschüss, Papa, rufst mich um Mitternacht an, gell? Nicht vergessen.«

Ich kann mich gar nicht mehr verabschieden, weil er schon aufgelegt hat. Spürbar erschlagen von den letzten Tagen lege ich mich auf die Couch. Ein, zwei Stunden Schlaf können nicht schaden, der Silvesterball läuft mir schon nicht davon.

Ich küsse die Marie wie wild auf den Mund, und sie lässt es widerstandslos mit sich geschehen. Dann ziehe ich ihr das schwarze Shirt über den Kopf, unter dem sie einen atemberaubenden schwarzen BH trägt, an dem ich mich gleich zu schaffen mache. Sie wehrt sich kein bisschen, sondern schlingt lächelnd ihre Arme um meinen Hals. Mir ist unglaublich heiß.

»Raphi! Flott jetzt!«, hör ich da die Gabi und nehme sofort die Hände von der Marie. Auf einmal fröstelt mich ordentlich.

»Raphi!« Jemand schüttelt mich heftig. »Auf-wachen! Du musst dich noch fertig machen.«

Endlich öffne ich die Augen und sehe anstelle der Marie meine Schwester hinter meiner Couch stehen. Sie hat sich in ein schwarzes, glänzendes Ding hineingepresst, das aussieht, als würde es aus den Schuppen eines verbrannten Goldfischs bestehen. In der Hand hält sie einen roten Fetzen. Ich reibe mir die Augen, setze mich auf und drehe mich zur Sofalehne. Mir ist ein bisserl kühl, weil ich immer noch nur die Sporthose trage. Hinter der Gabi kann ich den Kopf von meinem ehemals besten Freund erkennen.

»Der Andi hilft mir einfach nicht weiter, dem gefällt wie üblich immer alles. Was meinst, soll ich jetzt das enge Kleid mit den Pailletten anziehen oder das weitere rote?«

Da meine Schwester für den Fischschuppenfetzen eindeutig noch zwei Größen zu breit ist, deute ich auf das rote. Wird schon nicht schlimmer sein.

Zufrieden rauscht sie durch die Tür raus in Richtung ihrer Wohnung. »Mach dich dann auch fertig, Raphi, und zieh das schöne Gwand an, das draußen an der Garderobe hängt. Das hast du dir bestimmt in Wien gekauft, oder? Da werden die Leute Augen machen, wenn die dich so sehen. Und die Marie erst!«, ruft sie mir noch von der Treppe her zu.

»Hattest wohl einen angenehmen Traum, Aigner«, grinst der Andi und deutet auf meine immer noch etwas ausgebeulte Hose. »Von der Marie oder vom Pumuckl? Darf ich raten?«

Ich werfe dem grinsenden Depp mangels Alternative die Fernbedienung des Fernsehers an den Kopf, während er durch den Türrahmen verschwindet.

Ich glaube, ich brauche jetzt dringend eine Wechseldusche à la Kneipp, kalt-heiß-kalt, und geh ins Badezimmer.

Aber erst mal mache ich mir das Gesicht nass und rasiere mir die Bartstoppeln weg. Auch weil ich einen so gepflegten Bart, wie der Simon einen hat, sowieso nicht hinkrieg. Bevor ich noch in die Dusche steigen kann, wird die Badezimmertür aufgerissen. Es ist schon wieder meine Schwester.

»Also, wie findest jetzt das?«

Schnell hänge ich mir aufgrund der nicht vorhandenen Privatsphäre ein Handtuch um die Hüfte.

Die Gabi steht in einem roten Kleid mit dünnen Trägern vor mir, das ihr wirklich ausgesprochen gut steht. Es ist sehr kurz, aber die hohen Schuhe machen richtig nette Beine. Sie ist verdammt hübsch zurechtgemacht, denke ich mir stolz.

Anerkennend strecke ich den Daumen nach oben und drücke ihr einen schnellen Kuss auf die Wange. Bei der Gelegenheit mustere ich sie verstohlen. Nun, die Größe unseres Vaters hat sie nicht, aber eindeutig seine Nase, bemerke ich beruhigt.

Meine Schwester schiebt mich gleich wieder von sich. »Bäh, Raphi, du bist nass und ruinierst mir noch mein Make-up.« Kritisch prüft sie ihr Gesicht im Badezimmerspiegel und dreht sich dann wieder zu mir. »Ich bin so froh, dass du dich in die Sache reinhängst, damit der Papa nicht mehr verdächtigt wird. Und es tut mir wirklich leid, dass ich in letzter Zeit ein bisserl ungerecht zu dir war, bist ja doch mein Lieblingsbruder, gell.« Liebevoll zwickt sie mich in die Wange und nimmt meine Haarbürste, um sich damit ihr langes schwarzes Haar zu kämmen, obwohl es gar nicht nötig ist. Ich nehme ihr das Ding aus der Hand, weil ich gut darauf verzichten kann, tausend lange schwarze Haare aus der Bürste zu ziehen.

»Du musst mir morgen unbedingt noch einmal alles ganz genau erzählen, von diesem Bischof und der Asanger-Oma. Ich möchte sie so bald wie möglich mit dem Simon besuchen, glaubst, ich kann morgen schon zu ihr? Ich bin so gespannt auf die Frau, ich kann mich kaum mehr an sie erinnern.« Meine Schwester hat vor Aufregung ganz gerötete Wangen.

Da taucht auch noch der Andi in der Badtür auf. »Wir sollten uns schleunigst auf den Weg machen, Gabi. Es ist schon halb neun, und ich kann nur hoffen, dass uns die Marie Plätze reserviert hat.«

»Nur herein«, winke ich ihm zu, »mein Bad ist euer Bad.«

»Echt jetzt?« Das lässt sich der Andi nicht zweimal sagen, macht einen Schritt ins Zimmer und gibt der Gabi einen sanften Klaps auf den immer noch rundlichen Hintern. »Unglaublich fesch bist, Schatzl.«

Sie lächelt ihn breit an und zeigt dabei ihre schönen weißen Zähne, während sie ihm mit ihren langen roten Fingernägeln über die Wange fährt. »Mein lieber Andi, mit mir kriegst du überall im Ort zu jeder Zeit einen Platz, das wirst du schon noch merken.« Und recht hat sie, meine Schwester. Die Koppelrieder haben nämlich alle einen Heidenrespekt vor ihr.

»Ich kann's immer noch net glauben, was für ein Glück ich mit dir hab«, säuselt der Andi und nimmt ganz verzückt ihre Hand.

»Und jetzt ab mit euch zwei Irren, ich möchte mich schließlich vorher noch duschen«, scheuche ich die beiden Turteltauben aus meinem Badezimmer. »Geht nur voraus ins Rieglerbräu, ich komm später nach.«

Die Gabi kehrt allerdings gleich wieder um. Über ihrem Arm hängen die Kleider, die ich aus Wien mitgebracht habe. »Das ziehst an und nix anderes. Ich hab es vorhin schon aufgebügelt und eingesprüht, riecht wie frisch gewaschen.«

Ich strecke den Rücken durch, die rechte Hand wie zum Militärgruß an der Stirn, während ich mit der linken immer noch das Handtuch um meine Hüfte festhalte. »Zu Befehl, Frau General.«

»Depp, du«, lacht sie. »Und jetzt mach schnell, dann kriegst vielleicht noch ein Schnitzel von der Erni.«

Na, wenn das kein Anreiz ist, denke ich mir und hüpfe endlich unter die Dusche.

Etwa eine Stunde später öffne ich die schwere Holztür zum Rieglerbräu und kann schon durch die geöffnete Glastür in den Schankraum sehen. Das Wirtshaus ist zum Bersten voll.

Ich komme aber nicht weit, weil die dicke Hedi Eidenpichler im Lodenmantel alles aufhält.

Vor der großen Garderobe ist ein breiter Tisch aufgebaut, hinter dem sich der Lehrbub Gregor verschanzt hat. Der Berg an Mänteln und Jacken vor ihm wächst ins schier Unermessliche. »Mei, du depperter Bub!«, schreit den Gregor der Eidenpichler an, seinerseits Hedis Gatte und Besitzer des einzigen, dafür sündteuren Möbelladens im Ort.

»Du musst die Jacken auf die richtigen Nummern hängen, auf die, die du auf den Zetteln den Gästen in d' Hand druckst. Sonst krieg ich am End noch an falschen Mantel, und den hier hab ich mir beim Stassny in der Getreidegassn kauft. Wenn der wegkommt, muss mir die Wirtin den teuer ersetzen«, grantelt die Hedi.

Der Gregor schaut verwirrt auf die Nummern. Sein Gesicht ist rot, die Schweißperlen stehen ihm auf der Stirn. Kein Wunder, sind die Eidenpichlers doch die Eltern seiner Freundin.

»Mach Platz, Gregor, ick übernehm dit. Jeh du mal Bier zapfen, dit kannste besser.« Die Antje, die Berliner Studentin und Aushilfskellnerin, erlöst den armen Gregor, der erleichtert die Flucht ergreift. Mit in die Hüften gestemmten Armen lacht sie dem Eidenpichler frech ins Gesicht. »Wat jibbet's denn, Herr Eidenpichler? Hamma een Problemchen?«, fragt sie und drückt dabei ihre Brust raus. Sie trägt ein silbrig schimmerndes hautenges Irgendwas und hat sich als Gürtel die klobige Kellnerinnen-Brieftasche umgeschnallt. Über ihren kurzen dunklen Haaren glitzert ein Partyhut mit schmaler Krempe, auf dem »Happy New Year« steht.

Der Eidenpichler starrt ihr ungeniert in den tiefen V-Ausschnitt und schüttelt den Kopf. »Passt schon«, sagt er gedehnt.

»Jut so, dann mal her mit dem jrünen Mäntelchen, Frau Eidenpichler, und viel Spaß euch zwee.« Die Antje setzt beiden Eidenpichlers schwungvoll zwei lächerliche Hüte auf den Kopf, die sie geschickt von einem hohen Stoß hinter sich genommen hat, und greift sich dann Hedis Mantel.

Grinsend ziehen die zwei Eidenpichlers von dannen, während mir jemand von hinten kräftig auf die Ferse steigt. Ich drehe mich um und sehe, dass es unser Pfarrer ist, der Pepperl. Diesmal nicht in Soutane, sondern in schwarzem Anzug und weißem Hemd mit Priesterkragen.

Er läuft gleich rot an. »Entschuldige, Raphi. Ich hab dich jetzt gar net erkannt.«

Ich kann ihn nicht mal gebührend begrüßen, weil ich schon hektisch von der Antje am Mantelärmel zu ihr zur Garderobe gezogen werde.

»Na, Raphi, schauste ooch mal wieder bei uns vorbei? Hab dich ja schon lang nicht mehr jesehen. Und jetze her mit dem Mäntelchen.«

Die junge Frau hilft mir ungeduldig aus dem Mantel, während die Schlange hinter mir immer länger wird.

Auf einmal schreit mir der Pepperl mit Knoblauchatem in mein Ohr: »Ich muss heut gut auf meine Schäfchen aufpassen, dass die mir auch ja alle anständig bleiben, gell.« Er lacht etwas zu anzüglich für einen Pfarrer und schielt der Antje ganz unchristlich in den Ausschnitt, und ich denke mir, der soll lieber schauen, dass er selber anständig bleibt.

»Na, so wat, der Raphi und 'n Sakko, du bist ja heut jeschniegelt, so kenn ick dir jar nich«, lacht die Antje laut, als ich endlich ohne Mantel dasteh, und drückt mir eine Papiermarke mit einer Nummer in die Hand. Gegen den peinlichen Hut, den sie anscheinend an alle verteilt, kann ich mich gerade noch erfolgreich wehren, sodass er auf dem Kopf vom Pepperl landet, der sich das kichernd gefallen lässt.

Erleichtert verlasse ich die enge Garderobe und betrete den Schankraum durch die Glastür. Ich bereue es jetzt schon, dass ich über dem Hemd auch noch ein Sakko trage. Die Luft steht im Raum, es ist brütend heiß wegen der vielen Leute. Überall hängen Papierschlangen und Girlanden, am Boden liegt haufenweise Konfetti. Der Christbaum ist verschwunden und einem Tisch gewichen.

An der neuen modernen Bar im Schankraum sitzen und stehen schon wie aufgefädelt fröhliche Koppelrieder, die meisten von ihnen mit diesen lächerlichen Hüten am Kopf. Vor lauter Grüßen komm ich kaum voran.

»Griaß di, Chef!«, winkt mich da Gruppeninspektor Heinz Rohrmoser mit hellblauem Glitzerhut zu sich. Auf unserer Inspektion schieben heute Abend der Schorsch und der Herbert Dienst, weil beide große Menschenmengen am liebsten meiden, wofür ich vollstes Verständnis habe.

Neben dem Heinz entdecke ich den Michel, den jungen Kriminalpolizisten und ehemaligen Kollegen, ohne Hut – auch er hat sich offensichtlich mit Erfolg gewehrt und steigt damit gleich in meiner Sympathie.

»Griaß di, Chef«, begrüßt mich der Michel mit festem Handschlag, obwohl ich schon lange nicht mehr sein Vorgesetzter bin, und streckt einen Daumen nach oben. »Mega schaust aus, Chef. Ganz ung'wohnt in so coolen Klamotten.«

Ich quetsche mich zwischen die beiden an die Bar und denk mir, dass ich für den jungen Michel üblicherweise wohl eher recht bieder rüberkommen muss in meinen alten Jeans und Pullis, die ich sonst trage, wenn ich in Zivil bin.

Der Heinz bestellt bei der Kellnerin Franziska hinter der Bar drei Halbe, die sie sofort vor uns hinstellt. Auch sie steckt im Glitzerkleid mit Silvesterhut, aber ihr schlackert es im Gegensatz zur Antje am Körper, so dünn ist sie, die Franziska. Der Gregor zapft in einem fort.

Ich proste den beiden Männern zu und freue mich auf meinen ersten Schluck. Eigentlich bin ich ja auch privat hier, zumindest bis der Buchinger kommt.

Da nimmt mich der Michel kurz zur Seite. »Sag, Chef, darf ich dich mal was Persönliches fragen? Es ist mir eh peinlich.«

Ich schau ihn verständnislos an, keine Ahnung, was der will.

»Also, du und die Moni, sag, ist das was Fixes? Ich moan, ich will mich net einmischen, aber bist du jetzt mit der zsamm oder net?« Verlegen fixiert er seine Sportschuhe.

Ich atme irgendwie erleichtert auf und klopfe dem jungen Kerl beruhigend auf die Schulter. »Passt schon, Michel, die Moni ist frei wie ein Vogerl.«

Der Michel hebt den Kopf und prostet mir immer noch etwas unsicher zu. »Woaßt, die g'fällt mir nämlich ausnehmend gut. Letztens beim Jakobi, da haben wir uns echt super verstanden.«

Ich erinnere mich, dass der Andi mir davon schon berichtet hat. Also proste auch ich ihm augenzwinkernd zu und verabschiede mich samt Bierkrug in der Hand, um meine Familie zu suchen.

Die Tische im Schankraum sind bis auf den letzten Platz besetzt, und durch die geöffnete Flügeltür kann ich bis zur kleinen Bühne am Ende des großen Saales sehen. Dort nimmt offensichtlich nach einer Pause die Band wieder an ihren Instrumenten Platz. Zunächst befürchte ich, dass es dieselbe Band ist, die vor einem halben Jahr auf Maries Hochzeit mit dem Riegler Max gespielt hat. Aber ich irre mich, die Musiker und die Sängerin sehen um einiges jünger aus, und Gott sei Dank kann ich keine Ziehharmonika oder Ähnliches entdecken. Der Gitarrist haut kurz in die Saiten, und dann fangen sie auch schon an zu spielen. Leider reicht es trotzdem nur für den Uraltschlager »Wahnsinn«. Wie passend, denke ich mir.

Die Koppelrieder kümmert das wenig, im Gegenteil, es wird lauthals mitgegrölt, auf der Tanzfläche, auf der schon einiges los ist, und an der Bar.

Ich bin auf dem Weg ins hoffentlich ruhigere Extrastüberl, wo ich meine Familie vermute, da zieht mich jemand am Sakko.

»Ja, Raphi, wie schaust denn du heut aus? Fesch, fesch!« Ich dreh mich um und sehe die Renate, unsere Kirchenorganistin. Sie sitzt an einem großen Tisch neben dem Saaleingang, natürlich in Begleitung ihres frischgebackenen Ehemanns, dem Walter, der brav einen Silvesterhut am Kopf hat. Ihre Tischnachbarn sind die Mühlner Karin, die Mutter vom Lehrbuben Gregor, deren ständig mürrischer Mann sowie die beiden Eidenpichlers und der Fleischhauer Heininger nebst Gattin Martha.

»Das moderne Gwandl steht dir aber guat, Aigner.« Die

dicke Heiningerin wackelt mit dem Kopf und schnalzt mit der Zunge. »Da könnt unseroans ja glatt schwach werden.«

Ich grinse peinlich berührt, weil ich mir das in meinen kühnsten Träumen nicht vorstellen mag, dass die Fleischhauerin bei mir schwach wird.

Aber auch die viel jüngere Mühlnerin hat schon eine etwas lose Zunge. »Der Herr Aigner ist doch immer fesch, ganz gleich, was der anzieht, gell?«, meint sie, was ihr sofort einen schrägen Blick ihres eifersüchtigen Gatten einbringt.

»Geh, setz dich doch ein bisserl her zu uns.« Die Renate rutscht schon zur Seite und zieht mich, ohne eine Antwort abzuwarten, auf die Bank. Und die Renate kann richtig zupacken, das kommt vom vielen Klavier- und Orgelspielen.

Also füge ich mich in mein Schicksal und proste allen zu.

Unsere Organistin beugt sich zu mir und schreit mir wegen der lauten Musik ins Ohr: »Wir haben leider keinen Tisch mehr im Saal drinnen gekriegt, weil ich in der Weihnachtshektik vergessen hatte zu reservieren! Aber auf die Marie ist Verlass, die hat uns kurzfristig noch den Tisch da freig'schaufelt!«

»Du trägst ja gar keinen Silvesterhut?«, bemerke ich wohlwollend, weil sie die einzige Ausnahme am Tisch ist.

Lachend greift die Renate neben sich und holt einen komplett platt gedrückten Hut hervor. »Nur weil der Koarl sich draufg'setzt hat.«

Alle lachen, aber der Karl Eidenpichler mit rosa Glitzerhut schnauft gespielt beleidigt. »Dann hättest ihn halt am Kopf tragen sollen und net auf die Bank legen, liebes Renaterl.«

»Sei net frech, Koarl, sonst nehm ich dir einfach deinen weg, obwohl dir Rosa ausnehmend gut steht.« Die Renate legt ihren dünnen Arm um seine breiten Schultern, und die Männer am Tisch beginnen, Witze auf Kosten vom Eidenpichler zu reißen. Die Stimmung ist bestens.

Dann beugt sich die Organistin wieder zu mir und sagt in normaler Lautstärke, dass ich sie grad so verstehen kann: »Ich hab's schon gehört, das von deiner Mutter. Tut mir wirklich leid, Raphi.«

Ich schüttle achselzuckend den Kopf. »Ich hab die Frau eigentlich gar nicht gekannt, Renate. Aber den Mörder würd ich schon gern fangen.«

Unsere Organistin nickt mir verschwörerisch zu. »Wenn das einer schafft, dann du, Raphi.«

Ihr Wort in Gottes Ohr.

Dann hält sie ihr Glas zum Anprosten in die Höhe. »Deinen neuen Bruder, den Deutschen, den haben wir heute auch schon alle gesehen.«

Ich seufze in mein Bierglas. »Echt?« Das werden mir heute bestimmt noch unzählige Koppelrieder unter die Nase reiben, denke ich mir.

»Ja!«, schreit die Fleischhauerin gegen die laute Musik an. »Ein sauberer junger Kerl. Der schaut dir fast zum Verwechseln ähnlich, wenn der net so blond wär.«

»Aber nein«, schüttelt die Mühlner Karin mit geröteten Wangen energisch ihren schmalen Kopf. »Sooo fesch wie der Herr Aigner ist der aber net.«

Der Mühlner blickt daraufhin entgeistert seine Frau an, der Heininger tippt sich einen Vogel an die Stirn und sagt: »Ihr Weiber seids ja net ganz richtig im Kopf. Als wia das wichtig wär, dass a Mann schön ist!«

»Stimmt!«, schreit der Eidenpichler und spuckt dabei unabsichtlich in sein Bier. »›Was a Mann schöner ist als ein Aff, das ist ein Luxus!‹ Burschen, zsamm, zsamm, zsamm …« Dass gerade ihm dieses Zitat aus »Tante Jolesch« bekannt ist, hätte ich dem Möbelladenbesitzer gar nicht zugetraut, aber die Männer am Tisch lachen und stoßen ihre Krügel lautstark in der Tischmitte zusammen. Ich mache grinsend mit.

Währenddessen hebt die Renate ihr Sektglas, und die anderen Frauen tun es ihr nach. »Wenn das so ist, dann ein Prosit auf die schönen Männer von Koppelried, allen voran auf unseren schönen Inspektionskommandanten!«, schreit sie.

»Dein Bruder, dieser Simon, ist übrigens auch ein sehr netter Kerl. Die Gabi hat ihn uns schon vorgestellt, die ist ganz schön stolz auf den! Und ein Tänzer vor dem Herrn ist der, unglaublich! Aber leider tanzt er meistens nur mit der Marie!«, brüllt sie jetzt, weil die Musik immer lauter wird, und beobachtet mich dabei neugierig durch ihre runde Nickelbrille. Auch die anderen Frauen am Tisch fixieren mich gespannt, nachdem Maries Name gefallen ist.

Ich zucke betont lässig mit den Schultern, stehe auf und lasse das halb volle Bierglas einfach am Tisch zurück. »Soll er doch, er darf tanzen, mit wem er will!«, antworte ich so gleichmütig wie möglich.

Plötzlich taucht die Erni mit einem Riesentablett voll duftender Schnitzel neben mir auf. »Wennst deine Leut suchst, die findest im Extrastüberl, Aigner!«, schreit sie.

Ich falle vor Schreck fast um, weil auch die Erni ein Kleid trägt. Wenn auch kein so kurzes und enges wie die Antje, aber doch eines mit lauter kleinen schwarz und grau glitzernden Perlen drauf. Ihre Kellnerinnen-Börse ist doppelt so groß wie die der Antje und hängt ihr an einem schmalen Gürtel an der kaum vorhandenen Hüfte. Ihre dünnen kurzen O-Beinchen hat sie in dicke schwarze Strümpfe gesteckt, nur ihre Füße sehen aus wie sonst auch. Gott sei Dank trägt sie zumindest die obligatorischen Birkenstockschlapfen, wenn auch in elegantem Schwarz, sonst hätte ich wohl den Glauben an die Menschheit verloren. Und sie hat keinen Silvesterhut am Kopf.

»Schau net so dumm, Aigner!«, schimpft sie gleich mit mir, weil ich sie so anstarre. »So a depperte Idee mit dem Glitzerzeug und den schiachen Hiatl, i wollt da gar net mitmachen.«

Nachdem ich mich vom ersten Schock erholt habe, fasse ich die dünne Erni um ihre Mitte. »Aber was, Rieglerin, fesch schaust aus, grad um zehn Jahre jünger!«

Nun doch etwas geschmeichelt lächelt sie mich an. »Geh, Bub, wia du immer redest. Magst vielleicht a Schnitzel?«

Ich nicke freudestrahlend und reibe mir den Bauch. »Damit rettest du mein Leben. Ich hab Riesenhunger und könnt sterben für dein Schnitzel.«

»Na, sterben musst bitte net gleich. Aber wennst dich zu den anderen ins Stüberl setzt, back ich dir gleich a ganz a frisches raus.« Damit flitzt sie auch schon leichtfüßig in ihren Birkenstockschlapfen davon, und ich versuche, ins Stüberl zu gelangen.

Aber das Durchkommen ist schwieriger als gedacht, unzählige Koppelrieder versperren mir den Weg. Als ich endlich an der automatisch auf- und zugehenden Glastür angekommen bin, fallen mir sofort das blasse Gesicht und der rotblonde Schopf vom Aufwieser auf. Er sitzt rechts vom Stüberl-Eingang am Kopfende einer großen Tafel, neben sich eine ausnehmend hübsche junge Frau mit langen braunen Haaren und eine ältere, die ebenfalls sehr apart wirkt. Die kenn ich, denke ich mir, das ist doch die Empfangsdame vom Maarbach-Gut!

»Aigner!« Mein Exkollege taucht wie aus dem Nichts neben mir auf und haut mir grinsend mit der flachen Hand auf den Rücken. »Ich hab schon befürchtet, dass ich dich in dem Gewusel da nie finde! Da ist ja sauber was los bei euch in der Provinz!«, schreit er, um gegen die laute Schlagermusik anzukommen.

»Alles gut überstanden daheim? Oder hat dich die Erika endlich rausgeworfen?«, ziehe ich ihn spöttisch auf.

Der Buchinger wedelt fröhlich mit seiner rechten Hand, keine Spur von Verlegenheit. »Blut und Wasser hab ich geschwitzt, völlig umsonst. Die Erika hat null Verdacht geschöpft. Ansonsten hätt ich von dem Priesterverein heut schon die letzte Ölung gebraucht.« Er lacht über seinen blöden Witz. »Sag, kann ich heut bei dir auf der Couch schlafen, Aigner? Der Windischmann hat nicht gestanden, und wir mussten ihn wieder gehen lassen, deshalb möchte ich mir heute die Leute am Ort des Verbrechens sehr genau anschauen. Apropos, sitzt dort nicht die fesche Sekretärin vom Aufwieser? Oha, die Brünette neben dem Verwalter ist aber auch nicht von schlechten Eltern, so eine fesche Katz! Hier scheint's ja ein ganzes Nest an schönen Frauen zu geben!«

Anscheinend ist ihm der Verwalter vom Maarbach-Gut auch gleich aufgefallen, denn er schielt durch die Glastür ins Extrastüberl. Genau wie ich. An der langen Tafel haben sicher an die dreißig Leute Platz genommen, denen in diesem Moment Ernis Schnitzel serviert werden.

Ich beuge mich nach vorn an sein Ohr, um nicht so schreien zu müssen. »Tu mir einen Gefallen, Buchinger, halt dich heute ein bisserl zurück. Du hast in Wien schon genug angestellt.« Ich muss versuchen, meinen Exkollegen ein bisserl in Zaum zu halten.

»Blödsinn«, grinst der als Antwort nur von einem Ohr zum anderen. »Ein bisserl Gustieren ist ja wohl noch erlaubt.«

Ich schüttle ungläubig den Kopf. Den hat wohl frauentechnisch in letzter Zeit wirklich die Tarantel gestochen.

»Aber wenn du heut im Dienst bist, solltest du besser die Finger vom Alkohol lassen«, lasse ich einen erneuten Einwurf folgen, um ihn einzubremsen.

Der Buchinger macht eine abwehrende Handbewegung. »I wo, offiziell bin ich privat unterwegs, so wie du!«, schreit er voller Vorfreude.

»Du musst es ja wissen«, erwidere ich und gebe auf. »Ich muss jetzt jedenfalls da ins Stüberl hinein, weil ich von der Erni ein Schnitzel krieg. Wenn du auch noch eins willst, solltest du ihr das sagen, bevor ihr die Dinger ausgehen«, warne ich den Buchinger laut und deute auf die Erni, die in diesem Moment aus dem Stüberl kommt und an uns vorbeiflitzt.

Der Buchinger verliert keine Zeit und dackelt sofort hinter ihr her, um sich sein mittlerweile zweites Abendessen zu organisieren, wie ich vermute.

Ich quetsche mich an den anderen Gästen vorbei und verschwinde durch die offen stehende Glastür ins Stüberl. Dort nehme ich wohlwollend zur Kenntnis, dass man sich hier in normaler Lautstärke unterhalten kann, weil die Musik von nebenan nur noch gedämpft zu hören ist. Obwohl ich mich am Tisch mit den Leuten vom Maarbach-Gut vorbeischlängle, scheinen mich weder der Aufwieser noch die Empfangsdame zu erkennen. So eine Uniform hat doch manchmal auch ihr Gutes. Und dann entdecke ich am Tisch auch noch den dicken Magister Windischmann, den zweiten Geschäftsführer vom Maarbach-Gut. Also sehe ich zu, dass ich rasch vorbeikomme, da der Mann mich heute schon mal in meinem neuen Outfit gesehen hat. Aber die Sorge ist unbegründet, der Windischmann starrt schweigend und mit beleidigter Miene zum Aufwieser und scheint nichts anderes um sich herum wahrzunehmen.

Ungläubig bemerke ich jetzt auch Andis graue Mähne unter einem dieser Idiotenhüte. Mein ehemals bester Freund, im einzigen Anzug, den er sein Eigen nennt, hat seinen Arm um meine Schwester gelegt, die ihrerseits auch so einen dämlichen Glitzerhut am Kopf hat. Wenigstens passt dessen Rotton zu dem von ihrem Kleid. Ich zwinge mich dazu, gnädig zu sein, und verbuche das mal unter Idiotie der Verliebtheit.

Die beiden sitzen an einem der größeren Tische ganz hinten, direkt vor der Schiebetür zum Saal, die meinen Ohren zuliebe Gott sei Dank geschlossen ist. Ihnen gegenüber kann ich das orangefarbene Hemd meines Halbbruders ausmachen, der einzige Kopfbedeckungsverweigerer in der Runde. Wir sind uns wirklich ähnlich, denke ich mir.

Neben meiner Schwester springt mir sofort die Marie ins Auge, ebenfalls mit Kopfbedeckung, allerdings wirkt die an ihren hochgesteckten blonden Locken eigenartigerweise gar nicht so lächerlich wie bei den anderen. Irgendwie sieht sie ziemlich gelangweilt aus, wahrscheinlich, weil ihr Gegenüber auf sie einredet. Dessen Rücken in eleganter Anzugjacke ordne ich mal dem bayrischen Mitbewerber Deinhard zu.

»Raphi! Her da zu uns!«

Bevor das laute Organ meiner Schwester die Aufmerksamkeit der Leute vom Maarbach-Gut auf mich lenken kann, lasse ich meinen Hintern rasch auf den Stuhl zwischen ihr und meinem Halbbruder nieder, ziehe mir endlich das Sakko aus und hänge es über die Stuhllehne.

»Und schon hab ich zwei extrem fesche Brüder. Steht dem Raphi ausgezeichnet, das neue Gwand. Was meinst, Marie?« Die Gabi schaut die Marie auffordernd an, die, wahrscheinlich froh über die Abwechslung, freundlich nickt.

»Offensichtlich bin ich ein gutes Vorbild für den großen Bruder«, neckt mich der Simon, der auch heute wieder geschniegelt und gestriegelt erschienen ist.

»Wird der Aigner tatsächlich noch eitel auf seine alten Tag. Schaust grad aus wie a abg'schleckter Yuppie«, meint der Andi und verschluckt sich vor Lachen fast an seinem Bier.

»Du musst grad reden, in deinem Firmanzug«, grinse ich. Bier hab ich leider keines mehr zum Anstoßen.

»Machts Platz für die Schnitzeln!« Die Erni, die ein Tablett mit zwei Tellern vor sich herträgt, setzt der Modediskussion zum Glück ein Ende. Der Buchinger, der ihr dicht gefolgt ist und mit dem einzigen freien Stuhl an unserem Tisch neben dem Deinhard vorliebnehmen muss, fixiert andächtig die panierte Köstlichkeit und den Erdäpfelsalat, die die Erni vor ihm ablädt.

»Und für den Raphi a extragroße Portion. Net dass du mir noch vom Fleisch fallst, Bub.« Lachend pfeffert sie mir einen Teller mit zwei Schnitzeln vor die Nase, dann flitzt sie auch schon wieder auf ihren dürren Beinen davon, ohne dass ich oder der Buchinger noch eine Halbe hätten bestellen können.

Während ich mich meinem späten Abendessen widme und die Sängerin der Band im Hintergrund andächtig »You Light Up My Life« schmettert, beugt sich der Simon über den Tisch zur Marie, nimmt ihre Hand und haucht einen Kuss drauf. »Darf ich um diesen Tanz bitten, schöne Frau?«

»Später, Simon«, entzieht ihm die Marie lächelnd ihre Hand, während dem Deinhard anzusehen ist, dass er vor Eifersucht fast umkommt. »Ich muss dann auch wieder die Gäste begrüßen, sonst schimpft die Erni noch.« Dabei blickt sie dem Simon lange in seine blauen Augen – übrigens genau solche, wie ich sie auch von der Liesl geerbt habe.

»Oh, da komme ich gerne mit. Leute begrüßen kann ich sehr gut, *service is my success*«, grinst er spitzbübisch.

Weil ich sehe, wie sich die Blicke der beiden fast ineinander verhaken, konzentriere ich mich lieber wieder auf den Teller vor mir.

Aber das halte ich nicht lange durch. Als ich wieder aufschau, hat der Deinhard seine sowieso schon faltige Stirn unter dem golden glitzernden Neujahrshut in noch tiefere Falten gelegt. »Das glaube ich Ihnen aufs Wort, Herr Landauer, besonders bei den Damen, nicht wahr?«

Mein Halbbruder lässt sich von dem Münchner nicht provozieren, aber alles andere hätte mich auch gewundert. »Herr Deinhard, auch Ihnen dürfte mit Sicherheit nicht entgangen sein, dass unser spröder deutscher Charme die Damen hierzulande nicht sonderlich beeindruckt«, sagt er und lächelt dabei milde. »Unsereins muss sich in der Alpenrepublik schon besonders anstrengen, nicht wahr?« Er zwinkert ihm kameradschaftlich zu, während meine Schwester und die Marie lachen.

Doch in dem Münchner scheint es zu rumoren, denn seine Erwiderung ist nicht nur eine Spur patziger. »Sie vielleicht, aber mein bayrischer Charme hat mit Ihrem norddeutschen Gehabe so viel zu tun wie Äpfel mit Birnen.«

Grad der Paradepiefke spricht von bayrischem Charme, denke ich belustigt, dann springe ich grinsend für meinen Halbbruder in die Bresche: »Also, wenn ich Sie so reden hör, Herr Deinhard, muss ich eher an die Isarpreißn denken, nicht an die Bayern.«

»Wie macht man einen Münchner intelligenter?«, mischt sich jetzt auch noch mein Exkollege mit vollem Mund in das Gespräch ein. »Man schickt ihn nach Salzburg.«

Fast alle lachen, aber der Marie scheinen wir jetzt doch ein wenig peinlich zu sein. »Ich gehe dann mal unsere Gäste begrüßen und helf anschließend der Erni. Alleine«, sagt sie bestimmt mit einem Seitenblick auf den Simon und steht auf.

Ihr Kleid ist echt der Hammer, denke ich mir. Supereng und hautfarben und mit lauter kleinen weißen und schwarzen Perlen bestickt, hört es eine gute Handbreit über ihren Knien auf. Dazu trägt sie sündhaft hohe schwarze Schuhe, die ihre Beine noch länger erscheinen lassen. Wie hypnotisiert starre ich ihr nach, während sie uns mit energischen Schritten verlässt. Dann drehe ich mich zu meinem Halbbruder und bemerke, dass der auch starrt.

Und selbst die Erni, die uns in dem Moment eine Runde Schnaps bringt – Bier wär mir lieber gewesen –, blickt ihr nach, allerdings eher verwundert. »Was hat das Madl denn?«

»Sie will die Gäste begrüßen«, erklärt die Gabi.

»Sehr brav«, stellt die Erni zufrieden fest und teilt die Schnapsstamperl aus. »G'fallts euch bei uns? Und wollts ihr denn gar net ein bisserl tanzen? Die Musikanten hab i ausg'sucht, die spielen schön, gell?«

»Unser Stichwort!« Der Simon springt übermütig von seinem Stuhl hoch und streckt der Gabi seine Hand über den Tisch entgegen. »Liebstes Schwesterchen, ich würde mich freuen wie ein Schneekönig, wenn du Lust hättest, mit mir eine flotte Sohle aufs Parkett zu legen.«

»Geh, Simon, bei uns kommst net weit mit Schneekönig und flotter Sohle.« Der Andi verzieht das Gesicht, als würde er große Schmerzen leiden, und trinkt dann seinen Schnaps auf ex. »Du musst dich schon ein bisserl anpassen, wo'st jetzt ein halber Salzburger bist.«

Aber die Gabi lässt sich trotzdem nicht zweimal bitten und verschwindet mit unserem Halbbruder durch die Glastür auf die Tanzfläche.

Den Deinhard hat die Erni beim Schnapsverteilen ausgelassen. »Sie mögen bestimmt eh koan, weil Sie müssen doch später noch Auto fahren, gell? Zimmer vermieten wir heut nämlich koane.« Ihre kleinen Augen funkeln ihn listig an.

»Damit liegen Sie vollkommen richtig, Frau Riegler. Bereiten Sie mir bitte gleich meine Rechnung vor, ich zahle dann vorne.« Sichtlich angespeist erhebt er sich von der Sitzbank. »Adieu, die Herrschaften. Sie verzichten wahrscheinlich genauso gern auf meine Gesellschaft wie ich auf die Ihre.« Und schon ist er weg.

»Ob uns die Marie jetzt böse ist?« Der Andi nimmt sich endlich den dämlichen Hut vom Kopf und kratzt sich ausgiebig.

»Aber geh«, grinst die Erni zufrieden über das ganze Gesicht und macht eine wegwerfende Handbewegung. »Der war schon längst überfällig. Guat habts das g'macht, Burschen, auf euch ist Verlass.«

»Sag, Erni«, fällt mir jetzt ein, »wo ist denn eigentlich der Charlie Edwards?«

»Den hab i für heut Nacht in die Pension von der Gschaider Fanni ausquartiert. Der arme Kerl könnt bei dem Lärm bei uns ja nia schlafen. Jetzt schau net so verdattert, Aigner. Die Fanni passt schon guat auf das kloane Manderl auf, die geht schon seit Jahren nimmer auf unseren Silvesterball«, antwortet sie und ist auch schon wieder verschwunden, geschäftig, wie sie ist.

Das hätt sie mit uns absprechen sollen, denke ich mir. Perplex schau ich der alten Wirtin kurz nach und richte danach einen fragenden Blick auf den Buchinger.

Mein Exkollege zuckt bloß gleichgültig mit den Schultern. Danach schiebt er den leeren Teller von sich, kippt seinen Schnaps runter, greift sich einen Zahnstocher aus dem kleinen Behälter in der Tischmitte und fuhrwerkt damit zwischen seinen Zähnen herum. »Ich werde mich jetzt einmal umschauen«, sagt er, während er Richtung Tisch des Gutsverwalters schielt.

Ich folge seinem Blick. Keine Spur mehr von der adretten Empfangsdame. Keine Spur mehr vom Windischmann. Aber der Aufwieser ist noch da und scheint intensiv ins Gespräch mit der jungen Braunhaarigen vertieft zu sein.

»Ich komm mit«, sag ich und lege das Besteck zur Seite. Ich hab nur eines der zwei Riesenschnitzel geschafft, woran die Salamibrote vorhin wohl nicht ganz unschuldig waren.

»Na super, lassts ihr mich jetzt auch allein«, schimpft der Andi, wie der Buchinger und ich uns erheben, krallt sich dann aber grinsend meinen Teller mit dem verbliebenen Schnitzel sowie den von mir nicht angetasteten Schnaps.

Um nicht am Verwalter vorbeizumüssen, dirigiere ich meinen Exkollegen zur Schiebetür hinter uns, über die wir direkt den Tanzsaal betreten, wo die Koppelrieder auf der Tanzfläche im Takt der Musik hüpfen. Auch die Gabi und der Simon. Bevor ich mich fremdschämen muss, schlängle ich mich mit meinem Kollegen an der langen Bar vorbei, die normalerweise im Gastgarten steht, heute aber zur Sektbar umfunktioniert wurde. Die Tina, die zweite deutsche Aushilfskellnerin des Rieglerbräus, und eine andere junge Frau, beide in Glitzerkleidern und mit den obligatorischen Silvesterhüten, bedienen im Akkord. Auch unsere Inspektionssekretärin entdecke ich mit ihrem Mann an der Sektbar, und sie winkt mir zu. Ich winke zurück und grinse breit. Ich hab meine dralle Gerti noch nie im kleinen Schwarzen und hohen Schuhen gesehen, und schon gar nicht mit glitzergelbem Hut, der ihr einen Touch von Biene Maja verleiht.

»Komm, Buchinger, nach dem üppigen Essen brauch ich jetzt unbedingt was Flüssiges«, lotse ich meinen Exkollegen aus dem stickigen Saal raus zur Bar im Schankraum. Dort ist es weniger laut, und ich bestelle mit zwei ausgestreckten Fingern zwei Halbe bei der Franziska.

Während wir beide unser Bier trinken, erzähle ich meinem Exkollegen, was mein Vater gehört zu haben glaubt.

»Der alte Aigner hat die Frau Percht gehört?« Der Buchinger kriegt sich vor Lachen kaum mehr ein. »Dann sollte besser der heilige Nikolaus die Ermittlungen übernehmen. Sei mir nicht bös, Aigner, aber euer Aberglaube da am Land ist echt lustig. So ein Unsinn aber auch.« Er nimmt einen großzügigen Schluck Bier und wischt sich mit dem Handrücken den Schaum vom Mund. »Außerdem ist eure Frau Percht ein altes zahnloses Weiberl«, lacht er weiter. »Blöd nur, dass der Hochgatterer und seine Leute von der Kriminaltechnik festgestellt haben, dass es sich beim Täter um eine kräftige Person um die eins achtzig handeln muss. Die Erni ist nicht mal eins sechzig, und deine Schwester ist auch nicht viel größer, obwohl die schon kräftig ist.«

Ich versetze ihm grinsend einen sanften Stoß in die Rippen. »Untersteh dich, Buchinger, meine Schwester hat ordentlich abgenommen.«

»Aua! Schon recht. Und zahnlos ist die Gabi mit Sicherheit net, vielmehr ist mir aufgefallen, was für ein steiler Zahn sie jetzt ist, fast so wie die Rita.«

Ich boxe ihm noch einmal in die Seite, diesmal unsanfter.

»Aigner, du Depp! Nicht so fest. Dann kann es halt nur mehr die Marie gewesen sein, obwohl die auch noch alle ihre strahlend weißen Beißerchen hat. Apropos, schau mal, die steht da vorne mit dem depperten Münchner.«

Jetzt sehe ich sie auch. Mit verschränkten Armen lehnt sie mit dem Rücken an der Tür zum Braukeller, die heute mit Sicherheit fest verschlossen ist. Der Deinhard vor ihr sieht ziemlich beleidigt aus.

»Wenn auf dem Kleid keine Perlen drauf wären, könnte man echt meinen, die Marie hat nix an. Sie hat aber auch echt eine Bombenfigur. Meine Erika ist da schon ein bisserl fester. Na ja, aber sie hat ja auch die zwei Mädels geboren.«

Ich lächle in mich hinein. Seine Frau Erika war früher eine ganz Zarte, hat aber mittlerweile dieselbe Figur wie der Buchinger, wenn sie ihn nicht sogar schon überholt hat.

Inzwischen hat die Marie ihren Partyhut abgenommen und dreht ihn unaufhörlich in der Hand.

Der Deinhard bombardiert sie offensichtlich mit Fragen, schüttelt dann den Kopf und zieht missgelaunt seinen Mantel an, den er in der Hand gehalten hat. Dann haucht er ihr rechts und links einen Kuss auf die Wangen und verlässt steif, als hätte er einen Stock verschluckt, das Wirtshaus. Aber immer noch mit diesem lächerlichen kleinen Hut am Kopf.

Die Marie blickt ihm kurz und sichtbar erleichtert nach, setzt fröhlich dem Lehrbuben Gregor, der noch unbehütet mit einem Tablett voller Bierkrüge an ihr vorbeikommt, ihren Hut auf und will eben an uns vorbeigehen.

Schnell stelle ich mein Bier an der Bar ab und kann sie gerade noch am Arm fassen. »Alles in Ordnung?«, frage ich und versuche, dabei so verständnisvoll wie möglich zu lächeln.

»Ihr hättet ruhig ein wenig netter zu Paul sein können«, faucht sie mich an, bleibt aber dennoch stehen.

»Und er hätte ruhig ein bisserl entspannter sein können«, kontere ich.

»Da muss ich dem Raphi jetzt aber recht geben«, unterstützt mich der Buchinger fröhlich.

Die Marie seufzt. »Ich weiß«, erwidert sie schon etwas zugänglicher. »Paul ist oft so steif, und wahrscheinlich hatte er sich etwas anderes vom heutigen Abend erhofft.«

»So, was denn?« Jetzt bin ich neugierig.

Die Marie zuckt mit den Schultern und schaut nicht mich, sondern den Buchinger an. »Was anderes halt.« Nach meinem wenig rühmlichen Auftritt in der Jakobi Stubm ist sie wahrscheinlich immer noch sauer auf mich. Verständlich.

Mein Exkollege deutet ihren Blick als Aufforderung und schlingt einen Arm um ihre Hüfte. »Wir zwei müssen ja noch Brüderschaft trinken, das hätt ich glatt vergessen.« Er schiebt sie neben mich, lässt sie los und grinst sie mit seinen fleischigen Lippen breit an. »Beweg dich keinen Millimeter, ich hol uns schnell ein Glas Sekt.«

Und bevor sie antworten kann, drängt er sich auch schon durch die Menge in Richtung Saal und Sektbar.

»Markus!«, schreit ihm die Marie vergeblich nach, denn es ist zu laut um uns herum, als dass er sie hört. »Den Sekt kriegen wir doch auch hier an der Bar von Franziska«, sagt sie dann in normaler Lautstärke.

»Ich glaub aber, die Tina an der Sektbar gefällt ihm besser«, versuche ich spöttisch lächelnd, die Stimmung ein bisschen aufzulockern.

»Typisch Raphael.« Mein Versuch ist offensichtlich gescheitert, denn mittlerweile klingt sie wirklich verstimmt. »Du kannst wohl nur an das eine denken, was?«

Ich höre auf zu grinsen und gehe näher an sie ran. »Marie, es tut mir echt leid, wie ich mich in der Jakobi Stubm aufg'führt hab. Das war saublöd von mir.«

Sie verschränkt ihre Arme vor der Brust. »Du hast dich verhalten wie ein Idiot, Raphi.«

Ich rücke noch etwas näher an sie ran, setze meinen treuherzigsten Blick auf. »Wie ein absoluter Vollidiot, Marie. Das war echt ziemlich daneben«, sage ich und versuche, so zerknirscht wie möglich zu klingen.

»Völlig daneben«, lächelt sie jetzt immerhin.

Da drängen sich ein paar Burschen vom FC hinter mir an die Bar und schieben mich noch näher an die Marie ran, die nicht zurückweichen kann, weil sich hinter ihr die Gäste breitmachen. Ich stoppe grad noch vor ihrem Gesicht, kann ihren Atem spüren, und plötzlich wird mir ganz anders zumute. Zwischen uns knistert es gewaltig. »Total daneben. Ich glaube, ich war einfach nur ziemlich eifersüchtig.«

»Bitte sehr, schöne Frau!« Indem sich mein verflixter Exkollege genau zwischen uns zwängt, befördert er mich quasi ins Abseits. Über seinem Kopf hält er zwei Sektgläser. »Jetzt machen wir's offiziell: Ich bin der Markus.« Er drückt der Marie ein Glas in die Hand, fädelt seinen rechten Arm durch den ihren und nimmt einen Schluck von seinem Sekt.

Die Marie lacht – meiner Meinung nach etwas zu erleichtert – und nippt ebenfalls an ihrem Glas.

Hemmungslos spitzt der Buchinger seine fleischigen Lippen und drückt ihr ein dickes Busserl auf den Mund.

»Darf ich auch mal?« Ein weiterer Annäherungsversuch kann ja nicht schaden, denke ich mir.

Die Marie lächelt, schüttelt aber den Kopf. »Bloß nicht, Raphi. Wir zwei sind zum Glück schon lange per Du. So, ihr beiden, und jetzt wünsche ich euch noch viel Vergnügen, ich muss wirklich weiter.« Sie stellt das Glas auf den Tresen und ist schon weg.

Der Buchinger spitzt seine Lippen noch mal in meine Richtung. »Aber bei mir darfst, Schatzimausi«, säuselt er mit hoher Stimme.

»Idiot«, lache ich.

Mein Exkollege trinkt seinen Sekt auf ex, stellt das Glas an der Bar ab und reibt sich voller Vorfreude die Hände. »Und jetzt an die Arbeit. Lass uns ausschwärmen und den Windschiefmann und den Aufwieser observieren.«

Nachdem sich der Buchinger ins Extrastüberl aufgemacht hat, bleib ich noch an der Bar und schau mich im Schankraum um.

»Aber geh, Herr Magister. Ihr Bruder ist doch so a kluger

Kopf, warum lässt der sich das net oafach von Eana erklären?«, ist auf einmal das laute Organ unseres Pfarrers nicht zu überhören.

Ich drehe mich zur Seite und sehe, wie er die Burschen vom FC neben mir verscheucht und einen dicken Mann hinter sich an die Bar zieht. Ewald Windischmann. Beide tragen sie die lächerlichen Glitzerhüte.

»Mein Bruder legt leider kaum Wert auf meine Meinung, Herr Pfarrer«, erwidert der Magister. »Stattdessen setzt er mich ständig unter Druck. An meinen Ideen war er noch nie interessiert.« Er stöhnt. »Sie haben ja keine Ahnung, was es bedeutet, so einen riesigen Gutshof zu führen. Und dann auch noch die Sache mit der Amerikanerin.«

Aha, denke ich mir, die Sache mit der Amerikanerin, und horch noch ein bisschen genauer hin.

»Aber warum sind S' der Frau dann überhaupt nachg'laufen und haben mit ihr auch noch ein Treffen vereinbart, Herr Windischmann? Das war's wahrscheinlich, was den Herrn Finanzdirektor so g'ärgert hat, oder?«, beeilt sich der Pepperl zu sagen.

»Ach, der!« Windischmanns hohe Stimme überschlägt sich. »Ich wollt ihm doch nur beweisen, dass ich das auch ohne seine Hilfe regeln kann.«

Zwei Bier, bedeute ich der Kellnerin Franziska hinter der Bar, die sie prompt vor mich hinstellt. Das geht heute wirklich flott, weil der Lehrbub Gregor in einer Tour Bier zapft, wenn er nicht die Krüge unter den Gästen verteilt.

»Servus, Pepperl. Grüß Sie, Herr Windischmann. Darf ich euch zur Feier des Tages auf eine Halbe einladen?« Ich ziehe den Pepperl am Ärmel, damit er trotz des Lärms an der Bar auch sicher mitkriegt, wer da eben gesprochen hat.

»Gern, Raphi, dank schön. Du kennst den Herrn Magister?« Überrascht hebt er die Augenbrauen.

Ewald Windischmann nimmt wie der Pfarrer die Halbe in die Hand. Er mustert mich, dann dreht er sich mit umwölkter Stirn zu unserem Geistlichen. »Und ob Ihr Dorfpolizist mich kennt. Er und seine Kollegen haben mich heute sogar verhaften wollen, stellen Sie sich das mal vor, Herr Pfarrer.« Er klingt beleidigt.

»Aber geh.« Beschwichtigend klopft ihm der Pepperl mit der freien Hand auf die Schulter und kriegt vor Neugierde ganz große Augen. »Wieso das denn, Raphael?«

»Waren Sie vor heute Abend schon mal hier im Wirtshaus?« Ich gehe nicht auf Pepperls Frage ein, sondern proste dem Windischmann mit ernster Miene zu.

»Wieso wollen Sie das wissen? Ist das schon wieder ein Verhör?« Sein gehetzter Blick wandert von unserem Pfarrer zu mir. »Natürlich war ich noch nie hier. Ich wurde wie meine anderen Kollegen auch von Herrn Aufwieser eingeladen, heute hier Silvester zu feiern.«

»Herr Magister, ich konnte vorhin nicht überhören, dass Sie Liza Bishop kontaktiert haben, obwohl Sie es heute Nachmittag meinen Kollegen noch andersrum erzählt haben. Was wollten Sie von ihr?«, frage ich ohne Umschweife.

Der Mann krallt sich an seinem Bierkrug fest. »Sie haben nicht das Recht, mich hier auszuquetschen.« Dann sucht er mit den Augen den Schankraum ab, wahrscheinlich nach Fluchtmöglichkeiten.

»Nein, das hab ich nicht«, bestätige ich, »aber ich kann Sie für morgen früh gleich wieder ins LKA vorladen lassen, wenn Ihnen das lieber ist.«

»Herr Magister, jetzt reden S' doch mit unserem Herrn Aigner. Der ist ein guter Polizist.« Der Pepperl hat sich direkt vor ihm platziert und versperrt ihm den Weg. Wohin auch immer.

»Also gut«, seufzt der Windischmann, »aber nur dem Herrn Pfarrer zuliebe. Ich wollte herausfinden, was tatsächlich hinter der Behauptung dieser Frau steckt. So leicht wie der alte Weihbischof von Wien lass ich mich nämlich nicht hinters Licht führen.«

»Und was haben S' rausg'funden?«, fragt der Pepperl.

»Dass sie die Wahrheit gesagt hat. Sie hat mir erklärt, nach amerikanischem Recht würde ihr der gesamte Gutshof zustehen, und das würde sie als Amerikanerin auch vor einem amerikanischen Gericht einklagen und durchbringen. Und wenn ich ihr dabei ein wenig behilflich wäre, würde sie sich erkenntlich zeigen. Sie wollte den Aufwieser rauswerfen, ich hätte also für sie die Geschäfte übernehmen können, weil sie so bald wie möglich wieder in die Vereinigten Staaten zurückwollte.«

Wer hat da nur wen hinters Licht geführt?, frag ich mich. »Und was wollte Liza Bishop dafür von Ihnen?«, frage ich und fixiere den dicken Kerl.

»Nur eine Liste, einen Auszug aus der Buchhaltung über die Vermögenswerte. Deswegen hatte ich mich mit ihr am Montag vor dem Büro verabredet. Um ihr den kleinen Gefallen zu tun.«

»Und haben Sie ihr das Gewünschte übergeben können?«

Er schüttelt wild den Kopf, wobei sein Doppelkinn mit dem Partyhut um die Wette wackelt. »Ich dachte, unsere Frau Angelika, diese Tratschen, wäre die Woche nach Weihnachten auf Urlaub. Leider hatte ich mich vertan. An der wär ich doch niemals vorbeigekommen, ohne dass das hinterher rausgekommen wär, also hab ich Frau Bishop vertrösten wollen. Aber das hat ihr ganz und gar nicht gefallen, und sie hat mich furchtbar beschimpft. Da hab ich sie einfach stehen lassen und bin weggefahren. Das war alles, danach hab ich sie nicht mehr gesehen.« Ewald Windischmann lockert sich den Hemdkragen und trinkt seine Halbe in einem Zug aus.

Der Pepperl tut es ihm gleich und wischt sich danach mit dem Handrücken über den Mund. »So, Raphi, jetzt muass i dir den Herrn Magister auch schon wieder entführen. I möcht eam nämlich noch a paar andere Leut aus der Gemeinde vorstellen.« Dann zieht er von dannen, dicht gefolgt vom sichtlich erleichterten Windischmann.

»Herr Aigner?«

Ich drehe mich zur Bar um. Die Kellnerin Franziska schaut mich etwas betreten an. »Herr Aigner, i kenn den Herrn da, mit dem Sie grad g'sprochen haben. Der war Montagnachmittag schon mal bei uns.«

»Wie bitte?«, schrei ich die Franziska wohl eine Spur zu laut an, weil sie zurückzuckt. »Mädel, wieso hast du das den Kollegen vom LKA denn nicht gesagt? Bist du noch ganz gscheit?«

Die Franziska kriegt einen hochroten Kopf und verdächtig feucht schimmernde Augen. »'tschuldigung, Herr Aigner. Aber i kenn die von der Stadt doch net, außerdem haben die auch net g'fragt ... Aber jetzt, wo i den Herrn wiederg'sehen hab, da hab i mich genau erinnert. Am Montag hab i Nachmittagsdienst g'habt, die Chefin und die Frau Erni waren net da, es war kaum was los. Der Herr ist ungefähr um vier ins Wirtshaus kommen, gleich von der Amerikanerin abg'holt worden und mit ihr rauf in ihr Zimmer gangen. I woaß das so genau, weil der kloane Amerikaner, der Herr Edwards, kurz vorher noch bei mir g'wesen ist und mich g'fragt hat, wo er am besten spazieren gehen könnt. Der wollt sich vorm Abendessen noch d' Fiaß vertreten, das hat der öfter tan, und i hab eam zum Agnesbründl g'schickt, das ist net so weit.«

»Und was war mit dem Herrn, den du jetzt wiedererkannt hast? Wann hat der das Wirtshaus wieder verlassen?«, frag ich das Mädel und stell mein Bier am Tresen ab.

»Koa halbe Stund später ist der die Treppen runterkemma. Hat ganz finster dreing'schaut und g'fluacht wia a Rohrspatz. Net amoi verabschiedet hat der sich mehr.«

Nachdem ich den Pepperl und den Windischmann weder im Extrastüberl noch im Saal hab entdecken können, lasse ich mir an der Sektbar, die zum Glück weit von der Band entfernt ist, von der Kellnerin Tina ein kleines Bier geben. Die beiden Männer können ja nicht vom Erdboden verschluckt sein, irgendwann müssen sie hier wieder auftauchen. Also drehe ich mich mit dem Barhocker in Richtung Tanzfläche und beobachte das Treiben. Die Band spielt einen Schlager nach dem anderen, und sogar mein ehemals bester Freund, der Andi, tanzt ausgelassen mit der Gabi. Wobei, tanzen kann man sein Herumgestampfe beim größten Wohlwollen nicht nennen, ehrlich gesagt hat es der Andi nie über das Headbangen hinausgeschafft. Auch den Buchinger entdecke ich, eng an die fesche Empfangsdame vom Maarbach-Gut gepresst. So kann man auch ermitteln, denke ich mir und grinse in mich hinein. Zumindest hat mein Exkollege weit mehr Rhythmus im Blut als der Andi, trotz seiner Masse bewegt er sich erstaunlich leichtfüßig.

Als ich noch überlege, ob ich ihn stören und ihm von der Sache mit dem Windischmann erzählen soll, streift mein Blick die Marie, die ebenfalls auf der Tanzfläche zugange ist. Natürlich mit dem Simon, der sie gekonnt im Takt dreht und sich wieder mal bewegt, als wäre er John Travolta höchstpersönlich – nur weit attraktiver ist er, muss ich zugeben. Wohl oder übel werde ich mich langsam an den Anblick gewöhnen müssen, wenn ich nichts dagegen tun will. Ich seufze.

»Na, Chef, bist schon vor Mitternacht sentimental?« Meine treue Gerti kommt mit einem Sektglas in der Hand auf mich zu. »Fesch bist heut, tanzt mit mir?«, fragt sie und dreht sich beschwingt in ihrem kleinen Schwarzen, immer noch mit dem gelben Hut am Kopf.

Ich proste ihr zu. »Ein bisserl später, Gerti. Erst mal würde ich es heute Abend gerne mal schaffen, zumindest ein Glas Bier auszutrinken. Du schaust übrigens auch sehr elegant aus.«

»Gell?«, sagt sie nicht ohne Stolz. »Das Kleid hab i mir extra für heut Abend in Salzburg gekauft. Sündteuer, aber wozu geh ich denn sonst arbeiten?«

»Na, hoffentlich hauptsächlich, um mir das Leben zu erleichtern. Ich wüsste nämlich nicht, was ich ohne dich tät.« Ich grinse sie schief, aber aufrichtig an, und sie freut sich.

»Geh, Chef, du bist immer so ein Charmeur. Davon könnt sich der Meinige mal ein paar Scheiben abschneiden. Aber den hab i schon seit über oaner Stund nimmer g'sehen.« Die kleine Gerti klettert geschickt auf den leeren Hocker, den ich neben meinen gezogen habe. »Stell dir vor, d' Leut fragen mir wegen deinem Bruder vor lauter Neugierde schon die ganze Zeit über Löcher in den Bauch. Dabei kann i denen überhaupt nix erzählen, weil du ihn mir noch net amoi vorg'stellt hast.« Sie blickt mich etwas vorwurfsvoll an.

»Ich kenn ihn ja selber kaum«, verteidige ich mich lächelnd.

Die Gerti deutet auf die Tanzfläche. »Aber die Marie, die kennt ihn wohl schon recht gut, gell?«

»Hast du g'hört, was sich die Leut so über die Liesl erzählen?«, versuche ich, sie vom Thema abzubringen, und bestelle ihr bei der Tina Sektnachschub.

Die Gerti nimmt erfreut das neue Glas mit dem perlenden Gesöff in Empfang. »Leider net viel, den meisten ist net mal aufg'fallen, dass sie überhaupt da war. Woaßt eh, über d' Feiertag ist Koppelried immer wia ausg'storben.«

Die Band stimmt nach den schnelleren Songs ein langsameres Lied an, und ich beobachte, wie der Simon die Marie sehr eng an sich zieht und seine Hände von ihrem Rücken immer mehr Richtung Hintern wandern.

»Weißt was, Gerti? Jetzt gehen wir tanzen.« Ich stelle mein Bierglas mit einem Ruck auf die Bar, rutsche vom Barhocker und ziehe die verdutzte Gerti auf die Tanzfläche. Es braucht nur zwei große Drehungen, und schon finden wir uns neben dem Simon und der Marie wieder. Als ich meinem Halbbruder mit dem Finger auf die Schulter tippe, hält er erstaunt in der Bewegung inne, nimmt aber seine Hände nicht von Marie.

»Darf ich vorstellen? Die Gerti, meine wichtigste Mitarbeiterin auf der Inspektion. Sie wollte, dass ich sie mit meinem Halbbruder bekannt mache, und will jetzt unbedingt abklatschen«, behaupte ich und schiebe ihm die sprachlose Gerti unter die Nase. Er kann gar nicht anders, als die Marie loszulassen und die Gerti in den Arm zu nehmen.

Die kapiert schnell, übernimmt kurz entschlossen die Führung, da der Simon immer noch perplex ist, und schon sind die beiden aus meinem und Maries Blickfeld im Gewühl verschwunden.

»Tja, wenn du mit mir furchtbar schlechtem Tänzer vorliebnehmen willst, stehe ich gerne zur Verfügung«, grinse ich.

Sie hält sich lächelnd die rechte Hand vor den Mund. »Raphi, du bist mir einer.«

Da hab ich auch schon die Arme um ihre Hüfte gelegt und meine Hände – wohlgemerkt – nicht auf ihren Hintern. Als sie ihre Arme um meinen Hals schlingt, wird mir noch ein bisschen heißer, als es mir wegen der Affenhitze hier drinnen sowieso schon ist. Sie schmiegt sich eng an mich und legt ganz unvermittelt ihren Kopf an meine Schulter. Wir bewegen uns nur langsam und kommen kaum vom Fleck, ganz so wie zwei pubertierende Teenager. Ich bekomme kaum mehr mit, was um mich herum passiert, und ich befürchte, meine Hände liegen mittlerweile doch auf ihrem Hintern.

Leider hört die Musik abrupt auf, und die Band spielt einen Tusch. Zwei junge Aushilfskellner öffnen sperrangelweit die Terrassentüren zum Garten, wo auf der überdachten Terrasse bereits mehrere Bartische mit Sekt und Sektgläsern aufgebaut sind.

»Zehn – neun – acht …« Die Koppelrieder zählen Silvester ein und schieben sich nach draußen.

Die Marie und ich stehen immer noch eng umschlungen da, bis sie wieder zu sich kommt, sich losmacht und neben mich stellt.

»Kommt, ihr zwei, schnell! Das Feuerwerk!« Der Simon ergreift die Hand der Marie und zieht sie von mir weg, mit sich hinaus auf die Terrasse.

Wie ein begossener Pudel blicke ich den beiden nach.

»Schau net so dumm«, blafft mich da die Erni an, die plötzlich mit drei Flaschen Sekt neben mir aufgetaucht ist. »Aussi mit dir, renn ihr nach. Aber flott.«

»– drei – zwei – eins! Prosit Neujahr!«, schreien die Musiker und die Sängerin in ihre Mikrofone.

Der Gitarrist wechselt zur Musikanlage und legt den »Donauwalzer« auf, dann verlassen auch die Musiker die Bühne und laufen nach draußen, wo es mal nicht schneit.

Endlich bewege auch ich mich auf die Terrasse, um die Marie und den Simon zu suchen, aber vor allem die Marie.

»Prosit, Chef!« Die Gerti fliegt mir um den Hals und küsst mich. Gleich gefolgt von der Renate und der jungen Mühlnerin. Ich kann mich gar nicht wehren gegen die vielen Neujahrsküsse und -grüße, die plötzlich auf mich einprasseln.

Meinen Exkollegen sehe ich nur von Weitem mit der Empfangsdame und inmitten der anderen Angestellten vom Maarbach-Gut auf der anderen Seite der Terrasse. Er johlt ausgelassen mit der Menge und hat den Arm um die Hüfte der hübschen Sekretärin gelegt. Der ermittelt wenigstens, muss ich mir das Lachen verbeißen. Dann entdecke ich die zahlreichen noch vollen Wodkaflaschen am Bartisch neben dem Buchinger, und mein Grinsen verfliegt. Wodka ist sehr gefährlich für meinen Exkollegen.

Direkt neben der Feuerschale kann ich endlich die Marie ausmachen. Der Bürgermeister und seine Frau sowie unser Dr. Hopfner, der alte Gemeindearzt, nebst Gattin unterhalten sich mit ihr. Ich setze mich in Bewegung, stoppe aber sofort wieder.

Der Simon läuft mit zwei Gläsern Sekt auf die Gruppe zu. Eines reicht er der Marie und drückt ihr dann wie selbstverständlich einen Kuss auf die Wange. Sie dreht sich zu ihm und lächelt. Ich muss zugeben, die beiden geben zusammen ein sehr harmonisches Bild ab.

Gut, denke ich mir, dann ruf ich jetzt halt meinen Buben an. Ich stelle mich etwas abseits, hole mein Handy aus der Hosentasche und wähle Felix' Nummer, während über mir in der Luft Feuerwerk zischt und kracht. Ein kurzes Knacken in der Leitung und er hat schon abgehoben.

»Hallo, Felix, ein gutes neues Jahr wünsch –«

Er unterbricht mich sofort. »Papa, gutes neues Jahr! Rufst mich bitte ein bisserl später noch mal an, wir schießen grad die Raketen!« Zack – aufgelegt.

Verwundert schaue ich auf mein Handy. Aber gut, man muss schon früh damit beginnen, Prioritäten zu setzen. Dann versuche ich es eben später noch mal.

»Herr Aigner, das ist aber schön, dass wir uns hier treffen.

Prosit Neujahr.« Notar Dr. Lechner steht neben mir, gediegen im blauen Anzug, im Arm die gertenschlanke Frau Annette im eleganten Kleid. Der Notar, wie seine Begleiterin ohne einen lächerlichen Hut, nimmt der vorbeieilenden Kellnerin rasch ein volles Sektglas vom Tablett und drückt es mir in die Hand.

Ich bedanke mich und proste den beiden zu.

»Oha«, vernehme ich da die polternde Stimme vom Andi. »Da ist er ja. Prosit«, sagt er zu Dr. Lechner. »Frau Annette, Herr Doktor, ich muss Ihnen den Aigner leider auf Befehl seiner Schwester entführen. – Raphi, die Gabi sucht dich schon verzweifelt, weil sie dich unverständlicherweise abknutschen will.«

Damit zieht er mich auch schon mit sich fort, bis ich neben der Marie, dem Simon und der Gabi zum Stehen komme. Meine temperamentvolle Schwester haut mich fast um, so schmeißt sie sich mir an den Hals.

»Raphi, du einer von meinen zwei Lieblingsbrüdern. Ich wünsche dir ein gutes, glückliches, gesundes, wunderschönes neues Jahr. Und endlich eine Frau, die dich aus den Socken haut!«, schreit sie und drückt mir einen feuchten Schmatz auf die Lippen.

Lachend wische ich mir mit dem Handrücken über meinen Mund. »Und ich wünsche dir endlich einen g'standenen Mann, Schwesterherz.«

Der Andi tut beleidigt, drückt mich aber gleich darauf an die Brust und wünscht mir auch ein gutes neues Jahr.

»Prosit, Halbbruder«, grinst nun auch der Simon und hält mir sein Sektglas vor die Nase. Ich stoße mit meinem dagegen und lächle freundlich.

Was soll's, denke ich mir, ist Silvester.

»Ein gutes neues Jahr, Raphi.« Die Marie ist sichtlich nervös, als sie mir ihr Glas hinhält. Es wackelt ein klein wenig.

»Gutes neues Jahr, Marie«, proste ich ihr zu.

»Du zitterst ja, ist dir kalt?« Der Simon zieht sie von hinten an seine Brust und umarmt sie.

»Nein«, sagt sie bestimmt und befreit sich wieder mal aus seinem Griff.

»Frau Marie, ich wünsche Ihnen auch ein gutes neues Jahr, auf dass Sie unser schönes Rieglerbräu weiterhin so erfolgreich führen.« Dr. Lechner samt Annette hat sich zu uns gesellt und prostet ihr zu. Auch die Hedi Eidenpichler hat die Marie entdeckt und kommt mit ihrem Mann zu ihr. Alle wollen der jungen Wirtin vom Rieglerbräu ein gutes neues Jahr wünschen und ihr zu dem gelungenen Silvesterball gratulieren.

»Komm, wir gehen jetzt Mitternachtswalzer tanzen«, bestimmt meine Schwester, weil aus dem Saal immer noch der »Donauwalzer« schallt, und zieht den Andi hinter sich her.

Er wirft mir einen hilfesuchenden Blick zu, aber ich zucke nur ungerührt mit den Schultern. Selber schuld.

Weil mir auch schon etwas kühler ist, will ich mein Sakko aus dem Extrastüberl holen. Ich drehe mich um und ramme dabei fast den Pepperl, der immer noch den Windischmann im Schlepptau hat. Überschwänglich wünscht mir der Pfarrer ein gutes neues Jahr. Das ist meine Gelegenheit, denke ich mir und leg los: »Herr Windischmann, ich weiß, dass Sie am Montag um exakt vier Uhr nachmittags Liza Bishop in ihrem Zimmer besucht haben. Was hatten Sie da zu suchen?«

Der Windischmann erschrickt und versucht, sich aus dem Staub zu machen.

»Warten S' doch, Herr Magister«, hält ihn der Pepperl am Sakkozipfel auf. »Sie werden doch jetzt net gehen wollen. Das schöne Feuerwerk müssen S' Eana doch noch fertig anschauen.«

»Lassen S' mich aus, Herr Pfarrer!«, schreit er mit schriller Stimme. In seinen Augen flackert die Angst.

Also schnappe ich ihn am anderen Sakkozipfel und ziehe ihn etwas abseits auf die Terrasse, wo uns hoffentlich niemand stört. Der dicke Magister wehrt sich nicht mehr und stolpert samt Pepperl hinter mir her.

»Herr Windischmann, warum waren Sie am Montagnachmittag bei Frau Bishop?«, blaffe ich den Kerl scharf an.

Er zuckt zusammen. »Nach der missglückten Aktion hab ich es einfach riskiert und mir die Daten, die sie wollte, aus dem Buchhaltungssystem im Büro der Finanzkammer besorgt. Sie hatte mir immerhin zehntausend Euro dafür zugesagt. Aber dann hat sie mir plötzlich doch kein Geld mehr geben wollen. Stellen Sie sich vor, die alte Schachtel wollte mir tatsächlich den USB-Stick aus der Hand reißen. Als ich den nicht losgelassen hab, hat sie wieder losgezetert und rumgeschrien, sie würde mich sowieso niemals als Geschäftsführer einsetzen. Sie hat mich einen Idioten und Dilettanten geschimpft.«

Der Pepperl stemmt entrüstet die Hände in die Hüfte. »Herr Magister, also wirklich! Warum haben S' uns denn vorhin ang'logen? Sie kennen doch das achte Gebot unseres Herrn.«

Ich fasse den Kerl am Arm und bin mir sicher, dass ich ihm Schmerzen zufüge. »Herr Windischmann, wie konnten Sie in der Nacht noch einmal ins Wirtshaus eindringen? Wie haben Sie Liza Bishop ermordet?«

»Fassen Sie mich nicht an, ich hab niemanden ermordet. Ich will sofort meinen Anwalt sprechen.« Er windet sich. »Sie dürfen mich nicht bedrohen, Kruzifix noch mal.«

»Herr Magister, jetzt lassen S' aber gschwind unsern Herrgott ausm Spiel!« Der Pepperl hält ihn unsanft am anderen Arm fest.

»Sehr gut«, lob ich ihn. »Komm, Pepperl, wir bringen Herrn Windischmann jetzt gemeinsam zum Eingang.«

Über die kleine Terrassentreppe zerren wir den dicken Magister zum Haupteingang, während ich Gruppeninspektor Schorsch anrufe.

Keine fünf Minuten später begleiten meine beiden Polizisten im Dienst den Kerl zum LKA, wo ihn der Hans noch mal in Ruhe vernehmen soll.

Während der Pepperl an der Bar stolz den Koppelriedern von seiner Heldentat berichtet, gehe ich zurück ins Extrastüberl, um endlich mein Sakko zu holen. Ich werde mich jetzt über die Häuser hauen, für diese Nacht hab ich mehr als genug.

Das Stüberl ist immer noch gut gefüllt, wenn auch nicht mehr so voll wie vorhin. Als ich mein Sakko überziehe, entdecke ich den Verwalter vom Maarbach-Gut direkt vor der automatischen Glasschiebetür. An der rechten Hand hat er die hübsche Braunhaarige, in der linken balanciert er zwei Sektgläser. Da die Tür nicht aufgeht, hebt er die Hand mit den zwei Gläsern in die Lichtschranke, wobei ihm der Ärmel seines Sakkos Richtung Ellbogen rutscht.

Ich traue meinen Augen nicht. Seh ich dort etwa eine Schnittwunde? Ich beschleunige meinen Schritt Richtung Tür und kann grad noch einen etwa fünf Zentimeter langen, gerade nach unten verlaufenden und noch ein wenig verschorften Schnitt entdecken. Weil ich mich an einem schmusenden Pärchen vorbeischlängeln muss, entwischt mir der Aufwieser mit seiner Schnecke in die Schankstube.

Die verdammte Tür geht auch bei mir nicht gleich auf, wahrscheinlich ist die Automatik mittlerweile schwer strapaziert. Auch ich muss meine Hand zur Lichtschranke heben, bevor ich den Raum verlassen kann.

Genervt schaue ich mich um, kann den Verwalter und die Frau aber nirgends entdecken. Das kann doch nicht sein, denke ich mir, hab ich jetzt etwa den Falschen abholen lassen? Hat vielleicht doch der Aufwieser etwas mit dem Mord an der Liesl zu tun?

Als ich die beiden suchen will, sehe ich aus dem Augenwinkel, wie der Buchinger unsicher schwankend zum Häusl abbiegt, und gehe ihm nach. Mein Exkollege muss sich bereits mit einer Hand an der Wand abstützen.

»Aigner!«, schreit er mir zu, als er mich bemerkt, obwohl ich direkt neben ihm stehe. Er nimmt kurz die Hand von der Wand und zeigt mit Daumen und Zeigefinger einen geringen Abstand. »So kurz bin ich davor, was Wichtigesss heraussszufinden, so kurz. Ich sag dir, der ist verdächtig.«

Ich beschließe spontan, ihm lieber nichts vom Windischmann und vom Aufwieser zu erzählen. Der Buchinger kann mir in der Sache heute nicht mehr behilflich sein, eher schon hinderlich. »Aha«, grinse ich. »Und wer genau, Buchinger? Vielleicht der BH von der Empfangsdame vom Maarbach-Gut?«

»Blödsinn«, schnauft er und hält sich wieder an der Wand hinter dem Pissoir fest. »Wirssst schon sehen, die sssind alle verdächtig – allen voran der Verwalter, und ich bin ssso knapp davor …«

Mein Exkollege hat offensichtlich zu viel Wodka getankt, den er so gar nicht verträgt.

»Brav bleiben, Buchinger, auch wenn du heute nur privat da bist. Oder grad deswegen«, grinse ich.

»Eh klar«, brummt der und sucht vergeblich an seiner Hose nach dem Reißverschluss.

Als die Tür aufgerissen wird und zwei besoffene Burschen vom FC Koppelried hereintorkeln, überlasse ich meinen Exkollegen getrost fürs Erste seinem Schicksal. Ich werde mich später wieder um ihn kümmern.

Weder im Schankraum noch draußen auf der Terrasse entdecke ich den Aufwieser und seine Begleitung. Also begebe ich mich zurück zur Sektbar und nehme verkehrt herum auf einem Hocker Platz, sodass ich einen guten Überblick habe. Die Band spielt wieder, es tanzen aber nur wenige, die meisten Koppelrieder haben es sich mittlerweile an den Tischen gemütlich gemacht. Am Tisch des Bürgermeisters sticht mir eine gut gelaunte Marie ins Auge, die sich offensichtlich bestens unterhält. Den Simon kann ich ausnahmsweise mal nicht in ihrer Nähe entdecken.

»Tolle Frau, nicht wahr?« Mein Halbbruder ist mit zwei Krügen Bier in der Hand neben mir aufgetaucht. »Aber leider ist es nicht eben leicht, an sie ranzukommen«, seufzt er.

Wirklich? Mir ist das gar nicht so schwergefallen. Sofort muss ich an unsere beiden kurzen, aber sehr intimen Begegnungen im letzten Sommer denken.

Der Simon hält mir ein Bier mit einer schönen Schaumkrone vor die Nase und grinst dabei spitzbübisch. »Friedenspfeife in Form eines Rieglerbiers?«

Ich nehme ihm den Glaskrug ab, und er prostet mir zu.

»Du kannst mich nicht gut leiden, was, Raphael?«

»Das ist vielleicht etwas übertrieben.«

»Gut, dann bin ich dir zumindest lästig, oder?«

Ich nicke schmunzelnd. »Das trifft es schon eher.«

»Wegen Marie? Oder weil ich dir schlicht unsympathisch bin?«

Mein kleiner Bruder ist mir sehr ähnlich in seiner Direktheit, denke ich mir mal wieder. »Wegen der Marie«, antworte ich aufrichtig und proste ihm augenzwinkernd zu.

Er lacht laut auf. »Dann möge der Bessere von uns gewinnen. Lass dir gesagt sein, ich bin ein fairer Verlierer. Aber wenn du schwächelst, dann schlag ich zu, Bruder – Pardon, Halbbruder.«

»Kannst auch Bruder zu mir sagen«, grinse ich. Was soll's, an Silvester bin auch ich großzügig. Außerdem hört sich das gar nicht so schlecht an, wie ich anfangs dachte.

Er stupst mich mit dem Ellenbogen in die Seite. »Also, der Schachzug mit der Gerti vorhin, der war echt clever. Hätte von mir sein können, Bruder.« Er nickt anerkennend.

»Tja«, ich ziehe meine Mundwinkel spöttisch nach oben, »von mir kannst du noch so einiges lernen, Kleiner.«

Leider kann ich mich nicht weiter mit ihm unterhalten, denn die dralle Martha Heininger, unsere Fleischhauerin, fordert den Simon energisch zum Tanzen auf. Wobei, viel eher zieht sie ihn ungerührt und ohne seine Antwort abzuwarten hinter sich her. Der arme Kerl hat keine Chance, sich zu wehren.

Wie auch immer, so kann ich jetzt zumindest einen neuen Versuch starten, mit meinem Buben zu telefonieren. Der Aufwieser hat sich mit seiner Eroberung wahrscheinlich schon längst aus dem Staub gemacht und vergnügt sich andernorts mit ihr.

Ich stelle das noch halb volle Bierglas auf den Tresen und gehe hinaus auf die Terrasse, wo trotz der Kälte immer noch ein paar betrunkene Koppelrieder um einen der Bartische versammelt sind, und dann durch den schneebedeckten Gastgarten, wo ich in Ruhe telefonieren kann.

»Papa? Hallo, gutes neues Jahr! Auch von der Oma und dem Opa, soll ich dir sagen.«

»Euch allen auch ein gutes Jahr, Großer. Bist du denn noch gar nicht müde?«

»Geh, Papa, überhaupt nicht!«, schreit der Felix vollkommen überdreht ins Telefon. »Ich darf heute sooo lange aufbleiben, bis ich umfalle, hat mir der Opa versprochen. Und gleich tun wir Blei gießen. Sag, Papa, darf ich nächstes Silvester wieder zum Opa und zur Oma? Biiiiiiitte!«

»Mal sehen«, lache ich ins Handy. »Aber wenn du so viel zu tun hast, will ich dich gar nicht länger aufhalten. Viel Spaß noch und bis bald, mein Bub.«

»Bis bald, Papa, pfiat di.«

Ich lege auf, stecke meine Hände in die Hosentaschen und spaziere noch ein Stück weiter Richtung Parkplatz, wo niemand zu sehen ist. Zeit, nach Hause zu gehen, denke ich mir. Ich werde jetzt den Buchinger zusammenklauben, morgen ist schließlich auch noch ein Tag. Außerdem hab ich nicht die geringste Lust, dem Simon weiter beim Angraben der Marie zuzusehen.

»Ich weiß aber nicht, ob ich das mag«, höre ich da deutlich eine junge Frauenstimme. »Ich hab doch einen Freund.«

Ein Zischen folgt, dann eine mir bekannte Männerstimme. »Ach komm, Verena, zier dich halt nicht so. Ich kann dir tausendmal mehr bieten als dein Freund.« Das ist doch der junge Verwalter!

Na bitte, wer sagt's denn. Ich grinse in mich hinein. Hab ich euch gefunden. Ich schau mich um, kann aber niemanden entdecken. Langsam und bedächtig gehe ich in die Richtung, aus der die Stimmen gekommen sind, damit mich der unter den Schuhen knirschende Schnee nicht verrät.

Die beiden befinden sich im überdachten, kaum einsehbaren Carport, wo im Sommer die Motorräder und Fahrräder geparkt werden. Ein sehr beliebter Platz für ein Stelldichein, vor allem unter der Koppelrieder Jugend.

Vorsichtig schleiche ich mich noch ein bisschen näher ran,

aber nur so weit, dass mich die beiden nicht sehen können. Ich kann sie zumindest etwas sehen, denn das Licht der Straßenlaterne scheint ein wenig durch die Holzstreben des schneebedeckten Carports.

»Verena, bitte, so sei doch lieb.« Der Aufwieser klingt weinerlich. »Ich mag dich wirklich gerne …«

»Aber ich weiß nicht, ob ich dich mag, Daniel. Das hab ich dir schon tausendmal gesagt.« Das Mädel scheint ziemlich genervt zu sein. Natürlich ist es die hübsche Braunhaarige, die er schon den ganzen Abend angehimmelt hat.

»Verena«, jammert er weiter, »schau, ich kann dir doch so viel bieten, viel mehr als dein Freund, dieser Loser. Alles, was du willst, kauf ich dir. Alles. Willst du mit mir drei Wochen auf die Seychellen fliegen? Ich lade dich ein in ein Traumhotel, auf eine Insel nur für uns allein, bitte«, fleht er sie an.

»Und auf so einen teuren Urlaub willst du mich mitnehmen?« Sie hört sich schon um einiges interessierter an, was auch ihm nicht entgangen sein dürfte.

»Das sind doch nur Peanuts für mich, Verena. Ich werde bald reich sein, sehr reich. Ich hab dann so viel Geld, das kannst du dir gar nicht vorstellen. Wenn du nur noch ein bisserl wartest –«

»Aber geh, so ein Blödsinn.« Sie lacht ihn aus.

Die ist gut, die Kleine, die nimmt mir einiges an Arbeit ab, denke ich mir und warte einfach ab, wie sich die Situation weiterentwickelt.

Er zischt kurz und greift in seine Hosentasche, um gleich darauf einen tiefen Zug von seinem Spray zu nehmen. »Ich sag dir jetzt was, aber das muss unter uns bleiben, verstehst?« Er wirkt nun doch etwas angespeist. »Das Maarbach-Gut, das gehört mir. Gell, da schaust.«

Ob sie schaut, weiß ich nicht, aber zumindest ich tu's.

Sie lacht erneut schallend. »So ein Schmarrn, das gehört doch der Diözese. Der Maarbach hat alles der Kirche vermacht, du träumst ein bisserl, glaub ich.«

Und ich glaube, ich muss mir ernsthaft überlegen, ob ich das Mädel nicht für die Polizei anwerbe.

»Verena, du treibst mich echt in den Wahnsinn. Aber es stimmt, was ich sage. Ich hab ein gültiges Testament, in dem der Alte mir sein gesamtes Vermögen vermacht hat.« Er versucht, sie an sich zu ziehen und zu küssen.

Aber sie weicht zurück und verschränkt die Arme mit angewidertem Gesicht, was ich selbst durch die Holzstreben erkennen kann. »Genau, und ich bin der Weihnachtsmann, gell? Wieso sollte dir der Maarbach irgendwas vererbt haben? Und wieso, bitte schön, hast du dieses Testament dann nicht schon längst dem Notar gezeigt, hmm?« Sie schmeißt ihr langes Haar mit einer gekonnten Kopfbewegung zurück.

Der junge Verwalter versucht, seinen Arm um sie zu legen. »Das musst du nicht wissen, Verena. Aber der Maarbach hat große Stücke auf mich gehalten, der hat mich wie einen Sohn behandelt. Und vor seinem Tod hat er ein handschriftliches Testament verfasst, alles ganz korrekt. Die Kirche kann gar nichts dagegen tun. Ich werde meinen Anspruch geltend machen, aber es wird ein bisserl dauern, bis das durch ist. Verena, darf ich dich bitte küssen?«

Aha, das ist doch schon was. Damit hätten wir schon mal ein Motiv. Die Liesl ist ihm da mit ihren Ansprüchen natürlich in die Quere gekommen. Aber ob er sie nur wegen des Pflichtteils umgebracht hat? Irgendwas passt da nicht wirklich zusammen. Angestrengt denke ich nach.

»Au!«, entfährt es dem Aufwieser da laut. »Pass bitte auf, Verena, ich hab mich da letztens mit dem Hufmesser geschnitten.«

Was durchaus sein kann, denke ich mir etwas enttäuscht.

Dann beginnen die beiden tatsächlich zu schmusen, wie ich aus den schmatzenden Geräuschen schließe. Die Verena hat ihn offensichtlich doch erhört. Kein Wunder bei den Aussichten.

Ich schleiche mich zurück in den Gastgarten. Nach Hause gehe ich in nächster Zeit garantiert nicht, jetzt muss ich erst mal abwarten, bis die beiden wieder ins Wirtshaus zurückkommen.

Im Saal tanzt der Buchinger mit der Empfangsdame vom Aufwieser. Oder besser, er versucht zu tanzen, rutscht aber ob seines Zustandes eher unsicher übers Parkett.

Ich klatsche ab und nehme ihm wortlos die attraktive Frau aus den Armen.

»Oh, Sie sind das«, freut sie sich ganz offensichtlich. »Der fesche Polizist, oder? Sie sind mir vorhin schon so bekannt vorgekommen.« Sie legt ihre linke Hand sanft auf meine Schulter.

Ich versuche eine schwungvolle Drehung, trete ihr dabei aber leider auf den Fuß. In dieser Hinsicht kann offensichtlich ich noch einiges von meinem Halbbruder lernen.

»Entschuldigung«, grinse ich bedauernd. »An der Bar fühle ich mich sicherer als auf der Tanzfläche. Darf ich dich zu einem Glas Sekt einladen?«

»Gerne doch.« Sie lächelt, augenscheinlich geschmeichelt davon, dass ich sie duze, und lässt sich von mir an die Sektbar führen. Von da hab ich die Terrassentür auch viel besser im Blick und krieg hoffentlich mit, wenn der Aufwieser und seine neue Freundin zurück ins Wirtshaus kommen.

Die Marie, immer noch am Tisch des Bürgermeisters, blickt mir erstaunt nach, während mein Halbbruder, rechts neben ihr, mir siegessicher zuzwinkert.

Mein Exkollege steht immer noch alleine auf der Tanzfläche und lässt traurig den Kopf hängen. Endlich bewegt er sich, nimmt neben dem Simon Platz und greift sich eine Mineralwasserflasche vom Tablett einer Kellnerin. Gut so, denke ich mir, der soll besser mal ein bisserl ausnüchtern.

An der Bar bestelle ich ein Glas Sekt und ein kleines Bier, drücke Ersteres der Empfangsdame vom Maarbach-Gut in die Hand und proste ihr zu. »Raphael. Wie war noch mal dein Name?«

»Ich bin die Angelika.« Sie klettert auf den freien Barhocker neben mir. An der Bar haben sich die Gäste etwas gelichtet, weil die meisten wieder auf der Tanzfläche herumhopsen.

»Ich muss leider gleich mit der Tür ins Haus fallen, Angelika. Darf ich dir noch ein paar Fragen stellen, beruflicher Natur?« Ich versuche mich an meinem charmantesten Lächeln.

Die Frau zieht gekonnt ein Schnoferl, lacht aber. »Ich hab mir schon gedacht, dass so ein junger, fescher Mann nicht unbedingt an einer Frau weit ü-fünfzig interessiert ist.«

»Nun, ich hätte dich allerhöchstens auf fünfundvierzig geschätzt«, antworte ich wahrheitsgemäß.

»Tja, dem ist aber nicht so.« Sie zuckt mit den Schultern. »Bist zwar ungleich charmanter als dein Kollege, aber halt leider auch ungleich jünger. Also los, frag schon.«

»Gibt es da Gerüchte über den Aufwieser und eine Erbschaft vom Maarbach?«

Sie wirft ihren Kopf kokett zurück. »Ja, was glaubst. Wir haben doch alle gedacht, dass der das ganze Gut erbt. Der ist dem Alten so was von in den Allerwertesten gekrochen, dass man schon Angst haben musste, dass er vorne wieder rauskommt. Aber manchmal kommt es anders, als man denkt, gell.«

Sie lacht ohne eine Spur von Mitleid und greift sich mit einer Hand an die Brust. »Hand aufs Herz, mich hat das wirklich gewundert, dass der überhaupt nichts geerbt hat. Anfangs war er auch ganz verzweifelt, und dann hat ihm sogar noch die Diözese gekündigt. Aber kurz drauf mussten sie ihn wieder zurückholen, und das Erste, was der Aufwieser gemacht hat, war, in das ehemalige Büro vom Maarbach zu ziehen. Das neue Chefbüro hat er großzügig dem Windschiefmann – Pardon, Windischmann – überlassen. Mich hat das erstaunt, weil der Aufwieser früher so stolz auf sein hypermodernes großes Büro war. Aber er hat g'meint, aus Verehrung für den Verstorbenen möchte er von nun an lieber in dem kleinen alten Büro arbeiten. Gefallen hat's ihm dann trotzdem nicht so recht. Ganz allein hat er alles x-mal umgestellt, umgeräumt, ausgeräumt und wieder neu eingeräumt. Na ja, ein komischer Typ war der Aufwieser schon immer.«

Das klingt mir doch schwer nach einer Suchaktion, und zwar nach einem Testament. Aber das sage ich natürlich nicht laut. »Weißt du eigentlich noch, wann der alte Maarbach gestorben ist?«, frage ich stattdessen.

Sie nickt. »Natürlich, erst im Spätsommer. Herzstillstand und Organversagen, hat der Arzt gemeint. Dabei war der Maarbach eigentlich noch recht fit und agil. Dummerweise ist das ausgerechnet an einem Wochenende passiert, wo niemand ihm helfen konnte. Seine Putzfrau hat ihn Montag drauf gefunden. Der Aufwieser war damals völlig aus dem Häuschen, hat tagelang mit niemandem gesprochen, immer wieder an seinem Asthmaspray genuckelt und sich bei jeder Gelegenheit zu seinen Rindviechern verzogen. Maarbachs Tod hat ihn arg mitgenommen. Tja, und kurz darauf gab es die feindliche Übernahme durch die Pfaffen.«

»Du magst ihn nicht besonders, oder?«

Sie spielt die Ertappte. »Merkt man das? Nein, das wollte ich nicht.« Dann lacht sie schallend.

»Angelika.« Ein Mann kommt auf uns zu.

»Hubert!« Die Angelika kriegt plötzlich ganz rosige Wangen. »Darf ich vorstellen, Hubert Bauer, unser Büroleiter vom Maarbach-Gut. Das ist der Raphael. Den Nachnamen hab ich leider vergessen.«

»Ist auch nicht wichtig«, antworte ich und schüttle ihm die Hand.

»Ich wollte dich nur fragen, ob du mit mir tanzt, Angelika.« Verlegen blickt der Kollege auf den Fußboden.

»Sehr gerne«, lächelt sie, gleitet elegant vom Barhocker und drückt mir dabei das halb volle Sektglas in die Hand. »Wenn du mehr herausfinden willst, solltest du dich unbedingt mit der Verena unterhalten. Das ist die Hübsche mit den langen braunen Haaren, ist nicht zu übersehen. Die ist letzten Monat ziemlich überraschend von der kleinen Buchhalterin zur Assistentin der Geschäftsleitung aufgestiegen und hat ihr Büro neben dem vom Aufwieser.«

Während ich noch überlege, wie ich an die hübsche Verena rankommen soll, ist mir das Glück mehr als hold. Gerade in diesem Moment stöckelt sie nämlich in ihren extrem hohen

Schuhen durch die offene Terrassentür herein. Den Aufwieser, der glücklich vor sich hin grinst, zieht sie hinter sich her. Einer ihrer dünnen schwarzen Strümpfe hat eine lange, breite Laufmasche, was ihr aber offensichtlich egal ist. Zielsicher steuert sie auf die Sektbar zu und lässt sich direkt auf dem Barhocker nieder, den eben die Angelika frei gemacht hat.

»Champagner, eine ganze Flasche! Aber flott!«, schreit sie der Kellnerin Tina unfreundlich zu.

Die Tina lässt sich Zeit damit, einen Kübel mit Eiswürfeln und eine geöffnete Flasche Champagner sowie zwei Gläser vor die beiden auf den Tresen zu stellen. »Macht hundertneunzig, Champagner muss ich gleich kassieren.«

»Daniel«, befiehlt die Verena knapp.

Der Aufwieser kramt in seiner Hosentasche und holt eine Geldklammer heraus, in der ein ganzes Bündel Hunderter steckt. Zwei davon zieht er umständlich heraus. »Hundertzweiundneunzig«, stammelt er mit rotem Kopf.

Die Kellnerin Tina hebt verächtlich die Augenbrauen. »Danke, wie großzügig«, meint sie dann ironisch und legt ihm keine Münzen, sondern einen Zehn-Euro-Schein hin.

Er schiebt ihn in die Klammer, die er gleich wieder in der Hosentasche verschwinden lässt.

»Und einschenken muss ich mir selber, oder was?« Die Verena blickt den Aufwieser genervt von der Seite her an und klopft ungeduldig mit den schlanken Fingern auf den Bartresen.

»Sofort, Verena.« Er nimmt die Flasche und gießt zuerst ihr ein, dann sich selbst.

»Ab heute trinke ich nur mehr Champagner«, verlautbart sie, hebt das Glas und betrachtet es lächelnd.

»Sekt schmeckt aber auch gut und ist nicht ganz so teuer«, versucht er etwas kleinlaut einzuwenden.

Das ist mein Stichwort. Schwungvoll drehe ich mich zu der kleinen Kratzbürste um. »Für eine so schöne junge Frau ist Champagner genau das Richtige, da sollte ein Mann nicht kleinlich sein.«

Sie wendet sich mir überrascht zu, und ich schenke ihr mein umwerfendstes Lächeln.

Die hübsche Braunhaarige mustert mich von oben bis unten, und was sie sieht, scheint ihr zu gefallen. »Endlich mal ein Mann, der weiß, was sich gehört. Sehr ungewöhnlich in diesem Kaff.«

»Du bist nicht von hier, richtig?«, frage ich.

Sie schüttelt den Kopf, und mir fällt auf, dass sie wirklich ein sehr schönes, ebenmäßiges Gesicht hat. »Aber garantiert nicht. Ich komm aus der Stadt, eh klar.«

Dann dreht sie sich zur Tina und winkt sie zu uns her. »Noch ein Glas für den charmanten Mann hier«, befiehlt sie.

Grinsend reicht mir die Tina ein sauberes Glas, zwinkert mir kurz zu und kümmert sich wieder um die anderen Gäste.

Die hübsche Verena schenkt mir ein, während der Aufwieser unglücklich danebensteht. Anscheinend hat er mich immer noch nicht erkannt. Gut so, denke ich mir, das soll am besten auch so bleiben.

Sie prostet mir zu. »Auf dein Wohl, schöner Unbekannter.«

Aufwiesers Versuch, sich zwischen uns zu drängen, scheitert kläglich, denn die Verena schiebt ihn ungerührt wieder zurück auf seinen Platz.

Gnädig prostet sie ihm zu, wobei sie genervt die Augen nach oben dreht. »Sei doch nicht so eifersüchtig, Daniel, das kann ich gar nicht leiden«, zischt sie ihn an. »Ich unterhalt mich ja bloß. Darf ich das jetzt schon nicht mehr? Dann kannst du dir das mit uns gleich wieder abschminken, einengen lass ich mich nämlich von niemandem, damit du es gleich weißt.«

»Aber nein, klar darfst du«, beeilt er sich zu sagen, versenkt den Blick in seinem Glas und ergibt sich seinem Schicksal.

Sie dreht sich wieder zu mir und schlägt kokett das eine lange Bein über das andere mit der Laufmasche. »Und du bist von hier?«

Ich schmunzle. »Nun ja, mittlerweile gehör ich schon zum Inventar von diesem Kaff.«

»Du bist mir vorhin gleich aufgefallen, am Tisch von der feschen Wirtin. Ist sie deine Frau?« Sie blickt mich prüfend an.

Ich zeige ihr meine unberingten Finger und schüttle den Kopf. »Vogelfrei.«

»Verena, Schatz …«, versucht der Aufwieser nun wieder zaghaft, ihre Aufmerksamkeit auf sich zu lenken.

»Du aber nicht«, zwinkere ich ihr zu und deute auf ihre Begleitung. Ich bin doch ganz froh, dass die Verena so zwischen uns sitzt, dass er mich nicht wirklich sehen kann.

»Das muss sich erst noch rausstellen.« Sie dreht sich wieder genervt zu ihm. »Jaaa? Was gibt's denn, das offenbar nicht warten kann?«

»Willst du mit mir tanzen, Verena? Nur einen Tanz, bitte.«

Sie verdreht schon wieder die Augen, »Tanzen? Mit dir? Du bist mir vorhin doch schon andauernd auf die Füße getrampelt. Sicher nicht.«

Was soll's, denke ich mir. Erfülle ich eben schon am ersten Januar mein Jahressoll an Tanzrunden. »Und wie wär's mit mir?«, frage ich und blicke ihr dabei lange und tief in die Augen.

Kurz hält sie meinem Blick stand, dann springt sie vom Barhocker und zieht mich auf die Tanzfläche. Die Band spielt einen Song, für den mein simpler Discofox-Schritt locker reicht. Im Gegensatz zu ihrem. Sie kann gar nicht tanzen, aber es ist ihr egal.

Über ihre schmale Schulter erhasche ich den fassungslosen Blick der Marie. Sie wendet ihn gar nicht mehr von uns ab, was sogar den Simon neben ihr sichtbar irritiert.

Der Aufwieser starrt uns ebenfalls von der Bar aus an. Er wirkt, als würde er jeden Moment in Tränen ausbrechen. Ich kann nur hoffen, dass er mich immer noch nicht erkannt hat.

Mein Exkollege kriegt indessen nichts davon mit. Er sitzt immer noch an Maries Tisch und verfolgt mit traurigem Hundeblick, wie die Angelika mit ihrem Büroleiter übers Parkett gleitet.

»Du arbeitest beim Maarbach-Gut, wo dein Freund der Verwalter ist, nicht wahr?« Ich muss die Zeit, bevor der Aufwieser wieder neben uns steht, nutzen und aufs Ganze gehen.

»Du kennst den Daniel?«

»Das würde ich jetzt nicht unbedingt behaupten.« Ich zucke so desinteressiert wie nur irgendwie möglich mit den Schultern. »Ich arbeite bei der Polizei und musste die Kollegen vom LKA zum Maarbach-Gut begleiten. Die untersuchen den Mord an einer Amerikanerin bei uns im Ort.« Ich versuche, unbeteiligt zu klingen.

»Echt?«, sagt sie. »Also, dazu kann ich dir was erzählen. Diese fette Prolo-Tante war nämlich bei uns, beim Daniel, und hat den total zur Sau gemacht.«

»Wow.« Ich setze eine beeindruckte Miene auf. »Und das weißt du woher?«

»Ich mag nicht mehr tanzen«, sagt sie da und zieht mich durch das Gewusel an einen leeren Tisch gleich neben dem vom Bürgermeister.

Die Marie kann uns jetzt noch besser sehen, der Aufwieser allerdings nicht mehr. Aus dem Augenwinkel heraus kann ich beobachten, wie meine Schwester, auch am Tisch der Marie, schon empört aufstehen will, aber glücklicherweise vom Andi zurückgehalten wird.

Ich winke der Kellnerin Franziska, die grad an uns vorbeikommt. »Champagner«, bestelle ich, woraufhin die mich nur ungläubig anstarrt. »Zwei Gläser Champagner, bitte«, wiederhole ich bestimmt, und endlich läuft sie zur Sektbar.

»Also? Woher weißt du das?«, frage ich weiter und hoffe, dass mir die Verena den einfachen Dorfpolizisten abnimmt.

Die Franziska kommt zurück, ein Tablett mit zwei Gläsern in der Hand. »Champagner?« Sie blickt mich wieder fragend an. Kein Wunder, noch niemals hab ich als Gast im Rieglerbräu Champagner, Sekt oder ähnlich sprudelndes Gebräu konsumiert.

»Ja«, antworte ich mittlerweile genervt, »Champagner.«

Endlich stellt sie uns die Getränke auf den Tisch und notiert sich die Bestellung, weil die Einheimischen heute anschreiben lassen können.

»Champagner servieren die wohl nicht so oft in dem Kaff«, kichert die Verena. »Prösterchen, Herr Polizist.« Sie hört gar nicht auf zu kichern, und ich atme sicherheitshalber einmal tief ein und aus. Im Normalfall hätte ich schon längst die Flucht ergriffen, aber dies ist kein Normalfall.

»Wieso weißt du, dass die Amerikanerin sich mit deinem Freund gestritten hat?« Ich spreche ganz langsam und zwinge mich zu einem Lächeln. »Das ist nämlich alles sehr spannend für mich, weil es mein erster Mordfall ist«, lüge ich, dass sich die Balken biegen.

Sie rückt immer näher an mich ran. »Also, ich bin die Assistentin vom Daniel«, erklärt sie mir stolz, »deshalb hab ich ein eigenes Büro gleich neben seinem. Und ich hab alles gehört, was die alte Schachtel zu ihm gesagt hat, weil der Daniel die Tür immer offen lässt.« Sie nippt am Glas. »Übrigens hatte die einen derben Salzburger Dialekt drauf, von wegen Amerikanerin.«

Ich kann mittlerweile gut verstehen, dass sie den Aufwieser fast zum Weinen gebracht hat.

»Verena.« Ich spreche sehr langsam, wie zu einem kleinen Kind. »Was hast du gehört? Es könnte mir wirklich helfen, wenn du mir das sagen würdest.« Mir fällt beinahe nichts mehr ein, was ich noch machen soll. »Vielleicht werde ich dann ja befördert.« Ich zwinkere ihr verschwörerisch zu.

»Echt? Cool. Hm, warte … was hat diese fette alte Bitch noch mal gesagt? Ja, genau, sie wollte alle Informationen zum Vermögen des Gutshofs, das Anlagevermögen und die Bilanzen aus den letzten Jahren und was weiß ich noch alles. Dafür wollte sie dem Daniel zehntausend Euro geben. Der ist dann fuchsteufelswild geworden und hat sie angeschrien, dass sie verschwinden soll. Dabei hat er dauernd an seinem Cortisonspray genuckelt. Sie hat gemeint, sie –«

»Will der Herr vielleicht noch ein Flascherl Champagner?«, unterbricht uns die Erni lautstark. Sie steht neben mir und bohrt mir ihren knochigen Zeigefinger in die Schulter. Die hat mir jetzt grad noch gefehlt. »Schämst dich gar net, Aig–«

Ich stehe völlig entnervt auf und drehe sie einfach um hundertachtzig Grad. »Schleich dich, Erni. Ich ermittle«, zische ich ihr dabei ins Ohr.

»So nennt man das heutzutage also?« Die Erni schnauft durch die Nase, verschwindet aber dann zum Glück doch, und ich setze mich wieder auf meinen Stuhl. Sie hat mich völlig aus dem Konzept gebracht, was wollte ich noch mal fragen?

»Sag mal, die Einheimischen hier sind alle nicht ganz richtig im Kopf, was?« Die Verena tippt sich mit einem Zeigefinger auf die Stirn und kichert. Weil sie ihren Champagner schon ausgetrunken hat, schiebe ich ihr mein noch unangetastetes Glas hin.

»Bitte, was hat die Amerikanerin dem Aufwieser noch gesagt?«, versuche ich es erneut und hoffe, dass sie die Verzweiflung in meiner Stimme nicht hört.

»Lass uns doch von etwas anderem reden, das ist ja total langweilig …«, haucht sie da und kommt mir mit ihrem Mund ganz nahe.

»Bitte, Verena, die Frau war doch noch ein zweites Mal bei ihm. Am Montag.« Ich schiebe sie etwas zurück und drücke ihr das Champagnerglas in die Hand.

Wieder nippt sie daran und kichert. »Stimmt, der Daniel hatte mich quasi gezwungen, diese Woche zu arbeiten, eigentlich wollte ich Urlaub nehmen. Also, ich war grad bei ihm im Büro, als die alte Bitch hereingeschneit kam. Zum Glück, weil er wieder mal so aufdringlich war. Sie hat behauptet, sie sei die Schwester vom alten Maarbach und könne das jetzt auch beweisen, irgendwas mit so DNA-Zeugs. Mich hat das nicht interessiert, aber der Daniel ist völlig ausgezuckt. Er hat ihr mit der Polizei gedroht, die Alte ist abgerauscht, und das war's.«

Auf einen Zug trinkt sie ihr Glas leer und schüttelt verständnislos den Kopf. »Aber ich versteh das alles gar nicht. Der Daniel hat doch ein gültiges Testament vom alten Maarbach, wo drinsteht, dass er alles erbt. Alles. Der will mit mir auf die

Seychellen fliegen, weißt du.« Dann beugt sie sich nach vorne, ganz nah zu mir hin. »Sag mal, wollen wir zwei Hübschen nicht einen Ortswechsel machen? Irgendwohin, wo es chilliger ist?« Sie spitzt die Lippen zu einem Kussmund.

»Verena!«, kreischt der Aufwieser, der mit einem Mal neben uns steht, schrill ihren Namen. »Komm sofort her!«

Die junge Frau rollt genervt mit den Augen. »Lass mich in Ruhe, Daniel.«

»Verena!«, brüllt er wieder. Und da die Band endlich eine Pause gemacht hat, können ihn alle anderen Gäste gut hören und drehen ihre behüteten Köpfe nach uns um.

»Verena, wenn du nicht sofort zu mir herkommst, dann, dann ... Ich sag nur: Seychellen.« Er versucht, sie vom Sessel hochzuziehen, aber sie macht sich bockig von ihm los.

Er atmet wieder zischend, dreht sich um und geht weg. Aber nur bis ans Ende der mittlerweile leeren Tanzfläche auf der gegenüberliegenden Seite. Dort setzt er sich auf einen der Stühle und starrt die Verena unentwegt an.

Die schaut unschlüssig von mir zu ihm und von ihm zu mir, zuckt dann bedauernd mit den Schultern und stöckelt langsam auf hohen Absätzen zum Aufwieser, wo sie auf dem Stuhl neben ihm Platz nimmt und ihre Arme vor der Brust verschränkt.

Ich bin mittlerweile völlig fertig. Ich weiß, mir fehlt eine Information, aber ich habe keine Ahnung, welche. Hat der Aufwieser die Liesl erstochen? Oder war es doch der verdammte Windischmann? Oder sein aalglatter Bruder? Verdammt, denke ich mir, was hab ich übersehen? Vor Verzweiflung rauf ich mir die Haare.

Da nimmt die Angelika mit ihrem Tänzer neben mir Platz. »Und?«, fragt sie. »Bist nicht so erfolgreich gewesen, was? Komisch, wo die Verena doch sonst so gerne plappert.«

Ich seufze.

»Du findest schon noch raus, wer der Täter ist«, versucht die Angelika, mich wieder aufzubauen. »Mich täte es ja nicht wundern, wenn der Aufwieser seine Finger im Spiel hat. Als du mit der Verena getanzt hast, hat der an der Bar kaum mehr Luft gekriegt. Ständig hat er sein Spray verwendet. Ein eindeutiges Zeichen dafür, dass er sich aufregt.«

Ihr Tanzpartner und Büroleiter lacht. »Ja, unser Darth Vader, obwohl er eigentlich eher klingt wie Darth Mother. Wenn der Aufwieser total aufgeregt ist, hört er sich mit seiner rasselnden Lunge oft wie ein altes Weiberl an. Im Scherz haben wir ihn schon Frau Percht getauft, passt in die Weihnachtszeit.«

Das ist es! Sofort fällt es mir wie Schuppen von den Augen. Für die Festnahme brauche ich jetzt dringend den Buchinger.

Ich laufe zum Nebentisch und ziehe meinen Exkollegen vom Sessel hoch, während mich die Marie mit einem sehr unfreundlichen Blick bedenkt. Aber dafür habe ich im Augenblick weder einen Nerv noch Zeit.

»Ich hab ihn«, zische ich dem Buchinger leise zu und schubse ihn zu einem leeren Tisch. Dabei lass ich den Aufwieser nicht aus den Augen, nicht dass er mir noch im letzten Moment abhandenkommt. Aber der scheint die Welt um sich herum vergessen zu haben, hält innig die Hand seiner Angebeteten und redet ununterbrochen auf sie ein.

Letztere verdreht die Augen und sagt nichts.

Ich spüre, wie der Buchinger mich fragend anschaut, fixiere aber weiter den Aufwieser. »Aigner, was isss 'n los?« Der Buchinger hat immer noch eine schwere Zunge.

Na, hoffentlich funktioniert das, denke ich mir.

»Markus, du musst dich jetzt zusammenreißen. Der Aufwieser ist unsere Frau Percht. Mein Vater hat weder ein Jammern noch ein Heulen gehört, sondern die Asthmageräusche des Verwalters«, erläutere ich knapp. »Frag mich nicht, warum er die Liesl umgebracht hat. Das weiß ich noch nicht, aber ich bin mir sicher, dass er es getan hat.«

»Kein Fehler jezzz, Aigner, du bisss offisssiell gar net in der Mordkommission.« Der Buchinger muss sich redlich anstrengen, verständlich zu sprechen.

»Allgemeines Verwaltungsverfahrensgesetz, Paragraf sieben«, setze ich ihn leise in Kenntnis. »Bei Gefahr im Verzug, wenn keine Vertretung durch ein anderes Verwaltungsorgan bewirkt werden kann, kann auch das befangene Organ die unaufschiebbare Amtshandlung vornehmen. Und die Vertretung durch dich ist ja nicht mehr möglich, Buchinger, das musst du schon zugeben. Außerdem bin ich als Polizist immer im Dienst.«

Gesagt und schon gehe ich raschen Schrittes auf den Aufwieser zu, während mir der Buchinger schwerfällig nachschwankt.

Als der Verwalter aufschaut, weiten sich seine Augen entsetzt. Im Doppelpack mit dem Buchinger hat er mich anscheinend endlich erkannt, der Kerl. Er ergreift Verenas Hand und will verschwinden, aber ich kann mich gerade noch direkt vor ihm aufbauen. Mein Exkollege positioniert sich breit neben mir, das hat er immerhin noch drauf. Trotz Alkohol.

»Chefinspektor Buchinger vom LKA und Chefinspektor Aigner«, sage ich und hole meinen Dienstausweis hervor, den ich natürlich immer bei mir habe. »Aber Sie kennen uns ja schon.«

Der Buchinger benötigt etwas mehr Zeit, um seine Kokarde aus der Hosentasche herauszufischen.

»Herr Aufwieser, gegen Sie liegt der dringende Tatverdacht vor, Liza Bishop in der Nacht vom letzten Montag auf Dienstag ermordet zu haben.« Der Buchinger rattert jetzt doch noch die Rechtsbelehrung herunter, das beherrscht er im Schlaf. Seine Stimme hat er zum Glück auch wieder besser im Griff, er lallt nicht mehr.

Ich drehe mich kurz um und sehe, wie mein Halbbruder sowie alle Koppelrieder uns aufmerksam beobachten. Es ist total still im Saal.

»Was soll ich getan haben?«, schreit der Aufwieser. »Ich wusste doch nicht mal, wie die Frau heißt und wo die wohnt!« Er springt vom Stuhl auf, will die Verena mit sich hochziehen.

Aber die bleibt sitzen. »Das stimmt doch gar nicht«, erklärt sie. »Sie hat dir nicht nur ihren vollen Namen genannt, sondern auch gesagt, dass du sie im Rieglerbräu auf Zimmer zwei finden kannst, wenn du wieder zu Sinnen kommst. Ich war doch dabei.«

Ich schaue sie völlig entgeistert an. Warum hat sie mir das grad eben nicht gesagt?

Sie kraust ihre hübsche Nase und zuckt mit den Schultern. »Ich wollte es dir ja erzählen, aber diese alte Schachtel hat uns unterbrochen, und dann habe ich drauf vergessen, sorry.«

»Verena, bist du denn wahnsinnig?« Die schrille Stimme vom Aufwieser erfüllt das Rieglerbräu.

Aus den Augenwinkeln heraus bemerke ich, wie mein Halbbruder sich langsam von seinem Stuhl erhebt.

»Schrei mich nicht an!«, faucht die Verena den Aufwieser an und springt wütend vom Stuhl auf. »So was lass ich mir von dir nicht gefallen!«

Dessen Stimme überschlägt sich jetzt: »Aber ich liebe dich doch! Ich hab das doch alles nur für dich gemacht!«

Ihre Augen funkeln böse. »Und trotzdem kann ich dich nicht leiden. Mir graust jetzt noch, wenn ich an vorhin denke. Bäh!« Mit angewidertem Blick mustert sie ihn von oben bis unten.

Schlagartig ist das blasse Gesicht des Verwalters mit roten Flecken übersät. »Du Bitch, du blöde, dumme Schlampe.«

Sie holt kräftig mit der Hand aus und will ihm eine Ohrfeige verpassen, aber ich ziehe sie am anderen Arm etwas zurück, sodass sie unabsichtlich den Buchinger trifft, der vor Schreck seine Dienstmarke fallen lässt.

Er bückt sich langsam, um sie aufzuheben.

Der Aufwieser nutzt die Gunst der Sekunde, stößt meinen Exkollegen mit voller Wucht um, schlägt einen Haken, läuft wie ein Wahnsinniger über die leere Tanzfläche und verschwindet durch die offen stehende Tür auf die Terrasse.

Ich sprinte hinterher. Auf den Buchinger kann ich im Moment nicht zählen, der liegt wie ein dicker Käfer mit verwirrtem Gesichtsausdruck am Boden.

»Simon!«, schreie ich, obwohl es das nicht gebraucht hätte. Mein Bruder ist mir schon voraus und dem Flüchtenden auf den Fersen.

Auch die Koppelrieder laufen hinter uns her und auf die Terrasse, um möglichst nichts zu verpassen.

Der Aufwieser ist schnell, trotz seines Atemproblems, überraschend schnell sogar. Er läuft durch den Garten und biegt über den Parkplatz auf die Hauptstraße ein. Ich hole den Simon ein, sodass wir jetzt auf gleicher Höhe laufen.

»Ich rechts! Du links!«, rufe ich ihm zu.

Der Simon nickt, wir beide legen noch einen Zahn zu und stellen den Kerl gemeinsam, obwohl die Straße teilweise vereist ist und wir nur so dahinschlittern. Der Simon fasst den Aufwieser von links, ich von rechts. Wir halten ihn fest, er rutscht fast aus, fängt sich aber und bleibt schließlich stehen. Er ist völlig außer Atem, seine Lunge rasselt und pfeift, und er beugt sich nach vorne.

»Ahhhh! Das ist für meine Mutter! Du hundsgemeiner Verbrecher!«, schreit da die Gabi, die uns anscheinend gefolgt ist, wie von Sinnen und wirft sich mit voller Wucht auf ihn.

Es knackt sehr laut. Einer von den beiden hat sich jetzt was gebrochen, denke ich mir. Hoffentlich nicht die Gabi.

Ineinander verhakt rangeln die zwei noch ein paar Sekunden, dann bleiben sie endlich am Boden liegen. Meine Schwester hält den Kerl mit der rechten Hand so im Schwitzkasten, dass er sich kaum mehr rühren kann. Wäre ich nicht quasi im Dienst, müsste ich jetzt lauthals lachen.

»Ahhhhhhh!«, schreit der Aufwieser vor Schmerz, also dürfte er der Unglückliche sein, der sich bei der Kollision mit meiner Schwester verletzt hat.

»Du Schwein! Du hast meine Mutter auf dem Gewissen!« Mit ihrer freien linken Hand schlägt die Gabi unablässig auf ihn ein. Wir lassen uns ein wenig Zeit, bis wir unsere Schwester von ihm wegziehen. Der Simon hilft ihr auf der eisglatten Straße wieder auf die bestrümpften Füße. Offenbar hat sie sich vor der Verfolgungsjagd ihrer hohen Schuhe entledigt.

Der Aufwieser kauert auf der Straße und hält sich seinen rechten Fußknöchel. »Ich wollte doch nur das, was mir zusteht, aber diese blöde Kuh drohte alles zu zerstören«, jammert er. »Ich musste sie stoppen, die hätt mir sonst alles genommen. Das ist mein Gutshof, das sind meine Viecher.«

Der Simon hält die Gabi sicherheitshalber fest, während ich den Aufwieser unsanft in die Senkrechte ziehe. Er wimmert vor Schmerz.

»Mitkommen«, fauche ich ihn an. Als ich mich mit ihm umdrehe, sehe ich vor uns am Rieglerbräu-Parkplatz eine Menschenmenge. Halb Koppelried ist uns gefolgt. Ein wirklich schönes Bild, die Hüte glitzern feierlich im fahlen Mondlicht.

Während die Koppelrieder applaudieren, grinsen der Simon und ich uns zu. Mein Halbbruder hält seine rechte Handfläche hoch, und ich schlage mit der linken ein. Mit dem anderen Arm drückt er unsere Schwester.

»Ein Dream-Team sind wir«, lacht die Gabi glücklich.

Dann ziehen wir den humpelnden Aufwieser in Richtung Rieglerbräu. Wenn er atmet, klingt er wirklich wie ein altes jammerndes Weiberl, und ich danke dem Vater im Stillen noch mal für seine Beschreibung.

Die Renate, die Hedi, die Fleischhauerin und die Mühlner Karin empfangen uns begeistert am Eingang zum Gastgarten. »Unglaublich, das war ja besser als die jungen Batic und Leitmayr in deren ihren ersten ›Tatort‹-Folgen!«, ruft die Renate.

Ich halte schon den dritten Becher Automatenkaffee in der Hand. Als Sohn der Ermordeten durfte ich natürlich nicht mit zur Vernehmung und musste auf einem Stuhl vorm Verhörzimmer warten.

Der Aufwieser, der jetzt erst mal in die Arrestzelle gebracht und wahrscheinlich morgen dem Gericht übergeben wird, humpelt mit gesenktem Blick an mir vorbei. Neben ihm geht ein ergrauter Anwalt mit ernster Miene, den man wahrscheinlich nicht von einer Silvesterfeier hat holen müssen. Als das Grüppchen meinem Blickfeld entschwunden ist, kommt unser Staatsanwalt mit dem Hans aus dem Verhörzimmer.

Ich stelle den Becher neben mir ab, stehe auf und reiche dem jungen Staatsanwalt die Hand. Auch ihn musste man sicher nicht von einer Silvesterfeier holen, er ist strikter Antialkoholiker und so gut wie nie in Feierlaune.

»Herr Aigner«, sagt er, »ich hoffe doch sehr, dass sich Ihre Familiendramen in nächster Zeit wieder in Grenzen halten werden.«

»Ich auch«, grinse ich. »Das können Sie mir glauben.«

»Ja dann. Gute Arbeit, Herr Aigner. Ein gutes neues Jahr Ihnen noch, auf dass wir uns so bald nicht wiedersehen.« Und schon verschwindet er durch den Flur in Richtung Ausgang.

Der Hans drückt sich ebenfalls einen Automatenkaffee, und wir beide nehmen wieder auf den weißen Plastikstühlen Platz.

»Verdächtiger Nummer eins, den du uns geschickt hast, war ja noch ein Blindgänger, aber Nummer zwei dafür ein absoluter Volltreffer. Der Aufwieser hat gestanden«, klärt er mich endlich auf und zieht aus der Gesäßtasche seiner Jeans ein Handy. »Dem blieb gar nichts anderes übrig, schau mal. Der Staatsanwalt hat gleich nach seiner Festnahme eine Hausdurchsuchung bei ihm genehmigt, Gefahr im Verzug. Das da lag in einer Plastikhülle in seiner Schreibtischschublade.« Er wischt kurz auf seinem Handy herum, bevor er es mir in die Hand drückt. Das Foto zeigt ein Testament.

Ich vergrößere das Bild und kann lesen, dass es zu Aufwiesers Gunsten verfasst wurde. Der Kirche werden darin zwar immer noch beachtliche Vermögensteile vermacht, aber dem Aufwieser der gesamte Gutshof.

»Verstehst du, warum er die Liesl dann erstochen hat?«, frage ich den Hans. »Sie hätte doch bestenfalls den Pflichtteil bekommen.« Ich kann es mir immer noch nicht erklären.

»Schau dir mal das nächste Bild an«, sagt der Hans nur.

Neugierig wische ich über das Display. Es ist offenbar die Rückseite des Testaments mit einer Ergänzung, datiert vom Sommer letzten Jahres. Sollte sich herausstellen, dass meine Mutter tatsächlich seine Schwester ist, hätte der Maarbach ihr zwei Drittel des Guts und dem Aufwieser nur noch ein Drittel vermacht. Nun, das ist wahrhaftig ein Motiv, denke ich mir. Seufzend gebe ich dem Hans sein Handy zurück.

»Dem Aufwieser geht es dabei hauptsächlich um seine Rinder, der hängt richtiggehend an seiner Viehzucht«, erzählt mir der Hans weiter, was beim Verhör herausgekommen ist. »Er hat ausgesagt, dass die Bishop ihn am Montag überraschend ein zweites Mal in seinem Büro aufgesucht und ihm triumphal berichtet hat, jetzt durch einen DNA-Test nachweisen zu können, dass sie die Schwester vom Maarbach ist. Ein bisserl voreilig, die Gute, weil sie den Mundhöhlenabstrich erst am selben Morgen abgegeben und noch kein Ergebnis hatte. Außerdem wollte sie ihm weismachen, dass ihr nach US-amerikanischem Recht das gesamte Erbe zustehen würde. Der junge Verwalter wusste jedenfalls weder aus noch ein und beschloss mitten in der Nacht, zu handeln. Er hat eine Brechstange in sein Auto gepackt und ist zum Wirtshaus gefahren –«

»Eine Brechstange?«, falle ich dem Hans erschrocken ins Wort.

»Gemäß seiner Aussage wollte er über einen der Balkone im ersten Stock einsteigen, Liza Bishops Zimmer öffnen und sie damit einschüchtern. Die Zimmernummer kannte er ja, und auf der Webseite des Rieglerbräus gibt es einen Zimmerplan, sodass er genau wusste, wo er hinmuss. Wenn du mich fragst, dann nehm ich ihm das aber nur zum Teil ab. Ich glaube, der hatte nichts anderes vor, als die Frau aus dem Weg zu räumen. Jedenfalls hat er sein Auto in einer Nebenstraße geparkt und ist zum Wirtshaus. Aber noch bevor er um die Ecke zu den Balkonen hat einbiegen können, hat er im Schloss der Wirtshaustür einen Schlüssel aufblitzen gesehen. Zuerst war er verwirrt, wie ausgerechnet der Schlüssel zum Zimmer Nummer zwei dort gelandet ist, aber schließlich hat er ihn einfach benutzt. Bisher wissen wir noch nicht, wie der Originalschlüssel dorthin gekommen ist, beziehungsweise bin ich noch unschlüssig, ob ich dem Aufwieser seine Geschichte überhaupt glaube. Dein Vater hat doch ausgesagt, dass er Liza Bishop den Schlüssel abgenommen hat.«

Stimmt, und nun ist mir auch klar, warum mein Vater in seiner Hosentasche vergeblich danach gesucht hat. In seiner

Verwirrtheit hat er ihn einfach in der Tür stecken lassen. Anders kann es nicht gewesen sein.

»Ich glaube, das mit dem Schlüssel stimmt, Hans«, sag ich und kläre den Kollegen rasch über die Einzelheiten auf.

»Tja, das deckt sich tatsächlich mit dem Geständnis vom Täter. Der Aufwieser behauptet zwar steif und fest, er habe den Mord nicht geplant, sondern die Frau nur ordentlich einschüchtern wollen, aber du musst dir mal Folgendes vorstellen: Da kommt weit nach Mitternacht ein Kerl mit Sturmhaube, Handschuhen und Taschenlampe ins Wirtshaus, stellt seine Schuhe beim Eingang ab, um keine Abdrücke zu hinterlassen, holt sich ein Messer aus der Küche und schleicht sich dann die Treppe hoch zu Zimmer zwei, das er mit dem Schlüssel öffnet. Also, meiner Meinung nach macht man so was nicht, wenn Mord nicht zumindest eine Option ist. Der Staatsanwalt hat ihn auch damit konfrontiert, aber der Kerl leugnet nach wie vor die Mordabsicht.« Mein Kollege unterdrückt ein Gähnen und reibt sich müde die Augen. »Jedenfalls ist er mit dem Messer bewaffnet ins Zimmer des Opfers, das regungslos im Bett lag. Zuerst hat er wie blöd nach dem DNA-Befund gesucht, deswegen das Chaos. Er hat ausgesagt, als er ihren Nachttisch durchsuchen wollte, habe sie die Augen aufgemacht und ihn angegrunzt, da sei er ausgetickt und habe mit dem Messer auf sie eingestochen. Es war ein Leichtes für ihn, die alkoholisierte Frau umzubringen. Sie hat sich nicht gewehrt, obwohl sie im nüchternen Zustand sicher stärker war als er. Ich hoffe, die Baumann hat recht, und deine Mutter hat aufgrund ihrer starken Alkoholisierung nichts von alldem mitbekommen.«

Das hoffe ich auch, denke ich mir. »Und wie hat er sich diese Verletzung zugezogen, Hans?«, frag ich ihn und deute auf meinen Unterarm.

»Beim Zustechen. Er hat den Oberkörper des Opfers mit der linken Hand nach unten gedrückt, dann etwas gehört und sich vor Schreck selbst verletzt. Erst hat er die verletzte Hand weggezogen, dann aber noch mal mit aller Wucht zugestochen. Das Messer ist stecken geblieben, und er ist raus aus dem

Zimmer, hat sich im dunklen Flur versteckt und beobachtet, wie dein Vater das Zimmer betreten hat. Aus Angst, entdeckt zu werden, hat er gewartet, bis dein Vater aus dem Wirtshaus raus war. Es war sein Asthma, das ihn letztendlich verraten hat«, freut sich der Kollege. »Nachdem der Aufwieser die Wirtshaustür ins Schloss fallen gehört hat, ist er rasch rausgerannt und zurück auf den Gutshof gefahren, wo er sein Auto in einem der leer stehenden Schuppen versteckt, die blutbespritzte Kleidung verbrannt und völlig erschöpft bei seinen Rindviechern übernachtet hat. Ich sag dir, dein Vater hatte großes Glück, dass er den Aufwieser nicht während der Tat überrascht hat. Wer weiß, was dann passiert wäre.«

Ich nicke nachdenklich und bin dafür wirklich dankbar.

»Aber warum hat der Kerl das geänderte Testament nicht schon lange vorher bei Gericht eingereicht?«, frage ich kopfschüttelnd. »Die Liesl ist doch erst vor eineinhalb Wochen in Koppelried aufgetaucht. Bis dahin dürfte er noch nicht mal gewusst haben, dass es überhaupt eine Schwester gibt.«

»Korrekt, Raphi.« Der Hans drückt seinen leeren Kaffeebecher in den Stapel aus meinen leeren Bechern. »Aufwiesers Problem war, dass er das Testament, das ihn begünstigt, erst so spät gefunden hat. Anfang dieses beziehungsweise letzten Jahres hat ihn der alte Maarbach zur Seite genommen, ihn über das geänderte Testament informiert und ihm auch gesagt, dass es gut in seinem Büro verwahrt sei. Mehr wusste der Aufwieser nicht. Von einer Schwester war zu diesem Zeitpunkt noch keine Rede. Als der Maarbach dann im Spätsommer starb, ging laut dem Aufwieser alles viel zu schnell. Er hatte keine Gelegenheit, sich auf die Suche nach dem Testament zu machen, da ihn die Diözese gleich feuerte. Als er dann doch wieder eingestellt wurde, dauerte es lange, bis er das Testament endlich fand. Laut seiner Aussage war das erst ein paar Tage vor Bishops erstem Besuch. Aus juristischer Sicht ist das Testament übrigens einwandfrei, sagt der Staatsanwalt.«

»Das erklärt so einiges. Vielen Dank, Hans, das hast du wirklich gut gemacht«, sage ich und schüttle ihm kräftig die Hand.

»Keine Ursache, Raphi. Einen Großteil der Aufklärung verdanken wir einzig und allein dir.« Mein Kollege klopft mir anerkennend auf die Schulter. »Du solltest dir wirklich überlegen, unserem Verein wieder beizutreten. Übrigens haben wir noch etwas Interessantes in der Wohnung vom Aufwieser gefunden. *Ricinus communis*, ein bereits geöffnetes Plastiksackerl mit Samenschalen vom Wunderbaum, samt Amazon-Rechnung. Kannst du dort einfach so bestellen. Mich wundert es, dass er Liza Bishop nicht damit vergiftet hat. Wenn du daraus ein Pulver machst und es in Getränke oder Speisen mischst, merkt niemand was davon. Es ist hochtoxisch und immer tödlich. Aber es ist ein grauslicher und bei hoher Konzentration schneller Tod: Durchfall, Kreislauf- und Nierenversagen.«

Also Organversagen? Mir dämmert da was.

»Hans, der alte Maarbach ist doch angeblich an Organversagen gestorben. Kurz nachdem er sich mit Pater Asante getroffen und sich mit dem Prälaten ausgiebig über die Liesl unterhalten hatte. Zuvor war der alte Mann noch hocherfreut über die Aussicht, möglicherweise eine Schwester zu haben. Wenn er das in seiner Euphorie dem Verwalter erzählt hat, dann konnte sich der wohl ausrechnen, dass er kaum mehr Chancen auf ein Erbe hat. Das solltest du dir mal genauer anschauen.«

Samstag, Neujahr

Der Buchinger liegt rücklings auf meiner alten Couch, seine breiten behaarten Füße hängen über das Ende raus. An seinem Hals baumelt ein zerdrückter Glitzerhut in Schweinchenrosa. Die Farbe passt, denke ich mir.

Mein Exkollege hat gestern beziehungsweise heute früh noch die Sau rausgelassen. Nachdem die Band Schluss gemacht hatte, hat sich unser Pfarrer die Musikanlage unter den Nagel gerissen und sich als DJ betätigt, und der Buchinger hat mit jeder zu dieser Uhrzeit noch verfügbaren Dame das Tanzbein geschwungen. Offenbar bis beinahe sechs Uhr morgens, denn um diese Zeit hat er mich mit seinem Poltern aus dem Schlaf gerissen.

Ich glaube, ich muss mal ein ernstes Wort mit ihm reden.

Das alles weiß ich, weil es mir meine Schwester und der Andi vorhin beim Frühstück unter schallendem Gelächter erzählt haben. Die Gabi ist übrigens unglaublich stolz auf mich. Ich glaube, in nächster Zeit ist sie mir wieder etwas gnädiger gestimmt. Immerhin hat sie mich vorhin schon zu einem ausgiebigen Frühstück eingeladen und mir feierlich den Zweitschlüssel vom Fiesta ausgehändigt. Ich darf die alte Schüssel also nun wieder hochoffiziell fahren.

Nachdem mich der Hans spätnachts nach Hause gebracht hatte, wollte ich nicht mehr ins Rieglerbräu. Ich muss zugeben, ich war doch ziemlich ausgepowert.

Die Marie habe ich also ihrem Schicksal überlassen, mit dem Simon oder ohne ihn. Daran, was passiert ist, kann ich jetzt auch nichts mehr ändern.

Mein Exkollege reißt mich mit einem lauten Schnarcher aus meinen Gedanken. Es ist wirklich an der Zeit, den Kerl zu wecken. Sein Hintern in der überdimensionalen blauen Unterhose lugt unter der Bettdecke hervor, und er schnarcht. Wobei es das nicht trifft: Vielmehr sägt er ganze Wälder kurz und klein. Ich frage mich zum x-ten Mal, wie ihn die Erika nur erträgt.

Also halte ich ihm die Nase zu, bis er nach Luft schnappt.

»Buchinger, aufstehen!« Ich bin gnadenlos, irgendwann muss auch er nach Hause, und ich will endlich wieder mal eine Runde laufen. Draußen schneit beziehungsweise regnet es zur Abwechslung nicht, und ich brauche dringend Bewegung und noch dringender einen freien Kopf.

Der Buchinger macht kurz die Augen auf, greift sich wehleidig an den Kopf und macht die Augen sofort wieder zu, bevor er einen undefinierbaren Laut von sich gibt.

»Schmeiß dich unter die kalte Dusche!« Ich ziehe ihm die Bettdecke weg und verziehe bei dem Geruch, der aufsteigt, die Nase.

Der Buchinger grunzt, dreht sich in meine Richtung und schiebt schwerfällig beide Beine nacheinander von der Couch. Wieder greift er sich an den Kopf und bringt kein Wort hervor.

Ich dirigiere den dicken Kerl ins Badezimmer und bin froh, dass ich im Wohnzimmer endlich lüften kann.

Dann schlüpfe ich rasch in Laufhose, -shirt und -schuhe und stecke, bevor ich gehe, noch kurz den Kopf ins Badezimmer. Der Buchinger steht unter der Dusche, der Raum ist voller Dampf.

»Markus, ich geh jetzt laufen«, sag ich laut. »Bei der Gabi oben steht noch Frühstück am Tisch.«

»Halt!«, krächzt mein Exkollege. »Du musst mir doch noch alles über den Aufwieser erzählen.«

»Er war es. Und vielleicht hat er sogar auch den Maarbach auf dem Gewissen. Das muss dir vorerst reichen.« Ich will grad raus, da hüpft der Buchinger tropfnass aus der Dusche. Wahrlich kein schöner Anblick, sein lückenlos behaarter runder Körper.

»Nix da, Aigner, dageblieben. Ich muss alles wissen. Bitte, schon allein wegen der Erika, die wird mir doch Löcher in den Bauch fragen«, jammert er mit heiserer Stimme.

»Dann ruf halt den Hans an, der wird dir alles ganz genau

erzählen. Aber ich bin jetzt weg.« Ich lasse meinen Exkollegen mit offenem Mund zurück, ziehe im Vorbeigehen meine Laufjacke von der Garderobe, stecke das Handy in das Laufarmband und stöpsle mir die Kopfhörer in die Ohren.

Draußen strahlt die Sonne, und die Straßen sind wie leer gefegt. Die Koppelrieder schlafen wahrscheinlich immer noch ihren Rausch aus, denke ich mir, während ich einen Zahn zulege und auf den schneebedeckten Weg Richtung Wald einbiege.

Da stoppt die Musik, weil mich jemand anruft. Ich werde langsamer und gehe ran.

»Herr Aigner? Dr. Baumann hier, stör ich Sie?« Es ist die stellvertretende Leiterin des pathologischen Instituts.

»Nein, gar nicht, ich bin nur grad laufen.«

»Sehr brav, Herr Aigner. Weil Sie so diszipliniert sind, sind Sie auch immer noch so schlank und drahtig wie vor zehn Jahren. Wie auch immer, erst mal Ihnen ein gutes neues Jahr, aber deswegen rufe ich natürlich nicht an. Ich melde mich aus einem ganz speziellen Grund bei Ihnen. Sind Sie in dieser Mordsache schon vorangekommen?«

Ich bleibe stehen und erzähle ihr kurz von der Festnahme des Verwalters letzte Nacht. Sie hört aufmerksam und stumm zu. »Frau Dr. Baumann, sind Sie noch dran?«, will ich mich vergewissern.

»Natürlich. Herr Aigner, ich glaube, es ist in Ihrem Interesse, wenn Sie trotz der Ereignisse der letzten Nacht umgehend zu mir nach Salzburg kommen. Wir könnten uns in einer halben Stunde im Tomaselli treffen, das hat schon offen. Ich muss Ihnen dringend etwas sagen. Persönlich.«

Allein daran, wie schnell sie redet, merke ich, wie wichtig ihr die Angelegenheit ist, und laufe rasch zurück nach Hause. Der Buchinger ist nicht mehr da. Ich hoffe, der gerät heute in keine Alkoholkontrolle.

Ich verzichte aufs Duschen, weil ich kaum ins Schwitzen gekommen bin, mache nur Katzenwäsche, schlüpfe dann in meine guten alten Jeans, stecke mein Handy in die eingerissene

Gesäßtasche, ziehe wahllos einen Pulli über, nehme die Autoschlüssel vom Fiesta und brause auch schon los.

Als ich das Café Tomaselli am Alten Markt in der Altstadt betrete, entdecke ich die Gerichtsmedizinerin in einer der gemütlichen, etwas abgeschotteten Nischen am Fenster, direkt neben dem Bild der Constanze Mozart.

»Grüß Sie, Herr Aigner. Schön, dass Sie so rasch kommen konnten. Aber ich glaube, das, was ich Ihnen sagen werde, ist für Sie und Ihre Familie von großer Bedeutung.« Frau Dr. Baumann reicht mir die Hand, und ich nehme ihr gegenüber Platz. Sie winkt dem Ober, der nickt und uns ohne weitere Aufforderung Kaffee und zwei Stück Torte bringt. »Ich hab mir erlaubt, schon zwei Häferl Kaffee und Mozarttorte zu bestellen. Ich liebe dieses Schichtbiskuit, gefüllt mit Kirschen und Nougatcreme. Ich hoffe, das passt für Sie?«

Ich nicke und nehme gedankenverloren einen Schluck vom Kaffee.

»Also, Herr Aigner, ich will gleich auf den Anlass unseres Treffens zu sprechen kommen. Ihre Schwester und Ihr Halbbruder waren ja gestern noch am Institut wegen des Mundhöhlenabstrichs. Wissen Sie, ich bin ein sehr neugieriger Mensch, und außerdem wollte ich Ihnen helfen …« Sie trennt mit der Gabel ein großes Stück Torte ab, steckt es sich in den Mund, kaut und spricht erst weiter, nachdem sie den Bissen hinuntergeschluckt hat. »Um es kurz zu machen: Ich habe mit den Kollegen von der forensischen Molekularbiologie noch am selben Tag die DNA ausgewertet, die Proben sprechen eindeutig dafür, dass deren Geber Geschwister sind.«

»Davon bin ich ausgegangen«, sage ich lächelnd. »Andernfalls wäre es schon ein seltsamer Zufall, dass der Simon mir so ähnlich schaut.«

Sie sticht ein weiteres Stück von ihrem Kuchen ab. »Wie schon gesagt, ich bin sehr neugierig. Also hab ich die Kollegen gebeten, die Proben auch mit denen von Ihrer Mutter und Rudolf Maarbach zu vergleichen. Nun ja, die Analyse der Probe Ihrer Mutter mit der von Herrn Maarbach ist auch bereits fertig, aber das Ergebnis ist noch nicht offiziell.« Sie schiebt sich den nächsten Bissen Torte in den Mund, kaut etwas nachdenklich und schluckt dann mehrmals.

Ich sitze wie auf Nadeln. Die Baumann macht es ganz schön spannend.

Dann runzelt sie die Stirn und schenkt mir einen sehr ernsten Blick. »Herr Aigner: Ihre Mutter war mit Rudolf Maarbach eindeutig nicht verwandt.«

Ich verschlucke mich an meinem Kaffee, huste und spucke ihn mir auf die Jeans. Das gibt's doch nicht, denke ich mir. »Aber meine Großmutter wurde doch vom alten Maarbach als Fünfzehnjährige vergewaltigt und war gleich darauf schwanger.«

Die Pathologin schüttelt bedächtig den Kopf. »Keinesfalls von einem Maarbach, sofern Otto Maarbach der biologische Vater von Rudolf war, wovon wir ausgehen müssen.«

Ich blinzle mehrmals. Das ist mal wieder so ein Moment, in dem ich glaube, ich bin nicht mehr ganz richtig im Kopf. Mehr zu mir als zu Dr. Baumann sage ich: »Aber die Liesl wurde doch getötet, weil der Aufwieser überzeugt davon war, dass sie die Schwester von Rudolf Maarbach ist.«

Sie legt verständnisvoll ihre Hand auf meinen Unterarm. »Herr Aigner, es tut mir sehr leid, aber das war anscheinend ein fataler Irrtum.«

Ich sitze stumm vor ihr und kann sie nur mehr verwundert anstarren. Jetzt ist die arme Liesl ohne wirklichen Grund gestorben und der alte Maarbach wahrscheinlich auch.

Die Baumann nimmt ihre Hand von meinem Arm. »Herr Aigner, Sie kennen mich. Ich bin von Natur aus nicht nur ein sehr gründlicher, sondern auch ein sehr misstrauischer Mensch. Deshalb hat mir die Sache einfach keine Ruhe gelassen, ich wollte ganz sicher sein, dass es sich bei der bei uns lagernden Probe auch tatsächlich um die DNA Ihrer Mutter gehandelt hat. Also hab ich auch die Proben Ihrer Geschwister mit den beiden vorliegenden von Ihrer Mutter und Herrn

Maarbach verglichen. Nun, was ich Ihnen jetzt sagen muss, wird für Sie wahrscheinlich noch verwirrender sein als das, was Sie schon wissen.«

Sie lehnt sich mit ernstem Blick zurück an die gepolsterte Bank. »Herr Aigner, Ihre Mutter ist nicht verwandt mit den Maarbachs, Ihr Bruder auch nicht, aber Ihre Schwester.« Sie seufzt kurz auf und spricht dann weiter: »Ihre Schwester ist ganz eindeutig die Tochter von Rudolf Maarbach.«

Gleich werde ich den einzigen Menschen treffen, der mir hoffentlich die Wahrheit sagen kann. Den alten Fiesta habe ich am großen Parkplatz von Haus Rosenholz abgestellt. Mit einem mulmigen Gefühl im Bauch betrete ich die Station, die ich schon kenne, und finde die Traudl sofort. Sie sitzt mit zwei alten Frauen im Aufenthaltsraum und scheint sich blendend zu unterhalten.

»Ja mei!« Meine Großmutter hebt erfreut die Hände, als sie mich erblickt. »Besuchst du mich schon wieder? Das ist aber oa schöne Überraschung. Meine Damen, das ist mein Enkerl, der Raphael. Stellts euch vor, das ist oa Gendarm, oa richtiger Gendarm.« Mit stolzem Blick tätschelt sie mir den Arm.

»Traudl, ich muss unbedingt mit dir reden. Alleine«, sage ich mit einem Seitenblick auf ihre beiden Freundinnen.

Die Traudl schaut mich verwundert an, nickt aber.

»Magst draußen ein bisserl spazieren gehen? Es ist recht sonnig und gar nicht so kalt.«

Sie klatscht erfreut in die Hände und fängt sofort an, mich herumzukommandieren, ganz wie die Gabi. Also bringe ich ihr rasch Mantel, Schal und Haube aus ihrem Zimmer und gebe kurz der Schwester Bescheid, die die Aufsicht auf der Station hat.

Als wir im Garten sind, erzähle ich ihr, dass wir den Mörder gefunden haben.

»I hab gleich g'wusst, dass du das schaffst, bist halt oa guater Gendarm, Bub.« Sie klopft mir anerkennend auf den Rücken, weil höher reicht ihr Arm nicht. Dann legt sie den Kopf schief und lächelt boshaft. »Schad halt nur, dass es net oaner von den Pfaffen war, das hätt i denen vergönnt.«

»Traudl, hör mir bitte genau zu, ich muss leider etwas wirklich Ernstes mit dir besprechen.«

Sie bleibt stehen und schaut neugierig zu mir hoch.

»Ich bin jetzt ganz direkt: Die Liesl war nicht die Tochter vom alten Maarbach.«

»Net?« Sie wirkt erstaunt. »Wie gibt's denn das?«

»Das frage ich dich, Traudl. Hattest du damals noch eine Beziehung zu einem anderen Mann?« Es ist mir zwar nicht angenehm, aber ich muss ihr diese Frage stellen.

Die Traudl legt die Stirn in Falten und denkt angestrengt nach. »I hab damals noch koan Verehrer g'habt … Aber, das kann doch net sein, der Anton …«, sagt sie fast tonlos.

Wer ist denn jetzt wieder der Anton?, frag ich mich verzweifelt.

»Woaßt, Raphael, i wollt ja eigentlich nie mehr drüber reden, aber dir verzähl i das jetzt. Der Anton war liab zu mir, fürsorglich. I hab überall blaue Flecken g'habt und Schrammen, alles hat mir wehtan. Damals hab i wirklich glaubt, i überleb das net und –« Meine Großmutter stockt mitten im Satz. Über all das mit mir zu reden fällt ihr sichtlich schwer. »Der Anton hat mir Salbe auf die Wunden draufg'schmiert, sie verbunden und mir literweise Kräutertee eing'flößt. Woaßt, der war ja selber noch so jung, aber trotzdem hat er mich vor dem Pfarrer und dem Maarbach beschützt. Oa oanziges Mal hat er sich in der Nacht neben mich g'legt. Wirklich nur oa Mal, ich schwör's. Er hat mich an sich drückt und war so vorsichtig dabei. Woaßt, i hab schon g'wusst, wia das geht, net nur wegen dem grauslichen Maarbach.« Wieder hält sie inne und fährt erst nach einer kurzen Pause seufzend fort. »I bin im Heim aufg'wachsen, da siacht man so manches. Der Anton hat sich jedenfalls nur selber erleichtern wollen, der hat mir net wehtan, aber er war halt auch nur a Mannsbild. I hätt mir nia denkt, dass dabei irgendwas passiert ist. Aber wenn die Liesl net vom Maarbach ist, dann muss sie vom Anton sein.«

Nun ist mir die Sache doch peinlicher als gedacht. Man bekommt schließlich nicht jeden Tag von seiner Großmutter eine solche Geschichte erzählt. Ich kratze mich nervös hinterm Ohr. »Und wer ist jetzt dieser Anton, Traudl?«

»Na, wer schon«, sagt sie und schüttelt dabei den Kopf, als könnte sie nicht verstehen, dass ich ihr diese Frage stelle. »Der Flötzner halt, der Prälat.«

Wir sitzen im Einzelzimmer der Traudl, und sie öffnet mit ihren faltigen Händen eine große Metallbox. Neben vielen Briefen der Liesl, die fein säuberlich mit einem Bindfaden zusammengebunden sind, ist auch ein Stapel alter Fotografien darin. Mit der Brille auf der Nase sucht sie konzentriert so lange nach einem bestimmten Foto, bis sie ein schon etwas vergilbtes Polaroid hervorzieht und es mir vor die Nase hält.

»Grad siebzehn war s' da, die Elisabeth, mein Lieserl. Das Kostüm hab i ihr g'näht g'habt für den Faschingsball. In Salzburg war der, sie hat bei einer Freundin übernachtet, hat sie mir g'sagt, aber in Wahrheit war sie mit dem da zsamm.« Die Traudl klopft mit ihrem Finger auf das Foto.

Ich schaue es mir genauer an. Zwei junge Menschen sind darauf zu sehen. Das Mädel sehr, sehr jung, der Mann um einiges älter. Die Liesl schaut eindeutig aus wie meine Schwester als junges Mädchen, nur viel schlanker, als es die Gabi jemals war. Sie trägt ein sehr kurzes grünes Minikleid mit vielen Fransen, weiße Strumpfhosen und hohe Stiefel, die schwarzen Haare sind wild hochtoupiert. Und den Mann kenne ich auch. Ich hole den Partezettel vom Maarbach aus meiner Brieftasche und halte ihn neben das Bild. Das ist eindeutig derselbe Mann. Der schmale, blasse junge Mann mit Koteletten im orange gestreiften Hemd ist Rudolf Maarbach.

»Das war er, der Bub vom Maarbach, der Rudi. Sie hat nur seinen Vornamen g'wusst, sonst nix. Ganz narrisch wär er nach ihr g'wesen, hat das dumme Madel damals behauptet. In der Nacht ist er zur Freundin mitgekommen, und in der Früh war er auf amoi weg. Sie hat nia wieder was von dem g'hört.«

Gedankenverloren starrt die Traudl auf die Metallbox. »Verheiratet wär der g'wesen, hat die Elisabeth g'sagt, dann hat sie mir dieses Foto zoagt, und mich hat fast der Schlag troffen. I war ja überzeugt davon, dass der Rudi ihr Bruder ist. Eine Blutschande, Raphael, i war völlig am End.« Sie atmet tief durch und sagt dann mit fester Stimme: »Also hab i ihr deinen Vater aufgedrängt, koa Pardon hab i kannt. Der Franzl war a kreuzbraver Mann, und die Elisabeth hat ihm immer schon so gut g'fallen. Sie hat ihn überhaupt net haben wollen, aber i hab mich durchgesetzt, und koa Monat später hat sie ihn heiraten müssen. Dein armer Vater hat von dem Kuckuckskind nie etwas g'ahnt.« Etwas beschämt senkt meine Großmutter kurz den Blick. »Die Elisabeth hat mir das nie verziehen, dass i sie zur Heirat mit deinem Vater zwungen hab, woaßt. Wir haben uns ständig g'stritten, immer wieder hat sie mir Vorwürfe g'macht, dass i ihr Leben zerstört hätt. Also bin i irgendwann zrück in mein Linz gangen. I wollt mit der ganzen Sache nix mehr z' tun haben, a net mit euch. Die Gabi hab i kaum anschauen können. Feig war i, Raphael, oafach feig!« Wütend schlägt sie mit geballter Faust auf die Lehne ihres Polstersessels. »Woaßt, i hab es net fertigbracht, der Elisabeth zu sagen, wer in Wahrheit der Vater von ihrem Kind ist. Sie hat net wissen können, dass ihr Gspusi der Sohn von dem Mann war, der mich g'schwängert hat. Meine Elisabeth hat weder was von den Maarbachs g'wusst noch von der Vergewaltigung, i hab doch niemandem erzählt, dass i als Kind missbraucht worden bin.« Mit zitternden Händen nimmt sie die Brille ab und seufzt tief. »Und dabei hat's gar net g'stimmt, oiso, das mit der Blutschande. Wenn i g'wusst hätt, dass die Elisabeth die Tochter vom kreuzbraven Anton ist, dann wär alles ganz anders kemma, das kannst mir glauben.«

Mittwoch, vier Tage später

Es ist bereits dunkel, und dicke Flocken fallen vom Himmel, als ich gemeinsam mit dem Simon am Parkplatz des Rieglerbräus vom Charlie Edwards Abschied nehme. Er drückt meine Hand, bedankt sich noch mal bei mir, dass ich Liesls Mörder so schnell überführt hab, und steigt in den BMW X3, in dem seine Tochter schon hinterm Steuer sitzt. Sie ist gestern angekommen, um ihren Vater abzuholen.

Grad haben wir gemeinsam die Liesl verabschiedet, deren Urne in ihr geliebtes Amerika geschickt wird.

Es war nur eine kleine Veranstaltung in der Kirche und dann ein Leichenschmaus im engsten Kreis, natürlich im Rieglerbräu.

Meine Schwester und der Andi haben uns bereits verlassen. Sie wollen zuerst den Vater und dann die Traudl zurück in ihre Altersheime bringen. Die Gabi ist natürlich immer noch völlig durcheinander, weil der Maarbach ihr leiblicher Vater war. Unserem Vater haben wir noch nichts davon erzählt; wer weiß, ob wir das überhaupt jemals tun werden.

Mein Bub ist immer noch bei den Schwiegereltern, ich werde ihm später in aller Ruhe erklären, was in den letzten Tagen passiert ist. Sobald ich es selber verstanden habe.

Einvernehmlich schweigend gehen der Simon und ich zurück ins Wirtshaus, unter unseren Schuhen knirscht der Schnee. Auch mein Halbbruder wird uns morgen verlassen.

Im Wirtshaus ist es leer, weil heute geschlossene Gesellschaft war. Die Erni und die Marie räumen gerade den Tisch ab. Wir helfen den beiden, und als wir fertig sind, bindet sich die Erni die Schürze ab. »Jetzt bin i doch ganz derschlagen, i muss mich unbedingt hinlegen. Marie, sei so liab und bring den Burschen noch was zum Trinken.« Und bevor sie die Treppe zu ihrer Wohnung hochgeht, raunt sie mir noch zu: »Mir ist es mittlerweile schon wurscht, wer bei der Marie landet. Dann soll sich halt meinetwegen dein deutscher Bruader bei uns einnisten, so schlecht ist der gar net.«

Das hab ich nun davon, denke ich mir und grinse ihr dümmlich nach, während sie die Treppe hochgeht.

Der Simon hat schon am Stammtisch Platz genommen und wischt auf seinem Tablet herum. Als ich mich zu ihm geselle, kommt auch die Marie mit einem Tablett an unseren Tisch, darauf eine große Teekanne und zwei Tassen sowie eine Flasche Cola für mich. Tee ist nur was für den Simon.

Sie setzt sich auf den Stuhl neben mich, und mein Halbbruder zeigt uns am Tablet Fotos seiner Tochter Anna. Die Kleine hat kurzes strohblondes Haar und Sommersprossen und scheint ein aufgewecktes Kind zu sein. Ich freue mich schon drauf, meinem Felix zu erzählen, dass er ganz plötzlich nicht nur einen Onkel, sondern auch eine kleine Cousine hat.

»Ein hübsches Mädel«, meint auch die Marie, während ich die kleine Flasche Cola vor mir hin und her drehe.

»Das nächste Mal, wenn ich euch besuche, nehme ich Anna mit«, verspricht der Simon und wischt stolz weiter von Bild zu Bild. Er lebt in einem lichtdurchfluteten Penthouse mit sehr viel Glas und Blick auf die Elbphilharmonie und den Hamburger Hafen.

»Wann geht eigentlich dein Flug morgen?«, frage ich.

Mein Bruder schaltet sein Tablet aus. »Ich muss schon um halb neun morgens am Flughafen sein, leider.« Er schenkt der Marie einen langen Blick, der mir gar nicht behagt.

Ich weiß immer noch nicht, ob zwischen den beiden etwas läuft. Nach dem Silvesterball sind der Simon und ich total von unserer Schwester vereinnahmt worden. Kein Wunder, hat sich in ihrem Leben doch Grundlegendes verändert.

Mit der rechten Hand greift mein Halbbruder nach dem Verschlussdraht einer Sektflasche hinter sich auf der Bank, den die Putzfrau offensichtlich übersehen hat, und beginnt, gedankenverloren damit zu spielen.

Die Marie, die mich schon die ganze Zeit verstohlen beobachtet hat, steht auf und schiebt ihren Stuhl zurück an den

Tisch. »Tut mir leid, aber ich bin etwas erschöpft, die letzten Tage waren ziemlich anstrengend. Außerdem werdet ihr zwei euch bestimmt noch einiges zu sagen haben. Wir sehen uns morgen früh vor deinem Abflug, Simon.«

Da springt mein Halbbruder mit einem Satz auf, kommt geschickt vor der Marie zum Stehen und kniet sich auf ein Bein vor sie hin.

Das ist mir jetzt echt zu viel. Ich schnappe mir meine Daunenjacke und will das Wirtshaus verlassen.

»Spinnst du?«, sagt die Marie dann aber zu meiner Überraschung ehrlich bestürzt, also bleibe ich doch noch da und stelle mich schützend neben sie.

Der Simon lässt sich wie üblich nicht aus dem Konzept bringen und öffnet seine rechte Hand, in der er den zu einem unförmigen Ring gedrehten Verschlussdraht hält. »Meine liebe Marie –«, beginnt er, worauf die ihn sofort unterbricht.

»Simon, stopp! Hör auf mit dem Schwachsinn«, sagt sie fassungslos.

Er steht grinsend auf und stülpt ihr den umfunktionierten Sektverschluss über ihren schmalen Ringfinger. »Keine Angst, ich will dich nicht gleich heiraten, Marie. Aber möchtest du morgen mit mir nach Hamburg kommen?«

Sie sieht zuerst mich und dann ihn fassungslos an. »Simon, ich geh doch nicht weg von hier und lass die Erni im Stich!«

»Aber ich mein doch nicht für immer. Ein paar Tage wird Erni schon ohne dich auskommen.« Er lächelt sie beharrlich an. »Komm schon, Marie, nur ein paar Tage. Ich würde mich freuen wie ein Schneekönig, und Anna erst.«

»So, jetzt reicht's aber mit dem Theater.« Ich schiebe meinen Halbbruder entschieden zur Seite, ziehe der Marie das blöde Ding vom Finger und drücke es dem verdutzten Simon in die Hand. »Tut mir leid, aber ich muss etwas Dringendes mit der Marie klären.« Mit diesen Worten nehm ich sie an die Hand und schleppe sie durch die Personaltür in den Innenhof, wo wegen des Bewegungsmelders sofort das Licht angeht.

Draußen ist alles weiß vom Schnee. Dicke Flocken wirbeln uns ins Gesicht, und die Marie macht sich von mir los.

»Was ist denn so wichtig, dass du es unbedingt jetzt mit mir klären musst?«, fragt sie, und auf ihrem Haar glitzert bereits weiß der Schnee.

Ich kann mir den Grund dafür selbst nicht erklären, aber plötzlich verlässt mich mein Mut.

»Raphi? Was willst du mir sagen? Raphi!« Sie stampft energisch mit einem Fuß auf.

Über uns wird ein Fenster geöffnet, aus dem die Erni verschlafen den Kopf herausstreckt. »Ja, wer ist denn ... Oha, ihr zwoa seids das. Na, lassts euch net von mir stören, bin schon weg.« Und schon ist das Fenster wieder geschlossen.

Die Marie grinst, und ich muss mitgrinsen. Dann ziehe ich sie in den Aufgang zu ihrer Wohnung.

Sie zittert etwas, weil sie nur einen leichten Pulli trägt, also drücke ich sie fest an mich, und mir wird ganz warm ums Herz. »Dir ist kalt«, sage ich und streiche ihr sanft über das vom Schnee feuchte Haar.

»Raphi, was willst du mir sagen?«, wiederholt sie unbarmherzig.

Ich beuge mich zu ihr runter und will sie küssen, aber sie dreht den Kopf weg und befreit sich ungestüm von mir.

»So geht das einfach nicht mehr mit uns weiter, Raphi. Ein für alle Mal, was zum Teufel willst du?« Ihre schönen blauen Augen durchbohren mich fast.

Ich ziehe sie wieder an mich und vergrabe mein Gesicht in ihren unglaublichen Locken. »Dich, Marie, sonst nichts.«

Donnerstag

Die Sonne scheint durch die nur halb geöffneten Jalousien. Ich blinzle mich langsam wach und werfe einen Blick auf den Wecker neben dem Bett. Simons Abflug haben wir leider verpasst. Was soll's, denke ich mir, denn die Marie liegt neben mir, ganz eng an mich gekuschelt, und ich betrachte sie genau. Ihre hübsche schmale Nase, die elegant geschwungenen weichen Lippen, ihren langen schmalen Hals. Es ist einfach unglaublich, ihr so nah zu sein. Sanft streiche ich ihr eine lange Locke aus dem Gesicht, woraufhin sie sich bewegt und die Augen öffnet. Also drücke ich ihr einen sanften Kuss auf die Lippen und flüstere dann: »Guten Morgen, schöne Frau.«

»Guten Morgen«, antwortet sie leise.

Auf meinen Ellenbogen gestützt betrachte ich sie weiter und bin erstaunt, weil ich nicht das geringste Verlangen verspüre, mich aus dem Staub zu machen. Im Gegenteil, ich merke, wie ein ganz anderes Verlangen immer stärker wird.

Sie hingegen wirkt reichlich verunsichert. »Und?«

»Was, und?«

Die Marie zieht sich die Bettdecke bis zum Hals hoch und setzt sich etwas auf. »Wie geht es jetzt weiter?« Sie schließt kurz die Augen und atmet tief durch. »Wirst du gleich wieder abhauen? Wie beim letzten Mal?« Sie öffnet ihre schönen blauen Augen wieder. »Du könntest zumindest noch zum Frühstück bleiben –«

»Nix da, Marie.« Sanft küsse ich sie auf die Nasenspitze. »Zuerst werde ich dich mindestens noch einmal vernaschen. Und dann …« Ich mache eine Pause.

»Und dann?«, will sie atemlos wissen.

»Dann fangen wir unser gemeinsames Leben an, würde ich vorschlagen. Wir frühstücken ausgiebig, packen unsere Siebensachen und holen zusammen den Felix aus Schladming ab. Schließlich sollte er es als Erster erfahren. Der wird sich freuen wie ein Schneekönig, würde der Simon sagen«, sage ich und muss schmunzeln.

Ich steige aus der Dusche, Modell Ernis Jugendtage. Das alte Badezimmer ist der einzige noch nicht renovierte Raum in der kleinen Wohnung. Ich höre, wie Marie fröhlich vor sich hin summend in der Küche hantiert, und ein ganz sonderbares Gefühl durchströmt mich. Ich glaube, ich bin verliebt.

Aber gleich holt mich mein knurrender Magen in die Realität zurück. Hoffentlich hat sie was Ordentliches im Kühlschrank. Ich betrachte meine verstrubbelten Haare im uralten beigefarbenen Spiegelschrank und muss grinsen. Die nassen Locken stehen mir kreuz und quer vom Kopf ab, vielleicht sollte ich mir so eine Frisur wie die vom Simon zulegen. Die könnte auch der Marie gefallen.

Ich rubble meine Haare kräftig mit dem Handtuch trocken und nehme meine Jeans vom Badezimmerhocker. Außerdem sollte ich von jetzt an vielleicht ein bisschen mehr Wert auf meine Klamotten legen, denke ich mir beim Anblick der alten Hose. Als ich in sie hineinschlüpfe, fällt mein Handy aus der eingerissenen Gesäßtasche auf den Fliesenboden. Ich hebe es auf und sehe, dass es wie wild blinkt. Mit meinen noch etwas feuchten Fingern wische ich über den Bildschirm und lese eine WhatsApp-Nachricht von der Moni.

»Raphi, wir müssen reden. Ich bin schwanger.«

Raunächte, verflucht noch mal!

Epilog

Der Felix hat bald zum ersten Mal Sommerferien. Seine beiden unteren Schneidezähne sind ihm kurz hintereinander ausgefallen, und er versucht bereits, seine oberen Milchzähne zum Wackeln zu bringen, indem er an ihnen zieht. Ich vermute, da läuft eine Wette in der Schule.

Der Andi hat sich mittlerweile komplett bei uns beziehungsweise meiner Schwester eingenistet, und ich habe mich daran gewöhnt, ihn täglich zumindest bei den Mahlzeiten zu sehen. Ab und zu darf er mit mir auch wieder einen Männerabend verbringen. Andere Frauen sind für den Andi dabei natürlich tabu, da ist nicht nur die Gabi davor, sondern auch ich.

Meine Schwester wohnt immer noch in der kleinen Wohnung im Obergeschoss unseres Elternhauses, obwohl sie das eigentlich nicht mehr müsste. Sie hat nämlich einen Batzen Geld geerbt. Der Simon hat dafür gesorgt, dass ihr der Pflichtteil des Maarbach-Erbes so rasch wie möglich ausbezahlt wurde. Aber sie weiß immer noch nicht so recht, was sie mit dem vielen Geld anfangen soll. Lieber fragt sie dem Dr. Lechner und dem Pepperl immer wieder Löcher in den Bauch, weil sie alles über ihren leiblichen Vater erfahren möchte.

Unser Halbbruder ist natürlich wieder in seiner Heimatstadt Hamburg. Wir haben ihn dort schon besucht. Mein Bub ist ganz vernarrt in seinen stets gut gelaunten Onkel, den großen Containerhafen und die Schleusen der Speicherstadt, aber vor allem in seine kleine Cousine mit den vielen Sommersprossen. Die ist wirklich schwer in Ordnung für ein Mädchen, sagt er.

Und ich habe mich daran gewöhnt, nicht nur eine anstrengende große Schwester zu haben, sondern auch noch einen frechen kleinen Bruder. Pardon, Halbbruder und Halbschwester.

Der Vater ist Gott sei Dank wieder gesund und munter.

Irgendwann haben wir ihm doch erklärt, warum die Gabi nicht seine leibliche Tochter ist, und seither lässt sie keine Gelegenheit aus, ihm zu versichern, dass es für sie nur einen einzigen wahren Vater gibt, nämlich ihn. So umhegt und umsorgt geht es ihm eigentlich besser als vorher.

Die Traudl erfreut sich bester Gesundheit. Irgendwie mögen wir sie alle doch, die kleine, dickköpfige alte Frau. Aus Linz können wir sie nicht mehr verpflanzen, auch wenn ihr die Gabi mit einem Umzug nach Koppelried noch so in den Ohren liegt. Ich glaube ja, die ganze Verwandtschaft ist der guten Traudl noch immer etwas unheimlich. Übrigens hat sie vor Kurzem einen langen Brief an Prälat Flötzner geschickt.

Der Aufwieser sitzt hinter Schloss und Riegel. Ein weiteres Tötungsdelikt im Fall von Rudi Maarbach konnte ihm zwar noch nicht nachgewiesen werden, aber es läuft bereits ein Indizienprozess. Und solange nicht bewiesen ist, dass er ihn umgebracht hat, muss sich die Kirche mit ihm noch um die Erbschaft streiten. Uns kann's recht sein, wir haben damit abgeschlossen. Ich habe übrigens gehört, dass der Aufwieser im Gefängnis begonnen hat, ein Buch über Viehzucht zu schreiben. Das passt, denn dafür hat er jetzt viel Zeit.

Der Buchinger hingegen hat wenig Zeit. Er muss täglich laufen gehen, wenn er sich nicht ins Fitnesscenter schleppt. Die Erika hat ihn und sich selbst dazu verdonnert, strikt abzunehmen. Somit fehlt ihm jegliche Energie für weitere außereheliche Abenteuer. Die Erika ist schlau, denke ich mir, und vielleicht gar nicht so ahnungslos, wie ihr Mann glaubt.

Die Erni führt wie eh und je das Regiment im Rieglerbräu und verwöhnt uns alle mit ihren unglaublichen Gerichten. Trotz ihrer Sparsamkeit hat sie die Schlösser am Wirtshaus und den Gästezimmern durch Codeschlösser ersetzen lassen. Sicherheitshalber. Einen Silvesterball wird sie allerdings nie wieder veranstalten, das hat sie mir geschworen. Aber wer weiß schon, ob am Ende des Jahres nicht doch wieder der schnöde Mammon lockt. Bei der Erni kann man sich nie sicher sein.

Liesls Urne ist schon längst in ihren geliebten Vereinigten Staaten angekommen, aber aus einem kleinen Teil der Asche haben wir vorher noch zwei Diamanten pressen lassen. Einen davon haben wir an Charlie Edwards geschickt, den anderen auf Vaters Ehering montieren lassen. Damit die beiden ein Stück ihrer Liesl immer bei sich tragen können. Ich bin überzeugt, das hätte ihr gefallen, der Elisabeth-Liesl-Liza Asanger-Aigner-Landauer-Bishop. Ganz bestimmt.

Ach ja, die Moni trägt mittlerweile einen ordentlichen Babybauch vor sich her und ist nicht mehr so elendsdürr. Und ihre Haarfarbe sieht langsam auch wieder natürlich aus. Ich muss sagen, die Schwangerschaft steht ihr wirklich ausgezeichnet.

Und die Marie? Und ich?

Nun, das ist eine andere Geschichte.

Glossar

abbankeln – sterben
abschasseln – abwimmeln, unhöflich abfertigen
agrat – tatsächlich
allerweil nu – immer noch
amoi – einmal
angefressen – schwer beleidigt
angespeist – beleidigt
ausfratscheln – aushorchen, indiskret ausfragen
ausg'schamt – durchtrieben, unverschämt
Bankert, das – uneheliches Kind
betropetzt – betroffen, bestürzt
Bratl, das – Schweinebraten
brocken – pflücken
damisch – dumm, läppisch
durchschnaufen – durchatmen
Erdäpfisalat, der – Kartoffelsalat
Falott, der – Gauner, Betrüger
Funsn, die – unzufriedene, sekkante Frau
gach vira (kemma) – rasch nach vorne (kommen)
gampig – geil, lüstern
glatzert – kahlköpfig
Glumpert (Glump), das – wertloses, unnützes Zeug
Goschen halten, die – Maul bzw. Mund halten
Grantscherm, der – übel gelaunte Person
grindig – ekelhaft, unangenehm
Gschaftige, die – sich überall wichtigmachende Person

g'schiacht eana recht – geschieht ihnen recht
Gschrappn, der – Kind
Gsicht g'rissen, ausm – stark ähnlich sehen
Gspusi, das – Liebschaft, Verhältnis
Gwand, das – Kleidung
Hallodri, der – Weiberheld, Spitzbube
hast mich – verstehst du mich
Häuser hauen, über die – verschwinden, weggehen
Häusl, das – Toilette, WC
Hiatl, das – Hut
Hiesigen, die – Leute aus dem Ort
hudeln – hektisch sein
Hümme sei Dank, dem – dem Himmel sei Dank
Kampel, ein fescher – ein gut aussehender Mann
Kanaille, die – Luder
Krispindl, das – schwache, magere Person
Kruzifix, das – Schimpfwort und Kreuz
Lamourhatscher, der – langsames Lied zum Tanzen
Latsch, der – tölpelhafter Mensch
leiwand – super, toll, großartig
Manderl, das – kleiner, schmächtiger Mann
Mannsbild, das – stattlicher Mann
Pappn, die – Maul, Mund
Partezettel, der – Todesanzeige
pfiat ena/enk/di – Verabschiedung, auf Wiedersehen
quirlat – lebhaft
Radikopf, der – Radieschenkopf
Rein, die – Kasserolle
Sakradi – harmloser Fluch

schiach – hässlich, nicht schön
Schnoferl ziehen, ein – eine Schnute ziehen
Schundheftl, das – Groschenroman
speiben – kotzen, sich übergeben
stad sein – ruhig sein
sudern – ständig jammern
Tachtel, die – Ohrfeige
trickern – trocknen
Tschick, die – Zigarette
umara drei – gegen drei Uhr
Weil, die – eine Weile, eine Zeit lang
wengerl – wenig, bisschen
woanen – weinen
Zuagroaste, der – Zugezogener
zusammenklauben – aufsammeln

Dank

Schon in meinem ersten Buch durfte ich diese letzte Seite nutzen, um mich bei den Menschen zu bedanken, die mich auf meinem manchmal etwas holprigen Weg zur Autorin begleitet haben.

Auch diesmal danke ich meinem Mann, meiner Familie und meinen lieben Freunden für ihre unentwegte Unterstützung.

Natürlich möchte ich auch dem Emons Verlag danken, der an diese neue Geschichte aus Koppelried glaubt, sowie meiner Lektorin Susanne Bartel, die aus meinen Manuskripten wunderbar lesbare Bücher zaubert.

Aber vor allem möchte ich meiner Mutter danken. Denn im wahren Leben war sie es, die meiner Schwester und mir nach der Trennung meiner Eltern all die Jahrzehnte immer zur Seite gestanden ist. Niemals – auch nicht eine einzige Sekunde lang – war sie wie Liza Bishop.